DELIRIUM

LAUREN
OLIVER

DELIRIUM

LIVRE 2

Traduit de l'anglais (États-Unis)
par Alice Delarbre

hachette

Photographie de couverture : © 2011 by Michael Frost.
Jacket design by Erin Fitzsimmons.
Art direction by Cara E. Petrus.

Traduit de l'anglais (États-Unis) par Alice Delarbre.

L'édition originale de cet ouvrage a paru en langue anglaise chez Harper Teen, an imprint of HarperCollins Publishers, sous le titre :

PANDEMONIUM

Hachette Livre, 43 quai de Grenelle, 75015 Paris.

À mes parents

Maintenant

Nous sommes installés, Alex et moi, sur une couverture dans le jardin du 37, Brooks Street. Les arbres paraissent plus grands et plus sombres qu'à leur habitude. Les feuilles, presque noires, forment un tricot aux mailles si serrées qu'il occulte le ciel.

— Sans doute pas la journée idéale pour un pique-nique, lance Alex.

Je réalise seulement que nous n'avons touché à rien. Le panier au pied de la couverture déborde de fruits à demi pourris qui grouillent de minuscules fourmis noires.

Je demande :

— Et pourquoi ça ?

Allongés sur le dos, nous observons le feuillage au-dessus de nous, aussi dense qu'un mur.

— Mais parce qu'il neige ! s'esclaffe-t-il.

À nouveau, je me rends compte qu'il a raison : d'épais flocons couleur cendre tourbillonnent autour de nous. Je grelotte, aussi. De petits nuages de vapeur s'échappent de ma bouche et je me presse contre lui pour me réchauffer.

— Soulève ton bras, dis-je.

Il ne réagit pas. Je tente de me glisser dessous, contre son flanc, seulement son corps est rigide, il ne répond pas. J'insiste :

— S'il te plaît, Alex. J'ai froid.

— J'ai froid, répète-t-il en me singeant.

Ses lèvres remuent à peine. Elles sont bleues et gercées. Il fixe le dais vert sans ciller.

— Regarde-moi, Alex.

Il ne tourne pas la tête, ne cligne pas des paupières, n'esquisse pas le moindre mouvement. Un sentiment de panique monte dans ma poitrine, une voix hystérique qui hurle : Non, non, non ! Je m'assieds et pose une main sur son torse glacé.

— Alex… Alex !

— Lena Morgan Jones !

Je reviens brusquement à la réalité dans un concert de ricanements étouffés. Mme Fierstein, qui enseigne les sciences aux terminales du lycée pour filles de Brooklyn, Quincy Edwards, Section 5, District 17, me toise avec fureur. C'est la troisième fois, cette semaine, que je m'endors pendant son cours.

— Puisque la Création de l'Ordre naturel semble vous éreinter, ironise-t-elle, permettez-moi de vous suggérer un moyen de vous réveiller. Pourquoi ne rendez-vous pas une petite visite au proviseur ?

— Non ! m'écrié-je, plus fort que je ne l'aurais voulu, provoquant une nouvelle fois les éclats de rire des autres filles de ma classe.

Je me suis inscrite à Edwards juste après les vacances d'hiver, soit il y a un peu plus de deux mois, et j'ai déjà été étiquetée « Super-Dingo ». Les filles m'évitent comme si j'avais une maladie. La maladie.

Si seulement elles savaient…

— C'est le dernier avertissement que je vous donne, mademoiselle Jones. Vous avez bien compris ?

— Ça ne se reproduira plus, dis-je en me composant une mine docile et contrite.

Je chasse mon cauchemar, je chasse les souvenirs d'Alex, ceux de Hana et de mon ancien lycée... Ouste, du balai ! ainsi que Raven me l'a appris. Ma vie passée est morte.

Mme Fierstein me décoche un dernier regard foudroyant – censé m'intimider, je suppose –, avant de reporter son attention sur le tableau noir et sa leçon sur l'énergie divine des électrons.

Ce genre de femme aurait terrorisé la Lena d'autrefois. Vieille et méchante, elle tient du croisement entre la grenouille et le pitbull. Les personnes de son acabit me donnent le sentiment que le remède est superflu : impossible d'imaginer qu'elle soit capable d'aimer, même sans opération.

Mais la Lena d'autrefois est morte, elle aussi.

Je l'ai enterrée.

Je l'ai abandonnée derrière une clôture, derrière un mur de flammes et de fumée.

Avant

Au début, il y a le feu.

Le feu dans mes jambes et mes poumons ; le feu qui déchire le moindre muscle, la moindre parcelle de mon corps. Voilà comment je reviens au monde, dans la douleur : j'émerge de l'obscurité suffocante ; je me fraye un chemin dans un lieu noir et humide, un lieu aux bruits et aux odeurs étranges.

Je cours puis, lorsque je n'en suis plus capable, j'avance en traînant la jambe. Lorsque je ne suis plus capable de ça non plus, je rampe, centimètre après centimètre, les ongles plantés dans le sol, un vrai ver de terre qui se faufile à travers la végétation luxuriante de cette Nature hostile et sauvage.

Je verse du sang, aussi, au moment de ma renaissance.

J'ignore quelle distance j'ai parcourue ou depuis combien de temps je m'enfonce au cœur de la forêt lorsque je réalise enfin que j'ai été touchée. Un Régulateur m'a atteinte pendant que j'escaladais le grillage. Une balle m'a frôlée, juste sous l'aisselle, et mon tee-shirt est imbibé de sang. J'ai de la chance, néanmoins, la blessure est superficielle. Mais voir le sang, et la chair à vif, rend la situation réelle : ce nouveau monde, ce foisonnement monstrueux de végétation qui m'encercle, ce qui est arrivé, ce que j'ai quitté.

Ce qu'on m'a pris.

J'ai beau avoir l'estomac vide, je vomis. J'expulse de l'air avant de cracher de la bile sur les feuilles plates et luisantes. Des oiseaux gazouillent au-dessus de ma tête. Une bête, attirée par la curiosité, détale dans un fourré.

Réfléchis, Lena, réfléchis. Alex. Pense à ce qu'Alex ferait.

Alex est là, juste à côté. Imagine-le.

Je retire mon débardeur, déchire le bas et noue la partie la plus propre autour de ma poitrine, pour comprimer ma plaie et étancher le saignement. Je n'ai pas la moindre idée de l'endroit où je me trouve ni de celui où je suis censée aller. Mon unique obsession est d'avancer, de continuer, de pénétrer au plus profond de la Nature, loin des barbelés, des chiens, des fusils et...

Alex.

Non. Alex est là. Tu dois imaginer qu'il est là.

Un pas après l'autre. Se débattre avec les épines, les abeilles, les moustiques. Écarter les branches épaisses qui craquent. Les nuages de moucherons, l'humidité ambiante. Je finis par atteindre une rivière ; je suis si faible que le courant manque de m'emporter. La nuit, une pluie diluvienne et glaciale déferle : recroquevillée entre les racines d'un immense chêne, je guette les cris et les respirations des animaux invisibles qui fourragent dans les ténèbres. Je suis trop terrifiée pour dormir ; si je ferme les yeux, je mourrai.

Je ne renais pas en une seule fois.

Pas après pas. Puis centimètre après centimètre.

Mes organes tombent en cendres, le goût de la fumée tapisse ma bouche. Ongle après ongle, comme un ver de terre anneau après anneau.

Ainsi vient-elle au monde, la nouvelle Lena.

Quand je ne peux plus avancer, même d'un millimètre, je pose ma tête sur le sol et j'attends la mort. Je suis trop fatiguée pour avoir peur. Au-dessus de moi, le noir ; tout autour de moi, le noir. La symphonie que joue la forêt m'accompagnera dans l'au-delà. Je suis déjà à mon enterrement. Un trou étroit et sombre est prêt à m'accueillir ; ma tante Carol est présente, ainsi que Hana, ma mère, ma sœur et même mon père, décédé il y a longtemps. Ils regardent tous mon corps descendre dans la tombe, et ils chantent.

Je suis dans un tunnel noir, envahi par la brume, et je n'ai aucune crainte. Alex apparaît de l'autre côté, souriant, baigné de la lumière dorée du soleil. Il tend les bras vers moi, m'appelle...

Hé ! Hé !

Réveille-toi !

— Hé ! Réveille-toi ! Allez, réveille-toi, allez !

La voix me force à ressortir du tunnel. Ma déception est terrible lorsque, en soulevant les paupières, je ne découvre pas le visage d'Alex mais celui, anguleux, d'un inconnu. Mon cerveau ne me répond pas ; le monde s'est fissuré en mille endroits. Des cheveux noirs, un nez pointu, des yeux marron pailletés de vert... autant de pièces d'un puzzle auquel je ne parviens pas à donner de sens.

— Voilà, c'est ça, reste avec moi. Bram, bon sang, où as-tu mis l'eau ?

Une main se glisse sous ma nuque et, soudain, le salut. Une sensation de glace liquide : l'eau emplit ma bouche, ma gorge, déborde sur mon menton, emportant avec elle la poussière, le goût du feu. D'abord je tousse et crache. Je pleure presque. Puis je bois à longs traits tandis que la main soutient ma nuque et que la voix continue à me murmurer des encouragements.

— Très bien, prends-en autant que tu veux. Ne t'inquiète pas. Tu es en sûreté dorénavant.

Des cheveux noirs, longs, qui forment une tente autour de moi : une femme. Non, une fille. Une fille avec des lèvres fines et serrées, des plis au coin des yeux, des mains aussi rêches que l'écorce d'un saule et aussi grandes que des paniers. Je pense : merci. Je pense : maman.

— Tu es en sûreté. Tout va bien. Tu vas bien.

C'est ce qui attend les bébés à leur naissance, après tout, ces petits êtres sans défense : on les berce et on leur donne la tétée.

Ensuite, la fièvre s'empare à nouveau de moi. Mes moments de conscience sont rares, et mes impressions, confuses. D'autres mains, d'autres voix ; je quitte le sol ; un kaléidoscope de vert au-dessus de moi, des motifs éclatés dans le ciel. Plus tard, l'odeur d'un feu de bois, une sensation froide et humide sur ma peau, de la fumée et des conversations assourdies ; une douleur cuisante me laboure le flanc, puis la glace et le soulagement. Un contact doux sur mes jambes.

Le reste du temps, des rêves inhabituels. Pleins d'explosions et de violence, des rêves de peau en fusion et de squelettes carbonisés.

Alex ne revient jamais me chercher. Il est parti devant et a disparu de l'autre côté du tunnel. À chacun de mes réveils, ou presque, je la vois, la fille aux cheveux noirs, qui me presse de boire de l'eau ou qui applique une serviette fraîche sur mon front. Ses mains sentent la fumée et le cèdre.

Au-delà de tout ça, au-delà de l'alternance de phases d'éveil et de sommeil, de fièvre et de frissons, il y a ce mot qu'elle répète, sans relâche, et qui finit par s'immiscer dans mes rêves, par dissiper en partie les ténèbres, par me sauver de la noyade. *Sûreté. En sûreté. Tu es en sûreté à présent.*

La fièvre tombe enfin après je ne sais combien de temps et je remonte doucement à la surface, portée par ce mot, telle une vague qui me ramènerait au rivage.

Gardant les paupières closes, j'identifie le son d'assiettes entrechoquées, une odeur de friture et des murmures. Je pense d'abord que je suis à la maison, chez tante Carol, et qu'elle va m'appeler pour le petit déjeuner. Comme n'importe quel matin.

Puis les souvenirs me reviennent brusquement – la fuite avec Alex, la police, les jours et les nuits dans la Nature, seule. J'ouvre les yeux en grand et tente de m'asseoir, mais mon corps refuse de m'obéir. Je peux seulement soulever la tête : j'ai l'impression d'être prisonnière d'un bloc de marbre.

La fille aux cheveux noirs, celle qui a dû me ramener ici, se tient dans un coin, à côté d'un grand évier en pierre. Lorsqu'elle entend que je m'agite, elle se retourne brusquement.

— Doucement, dit-elle en sortant ses bras, plongés dans l'eau jusqu'aux coudes.

Son visage, affûté, est aussi alerte que celui d'un animal. Elle a de petites dents, trop petites pour sa bouche, et qui se chevauchent légèrement. Elle traverse la pièce pour venir s'agenouiller à côté de mon lit.

— Tu es restée inconsciente une journée entière.

— Où suis-je ?

Mes intonations, râpeuses, sont presque méconnaissables.

— À la colonie, répond-elle en m'observant avec attention. Enfin, c'est comme ça qu'on l'appelle.

— Non, je veux dire…

Je me débats pour retrouver le fil des événements après le drame à la frontière. Une seule pensée m'obsède : Alex.

— Je veux dire, on est dans la Nature ?

Une expression fugace, de suspicion peut-être, se peint sur son visage.

— Nous sommes dans une zone libre, oui, rétorque-t-elle avec prudence avant de se relever et de disparaître sans un autre mot dans un couloir obscur.

Des profondeurs du bâtiment me parviennent des voix indistinctes. Une peur subite m'assaille : ai-je eu tort de mentionner la Nature ? Puis-je faire confiance ? Je n'ai jamais entendu personne qualifier de zone libre ce territoire de non-droit. Mais non. Quels qu'ils soient, ces gens sont forcément de mon côté : ils m'ont sauvée et j'ai été à leur merci plusieurs jours durant.

Je parviens à me redresser sur les coudes, la tête en appui contre le mur derrière moi. Il y a de la pierre partout, des dalles grossières au sol aux parois grignotées, ici ou là, par une fine couche de moisissure noire, sans oublier la vasque ancienne, que surplombe un robinet rouillé – il n'a, de toute évidence, pas servi depuis des années. Je suis allongée sur un lit de camp dur et étroit, recouvert de plaids miteux. Hormis quelques seaux en fer-blanc entassés sous l'évier hors service et une chaise en bois, la pièce ne comporte aucun meuble. Il n'y a pas une fenêtre et la seule lumière provient de deux lampes-tempête à piles, projetant un faible éclat bleuté.

Clouée à un mur, une petite croix en bois avec un homme dessus. Je connais ce symbole, celui d'une ancienne religion remontant à l'époque avant le remède, mais je ne me rappelle plus laquelle.

Le souvenir d'un cours d'histoire américaine de première me revient soudain en mémoire. Les éclairs que lançaient les yeux de Mme Dernler derrière ses énormes lunettes, tandis qu'elle martelait de son index le manuel ouvert devant elle.

— Vous voyez ? disait-elle. Vous voyez ? Ces anciennes religions étaient toutes entachées par l'amour. Elles empestaient le *deliria*. Il coulait dans les veines de leurs fidèles.

Bien sûr, à l'époque, je frémissais d'horreur ; je la croyais.

L'amour, le plus fatal des maux mortels.

Il vous tue.

Alex.

Que vous soyez contaminé…

Alex.

… ou non.

Alex.

— Tu étais à moitié morte quand on t'a découverte.

C'est ce que la fille aux cheveux noirs me lance, d'un ton détaché, à son retour. Elle tient un bol en faïence à deux mains.

— Plus qu'à moitié même, reprend-elle. On pensait que tu ne survivrais pas. J'étais d'avis de tenter le coup malgré tout.

Elle me considère d'un air de se demander si j'ai vraiment mérité leurs efforts et, l'espace d'un instant, je me rappelle ma cousine Jenny, sa façon de se planter devant moi, les mains sur les hanches, et de me jauger. Je dois aussitôt fermer les paupières pour éviter d'être submergée par un flot d'images, de souvenirs, ceux d'une vie qui n'est plus.

— Merci, dis-je.

Elle hausse les épaules mais répond :

— De rien.

Ça semble sincère. Elle tire la chaise en bois près du lit et s'assied. Ses longs cheveux sont noués au-dessus de son oreille gauche. Juste en dessous, je repère la marque du Protocole, la cicatrice triangulaire – Alex avait la même. La fille ne doit pas être guérie pourtant : elle se trouve ici, de l'autre côté de la frontière. Une Invalide.

Je tente de me redresser en position assise, mais renonce au bout de quelques secondes d'efforts, exténuée. Je me fais l'impression d'être une marionnette à laquelle on n'aurait pas insufflé assez de vie. Une douleur vive palpite derrière mes yeux et, en les abaissant, je découvre que ma peau est sillonnée de coupures, d'éraflures, de piqûres d'insectes et de croûtes.

Le bol que la fille a apporté contient un bouillon clair, légèrement teinté de vert. Elle me le tend, puis hésite.

— Tu es capable de le tenir ?

— Bien sûr, riposté-je d'un ton plus sec que je ne le voudrais.

Je ne m'attendais pas à ce que le récipient soit aussi lourd. C'est difficile, toutefois, je réussis à le porter à mes lèvres. J'ai la gorge aussi rêche que du papier de verre, et le liquide produit une sensation merveilleuse, malgré un arrière-goût bizarre de mousse. Je me surprends à vider le bouillon d'une traite.

Doucement.

Les mises en garde de la fille n'y font rien, je ne peux pas m'arrêter. Ma faim se révèle soudain noire, infinie et consumante. J'ai à peine terminé le bol que j'en veux un autre, même si des crampes me tordent déjà le ventre.

— Tu vas te rendre malade, insiste-t-elle en secouant la tête avant de me reprendre le bol vide des mains.

— Il en reste ?

— Je t'en redonnerai dans un moment, répond-elle.

— S'il te plaît.

La faim est un serpent niché dans mon estomac, qui me dévore de l'intérieur. Elle soupire puis se lève et disparaît à nouveau. Il me semble que les voix lointaines sont plus fortes, que la rumeur enfle. Tout à coup, le silence. La fille revient avec un second bol de bouillon. Je m'en saisis et elle se rassied, les genoux ramenés contre la poitrine, dans une position enfantine. Ses genoux sont cagneux et brunis.

— Alors, lance-t-elle, tu as traversé où ?

Devant mon hésitation, elle s'empresse d'ajouter :

— C'est bon. Tu n'es pas obligée d'en parler si tu n'as pas envie.

— Non, non, pas de problème.

Je bois plus lentement cette fois, prenant le temps de savourer le goût étrange du bouillon, terreux, comme si des pierres avaient mijoté dedans. Ça pourrait bien être le cas. Alex m'a expliqué un jour que les Invalides apprenaient à se débrouiller avec les maigres ressources qu'offrait la Nature.

— À Portland, dis-je.

Le bol se vide trop vite, alors que le serpent continue à se tortiller dans mon ventre. Je demande :

— Où sommes-nous ?

— À quelques kilomètres à l'est de Rochester.

— Dans le New Hampshire ?

Avec un petit sourire en coin, elle lâche :

— Eh oui ! Tout ça à pied ! Combien de temps es-tu restée seule ?

— Aucune idée.

J'appuie ma tête contre le mur. Rochester dans le New Hampshire. Ça ne me paraît pas un tel exploit… Même si j'ai traversé la frontière au nord de la ville, j'ai dû tourner en rond un bon moment : me voilà à une centaine de kilomètres au sud-ouest de Portland. Une immense fatigue m'assaille malgré le repos des derniers jours.

— J'ai perdu la notion du temps.

— En tout cas, c'était plutôt couillu.

Je ne connais pas le mot « couillu », mais je crois deviner ce qu'il signifie.

— Comment as-tu réussi ? ajoute-t-elle.

— Ce n'était… je n'étais pas seule.

Le serpent remue puis se fige.

— Enfin, je n'aurais pas dû être seule, rectifié-je.

— Il y avait d'autres personnes ?

Elle me fixe à nouveau de ses prunelles pénétrantes, presque aussi sombres que ses cheveux.

— Des amis ? insiste-t-elle.

J'ignore comment répondre. Mon meilleur ami. Mon petit copain. Mon amour. Je ne suis toujours pas très à l'aise avec ce terme, il me semble presque sacrilège. Je me contente donc de hocher la tête.

— Que s'est-il passé ? reprend-elle d'un ton radouci.

— Il… il n'a pas survécu.

Je lis dans son regard qu'elle a compris dès le « il » : venant d'une ville, régie par la politique de ségrégation, nous étions forcément davantage que de simples amis. Heureusement, elle ne relève pas et je poursuis :

— On a réussi à rejoindre la frontière ensemble, mais les Régulateurs et les gardes…

La douleur dans mon estomac s'intensifie.

— Ils étaient trop nombreux.

Elle se lève d'un bond et va chercher l'un des seaux tachés de rouille, sous l'évier, pour le placer à côté du lit, puis se rassied.

— Il y a eu des rumeurs, lâche-t-elle. Au sujet d'une évasion spectaculaire à Portland, étouffée par la police.

— Alors vous êtes au courant ?

J'essaie pour la énième fois de m'asseoir, cependant les crampes me forcent à reprendre appui contre le mur.

— Vous savez ce qui est arrivé à... mon ami ?

La question est superflue ; je connais déjà la réponse. Bien sûr que je la connais. J'ai vu Alex immobile, couvert de sang. Je les ai vus fondre sur lui telle l'armée de fourmis de mon cauchemar.

La fille ne pipe mot, se contentant de pincer les lèvres et de secouer la tête. Parler ne sert à rien : l'apitoiement que je lis sur ses traits est bien assez éloquent.

Le serpent se déploie entièrement et se déchaîne. Je ferme les yeux. Alex, Alex, Alex : la raison de tout, de ma nouvelle vie, de la promesse d'un avenir meilleur... Disparu, pulvérisé. Plus rien n'a de sens.

— J'espérais...

Un petit cri m'échappe au moment où cette affreuse chose cinglante dans mon ventre gagne soudain ma gorge dans un élan nauséeux. Avec un nouveau soupir, la fille se lève et repousse la chaise en raclant ses pieds. Les mots m'opposent une résistance, je tente de ravaler le haut-le-cœur.

— Je crois... je crois que je vais...

Je bascule alors par terre et, secouée de spasmes, vomis dans le seau qu'elle a placé là.

— Je savais que tu te rendrais malade, dit-elle d'un air désapprobateur avant de s'évanouir dans le couloir sombre.

Une seconde plus tard, elle repasse la tête dans la pièce.

— Au fait, je m'appelle Raven.

— Lena.

Ma réponse s'accompagne d'un nouveau vomissement.

— Lena, répète-t-elle.

Elle frappe un coup au mur, puis ajoute :

— Bienvenue dans la Nature.

Ensuite elle disparaît, et je reste seule avec le seau.

Plus tard dans l'après-midi, Raven revient et j'essaie à nouveau le bouillon. Cette fois, ayant bu lentement, je parviens à le garder dans mon estomac. Je suis encore si faible que je peine à porter le bol jusqu'à mes lèvres ; Raven doit m'aider. Je devrais être gênée, mais je n'éprouve rien : en se calmant, la nausée a laissé la place à un engourdissement tel que j'ai l'impression de sombrer dans une eau gelée.

— Bien, approuve-t-elle lorsque j'ai avalé la moitié du liquide.

Elle s'éclipse en emportant le reste. À présent que je suis réveillée, et consciente, je n'ai plus qu'une envie : me rendormir. Le sommeil me permet de retrouver Alex, de me réfugier dans un autre monde. Ici, je n'ai rien, ni famille, ni maison, ni endroit où aller. Alex n'est plus là. À cette heure, mon identité a dû être effacée.

Je ne peux même pas pleurer. Mes entrailles ont été réduites en poussière. Je me repasse en boucle la même scène : je me retourne et je le découvre derrière ce mur de fumée. Dans ma tête, je tends une main vers lui, malgré la clôture, malgré la fumée ; dans ma tête, j'attrape sa main et je l'attire vers moi.

Reviens, Alex.

Il n'y a rien d'autre à faire que de se laisser couler. Le temps se referme sur moi, m'emprisonne comme une tombe.

Un peu plus tard, je surprends des bruits de pas assourdis, suivis d'éclats de rire et d'échos de conversations. En concentrant toute mon attention, je m'efforce de distinguer les différentes voix, de deviner le nombre d'interlocuteurs, mais je réussis seulement à identifier des timbres plus graves (appartenant à des hommes ou à des garçons), des rires haut perchés. À un moment, j'entends Raven s'écrier : « D'accord, d'accord ! » Pour l'essentiel, cependant, je ne perçois que des vagues sonores, une ribambelle de notes, une chanson lointaine.

Bien sûr, j'aurais dû me douter que les filles et les garçons vivaient ensemble dans la Nature – c'est tout l'intérêt après tout : la liberté de choix, la possibilité d'être ensemble, de se regarder, de se toucher et de s'aimer. Seulement il y a un gouffre entre le principe et la réalité, et je ne peux pas m'empêcher de paniquer.

Alex est le seul garçon que j'aie jamais connu, à qui j'aie vraiment adressé la parole. Je n'aime pas savoir tous ces inconnus de l'autre côté du mur, avec leurs voix de baryton et leurs rires rocailleux. Avant de rencontrer Alex, pendant près de dix-huit ans, j'ai vécu dans une confiance aveugle du système, croyant à cent pour cent que l'amour était une maladie, qu'il fallait se protéger, que les filles et les garçons devaient impérativement rester à l'écart les uns des autres pour se prémunir contre toute contagion. Regards même furtifs, contacts, étreintes… Tout ce qui représentait un risque de contamination. Ma rencontre avec Alex m'a transformée ; cependant, on ne se défait pas de toutes ses peurs d'un coup. Personne n'en est capable.

Les paupières closes, je contrôle ma respiration et essaie, une nouvelle fois, de m'enfoncer à travers plusieurs couches de conscience pour me laisser emporter par le sommeil.

— Allez, Blue, dehors. C'est l'heure de se coucher.

J'ouvre les yeux en grand. Une fille, de six ou sept ans sans doute, m'observe, postée dans l'encadrement de la porte. Menue et très bronzée, elle porte un short en jean sale et un sweat-shirt quinze fois trop grand pour elle – au point qu'il glisse sur ses épaules et révèle des omoplates aussi anguleuses que les ailes d'un oiseau. Ses cheveux, d'un blond terne, lui tombent presque jusqu'à la taille et elle ne porte pas de chaussures. Raven, une assiette à la main, essaie de la contourner.

— Je ne suis pas fatiguée, rétorque la fillette sans me quitter du regard.

Elle sautille d'un pied sur l'autre et n'ose cependant pas s'aventurer dans la pièce. Elle a des yeux d'un bleu surprenant, couleur de ciel d'été.

— Ce n'est pas ouvert à la discussion, riposte Raven en lui donnant un petit coup de hanche. Dehors.

— Mais...

— Quelle est la règle numéro un, Blue ?

Sa voix s'est durcie. La fillette se met à ronger l'ongle de son pouce avant de grommeler :

— Obéir à Raven.

— Il faut toujours obéir à Raven. Et Raven dit que c'est l'heure d'aller se coucher. Immédiatement. File !

Blue me jette un dernier regard plein de regret avant de détaler. Avec un soupir, Raven lève les yeux au ciel puis approche la chaise du lit.

— Désolée, tout le monde crève d'envie de voir la nouvelle.

— Qui ça, tout le monde ?

Ma gorge est sèche. J'ai été incapable de me lever pour aller jusqu'à l'évier – de toute façon, il ne doit pas y avoir l'eau courante dans la Nature ; toutes les installations ont été bombardées il y a des années de cela, pendant le blitz. Je reprends :

— Enfin, combien êtes-vous ?

Raven hausse les épaules.

— Oh, ça varie. Les gens vont et viennent, ils passent d'une colonie à l'autre. Actuellement, sans doute une vingtaine, mais en juin nous avons accueilli jusqu'à quarante nomades. Et l'hiver nous fermons l'abri.

J'acquiesce, bien que les termes de colonie et de nomade sèment la confusion dans mon esprit. Alex ne m'a presque rien appris sur la Nature, même si nous nous y sommes rendus ensemble – la seule et unique fois où j'ai quitté le territoire officiel avant notre évasion. Avant mon évasion. Je plante mes ongles dans mes paumes.

— Tu vas bien ? me demande Raven, en me scrutant.

— Je peux avoir un peu d'eau ?

— Tiens.

L'assiette qu'elle me tend contient deux petites galettes, plus sombres que des pancakes, à base de céréales. Elle récupère une vieille boîte de conserve cabossée sur une étagère et la remplit dans un des seaux sous l'évier. Il ne me reste qu'à espérer que ce seau ne sert pas aussi aux malades.

— Pas facile de dégoter des verres dans le coin, dit-elle devant ma mine interloquée. La faute aux bombardements.

Elle prononce ce mot comme elle dirait « pamplemousse » dans une épicerie, à croire qu'il s'agit de la chose la plus commune du monde. Elle se rassied et, d'un air distrait, tresse une de ses mèches entre ses longs doigts bruns.

J'approche la boîte de mes lèvres et les applique avec prudence sur le bord dentelé.

— On apprend à se débrouiller ici, ajoute-t-elle avec une forme de fierté. On fabrique à partir de rien : des bouts de ferraille, des déchets... Tu verras.

Je fixe l'assiette sur mes genoux ; j'ai faim, cependant ses mots m'ont rendue méfiante. Réalisant sans doute mon appréhension, Raven s'esclaffe :

— Ne t'inquiète pas, ça ne te rendra pas malade. Des noix, un peu de farine et de l'huile. Ce ne sera pas le meilleur repas de ta vie, mais ça t'aidera à reprendre des forces. On commence à manquer de provisions, la dernière livraison remonte à une semaine. Cette histoire nous a vraiment mis dans la panade, tu sais ?

— Mon évasion ?

Elle acquiesce.

— Le courant circule à nouveau dans les clôtures électriques depuis une semaine et ils ont doublé la sécurité aux frontières.

Comme je m'apprête à m'excuser, elle m'interrompt :

— Ne t'inquiète pas. Ils réagissent systématiquement ainsi chaque fois que quelqu'un ouvre une brèche. Ils craignent un soulèvement généralisé et une fuite massive dans la Nature. D'ici quelques jours, leur attention se relâchera et on aura de nouveau des vivres. En attendant, conclut-elle en désignant l'assiette du menton, on mange des noix.

Je grignote le pancake du bout des dents. Il n'est pas si mauvais : croustillant et légèrement huileux, il laisse un film gras sur mes doigts. C'est bien meilleur que le bouillon en tout cas. Un sourire éclatant illumine le visage de Raven quand je le lui dis.

— Ouais, Roach, notre cuisinier, concocte de bons petits plats avec trois fois rien. Enfin, des plats mangeables.

— Roach[1] ? Comme le poisson ? C'est son vrai nom ?

Raven termine sa tresse, la rejette par-dessus son épaule, puis en commence une autre.

— Aussi vrai que n'importe quel autre. Roach a toujours vécu dans la Nature. Il a grandi dans une colonie plus au sud, près du Delaware. Quelqu'un a dû lui choisir ce nom. Quand il est arrivé ici, il se présentait déjà comme Roach.

— Et Blue ?

J'ai réussi à venir à bout du premier pancake, mais je pose l'assiette à côté du lit avant d'attaquer le second : je ne veux pas tenter le diable. Raven hésite à peine une fraction de seconde :

— Elle est née ici, dans cette colonie.

— Vous lui avez donné ce nom à cause de la couleur de ses yeux ?

Raven, qui s'est levée brusquement, se détourne avant de répondre :

— Mmm-mmm.

Elle éteint une des lampes posées sur les étagères près de l'évier, et la pénombre s'approfondit.

— Et toi ? lancé-je.

Elle désigne ses cheveux.

— Raven. Le corbeau. Pas très original, conclut-elle avec un sourire.

— Non, je veux dire… Tu es née ici ? Dans la Nature ?

1. *Roach* signifie « gardon ». (Toutes les notes sont de la traductrice.)

Le sourire s'envole aussitôt, comme si je venais de souffler une bougie. Pendant une seconde, elle paraît presque en colère.

— Non, rétorque-t-elle. Je suis arrivée à quinze ans.

J'ai beau savoir que je ne devrais pas, je ne peux pas m'empêcher d'insister :

— Toute seule ?

— Oui.

Elle soulève la seconde lampe, qui projette toujours une faible lueur, et se dirige vers le couloir.

— Alors, comment t'appelais-tu avant ?

Elle se fige. J'ajoute :

— Avant de venir dans la Nature ?

Elle reste plantée là un moment, de dos, puis pivote sur les talons. Comme la lanterne pend au bout de ses doigts, son visage est plongé dans l'obscurité. Ses deux yeux, qui reflètent la pâle lumière, scintillent telles des pierres noires au clair de lune.

— Autant t'y habituer tout de suite, lâche-t-elle d'une voix douce mais sans appel. Tout ce que tu étais, la vie que tu menais, les gens que tu connaissais… n'existent plus.

Elle secoue la tête puis ajoute, un peu plus fermement :

— Il n'y a pas d'avant. Il n'y a que le maintenant. Et l'après.

Elle s'engouffre alors dans le couloir et m'abandonne dans le noir le plus complet, le cœur battant la chamade.

Le lendemain matin, je me réveille affamée. L'assiette contenant le second pancake est toujours là, et je tombe du lit lorsque j'essaie de l'attraper. Mes genoux heurtent les dalles glaciales. Un scarabée explore la surface de la crêpe épaisse – avant, ça m'aurait coupé l'appétit, plus maintenant : j'ai trop faim. Je chasse l'insecte qui court se réfugier dans un recoin, puis, après avoir englouti mon petit déjeuner, je me lèche les doigts des deux mains. Ce repas a à peine entamé ma fringale.

Je me relève lentement en prenant appui sur le lit. C'est la première fois que je me retrouve sur mes pieds depuis des jours, la première fois que je suis capable d'autre chose que ramper jusqu'à la cuvette métallique – placée là par Raven –, lorsque j'ai besoin de me soulager ; accroupie dans le noir, la tête baissée et les cuisses tremblantes, je suis une bête, je n'ai plus rien d'humain.

Je suis si faible que je dois marquer une première pause, à peine arrivée au couloir, me soutenant au linteau. Je me fais l'impression d'être un héron cendré, perché sur des pattes grêles, que j'apercevais parfois dans la baie de Portland. Disproportionné et bancal.

Ma chambre débouche sur un long corridor sombre, aveugle lui aussi, et en pierre lui aussi. J'entends des gens qui discutent et rient, des raclements de chaises, un clapotis : des bruits de cuisine. De nourriture. Le couloir est étroit, je peux toucher les deux parois. À mesure que j'avance, je recouvre des sensations dans mes jambes et mon corps. Une ouverture sur ma gauche, sans porte, donne sur une vaste pièce occupée, sur tout un côté, par une pharmacie – gaze, tubes de pommade antibiotique en quantité, boîtes de savons par centaines, bandages – et, sur l'autre, par quatre petits matelas posés à même le sol, recouverts d'un fatras de vêtements et de couvertures. Au-delà, j'aperçois une autre salle, qui sert sans doute exclusivement de dortoir : les matelas, étalés d'un mur à l'autre, dissimulent presque entièrement les dalles, si bien qu'on dirait un immense patchwork.

Un sentiment de culpabilité m'étreint aussitôt. On m'a cédé le meilleur lit et la meilleure chambre. Comment ai-je pu, pendant toutes ces années, accorder autant de crédit aux rumeurs et aux fabulations ? Comment ai-je pu me tromper à ce point ? J'étais convaincue que les Invalides étaient des brutes, qu'ils me mettraient en pièces. Et ce sont eux qui m'ont sauvée, qui m'ont installée dans l'endroit le plus confortable et qui ont veillé sur moi sans rien exiger en retour.

Les sauvages sont de l'autre côté de la barrière : des monstres en uniforme. D'une voix mielleuse, ils égrènent des mensonges et ils vous égorgent le sourire aux lèvres.

Lorsque le couloir prend un brusque virage sur la gauche, les bruits enflent. Une odeur de viande vient me chatouiller les narines et mon estomac pousse un grognement retentissant. Je longe d'autres pièces, certaines qui font office de dortoirs et l'une, essentiellement vide, aux murs tapissés d'étagères : une demi-douzaine de boîtes de haricots, un demi-sac de farine et une cafetière poussiéreuse sont entassés dans un coin ; dans un autre, des seaux, des bocaux de café et un balai à franges.

Après un tournant à droite, le couloir arrive sur une grande pièce bien plus lumineuse que les autres. Un évier en pierre, semblable à celui dans ma chambre, court tout le long d'un mur. Au-dessus, une étagère accueille une demi-douzaine de lampes-tempête, qui baignent la salle d'un éclat chaleureux. Au centre de la pièce, deux grandes tables en bois, autour desquelles sont massées plusieurs personnes.

À mon entrée, les conversations cessent aussitôt : des dizaines de paires d'yeux se lèvent vers moi, et je réalise seulement que je ne porte qu'un grand tee-shirt sale, qui me tombe à mi-cuisses.

Les hommes côtoient les femmes, il y a des gens de tous âges n'ayant jamais subi le Protocole. J'ai presque le souffle coupé par cette vision étrange d'un monde aux valeurs inversées. Pétrifiée, j'ouvre la bouche pour parler, mais aucun son ne sort. Le silence m'écrase, tous ces regards me brûlent.

Raven vole à mon secours.

— Tu dois avoir faim, dit-elle en se levant et en faisant signe à un garçon assis à une extrémité de la table.

Il a sans doute treize ou quatorze ans : maigre, dégingandé, quelques boutons.

— Squirrel, l'apostrophe-t-elle, tu as fini de manger ?

Squirrel, comme « écureuil » ? Encore un drôle de surnom. D'un air triste, il fixe son assiette vide – à croire qu'il espérait y faire apparaître de la nourriture.

— Ouais, marmonne-t-il, tandis que ses yeux naviguent de l'assiette à moi.

Je croise les bras.

— Alors, lève-toi. Il faut une place pour Lena.

— Mais...

D'un regard sévère, Raven suspend ses protestations.

— Debout, Squirrel. Rends-toi utile. Va vérifier l'état des nids.

Il tourne vers moi une mine renfrognée avant de se lever et de lâcher avec fracas son assiette dans l'évier de pierre. Raven, qui s'est déjà rassise, lance aussitôt :

— Toute casse sera retenue sur ton salaire, Squirrel.

Cette répartie provoque quelques ricanements, et il quitte la pièce en gravissant d'un pas outré l'escalier à l'extrémité de la cuisine.

— Sarah, sers Lena.

Raven a déjà recommencé à manger sa bouillie grisâtre. Tel un diable de sa boîte, une fille bondit de son siège. Elle a des yeux immenses et un corps qui semble un fil de fer. En vérité, la maigreur est une caractéristique commune à tous les membres de l'assemblée : coudes et épaules saillants, angles pointus.

— Viens, Lena, lance celle-ci.

Elle semble se délecter de prononcer mon prénom, comme si ça constituait un privilège.

— Je vais te préparer une assiette, ajoute-t-elle.

Une énorme marmite cabossée et une sauteuse tordue sont posées sur un vieux poêle à bois. À côté, des assiettes et des plats dépareillés, empilés sans soin, voisinent avec des planches à découper. Pour rejoindre la fille, je dois m'avancer dans la pièce, dépasser les deux tables. Si mes jambes manquent d'assurance depuis que je me suis levée, je crains franchement qu'elles se dérobent maintenant. Le regard des hommes a une texture différente. Celui des femmes est perçant, scrutateur, le leur, plus brûlant et charnel, au point qu'il paraît me toucher. J'ai du mal à respirer.

D'un pas hésitant, je m'approche du poêle, tandis que Sarah m'encourage d'un signe de tête, ainsi qu'elle ferait avec une gamine – alors qu'elle ne doit pas avoir plus de douze ans. Je ne m'éloigne pas de l'évier pour pouvoir m'y retenir si mes jambes flanchent.

Les visages dans la pièce se fondent presque tous en un lavis de couleur flou, mais quelques-uns se détachent : Blue, qui m'observe les yeux écarquillés, un garçon, sans doute de mon âge, avec une incroyable tignasse blonde et qui semble se retenir de rire, un autre, plus vieux et maussade, une femme aux longs cheveux auburn qui pendent dans son dos. À la seconde où nos regards se croisent, mon cœur s'emballe et je pense : maman. Pour la première fois, je réalise que ma mère pourrait se trouver ici, qu'elle doit être quelque part, dans la Nature, dans l'une des colonies, des abris ou je ne sais quoi encore. Pourtant, lorsque la femme pivote légèrement, me permettant d'apercevoir son visage, je comprends que, bien sûr, je me suis trompée. Elle est beaucoup trop jeune – elle a sans doute l'âge qu'avait ma mère lorsque je l'ai vue pour la dernière fois : les souvenirs que j'ai d'elle sont confus, déformés par les différentes strates de temps et de rêves.

— Pâtée, m'annonce Sarah dès que je l'ai rejointe.

Traverser la cuisine m'a éreintée. Je n'en reviens pas : ce même corps courait quotidiennement dix kilomètres et grimpait au sommet de Munjoy Hill comme si de rien n'était.

— Quoi ?

La question m'a échappé.

— De la pâtée, répond-elle en soulevant le couvercle de la marmite. C'est ce qu'on mange quand les provisions sont épuisées. Avoine, riz, parfois pain sec… bref, on fait bouillir ce qui nous reste de céréales et voici le résultat. Cette foutue pâtée.

Je sursaute en entendant le gros mot.

Sarah prend une assiette en plastique ornée de silhouettes d'animaux si délavées qu'elles sont à peine visibles – de la vaisselle pour enfants – et place une grosse louche de pâtée au milieu. Dans mon dos, les conversations ont repris. Ce bourdonnement qui emplit la pièce m'aide à me détendre : au moins, je ne suis plus au centre de l'attention.

— La bonne nouvelle, poursuit Sarah d'un ton enjoué, c'est que Roach a rapporté une surprise hier soir.

J'ai du mal à saisir le sous-entendu.

— Comment ça ? De la nourriture ?

— Mieux.

Avec un sourire, elle fait glisser le couvercle de la poêle. À l'intérieur rissole une viande dorée. L'odeur qui s'en dégage me tire presque des larmes.

— Du lapin, précise-t-elle.

Je n'en ai jamais mangé de ma vie, et je n'aurais jamais imaginé qu'on puisse en servir au petit déjeuner, pourtant je dois me retenir de me jeter sur l'assiette qu'elle me tend. Je préférerais rester debout plutôt que m'asseoir parmi tous ces inconnus. Percevant sans doute mon anxiété, Sarah m'encourage :

— Mets-toi à côté de moi.

Elle pose une main sur mon coude et m'attire vers la table. Son geste aussi me prend au dépourvu. À Portland, comme dans n'importe quelle ville contrôlée par le gouvernement, les contacts entre citoyens sont restreints. Nous nous touchions rarement, avec Hana, ma meilleure amie.

Une crampe me vrille le ventre et mon assiette manque de m'échapper.

— Doucement.

Mon regard rencontre celui d'un garçon qui peine à contenir son hilarité. Il lève les sourcils, du même blond pâle que ses cheveux, presque invisibles. Je note, comme chez Raven, la présence de la cicatrice protocolaire derrière son oreille gauche. Il doit s'agir d'une fausse, aussi. Ceux qui vivent dans la Nature ne sont pas immunisés ; par choix ou par contrainte, ils ont fui les villes.

— Ça va ? me demande-t-il.

Je ne réponds pas. J'en suis incapable. Une vie entière de peurs et de mises en garde résonne en moi, et des mots clignotent devant mes yeux : « illégal », « interdit », « Sympathisant », « maladie ». Prenant une profonde inspiration, je m'efforce d'ignorer l'inquiétude qui me gagne.

Ces concepts avaient cours à Portland ; à l'instar de la Lena d'autrefois, ils n'ont pas franchi la frontière.

Sarah vole à mon secours :

— Elle va bien, elle a juste faim.

— Je vais bien.

J'ai parlé quinze secondes trop tard et une expression moqueuse se peint sur les traits du garçon. Sarah, qui s'est glissée sur le banc, tapote la place vide à côté d'elle, laissée vacante par Squirrel. Heureusement, postée à une extrémité, je n'ai pas à m'inquiéter d'être prise en sandwich. Je m'assieds sans quitter du regard mon assiette. Je sens tous les yeux braqués sur moi. Néanmoins, les conversations continuent et m'enveloppent, telle une couverture sonore réconfortante.

— Vas-y, m'encourage encore Sarah.

Alors qu'elle doit être ma cadette de six ans, elle me traite comme si c'était moi la gamine. Et je me fais d'ailleurs cette impression.

— Je n'ai pas de fourchette, dis-je doucement.

Le blond part alors d'un grand éclat de rire, imité par Sarah.

— Ni fourchette ni cuillère, rétorque-t-elle. Ici, on mange avec les doigts.

Je risque un regard autour de moi et découvre que les gens me fixent en souriant, visiblement amusés. L'un d'eux, un homme grisonnant d'au moins soixante-dix ans, hoche la tête dans ma direction et je baisse aussitôt les yeux. Mon corps entier rougit de honte. Je m'attendais à trouver de l'argenterie dans la Nature ou quoi ?

J'arrache un petit morceau de lapin. Je pourrais en pleurer : jamais, de toute ma vie, je n'ai goûté un mets aussi délicieux.

— C'est bon, hein ? me lance Sarah.

Je ne peux que lui répondre d'un mouvement de tête. Oubliée, subitement, l'assemblée d'inconnus curieux : je dévore la viande avec la voracité d'un animal, puis recueille un peu de pâtée sur mes doigts et les lèche. Même cette bouillie me paraît savoureuse. Tante Carol deviendrait dingue si elle me voyait. Petite, je refusais de manger mes petits pois s'ils avaient touché mon poulet ; je séparais soigneusement les différents aliments dans mon assiette.

Bien trop vite, il ne reste plus devant moi que quelques os parfaitement lisses. Je suce une dernière fois mes doigts avant de m'essuyer la bouche du revers de la main. Je sens alors monter un haut-le-cœur que je chasse en fermant les yeux.

— Très bien, lance Raven, qui se lève brusquement. Au travail !

Je me retrouve soudain au centre d'un tourbillon d'activité : tandis que tous quittent les bancs, j'attrape au vol des bribes de conversations (« posé des pièges hier », « ton tour d'aller voir Mamie »). Les gens défilent dans mon dos, lâchent sans ménagement leur assiette sale dans l'évier, puis gravissent l'escalier sur ma gauche, au-delà du poêle. Je sens leurs corps et leurs odeurs aussi : un flot de chaleur, une rivière humaine. Je garde les yeux fermés et, une fois la pièce vide, la nausée reflue en partie.

— Comment te sens-tu ?

Je découvre Raven, assise en face de moi, les deux mains à plat sur la table. Sarah ne s'est pas levée non plus. Elle a ramené une de ses jambes contre sa poitrine et enlace son genou. Dans cette position, elle fait son âge.

— Mieux, dis-je.

Et c'est la vérité.

— Tu peux aider Sarah pour la vaisselle, suggère-t-elle, si tu t'en penses capable.

— D'accord.

— Bien. Et après, Sarah, tu pourras l'emmener en haut. Autant que tu prennes tes marques, Lena. Mais ne va pas trop loin. Je n'ai aucune envie de te récupérer une nouvelle fois dans les bois.

— D'accord.

Elle sourit, satisfaite. À l'évidence, elle est habituée à donner des ordres. Quel âge peut-elle bien avoir ? Elle s'exprime avec une autorité naturelle, alors qu'elle doit être plus jeune que la moitié des Invalides ici. Hana et elle s'entendraient bien. À cette pensée, je reçois un coup de poignard dans le flanc, sous les côtes.

— Au fait, Sarah... ajoute Raven qui se dirige vers l'escalier. Va chercher un pantalon pour Lena, d'accord ? Histoire qu'elle ne déambule pas à moitié nue.

Je m'empourpre à nouveau et tire, par réflexe, sur le bas de mon tee-shirt. Raven éclate de rire.

— Ne t'inquiète pas, ça ne va pas nous rendre aveugles !

Sur ce, elle gravit les marches deux par deux et disparaît.

J'ai l'habitude de faire la vaisselle – chez Carol, j'étais de corvée tous les soirs –, mais dans la Nature c'est une autre paire de manches. Je suis Sarah dans le couloir, jusqu'à une des pièces que j'ai longées au moment de rejoindre la cuisine.

— On entrepose toutes nos réserves ici, explique-t-elle avant de se rembrunir devant les étagères vides et le sac de farine largement entamé. On est un peu à sec.

Comme si je ne m'en rendais pas compte toute seule. Mon ventre se serre d'inquiétude, pour elle, pour Blue, pour tous ceux qui sont ici, si maigres.

— Par ici on garde l'eau. On la tire le matin… enfin, pas moi, je suis encore trop petite. Les garçons, et parfois Raven.

Elle s'est approchée des seaux, dans le coin, dont je constate à présent qu'ils sont pleins. Elle en soulève un par l'anse, à deux mains, et pousse un grognement. Il est énorme, presque aussi large que son buste.

— Un seul autre devrait suffire, dit-elle. Un petit.

Titubant sous le poids, elle s'éloigne. Je constate, avec une honte cuisante, que je parviens à peine à porter le plus petit des seaux. L'anse métallique me cisaille les paumes, couvertes d'égratignures et d'ampoules qui n'ont pas encore cicatrisé, et, avant d'avoir atteint le couloir, je dois poser mon fardeau et prendre appui sur le mur.

— Ça va ? me lance Sarah.

— Oui ! réponds-je un peu trop sèchement.

Hors de question que je la laisse voler à mon secours. Je reprends le seau, parcours quelques mètres d'un pas vacillant, le lâche et souffle. Soulever, avancer, poser, récupérer. Soulever, avancer, poser, récupérer. Lorsque j'atteins enfin la cuisine, hors d'haleine, je suis en nage – le sel de ma transpiration me pique les yeux. Heureusement, Sarah ne remarque rien. Accroupie devant le poêle, elle ravive le feu avec un bâton noirci.

— On fait bouillir l'eau le matin, m'informe-t-elle, pour éliminer les bactéries. On est obligés, sinon c'est la courante garantie du matin au soir.

J'entends parfaitement Raven prononcer ces derniers mots : je parie qu'il s'agit d'un de ses mantras.

— D'où vient-elle ?

Je profite qu'elle ait le dos tourné pour m'asseoir, un instant, sur le banc le plus proche.

— D'une rivière voisine, le Cocheco. À un kilomètre et demi, deux max.

Je ne me vois pas transporter ces seaux, pleins, sur une distance pareille.

— C'est là-bas qu'on récupère nos provisions aussi, poursuit Sarah. Nos amis infiltrés nous les font parvenir sur l'eau. Le Cocheco traverse Rochester.

En gloussant, elle ajoute :

— Raven dit qu'un jour ils lui feront remplir un formulaire pour qu'il explique le motif de son voyage.

Elle pioche dans une pile de bûches pour alimenter le poêle, puis se lève.

— On va juste réchauffer un peu l'eau, ça lave mieux.

Sur l'une des étagères au-dessus de l'évier nous attend une énorme marmite, suffisamment grande pour servir de baignoire à un bébé. Sans me laisser le temps de lui proposer de l'aide, Sarah se hisse sur le rebord en pierre du bac avec la grâce d'une gymnaste et récupère le récipient. Elle atterrit sur les dalles sans un bruit.

— Maintenant, dit-elle en chassant une mèche de cheveux échappée de sa queue-de-cheval, il faut mettre l'eau dans la marmite et la marmite sur le poêle.

Dans la Nature, on procède étape par étape, laborieusement. Tout prend du temps. Pendant que nous attendons que la température de l'eau monte, Sarah me dresse la liste des résidents, embrouillamini de noms que je ne retiendrai pas : Papy, le plus vieux ; Lu, diminutif de Lucky, qui a perdu un doigt à cause d'une vilaine infection, mais a eu la « chance » de conserver ses autres membres ; Bram, pour Bramble, qui a fait son apparition un jour, au milieu d'un fourré de mûres et de ronces – d'où son nom –, comme déposé là par des loups. Derrière chaque nom, ou presque, se cache une histoire. Même derrière celui de Sarah. À son arrivée dans la Nature, sept ans auparavant, avec sa sœur aînée, elle a supplié les colons de la rebaptiser. Elle fait une grimace en se souvenant de la réaction de Raven : elle voulait quelque chose d'imposant, style Blade ou Iron, cependant celle-ci s'est contentée d'éclater de rire, de lui poser une main sur le sommet du crâne et de riposter :

— Pour moi, tu as bien une tête de Sarah.

Et voilà comment Sarah est restée Sarah.

— Laquelle est ta sœur ? demandé-je.

Je repense aussitôt à la mienne, Rachel – pas la Rachel que j'ai quittée, transformée en automate par le Protocole, mais celle de mon enfance –, et je ferme les yeux pour effacer cette image.

— Elle n'est plus là. Elle est partie au début de l'été, elle a rejoint la R. Elle reviendra me chercher dès que j'aurai l'âge de participer.

Relevant la pointe de fierté dans son ton, j'acquiesce, alors que je n'ai pas la moindre idée de ce dont elle parle. D'autres noms suivent : Hunter, le blond assis en face de moi à table (« C'est son ancien nom, précise-t-elle en baissant la voix sur *ancien*, comme si c'était un mot maudit, rien à voir avec ses talents de chasseur... il n'en a aucun[1] ! ») ; Tack, arrivé du Nord il y a de cela quelques années.

— Personne ne l'apprécie, il est mal élevé.

Une fois de plus, j'entends Raven parler à travers elle. Sarah triture son tee-shirt, au tissu si usé qu'il en est presque translucide. Elle finit par ajouter :

— Sauf moi. Il a toujours été gentil avec moi.

1. En anglais, *hunter*, qui signifie « chasseur », est aussi un prénom relativement fréquent.

Au portrait qu'elle m'en brosse, j'en conclus qu'il s'agit du brun qui s'est renfrogné à mon entrée dans la cuisine. Si c'est son expression habituelle, je comprends pourquoi il passe pour un grossier personnage.

— Pourquoi Tack ?

— Parce qu'il n'est pas facile à approcher, ricane-t-elle. Il pique plus qu'une punaise[1] ! C'est Papy qui a choisi ce nom.

Je garderai mes distances avec lui, si je reste. Et je ne suis pas certaine d'avoir vraiment le choix, même si je ne me sens pas à ma place. Une part de moi regrette presque que Raven ne m'ait pas laissée là où elle m'a récupérée. J'étais plus proche d'Alex alors. Il m'attendait de l'autre côté de ce long tunnel noir. J'étais capable d'affronter les ténèbres pour le retrouver.

— L'eau est prête, finit par annoncer Sarah.

Les étapes se succèdent à une lenteur insupportable : remplir un bac d'eau chaude, ajouter une quantité précise de savon sans en perdre le moindre gramme. Dans la Nature, tout est recyclé, rationné, mesuré.

— Et Raven ? dis-je en plongeant mes bras dans l'eau savonneuse.

— Quoi, Raven ?

Le visage de Sarah s'est illuminé : elle l'adore, je le vois bien.

— Quelle est son histoire ? Où vivait-elle avant ?

J'ignore pourquoi j'insiste. Simple curiosité sans doute ; envie de comprendre comment on acquiert autant d'assurance et de charisme. Comment on devient chef. Sarah s'assombrit aussitôt.

— Il n'y a pas d'avant, rétorque-t-elle.

1. Soit *tack* en anglais.

Pour la première fois depuis une heure, elle se mure dans le silence. Sans échanger un mot, nous lavons les assiettes.

Sarah retrouve sa langue quand la vaisselle est terminée ; le moment est venu de me dénicher des vêtements. Elle me conduit dans une petite pièce que j'avais, à tort, prise pour une chambre. Des monceaux d'habits jonchent le sol et les étagères.

— Bienvenue dans notre boutique, annonce-t-elle en décrivant un large geste de la main et en gloussant.

— D'où viennent tous ces vêtements ?

J'ai beau avancer avec prudence, je pose le pied sur des tee-shirts et des paires de chaussettes. Le moindre centimètre carré est recouvert de tissu.

— Ça dépend, on en trouve à droite et à gauche, répond-elle sans plus de précision, avant d'ajouter soudain, d'un ton agressif : Le blitz n'a pas aussi bien marché qu'ils l'ont dit, tu sais. Les zombies ont menti, pour ça et pour le reste.

— Les zombies ?

— C'est comme ça qu'on appelle les Invulnérables. D'après Raven, ils ne valent pas mieux que des zombies. Elle dit que le Protocole rend les gens stupides.

— N'importe quoi.

J'ai répondu par réflexe et je dois me retenir de poursuivre sur ma lancée : ce sont les passions qui nous rendent stupides, semblables à des animaux. « Plus près de Dieu ceux qui ne connaissent pas l'amour. » Un ancien proverbe du *Livre des Trois S*. D'après celui-ci, le remède nous libérait de nos émotions excessives, nous apportait une clarté d'esprit et de cœur. Pourtant, quand je repense au regard vitreux de tante Carol et à l'expression vide de ma sœur, je dois bien reconnaître que le terme de zombie leur va comme un gant. Et Sarah a raison : tous les livres d'histoire et tous nos profs ont menti sur le blitz ; à les croire, la Nature a été entièrement rasée durant la campagne de bombardement. Les Invalides – aussi appelés colons – ne devraient même pas exister si c'était le cas.

— Être intelligent, c'est tenir aux gens, rétorque Sarah. Et tenir aux gens, c'est aimer.

— Ça vient de Raven, aussi ?

Un nouveau sourire.

— Elle est super-intelligente.

Après avoir farfouillé, je finis par mettre la main sur un pantalon kaki et un tee-shirt à manches longues. Incapable de me résoudre à porter des sous-vêtements ayant appartenu à quelqu'un d'autre, je garde les miens. Sarah, qui s'amuse beaucoup, me pousse à essayer d'autres tenues – pour la première fois, elle ressemble à une fille de son âge. Quand je lui demande de se retourner pour que je puisse me changer, elle me dévisage comme si j'étais siphonnée. J'imagine qu'il n'y a pas beaucoup de place pour la pudeur dans la Nature. Elle finit cependant par hausser les épaules et se placer face au mur.

Quel bonheur de quitter le tee-shirt que je porte depuis des jours ! Je suis bien consciente d'empester et je donnerais n'importe quoi pour prendre une douche, mais, pour le moment, je me satisferai de vêtements relativement propres. Le pantalon me tombe bas sur les hanches, cependant après avoir roulé deux ou trois fois la taille sur elle-même, les jambes ne traînent plus par terre. Le tee-shirt, lui, est doux et agréable.

— Pas mal, conclut Sarah lorsqu'elle observe le résultat. Tu as presque l'air humaine.

— Merci.

— J'ai dit presque, glousse-t-elle.
— Presque merci, alors.
Les chaussures posent plus de problèmes. La plupart des habitants de la Nature n'en portent pas l'été et Sarah me fait d'ailleurs admirer la plante de ses pieds, brunie et couverte de corne. Nous finissons cependant par dégoter une paire de baskets à peine trop grandes ; avec des chaussettes épaisses, elles feront l'affaire.

Au moment de m'agenouiller pour les lacer, je reçois un coup au cœur : j'ai répété ce geste si souvent, avant les compétitions de cross, dans les vestiaires, au milieu d'une cohue de silhouettes indistinctes dont seule se détachait Hana. Nous nous taquinions toujours pour savoir qui serait la meilleure. Je n'avais jamais pensé que ça me manquerait autant.

Pour la première fois, je m'avoue que j'aurais préféré rester de l'autre côté, avant de chasser aussitôt cette pensée, de l'enfouir. Ce qui est fait est fait, et Alex s'est sacrifié pour que ce soit possible. Regarder en arrière ne sert à rien. Je ne dois pas regarder en arrière.

— Tu es prête à visiter le reste de la colonie ? me demande Sarah.

Cette séance d'essayage m'a épuisée, mais je donnerais n'importe quoi pour être à l'air libre.

— Je te suis.

Nous retraversons la cuisine et gravissons l'étroit escalier de pierre à côté du poêle. Sarah, qui file devant moi, disparaît au détour d'une volée de marches.

— On est presque arrivées ! me lance-t-elle par-dessus son épaule.

Après une dernière volute, l'escalier s'évanouit, remplacé par la terre meuble et une clarté éblouissante. Confuse et aveuglée, je chancelle. L'espace d'une seconde, j'ai l'impression d'avoir pénétré dans un rêve et de me débattre pour comprendre l'univers qui s'ouvre devant mes yeux.

Sarah se tient à quelques pas de moi, hilare. Elle lève ses bras éclaboussés de soleil.

— Bienvenue dans la colonie, dit-elle en dansant sur place.

La pièce où je dormais se trouve en sous-sol – ce que j'aurais pu déduire de l'absence de fenêtres et de l'humidité ambiante – et l'escalier conduit donc, de façon abrupte, à la surface. À l'endroit où on attendrait une maison, ou une bâtisse, il n'y a qu'une vaste étendue d'herbe parsemée de bois carbonisé et d'énormes pierres.

Je n'étais pas préparée aux rayons du soleil, pas plus qu'à l'odeur de la végétation et de la vie. Tout autour de nous, d'immenses arbres, aux feuilles ourlées de jaune qui semblent s'embraser lentement, tracent sur le sol des figures d'ombre et de lumière. Submergée un instant par un sentiment profond et ancien, je pourrais m'écrouler et pleurer de joie, ou ouvrir les bras et tourner sur moi-même. Après un si long enfermement, je voudrais absorber tout cet espace, toute cette clarté, tout cet air qui se déploie autour de moi.

— C'était une église, m'explique Sarah en désignant les blocs de pierre et les poutres noircies derrière moi. Les bombes n'ont pas détruit la crypte. Dans la Nature, il y a beaucoup de caves, d'abris souterrains que les bombardements n'ont pas atteints, tu verras.

— Une église ?

À Portland, elles sont faites d'acier, de verre et de murs en plâtre d'un blanc immaculé. D'où ma surprise. Ce sont des endroits aseptisés, des endroits où le miracle de la vie et la science divine sont célébrés à coups de microscopes et de centrifugeuses.

— Une vieille église, poursuit-elle. Il y en a beaucoup ici. À l'ouest de Rochester, il en reste une debout. Je t'emmènerai un jour, si tu veux.

Puis elle agrippe le bas de mon tee-shirt et tire dessus avant de lancer :

— Viens. On a plein de trucs à voir.

La seule autre fois où j'ai mis les pieds dans la Nature, c'était avec Alex. Nous avions franchi la frontière en cachette et il m'avait montré où il vivait. Son campement avait été établi dans une grande clairière, autrefois habitée, où les arbres et la végétation n'avaient pas encore repris leurs droits. Mais ici, l'espace dégagé qui s'étend à perte de vue est jalonné d'arches en pierre et de murs en partie écroulés, ainsi que d'une volée de marches en béton qui montent en spirale vers le ciel et se terminent dans le vide. Sur la dernière marche, plusieurs oiseaux ont fait leur nid.

J'ai du mal à respirer en suivant Sarah dans l'herbe humide qui nous chatouille parfois les genoux. Un monde en ruine, le royaume de l'absurde : des portes qui ouvrent sur rien ; une camionnette rouillée, sans roues, posée au cœur d'une étendue vert pâle, au milieu de laquelle pousse un arbre ; et partout des morceaux de métal scintillant, tordus en des formes méconnaissables.

À côté de moi, Sarah sautille quasiment, débordée par l'excitation d'être enfin dehors. Elle est à son aise pour naviguer entre les pierres et les déchets métalliques jonchant l'herbe, alors que je dois constamment surveiller où je pose les pieds. Ce qui me ralentit et me fatigue.

— Avant, c'était une ville, me dit-elle. La rue principale se trouvait sans doute ici. Il y a beaucoup d'arbres jeunes dans ce coin, mais presque plus de bâtiments. Ça nous a permis de déduire l'emplacement des maisons. Le bois brûle beaucoup plus facilement. Enfin, tu t'en doutes.

Elle abaisse sa voix à un murmure, les yeux écarquillés :

— Étonnamment, ce ne sont pas les bombes qui ont fait le plus de dégâts, mais les incendies consécutifs.

Je réussis à hocher la tête.

— Là, il y avait une école.

Elle désigne une vaste zone de végétation rase, vaguement de la forme d'un rectangle. Dans ce périmètre, le feu a marqué les arbres au fer rouge et, sans leurs feuilles, ils m'évoquent des fantômes décharnés.

— Il restait même des casiers, et des vêtements à l'intérieur de certains.

Une expression de culpabilité se lit alors sur son visage et je comprends soudain : les vêtements entreposés dans la pièce en bas, le pantalon et le tee-shirt que je porte… voilà d'où ils proviennent.

— Attends une seconde.

Le temps que je reprenne mon souffle, nous nous attardons sur le site de l'ancienne école. Nous sommes dans une flaque de soleil et j'accueille la chaleur avec bonheur. Les oiseaux gazouillent et filent à toute allure dans le ciel, petites ombres fugaces. À distance me parviennent des cris de joie et des éclats de rire ; des Invalides qui arpentent les bois. L'air est agité de tourbillons de feuilles d'un vert doré.

Un écureuil s'attaque avec énergie à la coquille d'une noisette, assis sur la marche supérieure de ce qui devait être le perron de l'école. À présent, l'escalier échoué dans la terre meuble est envahi par les fleurs sauvages. Je pense à tous les pieds qui ont dû fouler l'endroit précis où l'écureuil s'est installé. Je pense à toutes les petites mains ouvrant les casiers, à toutes les voix, à toute l'excitation. Je pense à ce qui s'est passé ici pendant le blitz – la panique, les hurlements, la cohue, le feu.

À l'école, on nous enseignait toujours que cette guerre éclair, ce nettoyage, avait été rapide. On nous montrait des images de pilotes agitant la main tandis que des bombes tombaient sur un tapis vert, parsemé d'arbres si petits qu'ils ressemblaient à des jouets, et que des panaches étroits de fumée s'élevaient telles des plumes. Aucune pagaille, aucune souffrance, aucun bruit. Mais une population entière – celle qui avait résisté et refusé d'aller s'installer dans les villes officielles, encloses, celle des non-croyants et des contaminés – effacée d'un seul mouvement, en pressant une touche sur un clavier. Transformée en rêve.

Bien sûr, ça n'a pas pu vraiment se dérouler ainsi. Non. Les casiers étaient encore pleins. Les élèves n'ont eu que le temps de se ruer vers la sortie.

Certains d'entre eux, rares, ont peut-être réussi à s'échapper et à rejoindre leur maison dans la Nature ; la plupart ont trouvé la mort pourtant. Nos enseignants ne nous ont pas caché la vérité à ce sujet, au moins. Sentant le sol tanguer sous mes pieds, je ferme les paupières.

— Ça va ? me demande Sarah.

Elle pose une main sur mon dos, une main délicate et puissante.

— On peut faire demi-tour, ajoute-t-elle.

— Je vais bien, dis-je en rouvrant les yeux.

Nous nous sommes à peine éloignées de l'église. L'essentiel de l'ancienne rue principale s'étend devant nous, et je suis bien décidée à tout voir. Nous progressons encore plus lentement maintenant ; au fur et à mesure, Sarah désigne les endroits déserts où se dressaient sans doute autrefois des bâtiments : un restaurant (« Une pizzeria, précise-t-elle, c'est là que nous avons récupéré le poêle »), une boulangerie (« On aperçoit encore l'enseigne, tu vois ? Enterrée de ce côté-là. "Sandwichs préparés à la demande" »), une épicerie.

La mention de ce dernier magasin semble attrister Sarah. Le sol est retourné, l'herbe encore plus fraîche qu'ailleurs : conséquence d'années et d'années de fouilles.

— Pendant longtemps, on a dégoté des choses à manger, enfouies dans la terre un peu partout. Des boîtes de conserve, mais aussi des emballages en carton ayant résisté aux incendies.

Elle soupire avec nostalgie avant d'ajouter :

— Il n'y a plus rien, maintenant.

Nous poussons plus loin. Un autre restaurant, matérialisé par un gigantesque comptoir métallique et deux chaises côte à côte dans un carré de soleil. Une quincaillerie (« Elle nous a sauvé la vie plus d'une fois »), jouxtée par une ancienne banque : ici aussi, des escaliers s'enfoncent dans la terre. Le brun, celui au regard foudroyant, sort justement de cette bouche béante, un fusil en bandoulière.

— Salut, Tack, lance Sarah avec timidité.

Après l'avoir ébouriffée, il rétorque :

— Accès réservé aux hommes. Tu le sais, non ?

— Oui, oui, dit-elle en levant les yeux au ciel. Je fais juste visiter le coin à Lena. C'est là que dorment les garçons, ajoute-t-elle à mon intention.

Les Invalides n'en ont donc pas complètement fini, eux non plus, avec la ségrégation ? Ce petit élément de normalité m'apporte une forme de soulagement. Tack se rembrunit lorsque son regard tombe sur moi.

— Salut, lancé-je d'une voix anormalement aiguë.

Je tente, sans succès, de sourire. Il est très grand et aussi mince que tous les autres Invalides, mais les muscles de ses avant-bras sont parfaitement dessinés et sa mâchoire, carrée et puissante. Lui aussi possède la cicatrice triangulaire derrière l'oreille. Je me demande s'il s'agit d'une fausse, à l'instar de celle d'Alex. Ou bien si l'opération n'a pas marché sur lui.

— Ne vous approchez pas de la salle des coffres.

Si ces mots sont destinés à Sarah, il ne détache pas ses yeux des miens. Des yeux froids et scrutateurs.

— Ne t'inquiète pas, le rassure Sarah.

Pendant qu'il s'éloigne, elle me murmure :

— Il est comme ça avec tout le monde.

— Je comprends pourquoi Raven lui reproche son attitude.

— Ne te sens pas visée. Ça n'a rien de personnel.

— Entendu, dis-je, même si cette brève rencontre m'a secouée.

Mes forces me désertent soudain. Nous avons à peine parcouru la moitié de l'ancienne rue principale, mais ma résolution d'aller jusqu'au bout me paraît soudain absurde. L'éclat du soleil, le vide qui m'entoure... tout me désoriente. Je fais volte-face, trop vite, et trébuche sur un morceau de calcaire éclaboussé de fientes. Je reste suspendue, l'espace d'une seconde, avant d'atterrir, brutalement, tête la première dans la terre.

— Lena !

En un clin d'œil, Sarah m'a rejointe et m'aide à me relever. Je me suis mordu la langue et un goût métallique envahit ma bouche.

— Tu t'es fait mal ?

— Laisse-moi une seconde, haleté-je.

Tout en m'asseyant sur le morceau de calcaire, je réalise soudain quelque chose : je ne connais même pas la date.

— On est quel jour, aujourd'hui ?

— Le 27 août.

Son visage demeure plissé par l'inquiétude, pourtant, Sarah garde ses distances. Le 27 août. J'ai quitté Portland le 21. J'ai perdu près d'une semaine dans la Nature, dans ce monde sens dessus dessous. Ce n'est pas mon monde. Le mien se trouve à des kilomètres d'ici. Là-bas, les portes donnent sur des pièces, et non dans le vide comme ici, les murs sont d'un blanc impeccable et les réfrigérateurs ronronnent tranquillement ; les rues répondent à un tracé méticuleux et les trottoirs ne sont pas parcourus de fissures. Je reçois un nouveau coup au cœur qui me plie en deux. Dans moins d'un mois, Hana subira son Protocole.

Alex, lui, comprenait comment fonctionnent les choses ici. Il aurait pu articuler ces décombres pour moi, les transformer en un lieu où règnent la raison et l'ordre. Il m'aurait montré la voie dans la Nature. Avec lui, je m'en serais sortie.

— Tu as besoin de quelque chose ? demande Sarah d'une voix hésitante.

— Non, ça va aller.

Mes mots peinent à sortir, à franchir la barrière de la douleur.

— C'est la nourriture, ajouté-je. Il faut que je m'habitue.

Sentant que je vais encore être malade, je plonge la tête entre mes genoux et tousse pour expulser les sanglots qui me secouent. Sarah, qui comprend sans doute ce qui m'arrive, souffle :

— Tu finiras par t'y faire.

J'ai le sentiment qu'elle ne parle pas seulement du petit déjeuner.

Il ne nous reste plus qu'à rebrousser chemin, le long de cette route pilonnée, à travers les débris étincelants, serpents embusqués dans les herbes hautes.

Le chagrin est une noyade, un ensevelissement. Je m'enfonce dans une eau couleur de terre retournée. Chaque respiration m'étouffe. Il n'y a ni rebord ni paroi où planter les ongles. Rien d'autre à faire que lâcher prise.

Lâcher prise. S'abandonner au poids qui pèse sur tout mon corps et me comprime les poumons. Se laisser aller vers le fond. Il n'y a pas d'autre destination. Il n'y a que le goût du métal, l'écho du passé et des jours qui ressemblent aux ténèbres.

Maintenant

Voilà la fille que j'étais alors : je chancelais et sombrais, perdue dans la lumière et l'immensité. Mon passé avait été effacé, nettoyé, pour ne laisser qu'une surface immaculée.

L'avenir se bâtit sur n'importe quoi pourtant. Une poussière, une étincelle. Un désir d'avancer, lentement, un pied devant l'autre. On peut construire une ville magnifique à partir de ruines.

Voici la fille que je suis aujourd'hui : les genoux pressés l'un contre l'autre, les mains à plat sur les cuisses. Une blouse en soie à l'encolure serrée et une jupe en laine, c'est l'uniforme du lycée Quincy Edwards. Le tissu m'irrite, pourtant, je me retiens de me gratter. Elle y verrait un signe d'agitation et je ne suis pas nerveuse. Je ne le serai plus jamais.

Elle cille. Pas moi. Elle, c'est Mme Tulle, le proviseur. Son visage m'évoque un poisson collé contre la paroi d'un aquarium : ses yeux sont si énormes qu'ils semblent déformés.

— Tout va bien à la maison, Magdalena ?

Ça me fait bizarre de l'entendre utiliser mon prénom officiel. Tout le monde m'a toujours appelée Lena.

— Très bien, réponds-je.

Elle feuillette des papiers. L'ordre règne dans son bureau, bien au carré. Même le verre d'eau sur sa table de travail est parfaitement centré sur le dessous-de-verre. Les Invulnérables ont toujours eu un goût pour l'organisation, les angles droits et ce qui ne déborde pas. Pour les citer, « Propreté mène à piété » et « L'ordre conduit à l'élévation de l'âme ». Ça donne un sens à leur vie, je suppose... De quoi occuper leurs longues heures vides.

— Tu vis avec ta sœur et son mari, n'est-ce pas ?

J'acquiesce puis répète l'histoire de ma nouvelle vie :

— Ma mère et mon père ont été tués lors des Incidents.

Cet élément, au moins, n'est pas un gros mensonge. La Lena d'autrefois aussi était orpheline, ou tout comme. Inutile de préciser la référence aux Incidents : tout le monde en a entendu parler à présent. En janvier, la résistance a lancé ses premières attaques majeures. Secondés par des Sympathisants et, dans certains cas, par de jeunes Vulnérables, les résistants ont déclenché des explosions simultanées dans les principaux bâtiments administratifs d'une poignée de villes. À Portland, ils ont décidé de faire sauter une partie des Cryptes. Dans le chaos qui s'est ensuivi, une douzaine de personnes ont été tuées. La police et les Régulateurs ont réussi à rétablir l'ordre, mais seulement après que des centaines de prisonniers avaient pris la fuite.

Ironie de la vie : ma mère a passé dix ans à creuser un tunnel pour s'échapper de cette prison alors qu'en attendant six mois supplémentaires, elle aurait pu en sortir tranquillement.

— Oui, rétorque Mme Tulle en réprimant un frisson, je l'ai lu dans ton dossier.

Dans son dos, un humidificateur bourdonne ; l'air reste désespérément sec pourtant. La pièce sent le papier et, de façon plus discrète, la laque. Un filet de sueur coule le long de mon dos. Cette jupe me tient vraiment chaud.

— Nous nous faisons du souci, car tu sembles avoir du mal à t'adapter, reprend-elle en me fixant de ses yeux de poisson. Le midi, tu manges seule, dans ton coin.

Ça ressemble à une accusation. Même la nouvelle Lena éprouve un léger embarras. Il n'y a rien de pire que de ne pas avoir d'amis, à part inspirer de la pitié pour cette raison.

— En toute honnêteté, j'ai du mal avec les filles, riposte la nouvelle Lena. Je les trouve un peu... immatures.

Tout en parlant, j'incline légèrement la tête pour que Mme Tulle puisse voir la cicatrice triangulaire derrière mon oreille gauche : la marque de ma guérison. Aussitôt son expression se radoucit.

— Eh oui, naturellement. La plupart d'entre elles sont plus jeunes que toi, après tout. Elles n'ont pas encore dix-huit ans et sont toujours vulnérables.

Je lève les mains, paumes retournées, l'air de dire : « Naturellement. » Cependant, Mme Tulle n'en a pas terminé avec moi, même si elle abandonne son ton agressif.

— Mme Fierstein m'a rapporté que tu t'étais encore endormie en cours. Nous sommes inquiètes, Lena. La charge de travail est-elle trop importante pour toi ? Souffres-tu d'un mauvais sommeil ?

— J'ai été un peu stressée ces derniers temps. À cause de mon implication dans l'APASD.

Elle hausse aussitôt les sourcils.

— Je ne savais pas que tu en faisais partie.

— J'appartiens à la division A. Nous organisons un grand meeting vendredi prochain. Il y a d'ailleurs une réunion de préparation cet après-midi à Manhattan et je ne veux pas être en retard.

— Mais oui, bien sûr, je suis au courant pour le rassemblement.

Elle réunit les feuilles et, après avoir vérifié que les bords sont bien alignés, les glisse dans un tiroir. Je suis tirée d'affaire. L'APASD – Association pour une Amérique sans *delirium* – fonctionne comme un sésame. Le proviseur n'est plus que compréhension à présent.

— Je suis très impressionnée de voir que tu t'impliques dans de tels projets durant ton temps libre, Lena. Et nous soutenons le travail de l'APASD. Veille simplement à ne pas négliger le lycée pour autant. Je ne veux pas que tes résultats scolaires souffrent de ton engagement, si primordial soit-il.

— Je comprends.

Je baisse la tête, la mine contrite. La nouvelle Lena est une bonne actrice.

— File maintenant, me dit-elle en souriant. Il ne faut pas que tu sois en retard à ta réunion.

Je me lève et passe mon fourre-tout en bandoulière.

— Merci.

Elle incline la tête en direction de la porte, signe qu'elle me donne congé.

Je traverse les couloirs au linoléum rayé par les coups de balai, le long de murs blancs et silencieux. Toutes les autres élèves sont rentrées chez elles à l'heure qu'il est. Derrière les portes m'attend un paysage d'un blanc éblouissant, tapissé de l'inhabituelle neige de mars : une lumière d'un éclat dur, des arbres habillés d'une épaisse gaine de glace. Je remonte la fermeture Éclair de ma veste et franchis la grille du lycée, menant à la Huitième Avenue.

Voilà la fille que je suis devenue. Mon avenir est ici, dans cette ville envahie par les stalactites glacées qui, tels des poignards, menacent de tomber à tout instant.

Il y a plus de circulation à New York que je n'en ai vu de toute ma vie. À Portland, presque personne n'avait de voiture en état de marche ; ici, les gens, plus riches, ont les moyens d'acheter de l'essence. À mon arrivée à Brooklyn, j'avais même pris l'habitude d'aller à Times Square pour regarder passer les véhicules, parfois par dizaines, l'un derrière l'autre.

Pourtant, aujourd'hui, les routes qui mènent à Manhattan sont presque vides. Dans la 31e Rue, mon bus se retrouve coincé derrière le camion des éboueurs, qui a heurté une congère noire de suie, et lorsque je gagne enfin le Javits Center, la réunion a déjà commencé. Les marches devant sont désertes, tout comme l'énorme hall d'entrée, et je distingue, au loin, des voix amplifiées par des microphones, accompagnées d'applaudissements semblables à un rugissement. Je me précipite vers le portillon de la sécurité et dépose mon sac sur une table avant de me tenir droite, bras et jambes écartés, tandis qu'un homme glisse, sans sourciller, son détecteur à métaux sur ma poitrine et entre mes cuisses. Il y a longtemps que ces contrôles ne me mettent plus mal à l'aise. Je m'approche ensuite de la table pliante devant les énormes portes à double battant ; derrière celles-ci résonne un nouveau tonnerre d'applaudissements, suivi d'intonations tonitruantes et passionnées. Les mots, eux, demeurent incompréhensibles.

— Pièce d'identité, s'il vous plaît, débite la volontaire qui surveille l'entrée.

Elle scanne ma carte et incline la tête pour m'indiquer de passer.

La salle de conférences, gigantesque – elle doit pouvoir contenir au moins deux mille personnes –, est comme toujours presque comble. Il reste quelques sièges vides sur la gauche, près de la scène, et je longe le mur pour les rejoindre, dans l'espoir d'être le plus discrète possible. Je n'ai aucune inquiétude à avoir : l'assemblée est subjuguée par l'orateur. Il y a de l'électricité dans l'air ; j'ai l'impression que des milliers de gouttelettes sont suspendues, près de tomber.

— ... ne suffit pas à assurer notre sécurité.

La voix de l'homme tempête dans la salle. Sous la lumière vive des néons, sa chevelure noire luit tel un casque. Il s'agit de Thomas Fineman, le fondateur de l'APASD.

— On nous parle des risques encourus, des dangers, mais quels risques prenons-nous en tant que citoyens, si nous restons les bras croisés ? Si nous ne nous battons pas pour sauver l'ensemble de la société ? À quoi rime la santé d'une seule frange de la population ?

Le public se déchaîne. Thomas ajuste les poignets de sa chemise, se penche vers le micro.

— Nous devons diriger nos efforts communs vers ce but unique. Voilà l'objectif de cette manifestation. Nous demandons que notre gouvernement, nos scientifiques, nos institutions nous protègent. Nous demandons qu'ils gardent foi en leur peuple, foi en l'ordre divin. Dieu n'a-t-il pas lui-même écarté, pendant des milliers d'années, des millions d'espèces défaillantes ou viciées d'une quelconque façon, dans sa quête d'une création parfaite ? Et nous n'en tirerions pas de leçon ? Il est parfois nécessaire d'exclure les faibles et les vulnérables pour évoluer vers une société meilleure.

Les acclamations enflent, atteignent leur apogée. Lena Morgan Jones prend part à l'ovation. C'est la mission que m'a confiée Raven : surveiller l'APASD. M'infiltrer. On ne m'a rien dit de plus.

— Enfin, nous demandons au gouvernement de tenir les promesses du *Livre des Trois S* : garantir la sûreté, la santé et la satisfaction de nos villes et de notre peuple.

J'ouvre l'œil :

Des rangées de spots puissants.

Des files de visages lunaires, pâles, bouffis, craintifs et reconnaissants. Des visages d'Invulnérables.

Une moquette grise, usée jusqu'à la corde d'avoir été trop foulée.

Un homme corpulent sur ma droite, la respiration sifflante. Son pantalon remonté haut, au-dessus de sa bedaine.

Une zone délimitée par un cordon de sécurité juste à côté de la scène, trois chaises, dont une seule occupée.

Un garçon.

De tous les détails que j'ai relevés, le garçon est le plus intéressant. La moquette, les visages... ils se retrouvent dans toutes les réunions de l'APASD. Comme le militant de base. Parfois il a de l'embonpoint, parfois il est mince, parfois c'est une femme. Mais ils se ressemblent toujours... ils sont interchangeables.

Des boucles caramel encadrent le visage du garçon. Ses yeux sont bleu foncé, couleur d'orage. Il porte un polo rouge à manches courtes malgré la météo et un jean noir repassé. Ses mocassins sont neufs et la montre métallique à son poignet réfléchit la lumière. Il est riche et ça se voit. Ses mains, croisées, sont posées sur ses genoux. Il a confiance et ça se voit aussi. Il maîtrise à la perfection son masque d'impassibilité, incarnation exemplaire du détachement contrôlé d'un Invulnérable.

Naturellement, il n'est pas guéri, pas encore. Malgré ses dix-huit ans, Julian Fineman, le fils de Thomas Fineman, n'a toujours pas subi le Protocole. Les scientifiques ont, jusqu'à présent, refusé de procéder à l'opération. Vendredi prochain, le jour même du grand rassemblement de l'APASD à Times Square, il passera sur le billard et deviendra invulnérable.

À moins qu'il ne meure ou ne soit transformé en légume. Peu importe, il sera opéré. Son père y tient. Julian y tient.

Je ne l'ai jamais vu en personne avant, même si j'ai aperçu son visage sur des affiches et des tracts. Julian est célèbre. Un martyr. Le héros de l'APASD et le président de la division jeunesse de l'association.

Il est plus grand que ce à quoi je m'attendais. Et plus beau. Les photos ne rendent justice ni au dessin de sa mâchoire ni à la puissance de ses épaules : une carrure de nageur.

Sur scène, Thomas Fineman boucle son discours introductif :

— Nous ne nions pas les dangers inhérents à une exécution anticipée du Protocole, mais nous affirmons que ceux inhérents à son report sont encore pires. Nous sommes prêts à en assumer les conséquences. Nous sommes suffisamment courageux pour accepter de sacrifier quelques-uns dans le but d'un bien-être général.

Il marque une pause et une nouvelle salve d'applaudissements emplit l'auditorium. Il incline la tête d'un air admiratif le temps que le silence revienne. La lumière joue avec sa montre : il porte le même modèle que son fils.

— À présent, j'aimerais vous présenter une personne qui incarne toutes les valeurs de l'APASD. Un jeune homme qui, mieux que quiconque, comprend la nécessité de défendre cette opération, même pour les plus jeunes, même pour ceux qu'elle pourrait mettre en danger. Il sait que, pour que notre pays prospère, pour que nous vivions tous heureux et en sûreté, il est parfois nécessaire de sacrifier un individu. La sûreté générale exige des efforts et il ne peut y avoir de santé que globale. Chers membres de l'APASD, je vous demande d'accueillir maintenant mon fils, Julian Fineman.

Clap, clap, clap. Lena applaudit avec le reste de la foule. Thomas laisse la place à Julian. Ils se croisent sur les marches et échangent un bref signe de tête. Ils ne se touchent pas.

Julian a pris des notes, qu'il pose sur le pupitre devant lui. Les haut-parleurs diffusent un bruissement de papier amplifié. Les yeux de Julian fouillent la foule et se posent sur moi une seconde. Il entrouvre alors la bouche et mon cœur s'arrête : il semble m'avoir reconnue. Impossible. Son regard s'éloigne presque aussitôt dans la direction opposée, précipitant les battements de mon cœur. Je suis juste parano.

Julian se débat avec le micro pour l'ajuster à sa taille – il est encore plus grand que son père. Étrange comme ils sont différents, physiquement : d'un côté, Thomas le rapace, ténébreux et inquiétant ; de l'autre, Julian, avec sa carrure de sportif, ses cheveux blonds et ses yeux d'un bleu incroyable. Seule leur large mâchoire les rapproche.

En voyant Julian passer une main dans ses cheveux, je me demande s'il est nerveux. Il prend pourtant la parole d'une voix posée et neutre :

— J'avais neuf ans lorsqu'on m'a annoncé que j'allais mourir.

À nouveau, la tension est palpable dans l'air, chaque spectateur a dû se pencher légèrement en avant.

— C'est à cette époque que les crises ont débuté, ajoute-t-il. La première, si violente que j'ai failli me déchiqueter la langue. Lors de la deuxième, je me suis ouvert la tête sur la cheminée. Mes parents se faisaient du souci.

Un nœud se forme dans mon ventre, malgré les carapaces que je me suis fabriquées et que j'ai superposées, au cours des six derniers mois, pour forger la fausse Lena, avec sa cicatrice triangulaire. Voilà le monde dans lequel nous vivons, un monde de sûreté, de bonheur et d'ordre, un monde sans amour. Un monde où les enfants se fracassent le crâne sur des manteaux de cheminée en pierre et manquent de s'arracher la langue. Ce qui rend les parents soucieux. Pas dévastés ou morts d'inquiétude, non. Soucieux, comme lorsqu'on rate un examen de maths ou qu'on paie ses impôts en retard.

— Les médecins m'ont appris qu'une tumeur au cerveau expliquait les crises. L'opérer aurait mis mes jours en danger. Ils doutaient de mes chances de survie. Mais si on laissait la tumeur grossir, j'étais à coup sûr condamné.

Julian marque une pause et jette, me semble-t-il, un coup d'œil dans la direction de son père. Celui-ci occupe la chaise libérée par son fils, les jambes croisées, le visage de marbre.

— Condamné, répète Julian. Si bien qu'il fallait procéder à l'ablation de cette excroissance maligne. La séparer des tissus sains. Autrement, elle aurait continué à se répandre et à contaminer le reste.

Julian fait bruisser les feuilles puis, sans détacher les yeux de ses notes, reprend :

— La première opération a été une réussite et les crises ont cessé un temps. L'année de mes douze ans, elles ont recommencé pourtant. Le cancer était de retour et, cette fois, il faisait pression sur le tronc cérébral.

Il serre les doigts sur le pupitre, le lâche. Le silence plane plusieurs secondes. Quelqu'un dans le public tousse. Des gouttelettes, c'est ce que nous sommes, des gouttes identiques, suspendues, attendant que quelqu'un nous montre dans quelle direction nous écouler.

Julian relève la tête. L'image projetée sur un écran derrière lui présente un plan serré de son visage grossi quinze fois. Ses yeux, deux tourbillons de bleu, de vert et d'or, évoquent la surface de l'océan par un jour ensoleillé ; derrière le calme, l'impassibilité travaillée, j'aperçois une expression fugace, qui disparaît avant que je réussisse à la nommer.

— J'ai subi trois autres opérations à la suite de la première. Les médecins ont retiré la tumeur quatre fois, et trois fois elle a repoussé, comme n'importe quelle maladie, à moins de l'éradiquer intégralement.

Il s'interrompt pour laisser le temps à son auditoire de prendre la mesure de cette déclaration.

— Je suis guéri depuis deux ans.

Un tonnerre d'applaudissements que Julian arrête en levant une main. Il sourit, et le visage énorme dans son dos sourit aussi, version pixellisée et floue.

— Les médecins m'ont annoncé que toute nouvelle opération représenterait un danger. Ils m'avaient déjà retiré trop de tissu cérébral, ils avaient pratiqué trop d'excisions. En subissant le Protocole, je risque de perdre entièrement la capacité de réguler mes émotions. Je risque de perdre la parole, la vision et la motricité.

Après avoir changé de position, il conclut :

— Je risque la mort cérébrale.

C'est plus fort que moi, comme tout le monde, je retiens mon souffle. Seul Thomas Fineman paraît détendu : je me demande combien de fois il a déjà entendu ce laïus. Julian se rapproche du micro et semble soudain s'adresser à chacun d'entre nous, individuellement. D'une voix basse mais pressante, il nous murmure un secret à l'oreille :

— Pour cette raison, ils ont refusé de me guérir. Durant plus d'un an, nous nous sommes battus et nous avons enfin obtenu une date. Le 23 mars, le jour de notre grand rassemblement, je serai opéré.

Une nouvelle salve d'applaudissements retentit ; Julian rétablit aussitôt le calme : il n'en a pas tout à fait terminé.

— Ce jour sera un jour historique, même si c'est mon dernier. Ne vous imaginez pas que je ne mesure pas les risques.

Il se redresse et se met à tonitruer. Les yeux sur l'écran lancent des éclairs à présent, ils crépitent.

— Je n'ai tout simplement pas d'autre choix. Exactement comme lorsque j'avais neuf ans. Nous devons éliminer le mal. L'exciser, quels que soient les dangers. Autrement, il continuera à croître. Il se répandra tel le pire des cancers et nous mettra tous, nous tous qui sommes nés dans ce grand et merveilleux pays, en péril. Alors je vous le dis : nous devons éliminer le mal, parce que c'est notre devoir. Merci.

Et voilà, il a réussi. Il nous a fait basculer, nous sommes sortis de notre état d'expectative pour nous déverser vers lui en une vague sonore de hurlements retentissants et d'applaudissements. Lena tape dans ses mains jusqu'à ce qu'elles brûlent, puis elle continue jusqu'à ce qu'elles soient engourdies. La moitié du public s'est levée. Quelqu'un se met à scander « APASD ! APASD ! » et bientôt, nous reprenons tous cette litanie : un rugissement assourdissant. Thomas finit par rejoindre son fils sur scène et, côte à côte, le brun et le blond, telles les deux faces de la Lune, nous observent avec solennité, tandis que nous leur manifestons bruyamment notre soutien. Ils sont la lune, nous sommes la marée ; sous leur influence, nous laverons le monde de toutes ses plaies.

Avant

Il y a toujours quelqu'un de malade dans la Nature. Dès que j'ai regagné assez de forces pour quitter l'infirmerie et m'installer sur un matelas à même le sol, c'est Squirrel qui prend ma place. Suivi de Papy. La nuit, la colonie résonne des quintes de toux, des respirations sibilantes et des claquements de dents : des bruits de maladie qui traversent les murs et nous emplissent tous de crainte. Le problème vient de la proximité. Nous vivons les uns sur les autres, nous respirons le même air, nous partageons tout. Et rien ni personne n'est jamais parfaitement propre.

La faim nous ronge, nous excède. Après ma première expédition à l'extérieur, je me réfugie sous terre, comme un animal qui se retire dans le confort de sa tanière. Un jour passe, puis deux. Les provisions n'arrivent toujours pas. Chaque matin, de nouveaux colons partent en quête de nouvelles ; j'en déduis qu'ils ont découvert le moyen de communiquer avec les Sympathisants et les résistants de l'autre côté de la frontière. C'est tout ce que je peux faire ici : écouter et observer en silence.

L'après-midi je dors et, quand le sommeil se dérobe, je ferme les yeux et m'imagine dans le jardin du 37, Brooks Street, allongée à côté d'Alex. Je tente de me frayer un chemin à travers les rideaux du temps : si je réussissais, par miracle, à écarter les jours écoulés depuis notre évasion, à repriser cet accroc dans le tissu de nos vies, je le récupérerais.

Chaque fois que je soulève les paupières pourtant, je suis au même endroit, sur un matelas, le ventre tiraillé par la faim.

Quatre jours plus tard, tout le monde se déplace au ralenti, comme sous l'eau. Je suis incapable de soulever les casseroles. Lorsque je me redresse trop brusquement, ma tête tourne. Je passe de plus en plus de temps allongée et, quand je quitte mon lit, j'ai l'impression d'être l'objet de tous les regards, de sentir l'animosité des Invalides aussi compacte qu'un mur. Peut-être que je me fais des idées, il n'empêche : je suis responsable de cette situation.

Du côté de la chasse, ce n'est pas beaucoup plus brillant. Roach a bien attrapé quelques lièvres, mais leur chair dure et pleine de cartilage est une source de déception, d'autant qu'il y a à peine de quoi remplir les assiettes.

Puis un jour, pendant que je balaie le sol du cellier – Raven insiste pour que nous continuions à nous acquitter de nos tâches d'entretien –, j'entends des cris, des éclats de rire et des bruits de pas provenant de dehors. Une cavalcade dans l'escalier. Hunter déboule dans la cuisine, talonné par une femme mûre, Miyako. Je n'ai pas vu un tel débordement d'énergie depuis des lustres.

— Où est Raven ? s'enquiert Hunter, essoufflé.

— Aucune idée, dis-je en haussant les épaules.

Miyako laisse échapper un soupir d'exaspération avant de tourner les talons, imitée par Hunter.

— Qu'est-ce qui se passe ? demandé-je au moment où ils s'apprêtent à filer dans l'escalier.

— On a reçu un message de l'autre côté, explique-t-il.

Voilà comment les colons appellent les villes circonscrites, quand ils sont d'humeur indulgente. Zombieland dans le cas contraire.

— Les provisions arrivent aujourd'hui, on a besoin d'aide pour aller les chercher.

— Tu peux nous donner un coup de main ? ajoute Miyako en me jaugeant.

Grande et carrée, elle serait une Amazone si elle mangeait à sa faim. Là, elle est tout en muscles et en nerfs. Je secoue la tête et lâche :

— Je... je n'ai pas assez de forces.

Après avoir échangé un regard avec elle, Hunter conclut tout bas :

— Les autres nous aideront.

Puis ils s'engouffrent dans l'escalier et me laissent seule.

Plus tard dans l'après-midi, ils reviennent, à dix, chargés de sacs-poubelle ultra-résistants et mouillés. Le Cocheco les a apportés depuis la frontière. Même Raven ne réussit pas à maintenir l'ordre – elle ne contient d'ailleurs pas sa propre excitation. Le plastique est mis en pièces et des hourras retentissent quand les aliments dégringolent par terre : haricots en boîte, thon, poulet, soupe, riz, farine, lentilles, viande de bœuf séchée, fruits secs et céréales, œufs durs nichés dans une corbeille remplie de serviettes ; pansements, vaseline, baume à lèvres et autres produits pharmaceutiques ; mais aussi vêtements et sous-vêtements neufs, flacons de gel douche et de shampooing. Sarah presse la viande séchée contre sa poitrine et Raven colle son nez sur un pain de savon. C'est comme un anniversaire amélioré, un anniversaire que nous fêterions tous ensemble. Un sentiment ponctuel de bonheur m'envahit. J'ai momentanément l'impression d'être à ma place ici.

Notre chance a tourné. Quelques heures plus tard, Tack abat un chevreuil.

Ce soir-là, nous faisons notre premier repas digne de ce nom depuis mon arrivée. Nous remplissons les assiettes d'un monticule de riz brun, que nous recouvrons de viande braisée accompagnée de tomates concassées aux herbes. C'est si bon que je pourrais pleurer. Sarah sanglote d'ailleurs devant son dîner. Miyako l'enlace et lui murmure des paroles de réconfort à l'oreille ; son geste me rappelle ma mère – il y a quelques jours, j'ai interrogé Raven à son sujet, sans succès.

« À quoi ressemble-t-elle ? » m'a-t-elle demandé, et j'ai dû avouer que je n'en savais rien. Quand j'étais petite, elle avait de longs cheveux auburn et un visage rond, pourtant, après plus de dix années dans les Cryptes, la prison de Portland – où elle était enfermée alors que je la croyais morte –, je doute qu'elle ressemble encore à la femme floue de mes souvenirs d'enfance.

« Elle s'appelle Annabel », lui ai-je dit, mais Raven secouait déjà la tête.

— Mange, Sarah, insiste Miyako.

La fillette se jette sur la nourriture, comme nous tous qui avalons le riz à pleines poignées et léchons nos assiettes une fois vides. Une autre personne, de l'autre côté, a même pensé à glisser une bouteille de whisky, enveloppée soigneusement dans un sweat-shirt, et l'enthousiasme est général lorsqu'elle passe de main en main. J'ai bu de l'alcool une ou deux fois à Portland, ce qui ne m'a pas laissé un souvenir impérissable ; pourtant, j'en prends une gorgée lorsque mon tour arrive. Le liquide me brûle la trachée et je suis secouée d'une quinte de toux. Avec un large sourire, Hunter me tape dans le dos. Tack, lui, m'arrache quasiment la bouteille en aboyant :

— Si c'est pour gâcher, abstiens-toi !

— Tu finiras par t'habituer, me chuchote Hunter.

Ses encouragements font écho à ceux que Sarah m'a prodigués la semaine dernière. J'ignore s'il parle de l'alcool ou de l'attitude de Tack. Déjà une douce chaleur s'empare de mon estomac. Lorsque la bouteille atterrit à nouveau entre mes mains, j'en avale une grande lampée cette fois, puis une seconde, et le feu s'étend à mon crâne.

Plus tard. Le monde m'apparaît sous forme kaléidoscopique, comme une série de photographies mélangées. Miyako et Lu qui dansent, dans un coin, bras dessus bras dessous, sous les applaudissements ; Blue endormie sur un banc, avant que Squirrel l'emporte sans la réveiller ; Raven, perchée sur une chaise, qui délivre un discours sur la liberté. Elle rit à gorge déployée, ses cheveux noirs forment un rideau miroitant ; les mains brunes de Tack enserrent sa taille pour l'aider à descendre et, un instant, elle est suspendue dans les airs. Je pense aux oiseaux qui prennent leur envol. Je pense à Alex.

Un jour, Raven me lance brusquement :

— Si tu veux rester avec nous, tu dois travailler.

— Mais je travaille.

— Tu fais le ménage, rectifie-t-elle. Tu mets de l'eau à bouillir. Nous, nous allons la puiser, chercher de la nourriture et des messages. Même Mamie parcourt près de deux kilomètres chargée de lourds seaux. Et elle a soixante ans.

— Je…

Bien sûr, elle a raison, et je le sais. La culpabilité ne m'a pas quittée un instant, aussi étouffante que la moiteur. J'ai entendu Tack dire à Raven que je gâchais un bon lit. Ce jour-là, je me suis accroupie dans le cellier pendant près d'une heure, les bras serrés autour de mes genoux le temps que mes tremblements cessent. Seul Hunter est gentil avec moi, et il l'est avec tout le monde.

— Je ne suis pas prête. Je ne suis pas assez forte.

Elle me toise une seconde et laisse planer un silence inconfortable pour que je perçoive l'absurdité de mes mots. Si je n'ai pas repris assez de forces, c'est aussi ma faute.

— Nous allons bientôt déménager, Lena. La migration aura lieu dans quelques semaines. Nous aurons besoin que tout le monde mette la main à la pâte.

— Un déménagement ?

— Vers le sud.

Elle se détourne et s'engage dans le couloir avant d'ajouter :

— On ferme la colonie pour l'hiver. Et si tu veux nous suivre, il va falloir participer.

Elle marque une pause.

— Tu pourrais rester ici, bien sûr, poursuit-elle en se retournant, un sourcil dressé. Mais les hivers sont rigoureux. Avec le gel de la rivière, finis les approvisionnements. À moins que ce ne soit ce que tu veux.

Je ne réponds rien.

— Tu as jusqu'à demain pour te décider.

Le lendemain matin, Raven me tire d'un cauchemar. Je m'assieds dans mon lit, haletante. Les images d'une chute dans le vide et d'une volée d'oiseaux noirs me parviennent. Les respirations cadencées des autres filles, qui dorment encore, emplissent le dortoir. Une bougie doit brûler dans le couloir, car une faible lumière pénètre dans la pièce. Après avoir discerné non sans difficulté la forme de Raven agenouillée à côté de moi, je remarque qu'elle est déjà habillée.

— Qu'as-tu décidé ? murmure-t-elle.

— Je veux rester avec vous.

Il n'y a pas d'autre réponse possible. Mon cœur tambourine dans ma poitrine. Je ne peux pas voir son sourire, mais il me semble l'entendre : ses lèvres qui s'incurvent, un petit soupir qui pourrait être un rire.

— Bien, dit-elle en brandissant un seau cabossé. C'est l'heure d'aller chercher de l'eau.

Raven se retire et je tâtonne dans le noir à la recherche de mes habits. À mon arrivée dans la colonie, le dortoir m'apparaissait comme un gigantesque fatras, une explosion de tissus et d'effets personnels dépareillés. Avec le temps, j'ai compris que ce patchwork répondait en réalité à une organisation. Chacun dispose de son petit espace, pour y garder ses affaires. Nous avons tracé des cercles invisibles autour de nos petits lits – ou matelas, ou couvertures –, et nous défendons ce territoire avec autant de férocité que des chiens. Il faut veiller à ne rien déposer en dehors de ce périmètre, au risque de perdre tout droit dessus. Les vêtements que j'ai récupérés sont pliés au pied de ma couverture.

Je sors du dortoir dans le noir et remonte le couloir en me guidant grâce au mur. Raven m'attend dans la cuisine, entourée de seaux vides, ravivant le feu de la veille avec un long bâton à l'extrémité noircie. Elle n'a pas encore allumé les lanternes : ce serait du gâchis. L'odeur de la fumée, les ombres vacillantes et ses épaules soulignées d'une lueur orangée me donnent l'impression de ne pas m'être tout à fait réveillée de mon rêve.

— Prête ?

Elle s'est redressée en m'entendant arriver et passe plusieurs anses sur chacun de ses bras. J'acquiesce et, d'un mouvement de tête, elle désigne les seaux restants. Nous gravissons les marches et sommes projetées dans le monde extérieur : le contraste avec l'atmosphère confinée du sous-sol me déstabilise autant que le jour où Sarah m'a fait visiter la colonie pour la première fois. Je suis d'abord frappée par le froid. Le vent, glacial, transperce mon tee-shirt et je laisse échapper un petit cri.

— Qu'est-ce qui t'arrive ?

La voix de Raven a retrouvé son volume normal maintenant que nous sommes dehors.

— J'ai froid.

L'hiver est déjà dans l'air, même si les arbres n'ont pas encore perdu leurs feuilles. À l'horizon, juste au-dessus de la ligne déchiquetée dessinée par les branches, affleure une lueur dorée annonçant l'arrivée du soleil. Le monde est un dégradé de gris et de violet. Les animaux et les oiseaux commencent tout juste à sortir de leur torpeur.

— Dans moins d'une semaine, octobre sera là, explique Raven en haussant les épaules.

Presque aussitôt, alors que j'ai trébuché sur un morceau de métal tordu à demi enfoui dans la terre, elle ajoute :

— Regarde où tu poses les pieds.

Je comprends soudain quelque chose : si j'ai suivi le passage du temps sur le calendrier, je me suis persuadée, inconsciemment, qu'en m'enterrant le reste du monde suspendrait sa course.

— Dis-moi si je marche trop vite, lance-t-elle.

— Aucun problème.

Ma voix résonne étrangement dans le vide de cet univers automnal.

Nous empruntons prudemment l'ancienne rue principale. Comme Sarah, Raven évite presque d'instinct les blocs de béton et les morceaux de ferraille. À l'entrée des anciens coffres-forts, où dorment les hommes, Bram nous attend. Les cheveux foncés, la peau couleur moka, il est l'un des garçons les plus discrets, l'un de ceux qui ne m'effraient pas. Hunter et lui sont inséparables, et leur duo me rappelle celui que je formais avec Hana : la brune et la blonde. Sans un mot, Raven lui remet plusieurs seaux et il nous emboîte le pas en silence, mais en me souriant.

Malgré la température basse, je sue à grosses gouttes et mon cœur palpite douloureusement contre ma cage thoracique. Il y a bien un mois que je n'ai pas parcouru plus de vingt mètres d'affilée. Mes muscles sont atrophiés et j'ai les épaules endolories au bout de quelques minutes. Je change sans arrêt ma prise sur les anses, me refusant à me plaindre ou à réclamer l'aide de Raven, qui doit pourtant bien voir que je peine à suivre le rythme. Je m'interdis de penser au trajet du retour, à la pénibilité une fois que les seaux seront pleins.

À présent que nous avons laissé la colonie et la rue principale dans notre dos, nous slalomons entre les arbres, dans un dégradé d'or, d'orange, de rouge et de brun. Comme si un incendie dévorait lentement la forêt. Je sens l'immensité autour de moi, l'absence de limites et de murs, la liberté. Sur notre droite et notre gauche, des bêtes invisibles font bruisser les feuilles mortes.

— On y est presque, me lance Raven par-dessus son épaule. Tu t'en sors bien, Lena.

— Merci, haleté-je.

La sueur goutte dans mes yeux et je n'arrive pas à croire que j'ai pu avoir froid. Je ne prends même pas la peine d'écarter les branches sur mon passage. Bram, qui me précède, les repousse, et elles me fouettent les bras et les jambes, marbrant ma peau de petites égratignures. Je suis trop épuisée pour m'en soucier. J'ai l'impression de marcher depuis des heures, ce qui est impossible. Sarah m'a dit que la rivière était à moins de deux kilomètres. Et le soleil vient juste de se lever.

Encore quelques pas et nous entendons, par-dessus le gazouillis des oiseaux et le souffle du vent dans les feuillages, le grondement sourd de l'eau qui coule. Soudain, les arbres s'écartent, le sol devient rocailleux et nous débouchons sur la rive d'une large étendue d'eau paisible. Les premiers rayons du soleil se réfléchissent sur la surface, donnant l'illusion que des pièces de monnaie se cachent juste dessous. À une quinzaine de mètres sur notre gauche, une cascade miniature bouillonne sur de petits rochers noirs et mouchetés de lichen. Je dois me retenir de pleurer, subitement. Cet endroit a toujours existé : alors que des villes tombaient sous les bombes, alors que des murs étaient érigés, le Cocheco coulait imperturbablement sur les galets, roulant son propre rire secret.

Nous ne sommes que des êtres insignifiants et imbéciles. Pendant l'essentiel de ma vie, j'ai attribué à la Nature tous les défauts : aveuglement, bestialité, violence destructrice. Nous, les humains, irréprochables, intelligents et maîtres de leurs pulsions, nous nous étions battus pour soumettre le reste du monde, l'asservir, le piéger entre deux lamelles de verre ou entre les pages du *Livre des Trois S*.

Raven et Bram pataugent déjà dans l'eau, s'accroupissant pour remplir leurs seaux.

— Viens, m'intime Raven, les autres ne tarderont pas à se réveiller.

Ils se sont mis pieds nus et je m'agenouille pour délacer mes baskets. Mes doigts ont gonflé avec le froid, même si je ne le sens plus – mon corps entier vibre de chaleur. Je me débats longuement avec mes lacets et, lorsque je m'approche enfin de l'eau, Raven et Bram ont déjà rempli et aligné leurs seaux sur la rive. Des brins d'herbe et des insectes morts flottent à leur surface ; nous les retirerons plus tard, avant de faire bouillir l'eau.

J'ai à peine posé un pied dans la rivière que je manque de tomber : le courant est bien plus puissant qu'il n'y paraît. Je décris de grands moulinets avec les bras pour tenter de conserver l'équilibre et lâche un des seaux. Bam part d'un rire haut perché et étonnamment plaisant.

— Allez, lance Raven en lui donnant une bourrade, le spectacle est terminé. On te rejoint tout à l'heure.

Il pose deux doigts sur la tempe pour signifier qu'il accepte l'ordre.

— À plus tard, Lena !

C'est la première fois que quelqu'un d'autre que Raven, Sarah ou Hunter m'adresse la parole.

— À plus tard, dis-je.

Le lit de la rivière est tapissé de minuscules galets qui glissent sous mes pieds. Je récupère le seau qui m'a échappé et me baisse, comme j'ai vu Raven et Bram le faire. Le traîner jusqu'à la rive se révèle plus ardu. Mes bras sont faibles et l'anse métallique me cisaille les paumes.

— Plus qu'un, m'encourage Raven, qui m'observe, les bras croisés.

Le second, légèrement plus grand, est plus difficile à manier une fois plein. Je dois le porter à deux mains, penchée en avant, si bien qu'il heurte mes tibias. Je le pose avec un soupir de soulagement. J'ignore comment je réussirai à rejoindre la colonie avec les deux seaux. C'est impossible. J'en ai pour des heures.

— Prête ? s'enquiert Raven.

— Donne-moi une seconde, dis-je, les mains en appui sur les genoux.

Mes bras tremblent déjà. J'aimerais rester ici le plus longtemps possible, en compagnie du soleil qui perce à travers les arbres, du courant qui parle sa propre langue, ancienne, et des ombres des oiseaux qui filent dans le ciel. Malgré moi, je songe qu'Alex adorerait cet endroit. Je me suis tellement efforcée de ne pas évoquer son nom, de ne pas me laisser effleurer ne serait-ce que par l'idée d'une pensée le concernant.

Sur la rive opposée, un petit oiseau lisse ses plumes bleu nuit. Tout à coup, je suis dévorée par l'envie de me mettre nue et de nager, pour me laver de toutes les couches de crasse et de transpiration dont je n'ai pas pu me débarrasser.

— Tu peux te retourner ?

Raven lève les yeux au ciel d'un air amusé, mais elle s'exécute. Je retire mon pantalon, ma culotte, puis mon tee-shirt, et abandonne le tout dans l'herbe. Rentrer dans l'eau est une expérience aussi douloureuse que plaisante – le froid me transperce. À mesure que j'approche du centre de la rivière, les galets sous mes pieds s'agrandissent et s'aplatissent, tandis que le courant martèle mes jambes avec plus de force. Même si la rivière n'est pas très large, juste au-delà de la petite cascade se trouve une zone plus profonde, idéale pour nager. Arrivée au bord de ce trou, je ne réussis pas à me lancer pourtant. L'eau qui tourbillonne autour de mes genoux est si gelée, si noire et si insondable !

— Je ne vais pas t'attendre toute la journée, m'apostrophe Raven, sans se retourner.

— Cinq minutes !

J'étends les bras et plonge dans la piscine naturelle. Je reçois une claque : le froid est un mur impénétrable qui électrise chacun de mes nerfs. Mes oreilles tintent et l'eau se déchaîne autour de moi. À court d'oxygène, je remonte à la surface, alors que le soleil s'élève dans le ciel de plus en plus dense, comme pour mieux retenir l'astre.

Je suis réchauffée soudain. J'enfonce à nouveau la tête dans l'eau et me laisse porter par le courant, dont je comprends presque les accents, les balbutiements et les gazouillements. Je l'entends prononcer le nom auquel j'ai évité si fort de penser – Alex, Alex, Alex –, puis l'emporter. Je rejaillis à l'air libre en frissonnant et en riant aux éclats. Je claque des dents pendant que j'enfile mes vêtements, les ongles bordés de bleu.

— Je ne t'avais jamais entendue rire, me dit Raven une fois que je suis rhabillée.

Elle a raison, je n'avais pas ri depuis mon arrivée dans la Nature, et c'est terriblement agréable.

— Prête ?

— Prête, réponds-je.

Ce jour-là, je suis obligée de porter les seaux l'un après l'autre, à deux mains ; je transpire et je jure chaque fois que je fais déborder leur contenu. Se traîner tel un escargot. Poser un seau, retourner chercher l'autre. Parcourir quelques mètres, puis s'arrêter pour reprendre son souffle.

Raven me devance ; régulièrement, elle marque une pause, abandonne ses seaux et arrache des bandes d'écorce de bouleau qu'elle éparpille sur le chemin pour que je ne me perde pas. Elle revient au bout d'une demi-heure avec une tasse en fer-blanc remplie d'eau bouillie et un petit mouchoir en tissu contenant des amandes et des raisins secs. Les rayons du soleil, haut dans le ciel maintenant, percent le feuillage tels des poignards.

Elle reste avec moi, sans jamais me proposer son aide pour autant – et je ne la réclame pas. Elle m'observe, imperturbable, les bras croisés, tandis que j'avance péniblement.

Bilan : deux heures. Sur les mains, trois ampoules de la taille de cerises. Des bras qui frémissent tellement que je peine à les monter jusqu'à mon visage pour éponger ma sueur. Une entaille dans une paume, provoquée par l'anse d'un des seaux.

Au dîner, Tack me sert la portion de riz et de haricots la plus copieuse. Et même si la nourriture me pique les mains à cause des ampoules, même si Squirrel a fait brûler le riz qui craque sous la dent, je crois que je n'ai jamais rien mangé d'aussi merveilleux.

Je suis si fatiguée que je m'endors tout habillée, la tête à peine posée sur l'oreiller. Du coup, j'oublie de demander à Dieu, dans mes prières, de ne pas me réveiller.

Ce n'est pas avant le lendemain matin que je réalise quel jour nous sommes : le 26 septembre.

Hana a été guérie hier.

Hana n'existe plus.

Je n'avais plus pleuré depuis la mort d'Alex.

Alex est vivant.

Cette phrase devient mon mantra, l'histoire que je me raconte chaque jour, en ouvrant les paupières sur l'aube brumeuse, couleur d'encre, et en reprenant lentement, douloureusement, l'entraînement.

Si je réussis à courir jusqu'à l'ancienne banque – malgré mes poumons qui menacent d'exploser et mes cuisses qui tremblent –, alors Alex sera en vie.

D'abord dix mètres, puis vingt ; deux minutes d'affilée, puis quatre.

Si j'atteins cet arbre, Alex reviendra. Il m'attend juste derrière cette colline et, si je rejoins le sommet sans m'arrêter, il sera là.

Au début, je trébuche et manque de me tordre la cheville une demi-douzaine de fois. Je n'ai pas l'habitude de courir sur une piste semée d'embûches et je ne distingue presque rien dans la lumière trouble du petit jour. Mais mes yeux finissent par s'accoutumer, à moins que ce ne soient mes pieds et, au bout de quelques semaines, mon corps connaît le relief du sol, la géométrie de ces rues et de ces bâtiments en ruine. Bientôt je peux parcourir toute la rue principale sans jeter un seul coup d'œil par terre.

Ensuite je vais plus loin. Plus vite.

Alex est vivant. Encore un effort, un dernier sprint, et je le verrai.

Lorsque je courais avec Hana, nous nous lancions des défis afin d'entretenir notre motivation. Plus que n'importe quel autre sport, la course à pied sollicite le mental. Pour être bon, il faut s'entraîner, et pour s'entraîner, il faut être fort dans sa tête. Si on atteint les treize kilomètres sans marcher, on aura vingt sur vingt au contrôle d'histoire. Voilà le genre de choses que nous nous disions. Parfois ça fonctionnait, parfois non. Parfois, nous abandonnions au onzième kilomètre en nous esclaffant : « Mince ! On vient de rater le contrôle ! »

Il faut que vous compreniez : ça n'avait pas vraiment d'importance. Un monde sans amour est aussi un monde sans enjeux.

Alex est vivant. Encore un petit effort. Je cours jusqu'à ce que mes pieds gonflent, jusqu'à ce que mes orteils saignent et se couvrent d'ampoules. Raven m'incendie, même lorsqu'elle me prépare des seaux d'eau glacée pour me soulager ; elle me met en garde contre les risques d'infection. Les antibiotiques ne sont pas monnaie courante ici.

Le jour suivant, j'entortille mes orteils dans du tissu avant d'enfiler mes baskets et de me remettre à courir. Si tu réussis… juste un peu plus loin… juste un peu plus vite… tu verras, tu verras, tu verras. Alex est vivant.

Je ne perds pas la tête. Je sais que ce n'est pas vraiment possible. Dès que je reprends, en boitillant, le chemin de l'église en ruine, la réalité me revient de plein fouet : la bêtise et la vanité de tout. Alex n'est plus là et rien de ce que je pourrais faire – les efforts, les sacrifices, les blessures – ne le ramènera.

Je le sais. Seulement voilà : quand je cours, il y a toujours une fraction de seconde où la douleur qui me lamine brouille ma vision, qui n'est plus que taches de couleur floues. Et pendant cette fraction de seconde, à l'instant où la souffrance atteint son apogée, le vide se fait en moi et j'aperçois quelque chose sur ma gauche, des cheveux châtain doré, des flammes, une couronne de feuilles… Je sais alors que si je tourne la tête il sera là, hilare, les bras tendus vers moi.

Je ne tourne jamais la tête, bien sûr. Mais un jour je le ferai. Un jour je le ferai, et il sera là, et tout ira bien.

En attendant, je cours.

Maintenant

Après la réunion de l'APASD, je me laisse entraîner par la foule à l'extérieur, dans la lumière du début de printemps. L'énergie, qui ne s'est pas encore dissipée, circule entre nous, mais au soleil et dans le froid, elle paraît plus cruelle, plus violente : un besoin de détruire.

Plusieurs bus nous attendent, garés le long du trottoir, et déjà les files de passagers s'allongent en zigzaguant jusque sur les marches du Javits Center. Je patiente depuis une demi-heure, et j'ai déjà vu passer trois groupes de bus, quand je me rends compte que j'ai oublié un de mes gants dans la salle de conférences. In extremis, je retiens un juron : je suis entourée d'Invulnérables, je ne dois surtout pas éveiller les soupçons.

Comme il n'y a plus que vingt personnes devant moi, j'envisage de tirer un trait sur mon gant. Ces six derniers mois m'ont cependant appris une leçon : dans la Nature, le gâchis s'apparente presque à un péché et porte, en tout état de cause, malheur. Vous manquerez demain de ce que vous gâchez aujourd'hui… Une autre des rengaines de Raven.

En m'échappant de la queue, j'attire des regards interloqués et des froncements de sourcils. Je remonte l'escalier jusqu'aux portes en verre dépoli. Le Régulateur qui s'occupait du portillon de la sécurité a disparu, même s'il a laissé une radio portative et un gobelet de café à moitié vide. La femme qui a vérifié ma carte d'identité n'est plus là, elle non plus, et la table pliante a été débarrassée des tracts de l'APASD. À présent que les plafonniers sont éteints, le hall, plongé dans la pénombre, paraît encore plus grand. Au moment de pousser la porte de l'auditorium, je suis, un instant, désorientée. J'atterris face à un énorme pic neigeux vu en contre-plongée. Cette image est projetée sur l'écran où s'affichait plus tôt le visage agrandi de Julian Fineman. Hormis celle-ci, la salle est obscure. Les détails de la photo sont si précis que je distingue le cercle dense d'arbres, telle une fourrure noire, à la base de la montagne, et les pointes aussi aiguisées que des lames de rasoir à son sommet, couronnées d'une dentelle de neige. Ma respiration se précipite : c'est beau.

Puis l'image change. Cette fois, je suis face à une plage de sable blanc et à des rouleaux bleu-vert. Je m'avance et réprime un cri. Je n'ai pas vu l'océan depuis mon départ de Portland.

Encore une nouvelle image. D'immenses arbres s'élancent vers le ciel, à peine visible à travers l'enchevêtrement d'épaisses branches. Les rayons du soleil frappent les troncs rouges, ainsi que les fougères et les fleurs à leur pied. Je fais quelques pas supplémentaires, hypnotisée, et percute une des chaises pliantes. Aussitôt, quelqu'un bondit au premier rang et une ombre chinoise apparaît sur l'écran, occultant une partie de la forêt. Ensuite, l'écran s'éteint et les lumières se rallument. L'ombre était celle de Julian Fineman, qui tient une télécommande à la main.

— Qu'est-ce que tu fais ici ? demande-t-il.

Je l'ai pris au dépourvu. Sans attendre ma réponse, il ajoute :

— La réunion est terminée.

Derrière l'agressivité, je perçois autre chose. De la gêne. Et je sais alors, sans le moindre doute, que j'ai percé le secret de Julian Fineman : assis dans le noir, il s'imagine un ailleurs. Il se voit dans le monde dépeint par ces belles photos. Désarçonnée, je bredouille :

— Je... j'ai perdu mon gant.

Julian détourne le regard, ses doigts se crispent sur la télécommande. Quand ses yeux rencontrent à nouveau les miens, il a retrouvé une contenance.

— Où étais-tu assise ? s'enquiert-il poliment. Je peux t'aider à chercher.

— Non !

J'ai rétorqué avec trop de véhémence. Je suis encore sous le choc : l'atmosphère, restée électrique, est instable, comme durant la réunion. Une nostalgie profonde m'envahit : ces photos m'ont donné l'illusion de pouvoir pénétrer dans ces paysages, de pouvoir m'approcher de cet océan, marcher dans cette forêt, lécher la neige sur les sommets telle de la crème fouettée sur une cuillère. Si seulement j'étais en mesure de lui demander d'éteindre la lumière pour me les montrer à nouveau.

Mais il s'agit de Julian Fineman, l'incarnation de tout ce que je hais, et je ne veux rien lui devoir.

Je rejoins rapidement l'endroit où j'étais assise, plus à l'écart. Julian m'observe sans bouger, parfaitement immobile devant l'écran blanc. Seuls ses yeux sont mouvants, vivants. Je les sens sur ma nuque, sur mon dos, ils s'emmêlent dans mes cheveux. Je repère facilement mon gant et le brandis.

— Trouvé ! dis-je en évitant son regard avant de me diriger d'un pas rapide vers la sortie.

— Depuis combien de temps étais-tu là ?

— Quoi ?

Je pivote pour lui faire face. Son expression est indéchiffrable.

— Combien de photos as-tu vues ?

J'hésite, ignorant s'il cherche ou non à me tester.

— J'ai vu la montagne, finis-je par avouer.

Après avoir piqué du nez vers ses chaussures, il plonge à nouveau ses yeux dans les miens. Même à distance, je suis frappée par la limpidité de ses prunelles.

— Nous sommes à la recherche de bastions de la résistance, dit-il en relevant le menton, comme pour dissiper d'emblée toute remise en question. De campements d'Invalides. Nous utilisons toutes sortes de techniques de surveillance.

Autre découverte : Julian Fineman est un menteur.

En même temps, entendre ces mots dans la bouche d'une personne de son espèce est un progrès, dans un sens. Il y a deux ans, les Invalides n'étaient même pas censés exister. Ils avaient été prétendument exterminés pendant le blitz. Accédant ainsi au statut de mythe, à l'instar des licornes et des loups-garous. C'était avant les Incidents, avant les démonstrations de force de la résistance, avant que nous ne devenions impossibles à ignorer.

Je me force à sourire.

— J'espère que vous les débusquerez, dis-je. Jusqu'au dernier.

Julian acquiesce.

En me retournant, j'ajoute :

— Avant qu'ils vous trouvent.

— Pardon ?

Son ton est cinglant. Je lui jette un coup d'œil pardessus mon épaule.

— Avant qu'ils nous trouvent.

Je pousse les portes et les laisse battre dans mon dos.

Je regagne Brooklyn après le coucher du soleil. L'appartement est glacial. Les rideaux sont fermés et seule une lampe éclaire l'entrée. Sur le buffet, quelques enveloppes.

« Personne ne sera à l'abri tant qu'il restera des malades. » Ce slogan est imprimé juste au-dessus de notre adresse sur la première enveloppe. Suivi des mots : « Merci de soutenir l'APASD. »

À côté de la pile de courrier se trouve un petit plateau en argent pour nos papiers d'identité. Il contient déjà deux cartes : celles de Rebecca Ann Sherman et de Thomas Clive Sherman, qui ne sourient pas et fixent l'objectif. Rebecca a des cheveux noir de jais, séparés par une raie au milieu, et de grands yeux marron-vert. Les cheveux de Thomas sont si courts qu'il est difficile de discerner leur couleur. Il a les paupières mi-closes, comme s'il s'assoupissait.

Sous les cartes plastifiées, des papiers officiels, soigneusement agrafés ensemble. En les feuilletant, on peut apprendre tous les faits marquants qui les concernent : date et lieu de naissance, parents et grands-parents, salaire, bulletins scolaires, incidents disciplinaires, résultats des Évaluations, date et lieu de leur mariage, domiciles précédents.

Bien sûr, Rebecca et Thomas n'existent pas davantage que Lena Morgan Jones, une jeune fille au visage émacié, qui ne sourit pas non plus sur sa photo. Je place ma carte à côté de celle de Rebecca. Les recensements sont aussi imprévisibles que les raids et mieux vaut ne pas avoir à les chercher dans ce cas. De façon générale, ici, autant éviter de fournir à quiconque une occasion de fouiller.

Ce n'est qu'en m'installant à New York que j'ai compris l'obsession de Raven pour l'ordre : la surface des choses doit être impeccable, lisse. Il ne faut pas oublier la moindre miette. Ainsi, il n'y a aucune piste à remonter.

Si les rideaux sont déjà fermés, c'est pour garder la chaleur et repousser les regards indiscrets – des voisins, des Régulateurs, des patrouilles. À Zombieland, on n'est jamais à l'abri d'un œil qui traîne. Les gens n'ont rien d'autre à faire. Ils ne réfléchissent pas. Ils n'éprouvent ni passion, ni haine, ni tristesse ; ils n'éprouvent rien à part la peur et le besoin de tout contrôler. Alors, ils observent et ils fouinent.

La cuisine se situe au fond de l'appartement. Sur le mur au-dessus de la table, le portrait de Thomas Fineman avoisine celui de Cormac T. Holmes, le chirurgien ayant opéré, pour la première fois, un Vulnérable avec succès.

À côté du poêle s'ouvre une niche, où s'étagent plusieurs planches étroites, bourrées de provisions. Le souvenir de la faim est difficile à chasser et tous ceux qui l'ont connue sont désormais incapables de jeter quoi que ce soit. Nous ne sortons jamais sans avoir glissé des barres céréalières dans nos sacs et rempli nos poches de sachets de sucre.

La faim peut revenir sans prévenir.

L'une des trois parois de la niche est, en réalité, une porte secrète. Elle ouvre sur une volée de marches en bois grossier. Une lumière diffuse me parvient du sous-sol, ainsi que des éclats de voix. Raven et Tack se prennent le bec – rien de neuf là-dedans – et j'entends Tack, visiblement peiné, rétorquer :

— Simplement, je ne comprends pas pourquoi nous ne pouvons pas être honnêtes les uns envers les autres. Nous sommes censés être du même côté.

— Tu sais bien que ça n'est pas possible, Tack, cingle Raven. Ça vaut mieux comme ça. Tu dois me faire confiance.

— C'est toi qui ne fais pas…

Il s'interrompt en m'entendant refermer la porte derrière moi, un peu plus fort que d'habitude, pour leur signaler ma présence. Je déteste les entendre se chamailler – avant ma fuite dans la Nature, je n'avais jamais assisté à une dispute entre adultes –, même si je me suis habituée avec le temps. Je n'ai pas eu le choix. Ils semblent toujours avoir un sujet de discorde.

Pendant que je descends, Tack se détourne et se frotte les yeux.

— Tu es en retard, lance Raven. La réunion s'est terminée il y a des heures, où étais-tu passée ?

— J'ai raté le premier bus.

Pour ne pas laisser le temps à Raven de me sermonner, je m'empresse d'ajouter :

— J'avais oublié un gant, j'ai dû retourner le chercher. J'ai parlé à Julian Fineman.

— Quoi ? éclate-t-elle.

Avec un soupir, Tack se frictionne le front.

— Pas longtemps, à peine une minute.

Je m'apprête à leur parler des photos, mais me ravise au dernier moment :

— Aucun souci, il ne s'est rien passé.

— Si, il y a un souci, Lena, rétorque Tack. Que t'a-t-il dit ? Tu ne dois surtout pas te faire remarquer.

Parfois, j'ai le sentiment que Tack et Raven prennent leur rôle de tuteurs un peu trop au sérieux et je dois résister à l'envie de lever les yeux au ciel.

— Ça n'est vraiment pas important, insisté-je.

— Tout est important. Tu ne comprends pas ? Nous…

Raven le coupe :

— Elle a compris. Elle a entendu ce laïus un millier de fois. Fiche-lui la paix, d'accord ?

Tack la fixe sans un mot, les lèvres pincées en un fin trait blanc. Raven soutient son regard sans ciller. Je sais qu'ils ont d'autres sujets de désaccord – qu'il ne s'agit pas que de moi –, mais un sentiment cuisant de culpabilité m'étreint. Je n'arrange rien.

— Tu es incroyable, murmure Tack, pensant sans doute que je n'entendrai pas.

Il m'effleure au moment de s'engager dans l'escalier.

— Où vas-tu ? s'enquiert Raven.

Un sentiment violent enflamme son regard – manque ou peur –, pourtant, il disparaît avant que j'aie pu l'analyser.

— Dehors, riposte-t-il sans s'arrêter. Il n'y a pas d'air ici, j'étouffe.

Il referme la porte derrière lui et je me retrouve seule avec Raven. L'espace d'une seconde, nous restons plantées là, en silence. Puis elle agite la main et éclate d'un rire forcé :

— Ne fais pas attention, tu sais comment il est.

— Ouais, dis-je, mal à l'aise.

Leur dispute a vicié l'atmosphère, Tack avait raison. Je me sens oppressée. Cette pièce secrète est notre endroit préféré en temps normal. Il n'y a qu'ici que nous pouvons nous débarrasser de nos masques, de nos faux noms, de nos passés mensongers.

Cet espace a l'air habité, au moins. L'appartement, lui, est conforme à l'image d'un logement standard, de l'odeur au mobilier, pourtant il sonne faux, comme s'il reposait légèrement de traviole sur ses fondations.

Contrairement au reste de notre intérieur, la pièce du sous-sol est un vrai bazar : Raven est moins rapide pour ranger que Tack pour accumuler du désordre et semer la pagaille. Les livres – des vrais, des livres anciens, interdits – s'entassent partout. Tack les collectionne. Non, il les amasse même. J'ai tenté d'en lire quelques-uns pour découvrir à quoi ressemblait le monde avant le remède et avant les frontières, mais ça m'a fait mal d'imaginer toute cette liberté, tous ces sentiments et toute cette vie. Il vaut mieux, beaucoup mieux ne pas y penser.

Alex adorait les livres ; j'ai découvert la poésie grâce à lui. C'est aussi pour ça que je m'interdis de lire.

En soupirant, Raven entreprend de rassembler des papiers épars sur une table bancale au centre de la pièce.

— La faute à ce fichu meeting… souffle-t-elle. À cause de lui, tout le monde est à cran.

— Il y a un problème ?

Elle chasse ma question d'un revers de la main puis répond :

— Les rumeurs habituelles au sujet d'une émeute. On raconte que les Vengeurs veulent saisir l'occasion de frapper un grand coup. Mais rien n'est confirmé.

Elle a durci le ton. Je dois dire que je n'aime pas non plus prononcer le nom des Vengeurs. Il me laisse un mauvais goût dans la bouche, un goût de pourriture et de poussière. De façon générale, les résistants détestent les Vengeurs. Ils salissent notre réputation. Tout le monde s'accorde à dire qu'ils détruisent tout ce que nous avons œuvré à construire. Invalides, eux aussi, ils ne défendent aucune cause. Nous rêvons d'abattre les murs et de mettre un terme au Protocole. Les Vengeurs veulent seulement tout saccager – voler, assassiner et réduire le monde en cendres.

Je ne les ai croisés qu'une fois et j'en fais encore des cauchemars. Je tente d'avoir l'air sûre de moi :

— Ils ne réussiront jamais, ils ne sont pas assez organisés.

— Espérons, rétorque Raven en haussant les épaules.

Elle empile des livres en veillant à ce que les coins soient bien alignés. Une vague de tristesse m'envahit devant cette vision : au milieu de ce capharnaüm, elle fait des piles comme si ça avait du sens, comme si ça pouvait aider.

— Tu veux un coup de main ?

— Ne t'inquiète pas pour ça, répond-elle avec un pauvre sourire. C'est mon boulot, d'accord ?

Un autre mantra de Raven : « Laisse-moi les soucis et contente-toi de m'obéir. » Nous avons tous besoin, je suppose, de nous raconter des histoires pour continuer à avancer.

— D'accord.

Aucune de nous deux ne bouge. C'est bizarre. À certains moments, j'ai l'impression que Raven est ma famille – ce qui s'en rapproche le plus, en tout cas –, mais à d'autres, je me rends compte que je ne la connais pas mieux qu'en août, lorsqu'elle m'a recueillie dans la forêt. Je ne sais presque toujours rien de celle qu'elle était avant son installation dans la Nature. Elle a refermé cette part d'elle-même et l'a remisée dans un endroit secret, inatteignable.

— Vas-y, dit-elle en inclinant la tête vers l'escalier. Il est tard, tu devrais manger quelque chose.

En chemin, je laisse courir mes doigts sur la plaque d'immatriculation que nous avons fixée au mur. Nous l'avons récupérée dans la Nature, enfouie dans la boue et la neige fondue, au moment de la migration ; nous étions tous à deux doigts de la mort alors, exténués par la fatigue et la faim, la maladie et le froid. C'est Bram qui l'a repérée et, au moment où il l'a déterrée, le soleil a soudain percé à travers la couverture nuageuse, se réfléchissant sur le blanc éclatant de la plaque et m'éblouissant au point que j'ai eu du mal à lire les mots imprimés sous les chiffres.

Des mots d'autrefois, des mots qui ont failli me mettre à genoux.

Vivre libre ou mourir.

Quatre mots. Dix-huit lettres. Autant de pics, de bosses et de courbes sous mes doigts.

Une autre histoire. Nous nous y raccrochons de toutes nos forces ; et notre foi finit par la changer en vérité.

Avant

Les températures chutent de jour en jour. Le matin, le givre emprisonne les brins d'herbe. L'air me brûle les poumons quand je cours ; le long des rives, la rivière est recouverte d'une fine couche de glace que nous brisons lorsque nous allons remplir nos seaux. Le soleil, léthargique, disparaît derrière l'horizon de plus en plus tôt, après un timide passage dans un ciel aqueux.

Mes forces croissent. Je suis une pierre érodée par l'eau, je suis une branche noircie par le feu. J'ai des lianes en guise de muscles, du bois en guise de jambes. Mes paumes sont calleuses, comme la plante de mes pieds, aussi dure et insensible que de la corne. Je ne me défile jamais pour un entraînement. Chaque jour, je me porte volontaire pour aller chercher de l'eau, alors que nous sommes censés le faire à tour de rôle. Bientôt, je suis capable de porter deux seaux jusqu'au camp sans m'arrêter une seule fois.

Alex me frôle, émergeant des ténèbres avant d'y replonger, se faufilant entre les arbres cramoisi et jaune. L'été, son image était plus précise, je pouvais voir ses yeux, ses cheveux, un bout de son coude. Mais lorsque les feuilles se mettent à tourbillonner vers le sol et les arbres à se dénuder, il n'est plus qu'une silhouette désolée, qui vacille à la périphérie de mon champ de vision.

J'apprends, aussi. Hunter me montre par quel moyen les Sympathisants de l'autre côté nous préviennent d'un nouvel approvisionnement.

— Viens ! me lance-t-il un matin après le petit déjeuner.

Je suis en train de récurer des assiettes avec Blue. Elle ne s'est jamais vraiment ouverte à moi et répond à mes questions d'un simple mouvement de tête, affirmatif ou négatif. Sa fragilité, sa timidité, la finesse de ses articulations : quand je suis avec elle, je ne peux pas m'empêcher de penser à Grace. Voilà pourquoi je l'évite autant que possible.

— On va où ? demandé-je à Hunter.

— Tu es une bonne grimpeuse ? me rétorque-t-il avec un sourire.

Sa question me prend au dépourvu.

— Je me débrouille.

Je me revois soudain en train d'escalader la clôture avec Alex. Je chasse aussitôt cette image par une autre : je me hisse sur les branches feuillues de l'un des immenses érables du parc de Deering Oaks. J'aperçois l'éclat des cheveux blonds de Hana entre les différentes épaisseurs de vert : les bras serrés autour du tronc, elle m'encourage, en riant, à monter plus haut.

Maintenant je dois me débarrasser de son souvenir à elle. Voici ce que j'ai appris dans la Nature : mentalement j'élague son image – sa voix et la couronne dorée autour de sa tête –, pour ne garder que le sentiment de hauteur, le bruissement des feuilles, l'herbe verte sous mes pieds.

— L'heure est venue de te montrer les nids, alors, conclut Hunter.

Je ne suis pas impatiente de sortir. Le froid était mordant hier soir. Le vent hurlait dans les arbres, dévalait les marches et enfouissait ses longs doigts glacés dans la moindre fissure de l'abri. Je suis rentrée transie après avoir couru ce matin, les membres engourdis. Cependant, les nids aiguisent ma curiosité – j'ai entendu ce mot dans la bouche des autres colons – et je suis impatiente de quitter Blue.

— Tu peux finir toute seule ?

Elle opine du chef en se mordillant la lèvre inférieure. Grace le faisait aussi quand elle était nerveuse. Ma mauvaise conscience se réveille. Ce n'est pas la faute de Blue si elle me rappelle Grace. Ce n'est pas la faute de Blue si j'ai laissé Grace derrière moi.

— Merci, lui dis-je en posant une main sur son épaule, qui tremble légèrement sous mes doigts.

Le froid est un mur qui avance. J'ai réussi à dénicher un vieux coupe-vent dans le stock de vêtements, mais il est beaucoup trop grand et n'empêche pas l'air pinçant de me mordiller le cou et les doigts, de se faufiler par l'encolure et de me glacer le cœur. Le sol est givré et l'herbe, enrobée de glace, crisse sous nos semelles. Nous marchons vite pour ne pas avoir froid ; nos souffles forment de petits nuages.

— Pourquoi tu n'aimes pas Blue ? me lance Hunter de but en blanc.

— N'importe quoi ! Enfin, d'accord, je reconnais, elle ne me parle pas vraiment... C'est si évident que ça ?

Il s'esclaffe.

— Donc tu ne l'aimes pas.

— Elle me rappelle quelqu'un, c'est tout.

Hunter retrouve aussitôt son sérieux.

— Quelqu'un d'avant ?

Je hoche la tête et il me touche le coude, du bout des doigts, pour me signifier qu'il comprend. Nous nous mettons à parler de tout et de rien, sauf d'avant. De l'ensemble des colons, il est celui dont je me sens le plus proche. Nous nous asseyons côte à côte à table et, parfois, nous traînons ensemble après le dîner, nous discutons jusqu'à ce que la cuisine soit trop enfumée à cause du feu qui meurt dans le poêle.

Hunter me fait rire, alors que, pendant longtemps, je ne m'en suis plus cru capable. J'ai eu du mal à dissiper mon malaise en sa présence. À me défaire de toutes les leçons apprises de l'autre côté, des avertissements que m'avaient chevillés au corps tous ceux que j'admirais, en qui j'avais confiance. La maladie, m'avait-on enseigné, se développait lors des contacts entre hommes et femmes, garçons et filles, elle se transmettait par un regard, un sourire ou un geste et s'enracinait en eux telle la moisissure qui gangrène un arbre de l'intérieur. Mais Hunter est un ami, rien de plus, et je n'ai jamais peur quand il est là.

Nous prenons la direction du nord. Il est tôt et, à l'exception du bruit de nos chaussures sur l'épaisse couche de feuilles mortes, il n'y a aucun bruit dans les bois. Il n'a pas plu depuis des semaines, la forêt est assoiffée. Je n'en reviens pas d'avoir appris à la connaître, à la comprendre : ses humeurs et ses colères, ses explosions de joie et de couleurs. Elle est si différente des parcs et des espaces verts de Portland, tirés au cordeau. Ceux-ci me rappellent à présent les animaux du zoo, enfermés dans des cages et comme anesthésiés. La Nature, vivante, a du caractère, et elle est belle. En dépit des privations qu'elle nous impose, je commence à l'adorer.

— On est presque arrivés, me lance Hunter en inclinant la tête vers la gauche.

Derrière un enchevêtrement de branches, j'aperçois une couronne de barbelés qui s'enroule au sommet d'une clôture, et un éclair de terreur me transperce. Je ne m'étais pas rendu compte que nous nous étions rapprochés de la frontière. Nous devons longer les faubourgs de Rochester.

— Ne t'inquiète pas, me rassure-t-il en me pressant l'épaule, il n'y a pas de patrouille ici.

Je suis dans la Nature depuis un mois et demi maintenant, et j'ai presque oublié l'existence des frontières. Incroyable comme j'ai été près, pendant tout ce temps, de mon ancienne vie. Et comme, d'un autre point de vue, la distance qui m'en sépare est infranchissable.

Nous nous éloignons de la clôture et, bientôt, nous atteignons une futaie d'énormes arbres aux branches grises dénudées et noueuses, tels des doigts arthritiques. Elles ne se sont sans doute pas couvertes de feuilles depuis des années ; il y a longtemps que ces arbres sont morts. Pourtant, lorsque je le déplore à voix haute, Hunter se contente d'éclater de rire et de secouer la tête.

— Pas morts du tout ! s'exclame-t-il en heurtant un tronc. Ils attendent simplement leur heure. Ils gardent leurs forces, renferment toute leur énergie à l'intérieur pour l'hiver. Dès que le temps se radoucira, ils se couvriront de bourgeons. Tu verras.

Ses paroles me réconfortent. « Tu verras » signifie : « Nous reviendrons ici. » Et : « Tu es une des nôtres maintenant. » Je laisse courir mes doigts sur les écailles sèches d'un arbre. Difficile d'imaginer de la vie sous cette carapace, d'imaginer un quelconque mouvement.

Hunter marque un arrêt si brutal que je manque de le percuter.

— Nous y voilà, dit-il en souriant. Les nids.

Son index est pointé vers le ciel. Dans les branches les plus hautes des arbres, un immense enchevêtrement de brindilles et de feuilles, de mousse et de lianes forme une sorte de chevelure au sommet. Mais ce n'est pas le plus étrange : les branches sont couvertes de peinture. Des taches jaunes et bleues ornent l'écorce et des empreintes plus délicates, en forme de fourche, dansent autour des nids.

— Qu'est-ce que…

Je m'interromps en voyant un grand oiseau noir, de la taille d'une corneille, se poser juste au-dessus de nos têtes. Il n'est pas entièrement noir, en réalité : ses pattes sont peintes en bleu vif. Il porte quelque chose dans son bec. Après nous avoir observés, il s'approche d'un nid et un chœur de gazouillis s'élève.

— Bleu, lâche Hunter, l'air satisfait. C'est bon signe. Les provisions arriveront aujourd'hui.

— Je ne comprends pas.

Je fais les cent pas sous le réseau de nids. Il doit y en avoir des centaines. Certains relient même les arbres entre eux, formant une voûte opaque. Le soleil filtre à peine ici et il fait encore plus froid.

— Viens, lance Hunter, je vais te montrer.

Il se hisse dans l'arbre le plus proche et se balance avec aisance d'une branche à l'autre en s'aidant des protubérances du tronc. J'ai beau placer mes mains et mes pieds aux mêmes endroits que lui, je suis plus maladroite. Il y a longtemps que je n'ai pas escaladé un arbre. Dans mes souvenirs, c'était facile de passer d'un perchoir à un autre, de trouver instinctivement les points d'appui. Aujourd'hui, il m'en coûte beaucoup d'efforts.

Je finis par atteindre une branche basse, solide. Hunter m'attend dessus, à califourchon. Je m'accroupis derrière lui ; mes jambes tremblent légèrement et il pose les mains sur mes chevilles pour me stabiliser.

Les nids sont remplis d'oiseaux, de plumes noires et luisantes, d'yeux noirs. Ils sautillent et picorent de minuscules graines brunes, accumulées pour l'hiver. Plusieurs d'entre eux, dérangés par notre présence, s'envolent en croassant.

L'intérieur des nids est revêtu de la même peinture bleu vif, entrelacs d'empreintes de pattes, reflet du va-et-vient des oiseaux.

— Je ne comprends toujours pas, dis-je. D'où vient la couleur ?

— De Zombieland, me répond Hunter avec une fierté évidente. L'été, il y a des buissons de myrtilles, de l'autre côté de la clôture. Les oiseaux vont y chercher à manger. Au fil des ans, les infiltrés ont pris l'habitude de les nourrir pendant l'hiver. Ils ont fabriqué des auges spéciales pour nous faire passer des messages : elles sont remplies à moitié de graines et à moitié de peinture. Les oiseaux becquettent là-bas avant de revenir ici et de constituer des réserves pour plus tard. Au passage, les nids se colorent et nous transmettent des messages. Bleu, jaune ou rouge. Bleu si tout va bien et si nous pouvons espérer une livraison. Jaune s'il y a un problème ou du retard.

— Les couleurs ne se mélangent pas ?

Hunter pivote vers moi, le regard brillant.

— C'est là que ça confine au génie, dit-il. Les oiseaux n'aiment pas la couleur, parce qu'elle attire les prédateurs. Du coup, ils passent leur temps à refaire les nids. Ils nous fournissent chaque jour une toile vierge, si tu veux.

En observant plus attentivement, je remarque en effet qu'un oiseau repère les brindilles teintes en bleu et les retire du nid : à petits coups de bec, il élague, retranche, ordonne, à la façon d'une femme arrachant les mauvaises herbes dans son jardin. Le nid se métamorphose sous mes yeux et regagne sa couleur naturelle, terne.

— Incroyable, soufflé-je.

— C'est la nature, rétorque Hunter avec sérieux. Les oiseaux se nourrissent, puis ils nichent. Tu peux les peindre de la couleur que tu veux et les envoyer à l'autre bout du monde, ils retrouveront toujours le chemin du retour. Et leur vraie couleur. Les animaux sont ainsi.

Tandis que je l'écoute me reviennent en mémoire les raids de l'été dernier : les Régulateurs en uniforme compassé qui ont débarqué par surprise dans une fête illégale, avec leurs battes de base-ball et leurs matraques, qui ont lâché sur la foule leurs bull mastiffs à la mâchoire écumante. Je revois la trace laissée sur un mur par le sang en giclant ; je réentends le bruit sourd des crânes heurtés par le bois. Derrière les insignes et les regards vides des Invulnérables bouillonne une sauvagerie plus effrayante. Ceux qui ne connaissent pas la passion ignorent la compassion.

Sous leurs couleurs, ils sont des animaux, eux aussi. Je n'aurais pas pu rester là-bas ; je n'y retournerai jamais. Je ne deviendrai pas un de ces morts vivants.

Ce n'est qu'une fois que nous avons regagné la terre ferme et que nous reprenons le chemin de l'abri que je repense à ce qu'a dit Hunter.

— Et le rouge ?

Il me considère d'un air interloqué. Nous n'avons pas échangé un mot depuis un moment, chacun perdu dans ses réflexions.

— Quoi ?

— Le bleu annonce l'arrivée de provisions, le jaune, un retard. Et le rouge ?

Un éclair de peur traverse son regard et je sens le froid m'envahir à nouveau.

— Le rouge, c'est qu'il faut fuir.

Les préparatifs de la migration débuteront bientôt. Nous déménagerons toute la colonie vers le sud. C'est une entreprise colossale ; Raven et Tack passent des heures à planifier, à débattre, à se disputer. Il ne s'agit pas de la première qu'ils orchestrent ; à ce que je comprends, les déménagements précédents s'étant révélés difficiles et dangereux, Raven les considère comme des échecs.

Néanmoins, il est encore plus risqué de rester trop au nord pendant l'hiver et nous partirons. Raven se montre inflexible sur ce point : il n'y aura pas de victimes, cette année. Tous ceux qui quitteront l'abri atteindront notre destination sans encombre.

Un soir, je surprends une conversation.

— Tu ne peux rien garantir, lui dit Tack.

Il est tard et j'ai été réveillée en sursaut par des vomissements en provenance de l'infirmerie – c'est au tour de Lu d'être malade. Je me suis levée sans un bruit et dirigée vers la cuisine pour aller apaiser ma soif, avant de me rendre compte que Tack et Raven étaient encore là, éclairés par la lueur déclinante du feu. L'atmosphère est enfumée et maussade. Je reste cachée dans le couloir.

— Personne ne perdra la vie, s'entête Raven d'une voix légèrement tremblante.

Tack soupire. Il paraît fatigué… mais pas seulement. Attendri aussi. Inquiet. J'en étais venue à le comparer mentalement à un chien, lui qui montre sans arrêt les crocs. Qui semble incapable de douceur.

— Tu ne peux pas sauver tout le monde, Rae.

— Je peux au moins essayer.

Je rejoins le dortoir sans avoir bu et remonte les couvertures sous mon menton. La nuit grouille d'ombres et de formes mouvantes que je ne parviens pas à identifier.

Nous devrons faire face à deux grandes difficultés lors de notre migration : manger et s'abriter. Il y a d'autres campements plus au sud, mais les colonies, rares, sont séparées par de vastes étendues désertiques. Les régions les plus au nord deviennent cruelles à l'automne et à l'hiver : rudes, hostiles et infertiles, infestées de bêtes affamées.

Au fil des ans, les Invalides migrants ont repéré le chemin le plus facile, signalisé au moyen d'encoches sur les arbres.

La semaine prochaine, un groupe de six partira en éclaireurs. Ils se rendront au prochain campement, à cent trente kilomètres au sud, chargés de vivres et de fournitures. Lorsqu'ils auront atteint leur but, ils enterreront la moitié de la nourriture dans le sol pour la mettre à l'abri des animaux et indiqueront l'emplacement avec un monticule de pierres. Deux rebrousseront chemin jusqu'ici, tandis que les quatre autres pousseront une centaine de kilomètres plus au sud, où ils enfouiront la moitié des réserves restantes. Deux autres regagneront alors la colonie.

Le cinquième éclaireur attendra sur place pendant que le dernier accomplira encore une soixantaine de kilomètres avec le reste des victuailles. Ils retourneront à la colonie ensemble en se nourrissant de ce qu'ils réussiront à attraper ou à cueillir. Entre-temps, nous aurons bouclé les préparatifs.

Quand je demande à Raven pourquoi les campements sont de plus en plus rapprochés au fur et à mesure qu'on descend, elle se contente de me répondre :

— Tu verras bien.

Blue lui a fait une multitude de petites tresses et, à leur extrémité, Raven a fixé des feuilles dorées et des baies rouges empoisonnées.

— Il ne vaut pas mieux aller le plus loin possible chaque jour ? insisté-je.

Le troisième campement se trouve encore à plus de cent cinquante kilomètres de notre destination finale, alors que plus nous irons vers le sud, plus le nombre de refuges et de résistants prêts à nous offrir le gîte et le couvert sera grand.

— Nous serons affaiblis, soupire Raven, qui finit par se détourner de son ouvrage pour rencontrer mon regard. Le froid, la faim, sans doute la neige. La Nature sauvage te vide de toute énergie, crois-moi. Ça n'a rien à voir avec ton petit jogging matinal. Tu ne peux pas chercher à te surpasser en permanence. J'ai vu…

Elle laisse la fin de sa phrase en suspens et secoue la tête, sans doute pour chasser un mauvais souvenir.

— Nous devons être très prudents, conclut-elle.

La vexation me rend muette : Raven considère mes séances de course à pied comme une sorte de jeu. Alors que j'ai laissé des bouts de moi dehors – peau, sang, transpiration et vomi –, des bouts de Lena Haloway, qui s'effrite dans l'obscurité.

Sentant qu'elle m'a contrariée, Raven lance :

— Aide-moi, tu veux ?

Elle prépare des petits nécessaires de première urgence, un pour chaque colon : Ibuprofène, pansements et lingettes antibactériennes, rassemblés au centre de carrés de tissu découpés dans de vieux draps, le tout fermé par du fil de fer pour former des bourses.

— J'ai les doigts si épais que je m'emmêle les pinceaux, ajoute-t-elle.

C'est n'importe quoi, ses doigts sont aussi fins que le reste de sa personne. Elle cherche simplement à me remonter le moral. Je réponds :

— Oui, bien sûr.

Raven réclame rarement de l'aide : quand elle le fait, impossible de refuser.

Les éclaireurs reviendront exsangues. Le dernier, celui qui parcourra près de trois cents kilomètres, devra être le plus fort. Inutile de se concerter pour savoir que ce sera Tack.

Un soir, je rassemble mon courage pour aller lui parler. Il est exceptionnellement de bonne humeur. Bram a rapporté trois lièvres pris au collet, aujourd'hui, et pour une fois nous avons tous mangé jusqu'à satiété. Après le dîner, Tack s'est installé près du feu pour rouler une cigarette. Il ne redresse pas la tête en m'entendant approcher.

— Quoi ? demande-t-il.

À son habitude, il est direct, pourtant son ton est dépourvu de toute agressivité. J'inspire profondément avant de bredouiller :

— J'aimerais faire partie des éclaireurs.

Toute la semaine, je me suis trituré les méninges pour trouver la meilleure tournure – j'ai composé mentalement plusieurs discours argumentés –, et à la dernière minute ce sont ces six petits mots qui sortent.

— Non, rétorque-t-il.

En une syllabe, tous mes efforts et stratégies sont réduits à néant. Mon cœur balance entre déception et colère.

— Je suis rapide, insisté-je. Je suis forte.

— Pas assez forte.

— Je veux aider.

Les accents plaintifs de ma voix me rappellent ceux de Blue lors de ses rares caprices.

Tack lèche le papier à rouler puis termine sa cigarette d'un mouvement expert. Il tourne ensuite les yeux vers moi et je réalise alors qu'il ne l'a presque jamais fait. Je découvre un regard malicieux, scrutateur et porteur de messages que je ne comprends pas.

— Plus tard, finit-il par lâcher avant de se lever et de m'écarter du passage pour s'engouffrer dans l'escalier.

Maintenant

Le matin du meeting, les températures sont anormalement chaudes pour la saison. Le peu de neige qui reste encore sur le sol et les toits s'écoule en minces filets, gouttant au pied des lampadaires et des arbres. Sous le soleil éblouissant, les flaques dans la rue évoquent du métal poli en réfléchissant la lumière.

Raven et Tack m'accompagnent au défilé, même s'ils m'ont prévenue qu'ils ne resteraient pas. Ma mission consiste à rester près de la scène. À surveiller Julian jusqu'à ce qu'il se rende au Columbia Memorial pour être opéré.

— Ne le quitte pas des yeux, m'intime Raven. Sous aucun prétexte, d'accord ?

— Pourquoi ?

Je sais pertinemment que ma question demeurera sans réponse. J'ai beau appartenir officiellement à la résistance, j'ignore presque tout de son fonctionnement et du rôle que nous sommes censés jouer.

— Parce que je te le dis, riposte-t-elle.

Je répète ses paroles dans ma barbe, en lui tournant le dos pour qu'elle ne me voie pas. Étonnamment, il y a beaucoup de monde aux arrêts de bus. Deux Régulateurs distribuent des numéros aux passagers qui font la queue : Raven, Tack et moi monterons dans le bus 5. La ville a multiplié par quatre la quantité de véhicules aujourd'hui.

Vingt-cinq mille personnes sont attendues au rassemblement – des membres de l'APASD pour un cinquième et, pour le reste, des spectateurs et des curieux.

Beaucoup de représentants des groupes opposés à l'action de l'APASD et à l'idée d'un Protocole anticipé seront également présents. Soit la majorité de la communauté scientifique. D'après eux, l'opération qui constitue toujours un danger pour les enfants aura des conséquences catastrophiques : elle engendrera une nation d'imbéciles et d'anormaux. L'APASD dénonce un excès de prudence. Les bénéfices possibles, avancent-ils, dépassent de loin les risques.

Et il sera toujours envisageable, en cas de besoin, d'agrandir les prisons et d'y enfermer – d'y cacher – ceux qui souffriront de séquelles.

— Avancez, avancez !

Un Régulateur nous dirige vers le bus. Nous sortons nos pièces d'identité, que nous introduirons dans un lecteur une fois à bord. J'ai l'impression d'être une bête de somme qui se traîne avec son troupeau, échine courbée.

Raven et Tack ne s'adressent pas la parole ; ils ont encore dû se disputer. Je perçois une vive tension entre eux, ce qui ne m'aide pas à apaiser mes propres angoisses. Raven repère deux sièges libres à l'arrière, pourtant Tack se glisse sur la banquette à côté de moi.

— Qu'est-ce qui te prend ? lui souffle Raven en se penchant vers lui.

Elle doit veiller à ne pas trop hausser le ton. Les Invulnérables ne se disputent jamais. C'est l'un des avantages du Protocole.

— Je veux m'assurer que Lena va bien, répond-il sur le même mode.

Il m'agrippe la main. Une femme assise dans l'autre rangée nous considère avec curiosité.

— Tout va bien ?

— Oui, dis-je d'une voix étranglée.

J'étais calme ce matin, mais Raven et Tack m'ont rendue nerveuse. Quelque chose les inquiète, je n'ai pas de doute là-dessus, et je crois même savoir quoi : ils ont probablement la conviction que les rumeurs au sujet des Vengeurs sont vraies. Que ceux-ci vont agir par surprise et tenter de perturber le défilé d'une façon ou d'une autre.

La traversée du pont de Brooklyn ne réussit pas à m'apaiser. Je le vois embouteillé pour la première fois.

À l'approche de Times Square, ma fébrilité s'intensifie. Je n'ai jamais vu autant de monde. Nous devons descendre à la 34e car les bus ne peuvent plus avancer. Les rues grouillent : masse floue de visages, torrent de couleurs. Il y a aussi des Régulateurs dans leurs uniformes immaculés, secondés par des volontaires, des militaires en rangées bien rectilignes, le regard fixé droit devant, comme une armée de petits soldats de plomb, prêts à attaquer. Sauf que ces soldats-là, grandeur nature, portent d'énormes fusils dont les canons scintillent au soleil.

À peine ai-je posé le pied sur le bitume que je suis bousculée et ballottée par la foule. Raven et Tack ont beau être juste derrière moi, je les perds de vue à plusieurs reprises. Je comprends pourquoi ils ont tenu à me donner mon ordre de mission plus tôt : nous ne réussirons pas à rester groupés.

Le vacarme est assourdissant : les Régulateurs organisent la circulation des piétons à coups de sifflet tandis que, au loin, résonnent les roulements de tambour et les slogans. Officiellement, le défilé commencera dans deux heures au plus tôt, pourtant il me semble déjà reconnaître les formules scandées par l'APASD : *La sûreté avant la majorité, non au...*

Nous progressons lentement vers le nord, pressés de tous côtés, dans les gouffres béants qui s'ouvrent entre les gratte-ciel. Des curieux se sont massés sur les balcons pour observer le spectacle. Par centaines, ils agitent des drapeaux blancs en guise de soutien à l'APASD – les fanions émeraude, marque des opposants, sont plus rares.

— Lena !

Je fais volte-face ; Tack se fraie un chemin dans la cohue et me tend un parapluie.

— Ils annoncent de la pluie pour plus tard.

Le ciel, d'un bleu pâle uni, n'est parsemé que de nuages vaporeux évoquant des boucles de cheveux blancs.

— Tu es sûr que...

— Prends-le, insiste-t-il. Fais-moi confiance.

— Merci.

Je m'efforce de paraître reconnaissante, c'est si rare que Tack se montre attentionné. Il hésite en se mordillant la lèvre inférieure, comme lorsqu'il peine sur un puzzle, à l'appartement. Je suis persuadée qu'il va ajouter quelque chose, me délivrer un conseil, cependant, à la dernière seconde, il se ravise et se contente de lâcher :

— Je dois retrouver Rebecca.

Il bute légèrement sur le nom officiel de Raven. Nous l'avons déjà perdue de vue.

— Entendu, dis-je en me battant avec le parapluie pour le faire entrer dans mon sac à dos.

Pendant l'opération, je m'attire les regards noirs des passants autour de moi : nous avons à peine la place de respirer, encore moins de gesticuler. Soudain, je me rends compte que nous ne nous sommes pas mis d'accord sur le point de rendez-vous à la fin de la manifestation.

— Hé !

Je redresse la tête, mais Tack s'est déjà éloigné. Les visages qui m'entourent n'ont rien de familier ; je suis au milieu d'étrangers. Je décris un tour complet sur moi-même avant de recevoir un coup sec dans les côtes. Un Régulateur a sorti sa matraque.

— Tu ralentis tout le monde, lâche-t-il. Avance.

Des papillons se déchaînent dans ma poitrine. Il faut que je respire, je n'ai aucune inquiétude à me faire : c'est comme une réunion de l'APASD, en plus important.

Au niveau de la 38e, nous atteignons des barrières, où nous sommes, à tour de rôle, fouillés par des policiers munis de détecteurs de métaux. Ils vérifient nos cicatrices aussi – les Vulnérables défileront dans un groupe isolé – et jettent un œil à nos cartes d'identité, même si, heureusement, ils n'interrogent pas à chaque fois le SVS, le Système de Validation sécurisé. Ce n'est qu'au bout d'une heure, malgré tout, que je franchis le contrôle. De l'autre côté, des volontaires distribuent des lingettes antibactériennes présentées dans de petits emballages blancs comportant le logo de l'APASD. « Propreté mène à piété. » « La sécurité est dans les détails, le bonheur dans la méthode. »

Je ne rechigne pas lorsqu'une femme aux cheveux gris me fourre un paquet dans la main.

Enfin, je suis arrivée. Les tambours sont particulièrement forts ici, et les slogans scandés avec une constance qui rappelle le bruit des vagues venant se briser sur le rivage. Mon cœur qui tambourine en rythme me remonte dans la gorge.

Un jour, j'ai vu une photo de Times Square avant le remède, avant la fermeture des frontières. Tack l'avait trouvée près de Salut, une colonie du New Jersey, en face de New York, de l'autre côté de l'Hudson. C'est là que nous

nous sommes réfugiés en attendant de récupérer nos faux papiers. Tack a déniché un album photo intact, enfoui sous des décombres de plâtre et de charpente noircie. Le soir, je le feuilletais, prétendant que les clichés racontaient ma vie, une vie d'amitiés et d'amours, une vie emplie de gens hilares, éblouis par le soleil.

Times Square a beaucoup changé depuis. Tandis que je fends la foule, ma respiration se bloque. Une gigantesque estrade, surmontée d'un podium, a été érigée à l'extrémité de l'immense place ouverte, sous le plus grand écran qu'il m'ait été donné de voir. Il est entièrement recouvert de drapeaux à la gloire de l'APASD : carrés rouges et blancs qui flottent au vent.

L'Église unifiée de la Religion et de la Science affiche son symbole sur un des panneaux d'affichage : une main gigantesque recueillant une molécule d'hydrogène. Les autres réclames – et il y en a des dizaines, démesurées, sur des murs blanchis à la chaux – sont si délavées qu'il est impossible de les déchiffrer. Sur l'une d'elles, il me semble néanmoins repérer l'ombre d'un sourire.

Bien sûr, toutes les ampoules sont mortes. La photo de Times Square dans l'album avait été prise de nuit, mais on se serait cru en plein jour : je n'avais jamais vu autant de lumières, je n'aurais même pas pu en imaginer un tel nombre. Une clarté éblouissante et scintillante, se déclinant en couleurs incroyables, qui me faisaient penser à ces taches qui flottent devant les yeux quand on regarde le soleil en face.

Les ampoules sont toujours là, bien qu'éteintes désormais. Quantité de pigeons ont élu domicile sur elles. New York et les villes voisines contrôlent leur électricité, tout comme Portland ; si le nombre de voitures et de bus est plus considérable ici, les pannes de courant sont aussi plus fréquentes. La production n'est tout simplement pas suffisante pour la population croissante.

Le podium comporte des micros et des chaises ainsi qu'un gigantesque écran vidéo qui me rappelle ceux que l'APASD utilise lors de ses réunions. Des hommes en uniforme s'occupent des derniers réglages. C'est là que Julian se tiendra ; je dois me débrouiller pour m'approcher.

Je commence à jouer des coudes, doucement, pour écarter la marée humaine. Je progresse lentement, m'excusant chaque fois que je double quelqu'un. Mon petit mètre soixante ne m'est d'aucune aide : il n'y a tout simplement pas assez d'espace entre les corps, aucun vide où se glisser.

La panique me gagne à nouveau. Si les Vengeurs débarquent pour de bon, ou s'il y a un incident, il sera impossible de courir. Nous serons pris au piège comme des bêtes dans un enclos. Les gens se piétineront pour pouvoir s'échapper. Une véritable ruée. Mais les Vengeurs ne viendront pas. Ils n'oseront pas. C'est trop dangereux. Trop de policiers, trop de Régulateurs, trop d'armes. Je me faufile le long de gradins isolés par des cordons de sécurité, où sont assis les membres des jeunesses de l'APASD, filles et garçons séparés bien sûr, veillant à ne pas échanger un seul regard.

J'atteins enfin le pied de l'estrade, qui doit s'élever à trois ou quatre mètres. Une volée de hautes marches en bois permet aux orateurs d'y accéder. Un groupe s'est réuni au pied de cet escalier. Je repère Thomas et Julian Fineman au milieu d'une foule de gardes du corps et de policiers. Le père et le fils portent la même tenue. Les cheveux de Julian, lissés en arrière, bouclent derrière ses oreilles. Il passe d'un pied sur l'autre dans l'espoir évident de dissimuler sa nervosité.

Je me demande ce qu'il a d'aussi important, pourquoi Tack et Raven m'ont chargée de garder un œil sur lui. Il est devenu le symbole de la cause défendue par l'APASD bien sûr – le sacrifice personnel au nom de la sûreté générale ; représenterait-il aussi un danger ?

Je repense à ce qu'il a dit à la réunion : « J'avais neuf ans lorsqu'on m'a annoncé que j'allais mourir. »

Que ressent-on lorsqu'on s'éteint à petit feu ?

Que ressent-on lorsqu'on s'éteint brutalement ?

Je plante mes ongles dans mes paumes pour refouler les souvenirs.

Les roulements de tambour proviennent de derrière la scène, d'une partie de la place dissimulée à la vue. Il doit y avoir une fanfare. Les slogans enflent, à présent le public les reprend en chœur et se balance, inconsciemment, en rythme. Je distingue au loin une cadence différente, un staccato discordant : « L'APASD est dangereuse pour tous... Le remède doit nous protéger, pas nous blesser... » Les opposants. Ils sont sans doute contenus quelque part, loin du podium.

De plus en plus fort. Je prends part à cette profession de foi, moi aussi, attendant que mon corps trouve le tempo, sentant le bourdonnement des milliers de participants faire vibrer mes pieds, ma poitrine. Même si je ne crois à rien de tout ça – ni aux mots, ni aux gens, ni à la cause –, je n'en reviens pas de ressentir une telle poussée d'adrénaline, un tel sentiment de galvanisation. De danger.

Subitement, alors que le volume monte en puissance, Thomas Fineman s'échappe de son armada de gardes du corps et gravit les marches du podium deux par deux. Les slogans cèdent alors la place à des vagues d'acclamations et d'applaudissements. Des bannières blanches jaillissent de partout, se déployant et claquant au vent. Certaines sont l'œuvre de l'APASD, d'autres ont été simplement découpées dans du tissu. De longs tentacules blancs s'emparent de Times Square.

— Merci, lance Thomas Fineman dans le micro.

Sa voix explose au-dessus de nos têtes, suivie d'un larsen sur fond de grésillement. En tressaillant, il recouvre le micro d'une main et se penche en arrière pour donner des instructions. L'inclinaison de son cou met en valeur la marque du Protocole ; la cicatrice triangulaire apparaît, gigantesque, sur l'écran. Je tourne mon regard vers Julian, qui observe son père, les bras croisés, derrière le mur de gros bras. Il doit avoir froid avec sa veste de costume.

— Merci, répète Thomas Fineman avant d'ajouter, ayant constaté que la retransmission est parfaite : Beaucoup mieux. Mes amis...

Soudain, *bam bam bam.* Trois minuscules déflagrations, comme les pétards que nous lancions le 4 Juillet. Un cri, perçant et désespéré. Puis une explosion de bruit.

Des silhouettes en noir surgissent de n'importe où, de partout. Elles jaillissent par les bouches d'égout, crachées par le sol, dans une vapeur nauséabonde. Elles dévalent les façades des immeubles telles des araignées, descendant en rappel le long de cordes noires. Elles fendent la foule, munies de lames luisantes et tranchantes, elles arrachent sacs à main, colliers de perles et bagues au passage.

Les Vengeurs. Mes intestins se liquéfient, mon souffle se bloque dans ma gorge. Les gens poussent et tirent, à la recherche d'une issue. Les Vengeurs nous ont encerclés.

— À terre ! À terre !

À présent, des coups de feu retentissent. La police a ouvert les hostilités. Un Vengeur qui se laisse glisser le long d'un immeuble reçoit une balle en plein dos ; après un soubresaut, il s'effondre, puis se balance lentement au bout de sa corde. Dans sa chute, il a entraîné une bannière de l'APASD et une tache de sang s'élargit sur le tissu blanc.

Je suis dans un cauchemar. Je suis dans le passé. Ce n'est pas en train d'arriver.

Bousculée par quelqu'un, je m'étale de tout mon long. La morsure du bitume me tire de mon engourdissement. Les gens piétinent dans l'affolement et j'échappe in extremis à une paire de lourdes bottines.

Il faut que je me relève... Je tente de le faire, mais suis à nouveau renversée. Cette fois, j'en ai la respiration coupée et je sens un poids m'écraser le dos. Soudain, la peur aiguise tous mes sens. Il faut que je me relève.

L'une des barrières de la police a déjà été brisée et j'aperçois un éclat de bois à portée de main. Je l'empoigne et le projette derrière moi, en plein dans la cohue ; il percute des jambes. L'espace d'un battement de cils, le poids qui m'écrase disparaît. J'en profite pour bondir sur mes pieds et me ruer vers le podium.

Julian a disparu. Je suis censée le surveiller. Coûte que coûte.

Des hurlements déchirants. Une odeur de brûlé.

Soudain, je le repère sur ma gauche. On l'entraîne vers l'une des anciennes entrées du métro, condamnée comme toutes les autres. L'un des gardes du corps pousse la planche qui l'obstrue. Une porte. Ils s'engouffrent à l'intérieur avant de refermer derrière eux.

De nouveaux coups de feu. Le volume sonore enfle brusquement. Un autre Vengeur a été abattu au moment où il entamait sa descente. Il bascule directement du balcon où il se tenait et atterrit au milieu de la foule, océan de têtes, de bras, de visages crispés.

Je me précipite vers la bouche de métro qui a englouti Julian. Au-dessus d'elle, une série de lettres et de chiffres, presque illisibles tant ils sont effacés : N, R, Q, 1, 2, 3, 7. Au milieu de cette panique, ils ont quelque chose de rassurant : un code du passé, le signe d'une autre vie. Je me demande si le monde d'autrefois était réellement pire que celui-ci, ce monde de lumière, d'électricité et d'amours vécues en plein jour. Je me demande si les gens hurlaient, s'ils se piétinaient les uns les autres, s'ils utilisaient leurs armes contre leurs voisins.

Un nouveau choc me coupe la respiration et je bascule en arrière. Je me réceptionne sur mon coude gauche et l'entends craquer. La douleur rayonne dans mon corps entier. Un Vengeur se penche au-dessus de moi. Impossible de savoir s'il s'agit d'un homme ou d'une femme ; il est vêtu en noir et porte une cagoule de ski qui lui couvre aussi le cou.

— Donne-moi ton sac.

La voix ne me trompe pas, elle : c'est une fille. Elle a beau s'échiner à la déformer, à la rendre plus grave, celle-ci reste trop mélodieuse pour appartenir à un garçon. Pour une raison étrange, ça redouble ma colère. « Comment osez-vous ? voudrais-je lui cracher. Vous gâchez tout ! » Pourtant, je m'assieds et ôte mon sac à dos, ce qui provoque une série d'explosions de douleur, du coude à l'épaule.

— Allez, magne-toi !

Elle sautille d'un pied sur l'autre tout en jouant avec le long couteau passé dans sa ceinture. J'établis mentalement la liste du contenu de mon sac : une gourde en métal, vide ; le parapluie de Tack ; deux barres de céréales ; mes clés ; une édition cartonnée du *Livre des Trois S*. Tack a insisté pour que je la prenne, et je m'en félicite à présent. Elle fait près de six cents pages. Ça devrait être assez lourd. Je laisse glisser les bretelles dans ma main droite, puis resserre les doigts dessus.

— Je t'ai dit de te grouiller !

D'impatience, elle se penche pour agripper le sac ; j'en profite pour me redresser brusquement au mépris de la douleur. Mon sac la frappe à la tempe ; ajouté à la surprise, le choc la déstabilise et elle heurte le sol sur le flanc. Je bondis, elle m'attrape les chevilles et je lui décoche deux coups de pied violents dans les côtes.

Les prêtres et les scientifiques ont raison sur ce sujet : au fond, nous ne valons pas mieux que des animaux.

En gémissant, la fille se plie en deux et je l'enjambe avant de franchir les décombres des barrières de police. Les hurlements continuent à culminer autour de moi : une plainte immense, telle une sirène amplifiée.

Je réussis à atteindre l'ancienne entrée du métro. Je marque une brève hésitation, la main sur la planche en bois. Son contact est rassurant ; les intempéries ont déferlé sur elle, le soleil l'a réchauffée. Un morceau de normalité dans cette folie généralisée.

Un nouveau coup de feu retentit et j'entends un corps s'effondrer dans mon dos. Encore des cris. Je m'arc-boute contre la porte qui s'entrouvre sur des ténèbres opaques et une odeur âcre.

Je ne jette pas un seul regard en arrière.

Après avoir repoussé la porte, je m'immobilise le temps de m'habituer à la pénombre, à l'affût de bruits de voix ou de pas. Rien. Les effluves sont plus puissants ici, un parfum de pourriture, de carcasses d'animaux et de décomposition. Je plaque la manche de ma veste sur mes narines. Quelque chose goutte sur ma gauche. À l'exception de ce son régulier, le calme règne.

Devant moi dévalent des marches semées de feuilles de journal froissées, de gobelets écrasés, de mégots de cigarettes. Le tout faiblement éclairé par une lanterne électrique, du genre de celles dont nous nous servions dans la Nature. Quelqu'un a dû l'installer là un peu plus tôt.

Je m'approche de l'escalier avec une prudence extrême. Les gardes du corps de Julian ont très bien pu m'entendre ouvrir la porte. Ils peuvent très bien être tapis dans l'ombre, prêts à me sauter dessus. Intérieurement, je maudis les détecteurs de métaux et les fouilles au corps. Je donnerais n'importe quoi pour avoir un couteau, un tournevis ou autre.

Je pense alors à mon trousseau de clés. Je pose à nouveau mon sac à dos et, au moment de plier mon coude, la douleur irradie jusque dans mon épaule, me forçant à étouffer un cri. Heureusement que je me suis réceptionnée sur le bras gauche : sans le droit, je ne serais bonne à rien.

Je finis par récupérer le trousseau au fond du sac – je vais lentement pour éviter de faire du bruit. J'intercale les clés entre mes doigts, ainsi que Tack me l'a montré. On a vu des armes bien plus efficaces, mais c'est mieux que rien. Je m'engage ensuite dans l'escalier, fouillant les ombres à la recherche du moindre mouvement, de la moindre forme.

Rien. Le calme est parfait.

Au pied des marches, une cabine en verre constellée de traces de doigts. À côté, des tourniquets rouillés évoquant une dizaine de moulins au repos. Je saute par-dessus l'un d'eux et atterris silencieusement de l'autre côté. De là, plusieurs tunnels s'enfoncent dans le noir, marqués chacun par un panneau différent – encore des lettres et des chiffres. Julian a pu emprunter n'importe lequel. Et ils sont tous engloutis par les ténèbres : la lumière diffusée par la lanterne ne porte pas aussi loin. J'hésite à aller la chercher mais ne veux pas courir le risque de trahir ma présence.

À nouveau, je tends l'oreille. Au début, rien. Puis je remarque un martèlement étouffé en provenance du tunnel sur ma gauche. Dès que je prends cette direction pourtant, le son disparaît. Je suis convaincue de l'avoir imaginé maintenant, et j'oscille entre frustration et irrésolution. De toute évidence, j'ai échoué dans ma mission, ma première vraie mission pour le mouvement. En même temps, Raven et Tack ne pourront pas me reprocher d'avoir perdu la trace de Julian pendant l'attaque des Vengeurs. Impossible de prévoir ce chaos, ni même de s'y préparer. Pour personne.

J'en conclus que la meilleure solution consiste sans doute à patienter ici quelques heures, au moins le temps que la police restaure l'ordre – je n'ai pas le moindre doute sur leurs chances de succès. Au besoin, je passerai la nuit sous terre et je me préoccuperai demain du retour jusqu'à Brooklyn.

Soudain, une ombre file sur ma gauche. Je fais volte-face, le poing tendu, et ne rencontre que le vide. Un énorme rat détale sous mon nez, à un centimètre de ma chaussure. Je libère ma respiration en voyant le rongeur filer dans un autre tunnel – sa longue queue trace un sillon dans la poussière. J'ai toujours eu une sainte horreur de ces bestioles.

J'entends alors, distinctement, deux bruits sourds suivis d'un gémissement.

— S'il vous plaît…

La voix de Julian.

Mon corps se couvre de chair de poule. À présent la peur me déchire de l'intérieur. La voix provenait du fond d'un tunnel plongé dans l'obscurité. Je m'approche d'un mur et sens, en me plaquant contre lui, les carreaux humides, couverts de mousse. Je progresse lentement, en regardant où je pose les pieds, en veillant à ne pas respirer trop fort. Au bout de quelques pas, je m'immobilise ; j'espère recueillir un indice, entendre à nouveau Julian. Seul un *ploc, ploc, ploc* régulier me parvient. Il doit y avoir une fuite quelque part.

Tout à coup, je recouvre la vue.

Un homme est pendu à une grille du plafond, une ceinture serrée autour de son cou gonflé. Au-dessus de lui, la condensation qui se forme sur un tuyau métallique goutte par terre. *Ploc, ploc, ploc.*

Les ténèbres sont si épaisses que je ne réussis pas à discerner les traits de la victime – la grille ne laisse passer qu'un filet de lumière grise –, mais à sa carrure je l'identifie comme l'un des gardes du corps de Julian. À ses pieds gît un de ses collègues, ramassé en position fœtale. Le manche d'un poignard dépasse de son dos.

D'un pas chancelant, je recule, au mépris de toute précaution. La voix de Julian retentit à nouveau, faiblement :

— S'il vous plaît...

La terreur me cloue sur place. J'ignore de quelle direction proviennent ces paroles, je ne pense qu'à une chose : « Sortir, sortir ! » Je préfère affronter les Vengeurs à l'air libre plutôt qu'ici, prise au piège tel un rat, dans le noir. Je ne mourrai pas sous terre.

Je m'élance sans voir, les bras tendus devant moi, et percute un mur avant de retrouver le vide au centre du tunnel. La panique me rend maladroite. *Ploc, ploc, ploc.* « S'il vous plaît. S'il vous plaît, sortez-moi d'ici. » Je n'ai jamais couru aussi vite. Mon cœur va exploser si je ne reprends pas mon souffle.

Tout à coup, deux formes noires se déploient simultanément de chaque côté et, dans mon affolement, elles m'apparaissent comme deux immenses oiseaux noirs ouvrant leurs ailes avant de les refermer sur moi.

La première m'agrippe par le poignet. M'arrache les clés.

— Pas si vite, lance-t-elle.

Suivent une douleur cuisante, un éclair blanc. Puis je sombre dans un trou sans fond.

Avant

Miyako aurait dû faire partie des éclaireurs ; au lieu de quoi, elle est la dernière patiente à intégrer l'infirmerie.

— Elle sera sur pied demain, me rassure Raven. Tu verras. Elle est solide comme un roc.

Le lendemain pourtant, sa toux empire au point qu'on entend les râles ricocher sur les murs. Sa respiration est lourde et aqueuse, ses couvertures trempées de sueur, alors qu'elle se plaint d'avoir froid, si froid.

Elle commence à cracher du sang. Lorsque vient mon tour de veiller sur elle, j'en aperçois des résidus séchés aux commissures de ses lèvres. Je tente de les nettoyer avec un linge humide, mais elle a encore assez de forces pour me repousser. La fièvre lui fait voir des formes et des ombres qu'elle chasse en grommelant.

Elle ne tient plus sur ses jambes, même lorsque Raven et moi essayons de la soulever. Ses hurlements de douleur sont si déchirants que nous finissons par renoncer. Nous nous contentons de changer les draps quand elle s'oublie. Je suggère de les brûler ; d'après Raven nous ne pouvons pas nous le permettre. Ce soir-là, elle les frotte avec fureur dans une eau bouillante et fumante. Ses avant-bras ont la couleur rouge vif de la viande crue.

Puis une nuit, je me réveille dans un silence total, mare sombre et glaciale. Pendant une seconde, le temps que j'émerge de la brume de mes rêves, je m'imagine que l'état de Miyako a dû s'améliorer. Demain matin, elle m'attendra dans la cuisine, accroupie devant le poêle. Demain, nous ferons des rondes ensemble et je la regarderai tresser des filets de ses longs doigts agiles. Lorsqu'elle surprendra mon regard, elle sourira.

Mais le calme est trop grand. Je me lève, la poitrine nouée par l'appréhension. Le sol est glacial. Assise au pied du lit de Miyako, Raven a les yeux perdus dans le vide. Elle a les cheveux lâchés et la flamme vacillante de la bougie fait danser des ombres dans ses pupilles, qui paraissent deux puits sans fond.

Les paupières de Miyako sont fermées ; je comprends aussitôt qu'elle est morte. Une envie de rire – irrépressible et incongrue – enfle dans ma gorge. Pour l'étouffer, je demande :

— Elle est…

— Oui, répond sèchement Raven.

— Quand ?

— Je ne suis pas certaine. Je me suis endormie.

Elle passe une main sur son visage et reprend :

— À mon réveil, elle ne respirait plus.

Une bouffée de chaleur m'envahit, aussitôt suivie d'un frisson glacial. Ne trouvant pas les bons mots, je reste plantée là un moment et m'efforce de ne pas poser les yeux sur le cadavre de Miyako, une statue, une ombre, le visage émacié par la maladie, taillé jusqu'à l'os. Une image m'obsède, celle de ses mains qui, il y a encore quelques jours, jouaient un rythme doux sur la table de la cuisine pour accompagner Sarah. Ses doigts étaient si rapides que leurs contours étaient aussi imprécis que les ailes d'un colibri. Si pleins de vie.

Quelque chose s'est coincé dans ma gorge.

— Je... je suis désolée.

Raven conserve le silence pendant une minute, puis elle lâche :

— Je n'aurais pas dû lui faire porter de l'eau. Elle disait qu'elle ne se sentait pas bien. J'aurais dû la laisser se reposer.

— Tu ne dois rien te reprocher.

— Pourquoi ça ? demande-t-elle en relevant les yeux vers moi.

Elle paraît si jeune soudain : sa façon arrogante de me défier me rappelle celle de ma cousine Jenny lorsque tante Carol lui annonçait que c'était l'heure des devoirs. Mais Raven est jeune, vingt et un ans, à peine quelques années de plus que moi. La Nature vieillit les gens ; je me demande combien de temps je tiendrai ici.

— Parce que ce n'est pas ta faute.

Ne pas voir ses yeux me rend nerveuse. J'ajoute :

— Tu ne dois pas... tu ne dois pas avoir mauvaise conscience.

Elle se lève, place une main en coupe devant la flamme de la bougie.

— Nous sommes de l'autre côté, Lena, lâche-t-elle avec lassitude au moment de s'éloigner. Tu ne comprends pas ? Tu n'as pas à me dicter mes sentiments.

Le lendemain, il neige. Au petit déjeuner, Sarah verse des larmes silencieuses en servant la bouillie d'avoine. Elle était proche de Miyako.

Les éclaireurs ont quitté la colonie cinq jours auparavant – Tack, Hunter, Roach, Buck, Lu et Squirrel –, emportant la pelle pour enterrer les provisions. Nous ramassons des morceaux de métal et de bois, tout ce qui pourra nous servir à creuser. Heureusement, la neige fine n'a eu le temps de former qu'une couche d'un centimètre et demi. En revanche, avec les températures glaciales, le sol est complètement gelé. Après nous être acharnés pendant une demi-heure, Raven, Bram et moi n'avons réussi qu'à faire quelques entailles. Et nous dégoulinons de sueur. Sarah, Blue et quelques autres, blottis à plusieurs mètres de là, frissonnent.

— On n'y arrivera pas, halète Raven avant de jeter la pièce métallique tordue dont elle se sert, qui ricoche par terre. Nous allons devoir la brûler.

Les mots explosent sans que je puisse les retenir :

— La brûler ? Nous ne pouvons pas faire ça, c'est...

Raven pivote, son regard lance des éclairs.

— Ah oui ? Et qu'est-ce que tu proposes, alors ? La laisser dans l'infirmerie ?

Habituellement, je bats en retraite dès que Raven hausse le ton ; cette fois pourtant, je tiens bon :

— Elle a droit à un enterrement.

Si seulement ma voix pouvait ne pas trembler... En deux enjambées, Raven parcourt la distance qui nous sépare.

— Il nous en coûtera beaucoup trop d'énergie, souffle-t-elle. On ne peut pas se permettre d'en perdre.

Elle est pleine de fureur et de désespoir. Je me souviens de l'avoir entendue dire à Tack que tout le monde resterait en vie. Elle me tourne le dos pour annoncer :

— Nous n'avons pas d'autre choix que la crémation.

Les draps lavés par Raven nous servent de linceul ; peut-être se doutait-elle depuis le début qu'ils auraient cet usage. La nausée ne me quitte pas.

— Lena, aboie Raven, prends-la par les pieds.

Je m'exécute. Le corps de Miyako est plus lourd que je ne l'aurais cru possible. La mort l'a transformée en enclume. J'enrage contre Raven, au point que je pourrais cracher. Voilà à quoi nous sommes réduits ici. Voilà ce que nous sommes devenus dans la Nature : des êtres affamés qui enveloppent leurs amis dans de vieux tissus en lambeaux, qui les placent sur un bûcher. Je sais que Raven n'y est pour rien, qu'il faut blâmer les gens de l'autre côté de la clôture, *eux*, les zombies, mon ancienne famille, toutefois la colère refuse de se dissoudre. Elle me brûle la gorge.

À quatre cents mètres de l'abri se trouve un ravin, sans doute l'ancien lit d'une petite rivière. Nous plaçons le cadavre au fond, puis Raven l'asperge d'essence – un peu seulement, nous ne pouvons pas nous permettre de gâcher. La neige tombe plus dru à présent. Au départ, le linceul refuse de s'enflammer. Blue se met à sangloter bruyamment, et Mamie l'attire à l'écart d'un mouvement brusque en disant :

— Chut ! Tu ne nous aides pas, Blue.

La fillette étouffe ses pleurs dans l'immense veste en velours de la femme d'âge mûr. Livide et frémissante, Sarah conserve le silence.

Raven rajoute un peu d'essence et le feu finit par prendre. L'air s'emplit aussitôt d'une fumée étouffante et d'une odeur de poils grillés. Le bruit est terrible, lui aussi, un crépitement qui éveille des images de chair se désolidarisant de l'os. Raven ne parvient pas au bout de son éloge funèbre ; des haut-le-corps l'arrêtent avant. Je me détourne, les yeux brûlants de larmes – effet de la fumée ou de la colère, je ne saurais le dire. J'éprouve l'envie subite de creuser, d'enfouir, de retourner la terre. Je regagne l'abri à l'aveuglette, comme un automate. Il me faut du temps pour remettre la main sur le short en coton et le vieux débardeur en guenilles que je portais à mon arrivée dans la Nature. Celui-ci sert désormais de lavette. Les derniers souvenirs, les dernières reliques de ma vie passée.

Les autres se sont réunis dans la cuisine. Bram ranime le feu ; Raven met de l'eau à bouillir, pour le café je suppose ; Sarah mélange un paquet de cartes tordues et écornées. Tous les autres sont assis en silence.

— Hé, Lena, m'interpelle Sarah au moment où je passe près d'elle. Tu veux faire une bataille ?

J'ai fourré le short et le débardeur sous ma veste et garde les bras croisés sur mon ventre ; j'ignore pourquoi, mais je ne veux pas qu'on découvre mes intentions, surtout pas Raven.

— Pas maintenant, grogné-je.

La Nature rend méchant aussi. Méchant et dur, anguleux.

— On peut jouer à autre chose. On pourrait...

— Je t'ai dit non.

Je m'élance dans l'escalier pour ne pas avoir à lire sur son visage que je l'ai blessée.

L'air est épais, troublé. Assommée par le froid, je reste plantée là un instant, clignant des paupières de confusion. Le paysage est en train de se garnir d'un duvet neigeux. Je peux encore sentir l'odeur de brûlé du cadavre de Miyako. Je m'imagine alors que les flocons de neige qui tombent s'accompagnent de cendres. Qu'elles nous enseveliront dans notre sommeil, bouchant les issues et nous étouffant sous terre.

Il y a un genévrier, à la lisière de l'abri, qui me sert de point de départ et d'arrivée lorsque je cours. La neige ne s'est pas encore accumulée à son pied. Avec le poignet de ma veste, je chasse la fine couche de poudreuse. Puis je creuse. Je plante mes ongles dans le sol. La colère et le chagrin palpitent encore derrière mes yeux, et je n'ai plus qu'une vision tunnellaire. Je ne sens même plus le froid ou la douleur dans mes mains. La terre et le sang s'accumulent sous mes ongles, mais ça m'est bien égal. J'enterre mes dernières loques, les vestiges de mon passé, sous le genévrier et sous la neige.

Deux jours après l'incinération de Miyako, la neige n'a pas cessé. Chaque matin, Raven scrute le ciel avec angoisse, jurant dans sa barbe. L'heure est venue de partir. Lu et Squirrel, les premiers éclaireurs, sont revenus. Tout est presque prêt, même si des vivres et du matériel continuent à nous parvenir via la rivière, même si nous continuons à chasser et à relever les pièges le plus souvent possible. La neige rend ces tâches plus ardues ; les animaux se terrent.

Dès que les autres éclaireurs seront de retour, nous prendrons la route. Ils devraient arriver d'un jour à l'autre maintenant, c'est ce que nous répétons tous à Raven pour faire taire ses inquiétudes. La neige, qui tombe lentement, régulièrement, drape le monde d'une fourrure blanche.

J'ai pris l'habitude d'aller vérifier les nids chaque jour. Le givre qui enrobe les arbres les rend plus difficiles à escalader. De retour à l'abri, la douleur palpite dans mes doigts lorsqu'ils sortent de leur engourdissement. Depuis des semaines, les provisions nous parviennent avec régularité, même si les ballots se sont parfois retrouvés coincés en amont, à l'endroit où les eaux, moins profondes, gèlent plus facilement. Nous avons dû nous munir de manches à balai pour les libérer. Roach et Buck arrivent enfin, épuisés mais triomphants. La neige finit par cesser. À présent, nous n'attendons plus que Hunter et Tack.

Puis, un matin, les nids sont jaunes. Idem le lendemain. Le troisième jour, Raven m'attire à l'écart.

— Je suis inquiète, me dit-elle. Il y a quelque chose qui cloche.

— Peut-être qu'ils ont recommencé à patrouiller. Peut-être qu'ils ont à nouveau électrifié la clôture.

Elle se mord la lèvre et secoue la tête.

— C'est forcément grave. Tout le monde sait que notre départ approche. Nous avons besoin d'un maximum de provisions.

— Je suis sûre que ça ne durera pas. Je suis sûre que demain il y aura une livraison.

Elle secoue à nouveau la tête.

— Nous ne pouvons pas nous permettre de temporiser davantage, lâche-t-elle d'une voix étranglée.

Je sais qu'elle ne pense pas seulement à l'approvisionnement. Elle pense aux éclaireurs, aussi.

Le lendemain, dans le ciel bleu pâle, le soleil est si haut et si puissant qu'il perce à travers les arbres, transformant la glace en petits filets liquides. La neige s'accompagnait de silence et, à présent, la forêt renaît, résonne du chant de l'eau, des oiseaux et des branches. Comme si la Nature s'était libérée de sa muselière.

Nous sommes tous de bonne humeur, tous à l'exception de Raven qui, au moment de s'adonner à son observation quotidienne du ciel, se contente de marmonner :

— Ça ne durera pas.

Lorsque je me rends aux nids, en m'enfonçant dans la neige molle, j'ai si chaud que je dois retirer ma veste et l'attacher autour de ma taille. Ils seront bleus aujourd'hui, je le sens. Ils seront bleus, et les ballots arriveront, et les éclaireurs rentreront, et nous prendrons tous ensemble la direction du sud. La lumière étincelle, rebondit sur les branches scintillantes, sème ma vision de taches de couleur, d'éclairs rouges et verts.

Quand j'arrive aux nids, je dénoue ma veste et la pose sur l'une des branches les plus basses. Je grimpe de mieux en mieux, presque d'instinct, et je sens soudain enfler dans ma poitrine une joie telle que je n'en ai pas éprouvé depuis longtemps. À distance me parvient un léger bourdonnement, une vibration qui me rappelle le chant des grillons en été.

Le vaste monde nous attend, un espace qui ne connaît aucune limite, ni barrière ni règle. Nous le traverserons en toute liberté. Nous serons sains et saufs.

J'ai presque atteint les nids. Je change de position, cherche un meilleur point d'appui pour mes pieds puis me hisse vers la dernière branche.

À cet instant précis, une ombre me frôle et, dans ma stupeur, je manque de glisser en arrière. J'ai le temps d'éprouver la sensation terrifiante de la chute libre, ce moment de bascule, avant de réussir, à la dernière seconde, à retrouver l'équilibre. Mon cœur bat la chamade pendant quelques minutes néanmoins, et je ne réussis pas immédiatement à me défaire de cette impression de déséquilibre.

Je réalise alors que je n'ai pas été surprise par une ombre, mais par un oiseau. Un oiseau aux mouvements empêtrés, un oiseau couvert de peinture, qui se débat dans son nid et l'éclabousse de couleur.

Rouge. Rouge. Rouge.

Par dizaines, les volatiles ébouriffent leurs plumes brunes enduites d'un liquide épais et cramoisi.

Le rouge, c'est qu'il faut fuir.

Je ne sais pas comment je redescends de l'arbre. Je glisse et dérape, mes membres ayant perdu toute aisance et grâce dans l'affolement. Le rouge, c'est qu'il faut fuir. À un mètre du sol, je saute et roule dans la neige. Le froid pénètre à travers mon jean et mon pull. J'arrache ma veste et m'élance, ainsi que Hunter me l'a appris, dans ce monde éblouissant de glace fondue, tandis que le noir grignote mon champ de vision. Chaque pas me met au supplice, et j'ai l'impression d'être dans un cauchemar, de m'enfoncer dans la terre au lieu d'avancer.

À présent, le bourdonnement qui s'intensifie ne m'évoque plus du tout des grillons. Plutôt des frelons. Des moteurs.

Les poumons brûlants, la poitrine serrée par la douleur et les yeux irrités par les larmes, je cours jusqu'à l'abri. Je voudrais hurler. Je voudrais déployer mes ailes et m'envoler. Et l'espace d'un battement de cils, je pense : « Peut-être qu'il s'agissait d'une erreur. Peut-être que rien de mal n'arrivera. »

C'est alors que le bourdonnement se transforme en rugissement et que j'aperçois, au-dessus des arbres, un premier avion qui déchire le ciel avec un cri. Mais non : c'est moi qui crie.

Je crie ma peur. Je crie lorsque la première bombe explose et que la Nature s'embrase autour de moi.

Maintenant

J'ouvre les yeux sur la douleur. Durant une seconde, tout se fond dans un tourbillon de couleurs et je connais un moment de panique complète – où suis-je ? que s'est-il passé ? – avant que les formes et les contours se précisent. Je suis allongée sur un lit entre quatre murs aveugles. Dans ma confusion, je m'imagine que, peut-être, j'ai rejoint l'abri et que je suis à l'infirmerie. Mais cette pièce est plus petite et plus lugubre. Il n'y a pas de lavabo et je n'aperçois qu'un seul seau dans le coin. Le matelas, mince et taché, n'est pas recouvert de draps.

Les souvenirs me reviennent : le meeting à New York, l'entrée du métro, le spectacle atroce des gardes du corps. Je me rappelle la voix râpeuse contre mon oreille. « Pas si vite. »

Je tente de m'asseoir et ferme aussitôt les paupières, submergée par la sensation qu'on me lacère les yeux.

— Tu devrais boire, ça fait du bien.

Cette fois, je me redresse et tourne la tête malgré la douleur. Julian Fineman est assis sur un lit à côté du mien, la tête appuyée contre le mur, et m'observe à travers ses paupières mi-closes. Il me tend une tasse en fer-blanc.

— Ils nous l'ont apportée tout à l'heure, dit-il.

Une longue estafilade lui barre le visage, du sourcil à la mâchoire, recouverte d'une croûte de sang séché, et un bleu orne le côté gauche de son front, juste en dessous de la racine des cheveux. La pièce est pourvue d'une petite ampoule, placée au centre du plafond, et dans l'éclat blanc qu'elle projette les cheveux de Julian paraissent de la couleur de la paille fraîche.

Mon regard tombe aussitôt sur la porte au fond, et il secoue la tête.

— Ils l'ont verrouillée de l'extérieur.

Nous sommes prisonniers, alors.

— Qui ça, ils ?

Je connais déjà la réponse à ma question pourtant. Ce sont probablement les Vengeurs qui nous ont amenés ici. Je revois ce tableau infernal dans le tunnel, un garde pendu, l'autre poignardé dans le dos… seuls les Vengeurs ont pu commettre de tels actes.

Julian secoue la tête. J'aperçois alors d'autres bleus sur son cou. Ils ont dû l'étrangler. Sa veste a disparu, sa chemise est déchirée et tachée de sang – je repère deux anneaux rouges autour de ses narines. Il fait preuve d'un calme étonnant ; la main qui tient la tasse est ferme. Seuls ses yeux sont animés d'un mouvement permanent – deux iris d'un bleu irréel, sur le qui-vive.

Au moment où je vais lui prendre la tasse des mains, il la recule de quelques millimètres.

— Je te reconnais, dit-il. Je t'ai vue à la réunion.

Une étincelle s'allume dans son regard lorsqu'il ajoute :

— Tu avais perdu ton gant.

— Oui.

J'attrape la tasse. L'eau a un goût de mousse, mais elle a un effet merveilleux sur ma gorge. À la première gorgée, je réalise que je n'ai jamais eu aussi soif de toute ma vie. Il n'y a pas assez pour faire davantage que commencer à apaiser cette sensation de brûlure ; je vide quasiment la tasse avant de m'aviser, non sans mauvaise conscience, que Julian en voulait peut-être encore. Il reste environ un centimètre d'eau au fond de la tasse que je tente de lui rendre.

— Tu peux terminer, dit-il.

Je ne discute pas. Tout en buvant, je sens ses yeux sur moi et, quand j'ai fini, je constate qu'il fixe la cicatrice dans mon cou. Elle semble le rassurer.

À ma grande surprise, ils m'ont laissé mon sac à dos. L'espoir renaît. Ils sont peut-être cruels, mais ils ne sont visiblement pas très habitués à enlever des gens. Je sors une barre de céréales, hésite. Je ne suis pas encore affamée et j'ignore combien de temps je serai enfermée dans ce trou à rats. La Nature m'a enseigné cette leçon : mieux vaut attendre quand on peut se le permettre. Le désespoir finit toujours par vous faire perdre le contrôle.

Les autres objets que contient mon sac – *Le Livre des Trois* S, le parapluie débile de Tack, la bouteille d'eau que j'ai liquidée d'une traite dans le bus nous conduisant à Manhattan et un tube de mascara (qui appartient sans doute à Raven et qui s'est niché tout au fond) – ne me sont d'aucune utilité. Maintenant, je comprends pourquoi ils n'ont pas pris la peine de confisquer mes affaires. Et pourtant, je les étale avec soin sur le lit avant de retourner mon sac et de le secouer, comme si un couteau ou un passe-partout pouvait soudain apparaître.

Rien. Il doit cependant bien y avoir une issue.

Je me lève en pliant le bras gauche : je ne sens plus qu'une gêne légèrement douloureuse dans mon coude. Il n'est pas cassé alors, un autre signe positif.

J'essaie la porte : verrouillée, ainsi que Julian l'a dit, et blindée. Impossible de la défoncer. Une petite trappe, à peu près de la taille d'une chatière, se trouve dans la partie inférieure. Je m'accroupis pour l'examiner. Ses gonds sont fixés de telle sorte qu'on peut l'ouvrir de l'extérieur, mais pas de l'intérieur.

— C'est par là qu'ils nous passent de quoi boire, m'informe Julian. Et manger.

— Manger ? Tu as eu de la nourriture ?

— Un peu de pain. Et quelques noix. J'ai tout avalé. Je ne savais pas combien de temps tu resterais inconsciente.

Il détourne le regard.

— Aucun problème. J'aurais fait pareil.

Je me relève et examine les murs à la recherche de fentes ou de fissures, d'une porte cachée ou d'une partie qui nous résisterait moins. De la nourriture, de l'eau, une cellule souterraine : les seules certitudes. Je sais que nous sommes sous terre à cause des taches d'humidité au plafond – nous avions les mêmes à l'abri. En bref, nous sommes enterrés. Toutefois, s'ils voulaient notre mort, ils nous auraient déjà tués. Voilà une autre certitude.

Pour autant, ce n'est pas très rassurant. Les Vengeurs nous ont maintenus en vie pour une seule raison : ils nous réservent un sort bien pire que la mort.

— De quoi te souviens-tu ? demandé-je à Julian.

— Quoi ?

— Quels sont tes souvenirs de l'attaque ? Les bruits, les odeurs, l'enchaînement des événements…

Lorsque je plonge mes yeux dans les siens, il se dérobe. Bien sûr, il a des années d'entraînement – la ségrégation, les stratégies de protection, les fameux trois D : distance, détachement, désintérêt. Je suis tentée de lui rappeler qu'il n'est pas illégal de croiser le regard d'une Invulnérable, pourtant il me semble absurde de discuter du bien et du mal ici. Je suppose qu'il est dans le déni. Ce qui expliquerait son calme.

Avec un soupir, il se passe une main dans les cheveux.

— Je ne me rappelle rien.

— Essaie.

Il secoue la tête, comme pour tenter de saisir un souvenir qui lui échappe, s'affale contre le mur et fixe le plafond.

— Lorsque les Invalides ont débarqué…

Sans le vouloir, je tressaille à ces mots. Je dois me mordre la lèvre pour m'empêcher de le reprendre : « Les Vengeurs, pas les Invalides. Il ne faut pas nous mettre dans le même sac. »

Je l'encourage :

— Continue…

Je longe les murs à présent, laissant courir mes doigts sur le béton. Je ne sais pas ce que je cherche. Nous sommes pris au piège, tout bonnement. Mais Julian semble avoir plus de facilité à parler quand je ne le regarde pas.

— Bill et Tony… les gardes du corps de mon père… m'ont agrippé et entraîné vers la sortie de secours. Nous avions tout prévu, en cas d'incident… Nous étions censés rejoindre les tunnels et y attendre mon père.

Sa voix se brise très légèrement sur ce dernier mot et il se racle aussitôt la gorge.

— Il faisait très sombre. Tony est parti chercher les lampes torches qu'il avait cachées plus tôt. Puis nous avons entendu… nous avons entendu un hurlement suivi d'un craquement. Comme une coquille de noix brisée.

Julian déglutit. L'espace d'un instant, j'éprouve de la peine pour lui. Il en a vu beaucoup en peu de temps. Je me souviens ensuite que les Vengeurs n'existent que par la faute de gens de l'espèce des Fineman. Ce sont eux qui les ont engendrés. L'APASD et les organisations similaires ont repoussé, écarté, chassé tout sentiment de ce monde. Ils ont refermé leurs poings sur un geyser pour l'empêcher d'exploser. Mais la pression a fini par s'accumuler : la déflagration aura lieu, un jour ou l'autre.

— Bill est donc parti s'assurer que Tony allait bien. Il m'a dit de ne pas bouger et j'ai attendu ici. Soudain… j'ai senti qu'on m'étranglait par-derrière. Je ne pouvais plus respirer, ma vision s'est brouillée. Quelqu'un s'est approché, je ne distinguais pas ses traits. Il m'a frappé.

Il indique son nez et son tee-shirt.

— Je me suis évanoui. Quand je me suis réveillé, j'étais ici avec toi.

J'ai terminé le tour de notre cellule improvisée, cependant la nervosité me met les nerfs à vif et je ne trouve pas la force de m'asseoir. Je continue à arpenter la pièce, les yeux rivés au sol.

— Tu ne te souviens de rien d'autre ? Ni bruits ni odeurs ?

— Non.

— Aucun de tes agresseurs n'a parlé ? Ils ne t'ont rien dit ?

Il marque une pause avant de répondre :

— Non.

J'ignore s'il ment, toutefois je n'insiste pas. Une sensation de fatigue infinie m'envahit. La douleur me laboure à nouveau les tempes, explose en petits points de couleur derrière mes paupières. Je me laisse tomber de tout mon poids par terre, et ramène les genoux contre la poitrine.

— Et maintenant ? demande Julian.

Percevant une pointe de désespoir dans sa voix, je réalise qu'il n'est pas dans le déni. Il n'est pas calme non plus. Il se débat avec sa peur.

J'appuie la tête contre le mur et ferme les yeux.

— Maintenant, on attend.

Impossible de connaître l'heure, de savoir si c'est la nuit ou le jour. L'ampoule électrique encastrée dans le plafond écrase tout de sa lumière blanche. Les heures s'écoulent. Julian ne cherche pas à rompre le silence, au moins. Il ne quitte pas son lit et, chaque fois que je ne l'observe pas, je sens son regard sur moi. Il y a toutes les chances pour que ce soit la première fois qu'il se retrouve seul avec une fille de son âge pendant aussi longtemps, et ses yeux se promènent sur mes cheveux, mes jambes et mes bras, comme si j'étais un animal exotique dans un zoo. Je suis tentée de remettre ma veste, de me couvrir, mais il fait trop chaud.

— Quand as-tu subi l'opération ? finit-il par me demander.

— En novembre, rétorqué-je par automatisme.

Mon esprit ressasse les mêmes questions, sans relâche. Pourquoi nous avoir amenés ici ? Pourquoi nous avoir laissé la vie sauve ? Pour Julian, je comprends : il a de la valeur. Ils espèrent sans doute une rançon. Moi, en revanche, je ne vaux rien. Et cette idée me rend très, très nerveuse.

— Ça fait mal ?

Je redresse la tête et suis, une fois de plus, frappée par la limpidité de son regard : une rivière aux eaux transparentes, traversée de courants violets et bleu marine.

— Pas trop, murmuré-je.

C'est un mensonge, bien sûr.

— Je déteste les hôpitaux, dit-il en détournant les yeux. Les laboratoires, les scientifiques, les médecins. Tout ça.

Un long silence s'étire.

— Tu n'es pas habitué, à force ?

La question me brûlait les lèvres.

Le coin gauche de sa bouche tressaille légèrement : un minuscule sourire. Il me coule un regard de biais.

— Il y a sans doute des choses auxquelles on ne s'habitue jamais.

Sans raison particulière, sa répartie me fait penser à Alex et mon ventre se serre.

— Sans doute, oui, dis-je.

Un peu plus tard, un changement se produit, une modification du silence. Je m'étais allongée sur mon lit pour économiser mes forces et me redresse subitement.

— Qu'est-ce qu'il y a ? demande Julian.

Je lève une main pour lui signifier de se taire. Des bruits de pas de l'autre côté de la porte, qui approchent. Suivis d'un grincement, quand les gonds de la petite trappe métallique pivotent.

Aussitôt, je plonge par terre dans l'espoir d'apercevoir nos geôliers. Je m'écrase sur l'épaule droite au moment où un plateau heurte le sol avec fracas et où la trappe se referme.

— Mince !

Je m'assieds en me massant l'épaule. L'assiette contient deux gros quignons de pain et plusieurs morceaux de bœuf séché. Ils ont aussi ajouté une gourde remplie d'eau. Pas si mal en comparaison de certains repas que j'ai pu faire dans la Nature.

— Tu as vu quelque chose ? insiste Julian.

Je secoue la tête.

— Ça ne nous aurait sans doute pas beaucoup avancés.

Après une seconde d'hésitation, il se laisse glisser à terre et s'installe à côté de moi.

— Toute information est bonne à prendre, riposté-je un peu trop sèchement.

C'est un autre des enseignements de Raven. Bien sûr, Julian ne comprendrait pas. Les gens comme lui ne veulent ni savoir, ni réfléchir, ni choisir. Le Protocole remplit cette fonction entre autres.

Voulant tous deux attraper la gourde, nos mains se touchent au-dessus du plateau. Il recule vivement, comme s'il venait de se brûler.

— Vas-y, lancé-je.

— Toi d'abord.

J'avale quelques gorgées sans le quitter des yeux. Il sépare le pain en plusieurs morceaux : il veut le faire durer, il doit mourir de faim.

— Tu peux prendre ma part.

J'ignore pourquoi je le lui propose. Ce n'est pas très malin ; j'aurai besoin de forces pour m'enfuir d'ici. Il me dévisage. Bizarrement, alors qu'il a les yeux et les sourcils clairs, ses cils, eux, sont noirs et épais.

— Tu es sûre ?

— Prends.

Je me retiens d'ajouter : « Avant que je change d'avis. »

Il dévore le second morceau à deux mains. Quand il a terminé, je lui tends la gourde et il hésite à la porter à ses lèvres.

— Je ne peux pas te la passer, tu sais.

— Quoi ?

Il tressaille légèrement, comme si je venais de briser un long silence.

— La maladie. *L'amor deliria nervosa*. Je ne suis pas contagieuse. Je ne représente aucun danger.

Alex m'avait dit la même chose, à l'époque. Je repousse ces souvenirs, dans le recoin le plus obscur de ma mémoire.

— De toute façon, le *deliria* ne peut pas se transmettre par l'eau ou la nourriture, c'est une légende.

— On peut l'attraper en s'embrassant, rétorque Julian au bout d'un moment.

Il a buté sur le verbe « s'embrasser ». Celui-ci ne s'emploie plus beaucoup en public.

— C'est différent.

— De toute façon, je ne m'inquiète pas pour ça, riposte-t-il vigoureusement avant de boire à longs traits comme pour le prouver.

— Tu t'inquiètes pour quoi, alors ?

Je déchire un morceau de bœuf séché, puis m'adosse contre le mur et commence à le ronger. Il refuse de croiser mon regard quand il répond :

— Je n'ai jamais passé autant de temps avec...

— Une fille ?

Il secoue la tête.

— Quelqu'un de mon âge.

Ses yeux effleurent les miens un instant et me transmettent une décharge électrique. Ils ont changé : les eaux cristallines se sont approfondies pour devenir un océan de couleurs tourbillonnant – vert, or, violet. Il semble se reprocher d'en avoir trop dit. Il se lève, marche jusqu'à la porte, revient. C'est le premier signe d'agitation qu'il trahit – toute la journée, il est resté incroyablement imperturbable.

— À ton avis, pourquoi nous gardent-ils ici ?

— Ils espèrent sans doute une rançon.

Je ne vois pas d'autre explication logique. Julian passe un doigt sur sa coupure à la lèvre le temps d'examiner cette hypothèse.

— Mon père paiera, dit-il au bout d'un moment. Je suis utile à la cause.

Je ne réponds rien. Dans un monde sans amour, voilà ce que représentent les gens : une valeur, positive ou négative, des chiffres et des données. Nous pesons, nous quantifions, nous mesurons, et l'âme est réduite à néant.

— En revanche, il n'aimera pas l'idée de traiter avec les Invalides, ajoute-t-il.

— Tu n'as aucune preuve de leur implication.

Je regrette aussitôt de m'être emportée : même ici, Lena Morgan Jones ne doit pas s'écarter du rôle qui lui a été attribué.

— Tu les as bien vus au rassemblement, non ? lance Julian en se renfrognant.

Devant mon silence, il reprend :

— Je n'en sais rien. Peut-être que cet incident aura du bon. Peut-être que les gens comprendront l'objectif de l'APASD. Et l'importance de l'atteindre.

Julian parle de sa voix publique, comme lors d'un meeting. Je me demande combien de fois il a rabâché les mêmes paroles, les mêmes idées, chevillées à son esprit. Je me demande s'il lui arrive de douter.

Je suis prise d'un dégoût subit pour lui et ses certitudes tranquilles sur le monde, lui qui semble croire que la vie peut être disséquée et étiquetée à la manière de n'importe quel spécimen de laboratoire. Je ne dis rien pourtant. Lena Morgan Jones garde son masque et rétorque avec ferveur :

— Je l'espère bien.

Je vais ensuite me rouler en boule sur mon lit, face au mur, pour lui faire comprendre que la discussion est terminée. En guise de vengeance, je récite, en silence, des paroles interdites. C'est Raven qui m'a enseigné cette prière d'une ancienne religion.

Le Seigneur est mon berger,
Rien ne saurait me manquer.

Sur des prés d'herbe fraîche,
Il me fait reposer.
Il me mène vers les eaux tranquilles
Et me fait revivre ;
Il me conduit par le juste chemin,
Pour l'honneur de son nom.
Si je traverse les ravins de la mort,
Je ne crains aucun mal…

Le sommeil finit par m'emporter. Je retiens un cri lorsque je rouvre les yeux dans le noir. L'ampoule électrique, qui a été éteinte, nous laisse dans l'obscurité la plus complète. Ayant trop chaud et mal au cœur, je repousse la couverture en laine au pied du lit de camp ; le contact de l'air frais sur ma peau me fait du bien.

— Tu as du mal à dormir ?

Je sursaute : la voix de Julian ne provient pas de la direction de son lit. Sa forme sombre se détache à peine sur les ténèbres.

— J'ai dormi, dis-je. Pas toi ?

— Non.

Ses intonations me paraissent plus douces, moins affûtées, comme estompées par la pénombre. Il reprend :

— C'est bête, mais…

— Mais quoi ?

Des bribes de rêve continuent à flotter dans mon cerveau, à la lisière de la conscience. J'étais dans la Nature, avec Raven et Hunter.

— Je fais des cauchemars. Depuis toujours.

La rapidité de son débit trahit sa gêne. L'espace d'un instant, je sens un petit nœud se relâcher dans ma poitrine. Je refoule aussitôt ce sentiment : nous appartenons à des camps opposés, Julian et moi. Nous ne pourrons jamais éprouver de sympathie mutuelle.

— On m'a dit que ça s'arrangerait après le Protocole, ajoute-t-il, presque comme une excuse.

Je ne peux pas m'empêcher de me demander s'il pense à l'inévitable : « Si je survis. » Voyant que je conserve le silence, il se racle la gorge.

— Et toi ? Tu as déjà fait des cauchemars ? Avant d'être guérie ?

Je convoque l'image de centaines de milliers d'Invulnérables plongés dans un sommeil sans rêves, la tête envahie par une brume douce et vide.

— Jamais, réponds-je en roulant sur le côté et en remontant la couverture sur mes jambes, feignant de me rendormir.

Avant

Notre départ est précipité. Nous attrapons tout ce qui nous tombe sous la main puis prenons la fuite, alors que la Nature derrière nous s'embrase, envahie par la fumée. Nous ne nous éloignons pas de la rivière dans l'espoir que l'eau nous protégera si l'incendie se propage.

Raven porte Blue, livide et terrifiée. J'entraîne Sarah par la main. Elle pleure en silence, enveloppée dans l'immense veste de Lu – elle n'a pas eu le temps de récupérer la sienne et Lu peut s'en passer. Lorsque la morsure du froid commence à se faire sentir, nous nous relayons, Raven et moi, pour lui prêter la nôtre. Le froid pénètre nos os, tord nos boyaux et remplit nos yeux de larmes.

Et dans notre dos, l'enfer se déchaîne.

Nous sommes quinze à avoir pu nous échapper ; Squirrel et Mamie manquent à l'appel. Personne ne se souvient de les avoir vus dans la panique. Une bombe a atterri juste à côté de l'abri, faisant exploser un des murs de l'infirmerie et provoquant une pluie de gravier, de terre et d'insectes dans le couloir. Suite à ça, tout n'a plus été qu'un chaos retentissant.

Après le retrait des avions, les hélicoptères débarquent. Des heures durant, ils patrouillent au-dessus de nos têtes, déchiquetant le ciel de leur vrombissement incessant. Ils vaporisent des produits chimiques qui nous brûlent la gorge et les yeux, rendent notre respiration difficile. Nous nous protégeons la bouche avec des tee-shirts et des torchons le temps de franchir le nuage toxique. Ils ne nous envoient pas la cavalerie néanmoins, et nous pouvons nous estimer chanceux.

Il finit par faire trop sombre pour que les attaques continuent. Le ciel nocturne est voilé. Les bois résonnent d'un concert de crépitements ; nombre d'arbres succombent sous les flammes. Au moins, nous avons assez avancé pour ne pas être menacés par le feu. Enfin, Raven considère que nous pouvons, sans danger, nous reposer et établir l'inventaire de nos réserves.

Nous n'avons emporté qu'un quart de la nourriture stockée et aucun produit pharmaceutique. Bram suggère de retourner chercher les vivres.

— Nous n'arriverons jamais dans le sud avec ce qui nous reste, argue-t-il.

D'une main tremblante, Raven tente d'allumer un feu de camp. Elle parvient à peine à embraser une allumette. Elle doit avoir les doigts gelés. Les miens sont engourdis depuis des heures.

— Tu ne comprends pas ? dit-elle. L'abri a été détruit. Nous ne pouvons pas rebrousser chemin. Ils avaient l'intention de nous rayer de la carte aujourd'hui. Si Lena ne nous avait pas prévenus, nous serions tous morts.

— Que fais-tu de Tack et Hunter ? s'entête-t-il. Que leur arrivera-t-il lorsqu'ils reviendront nous chercher ?

— Bon sang, Bram !

La voix de Raven monte dans les aigus, frise l'hystérie ; Blue, qui a fini par s'endormir, emmitouflée dans les couvertures, s'agite. Raven se redresse : le feu est enfin parti. Elle recule d'un pas pour observer les premières flammes bleues, rouges et vertes.

— Ils devront se débrouiller tous seuls, reprend-elle plus calmement.

Pourtant, même si elle a retrouvé son sang-froid, je perçois une douleur en filigrane, un ruban de peur et de chagrin, tissé entre les mots.

— Et nous, conclut-elle, nous devrons continuer sans eux.

— C'est nul, rétorque Bram, sans réelle conviction.

Il sait qu'elle a raison. Raven reste postée devant le feu pendant que d'autres s'affairent en silence sur la rive pour installer le bivouac : ils entassent les sacs à dos afin de former un abri contre le vent, déballent la nourriture puis la remballent en revoyant les rations à la baisse. Je vais m'asseoir à côté de Raven un moment. Je voudrais l'enlacer, mais je ne peux pas. On ne fait pas ce genre de choses avec elle. Et d'une certaine façon, je comprends qu'elle ait besoin, plus que jamais, de se réfugier derrière son insensibilité. Malgré tout, j'éprouve le besoin de la consoler. Alors, je souffle, si bas que personne d'autre ne peut entendre :

— Tack s'en sortira. Si quelqu'un est capable de survivre ici, c'est bien lui.

— Oh, je sais, je ne m'inquiète pas pour lui, il se débrouillera.

Quand elle se tourne vers moi, cependant, je découvre que son regard s'est éteint, comme si elle avait fermé une porte au fond d'elle-même… et je me rends compte qu'elle ne croit pas elle-même à ses paroles.

Un jour gris et glacé se lève. Il s'est remis à neiger. Je n'ai jamais eu aussi froid de ma vie. Je mets une éternité à recouvrer des sensations dans mes pieds. Nous avons tous dormi à la belle étoile. Raven craignait que les tentes soient trop voyantes et fassent de nous des cibles faciles si les hélicoptères ou les avions revenaient. Le ciel est vide pourtant, et la forêt silencieuse. De la cendre se mêle aux flocons de neige.

Nous prenons la direction du premier campement, celui que Roach et Buck ont préparé en vue de notre arrivée, à cent trente kilomètres. Au début, nous cheminons sans un bruit, jetant des coups d'œil inquiets au ciel. Puis, au bout de quelques heures, nous commençons à nous détendre. La neige, qui tombe toujours, adoucit le paysage et purifie l'air jusqu'à ce que les relents de fumée aient été complètement nettoyés.

Les langues se délient alors. Comment nous ont-ils débusqués ? Pourquoi cette attaque ? Pourquoi maintenant ?

Des années durant, les Invalides ont pu compter sur un atout crucial : ils n'étaient pas censés exister. Le gouvernement a, pendant des décennies, nié toute présence humaine dans la Nature, garantissant ainsi plus ou moins la sûreté des Invalides. Une attaque massive de l'armée serait revenue à admettre une erreur.

Apparemment, il y a eu du changement. Beaucoup plus tard, nous découvrirons pourquoi : la résistance a corsé ses attaques, lassée d'attendre, lassée de se contenter de petites farces sans réelles conséquences. D'où les Incidents : explosifs placés dans les prisons, les mairies et les administrations du pays entier.

Sarah, qui court en tête, fait demi-tour pour venir à ma rencontre.

— À ton avis, qu'est-il arrivé à Tack et Hunter ? Tu crois qu'ils s'en tireront ? Tu crois qu'ils nous trouveront ?

Raven est à quelques pas devant nous et je rétorque d'un ton sec :

— Chut ! Ne t'inquiète pas pour ça. Tack et Hunter sont parfaitement capables de s'occuper d'eux-mêmes.

— Mais Squirrel et Mamie ? Tu penses qu'ils ont réussi à s'échapper ?

Je repense à la gigantesque déflagration, au souffle de pierre et de terre à l'intérieur de l'abri, aux cris et à la fumée. Il y avait tant de bruit, tant de flammes. Je fouille ma mémoire à la recherche d'un souvenir de Squirrel et de Mamie, d'une vision d'eux en train de courir dans les bois, pourtant je ne tombe que sur des images de silhouettes qui crient et aboient des ordres, de gens qui s'envolent en fumée.

— Tu poses trop de questions, dis-je. Tu devrais économiser ton énergie.

Elle ralentit son allure et se met à marcher au lieu de trottiner comme un chien.

— Est-ce qu'on va mourir ? demande-t-elle d'un air grave.

— Ne sois pas bête. Ce n'est pas ta première migration.

— Mais les gens de l'autre côté de la clôture…

Elle se mord la lèvre avant de poursuivre :

— Ils veulent nous tuer, non ?

Un spasme de haine pure me vrille le ventre. Je place une main sur sa tête, puis rétorque :

— Ils n'ont pas encore réussi.

Je m'imagine qu'un jour je survolerai en avion Portland, Rochester et toutes les villes fortifiées du pays ; je les bombarderai sans relâche, je regarderai leurs immeubles tomber en poussière, leurs citoyens se transformer en torches ; on verra alors ce qu'ils en pensent.

Prenez, et nous reprendrons. Volez, et nous vous dévaliserons. Frappez, et nous rendrons les coups.

Voilà comment marche le monde désormais.

Nous atteignons le premier campement juste avant minuit, le troisième jour, après avoir, à la dernière minute, hésité entre l'est et l'ouest, au pied de l'énorme arbre éviscéré, racines exposées au vent, que Roach avait marqué avec un bandana rouge. Nous avons perdu une heure – nous avons d'abord pris la mauvaise direction –, mais, lorsque nous repérons le petit monticule de pierres érigé par Roach et Buck pour marquer l'endroit où la nourriture est enterrée, la joie est générale. Emplis d'une énergie nouvelle, nous accomplissons, en courant et en hurlant, les quinze derniers mètres qui nous séparent de la petite clairière.

Initialement, nous devions rester un jour, deux maximum ; Raven est cependant d'avis de prolonger notre séjour pour chasser le plus de gibier possible. Avec les températures qui chutent, il sera de plus en plus difficile d'attraper de petits animaux, or nous n'avons pas assez de vivres pour tenir jusqu'au sud.

À présent, nous pouvons installer les tentes. Impossible d'oublier, néanmoins, que nous avons pris la fuite, que nous avons perdu des membres du groupe, que nous avons laissé l'essentiel de nos provisions derrière nous. Nous nous rassemblons autour d'un feu et, baignés dans sa douce lumière, nous nous réchauffons les mains et nous nous racontons des histoires pour oublier le froid et la faim, pour oublier l'odeur de neige qui flotte dans l'air.

Maintenant

— Raconte-moi une histoire.

— Quoi ?

Julian m'a prise au dépourvu. Il est assis en silence depuis des heures. Je me suis remise à faire les cent pas, à penser à Raven et à Tack. Ont-ils réussi à s'enfuir lors de la panique généralisée ? S'imagineront-ils que j'ai été blessée, ou tuée ? Me rechercheront-ils ?

— Je voudrais que tu me racontes une histoire, dit-il.

Il est installé en tailleur sur son lit. J'ai remarqué qu'il pouvait rester dans cette position des heures durant, les yeux mi-clos, comme pour méditer. Sa placidité commence à me taper sur les nerfs.

— Le temps passera plus vite, ajoute-t-il.

Une nouvelle journée, de nouvelles heures interminables. L'ampoule est rallumée et le petit déjeuner (encore du pain, encore du bœuf séché, encore de l'eau) nous a été servi plus tôt. Cette fois, j'ai eu le temps de m'aplatir au sol, ce qui m'a permis d'apercevoir un pantalon noir et des chaussures épaisses. Une voix masculine m'a ordonné, d'un aboiement, de pousser l'ancien plateau par la trappe, et j'ai obtempéré.

— Je ne connais pas d'histoire, dis-je.

Julian n'éprouve plus aucune gêne à me fixer désormais – il est même trop à l'aise. Je sens ses yeux sur moi pendant que j'arpente la pièce, telle une caresse sur mon épaule.

— Raconte-moi ta vie, alors. Je n'ai pas besoin d'entendre un truc exceptionnel.

Avec un soupir, je me lance dans le récit des origines de Lena Jones, que Raven m'a aidée à bâtir :

— Je suis née dans le Queens. Jusqu'au CM2, j'ai été à l'école primaire unifiée, avant d'entrer à Notre-Dame-de-la-Doctrine. L'an dernier, je me suis installée à Brooklyn et inscrite à Quincy Edwards pour ma dernière année.

Julian ne me quitte pas des yeux, il semble en espérer plus. Je marque mon impatience d'un petit geste de la main puis ajoute :

— J'ai été guérie en novembre. Mais je passerai mon Évaluation à la fin du semestre, avec tout le monde. On ne m'a pas encore attribué de compagnon.

Je n'ai plus rien à raconter. Lena Jones, comme tous les Invulnérables, est plutôt rasoir.

— Tu viens d'énumérer des faits, rétorque Julian, ce n'est pas une histoire.

— Très bien, dis-je avant d'aller m'asseoir sur mon lit, de ramener mes jambes sous moi et de me tourner vers lui. Puisque tu es un expert de la question, pourquoi tu ne m'en raconterais pas une, toi ?

Je m'attendais à ce qu'il s'énerve, pourtant il se contente d'incliner la tête en arrière et de souffler, le temps de réfléchir. La plaie sur sa lèvre est plus impressionnante aujourd'hui, bleuie et enflée. Des ombres jaunes et vertes commencent à lui grignoter le bas du visage. Il ne s'est pas plaint une seule fois ; ni pour ça ni pour la longue estafilade sur sa joue.

Il finit par lâcher :

— Un jour, quand j'étais très petit, j'ai vu deux personnes s'embrasser en public.

— Tu veux dire à un mariage ? Pour sceller leur union ?

Il secoue la tête.

— Non, dans la rue. C'étaient des Opposants, tu vois ? Juste devant l'APASD. Je ne sais pas s'ils n'étaient pas guéris, ou si le Protocole n'avait pas marché. Je devais avoir six ans. Ils étaient…

Au dernier moment, il flanche.

— Quoi ?

— Ils s'embrassaient avec la langue.

Il me regarde brièvement avant de détourner les yeux. De nos jours, un baiser avec la langue ne passe pas seulement pour illégal mais pour répugnant, symptôme caractéristique du mal qui s'enracine.

— Comment as-tu réagi ?

Sans le vouloir, je me suis penchée vers lui. Je suis fascinée, tant par l'anecdote que par le fait qu'il me la confie. Il esquisse un sourire.

— Tu veux entendre un truc rigolo ? J'ai d'abord cru qu'il la mangeait.

C'est plus fort que moi : je laisse échapper un bref éclat de rire. Et une fois que j'ai commencé, impossible de m'arrêter. Toute la tension des dernières quarante-huit heures explose dans ma poitrine et je m'esclaffe si fort que je finis par pleurer. Le monde marche sur la tête. On vit dans une maison de fous !

Julian est pris d'un fou rire, lui aussi, avant de tressaillir en touchant sa lèvre contusionnée.

— Aïe ! lance-t-il.

Son cri ne fait que redoubler mon hilarité, ce qui lui arrache un nouveau rire, suivi d'un nouveau « aïe ». Bientôt, nous sommes tous deux secoués de convulsions. Julian possède un rire étonnamment agréable, grave et mélodieux.

— Bon, à ton tour, halète-t-il.

Je n'ai toujours pas réussi à reprendre mon souffle.

— Attends… attends. Que s'est-il passé ensuite ?

Julian me dévisage sans se départir de son sourire. Il a une fossette sur la joue droite et un pli s'est creusé entre ses sourcils.

— Comment ça ? s'étonne-t-il.

— Qu'est-il arrivé au couple ? Ceux qui s'embrassaient ?

Le pli s'accentue et il secoue la tête d'un air perplexe.

— La police a débarqué, rétorque-t-il le plus naturellement du monde. Ils ont été placés en quarantaine à Rikers. À ce que j'en sais, ils sont toujours là-bas.

Mes derniers éclats de rire se tarissent aussitôt, j'ai le sentiment d'avoir reçu un coup en pleine poitrine. Je me souviens que Julian est l'un d'eux, les zombies, les ennemis. Ceux qui m'ont arraché Alex.

Soudain, je suis prise de nausées. Je viens de rire avec lui. De partager quelque chose. Il me regarde comme si nous étions amis. Comme si nous étions semblables. Je pourrais vomir.

— Alors, dit-il, à ton tour !

— Je n'ai rien à raconter.

Ma voix est dure, grinçante.

— Tout le monde…

— Pas moi.

Je me relève pour tenter de me débarrasser des fourmis qui se sont réveillées dans mes membres.

Le restant de la journée s'écoule sans que nous échangions un seul mot. Voyant que Julian est tenté, à plusieurs reprises, de rompre le silence, je finis par m'allonger sur mon lit et fermer les yeux. Je reste bien éveillée, néanmoins.

Les mêmes mots tourbillonnent sans relâche dans mon esprit : « Il y a forcément une issue. Il y a forcément une issue. »

Le vrai sommeil ne vient que beaucoup plus tard, une fois l'ampoule éteinte. Lorsqu'il m'emporte, j'ai l'impression de couler, de me noyer lentement dans une brume. Bien trop vite, je me réveille. Je m'assieds dans mon lit, le cœur battant la chamade.

Julian hurle dans son sommeil et grommelle un charabia incompréhensible. Je distingue un seul mot : *Non.* Je patiente quelques instants pour voir s'il reprendra conscience tout seul. Il gesticule et donne des coups de pied qui font trembler le cadre métallique de son lit.

— Hé ! soufflé-je.

Ses marmonnements continuent et je me redresse en répétant, un peu plus fort :

— Hé, Julian.

Toujours aucune réponse. Je tends le bras dans le noir, à la recherche du sien. Après avoir posé la main sur son torse trempé de sueur, je trouve son épaule et le secoue doucement.

— Réveille-toi, Julian.

Il finit par s'extirper des brumes du sommeil, le souffle court, et repousse ma main avant de s'asseoir – j'entends le matelas bruisser quand il change de position. Je distingue une vague forme noire, la courbe d'une colonne vertébrale. Nous demeurons ainsi un long moment, en silence. Il a la respiration lourde. Un râle s'échappe de sa gorge. Je me rallonge pour écouter son souffle saccadé dans le noir, attendant qu'il ralentisse.

— Encore des cauchemars ? demandé-je.

Sa réponse tarde à arriver :

— Oui.

J'hésite. Une part de moi est tentée de rouler sur le côté et de se rendormir. Seulement, je suis parfaitement éveillée maintenant, et l'obscurité m'oppresse.

— Tu veux en parler ?

Le silence s'étire pendant une longue minute, puis un flot de paroles s'échappe de la bouche de Julian :

— J'étais dans une clinique. Dehors il y avait une immense clôture, sauf qu'il y avait tous ces… Je ne peux pas vraiment l'expliquer, mais ce n'était pas une vraie clôture. Elle était constituée de corps. De cadavres. Recouverts de mouches.

— Continue, chuchoté-je lorsqu'il s'interrompt.

Il déglutit.

— Je devais subir mon Protocole ; les médecins me ficelaient sur une table et me demandaient d'ouvrir la bouche. Deux hommes en blouse m'écartaient les mâchoires et mon père, qui était présent, soulevait une cuve remplie de béton. Je savais qu'il allait le faire couler dans ma gorge, alors, je hurlais et je me débattais. Lui me répétait que tout irait bien, que tout irait mieux, puis le béton commençait à me remplir la bouche et je ne pouvais plus respirer…

Julian suspend la fin de sa phrase. Ma poitrine est comprimée. L'espace d'une seconde, je suis prise de l'envie délirante de le serrer dans mes bras… mais ce serait affreux et mal, pour un millier de raisons. Ça a dû soulager Julian de me raconter son rêve ; il se rallonge.

— Je fais des cauchemars, aussi.

Je rectifie aussitôt :

— Je veux dire que j'en faisais.

Même dans le noir, je sens le regard de Julian sur moi.

— Tu veux en parler ?

Il a repris ma question mot pour mot. Je repense aux rêves sur ma mère : impuissante, je la regardais se jeter d'une falaise. Je ne les ai jamais racontés à personne. Pas même à Alex. Ces rêves ont cessé lorsque j'ai découvert qu'elle était enfermée dans les Cryptes pendant toutes ces années où je l'ai cru morte. Mes cauchemars ont pris une nouvelle forme désormais : il y a des flammes, Alex, des épines qui deviennent des chaînes et m'entraînent sous terre.

— Je rêvais de ma mère, dis-je.

Espérant qu'il n'a pas remarqué que je butais sur ce dernier mot, je poursuis :

— Elle est morte quand j'avais six ans.

C'est presque la vérité : je ne la reverrai pas. J'entends Julian s'agiter et, lorsqu'il prend la parole, je devine qu'il s'est tourné vers moi.

— Parle-moi d'elle, dit-il doucement.

Je fixe les ténèbres, qui semblent s'animer.

— Elle aimait faire des expériences culinaires, commencé-je avec prudence.

Je ne dois pas en dire trop, au risque d'éveiller ses soupçons. Parler dans le noir est un tel soulagement, cependant, que je baisse un peu la garde :

— Je m'asseyais sur la table et la regardais mettre le bazar. La plupart des choses qu'elle préparait terminaient à la poubelle, mais on s'amusait toujours et je riais beaucoup.

Un silence.

— Je me souviens de la fois où elle a préparé des pancakes au piment. Ce n'était pas si mal.

Julian ne dit rien ; sa respiration est redevenue régulière.

— Elle jouait avec moi aussi.

— Vraiment ? s'étonne-t-il.

— Oui. De vrais jeux, pas seulement ceux qu'ils conseillent dans *Le Livre des Trois S* dans la section sur le développement de l'enfant. Elle prétendait…

Je m'interromps et me mords la lèvre, inquiète d'avoir été trop loin.

— Quoi ?

Une pression incroyable s'accumule dans ma poitrine, soudain tout me revient en force, ma vraie vie, ma vie d'autrefois : la maison délabrée de Portland, le clapotis de l'océan dans la baie et son odeur, les murs noircis des Cryptes et les losanges émeraude que découpait le soleil en filtrant à travers les arbres, dans la Nature… Tous ces autres *moi*, empilés les uns sur les autres et enterrés pour qu'on ne les retrouve jamais. J'ai brusquement l'impression que je dois continuer à parler, que si je ne le fais pas, j'exploserai.

— Elle avait une clé, et elle prétendait que celle-ci ouvrait des portes menant à d'autres mondes. C'était une clé quelconque, je ne sais pas où elle se l'était procurée, dans un vide-grenier sans doute, mais elle la rangeait dans une boîte rouge et ne la sortait que pour les occasions particulières. Elle faisait alors semblant de traverser plusieurs dimensions. Un monde où les humains servaient d'animaux de compagnie aux bêtes, un autre où on pouvait chevaucher la traîne des étoiles filantes. Il y avait aussi un monde sous-marin, et un autre où les gens dormaient le jour et dansaient la nuit. Ma sœur jouait aussi.

— Comment s'appelle-t-elle ?

— Grace.

La gorge nouée, je commence à mélanger les époques et les lieux, les différents *moi*, les différentes vies. Ma mère a disparu avant la naissance de Grace ; laquelle est ma cousine en réalité. Pourtant, bizarrement, je me représente très bien la scène : ma mère soulevant Grace et la faisant tourbillonner au son de la musique que diffusent des haut-parleurs qui crachotent. Nous trois courant sur le parquet du long couloir pour attraper une étoile imaginaire. J'ouvre la bouche dans l'idée de poursuivre, mais j'en suis incapable. Je suis au bord des larmes et je dois les ravaler malgré le nœud dans ma gorge.

Julian ne dit rien pendant quelques minutes. Il lâche ensuite :

— Je jouais à faire semblant, moi aussi.

— Ah oui ?

J'ai enfoui mon visage dans mon oreiller pour étouffer le tremblement dans ma voix.

— Oui. Surtout dans les hôpitaux et les laboratoires.

Un nouveau silence.

— Je m'imaginais que j'étais chez moi. Je modifiais les sons, tu vois ? Le bip-bip des moniteurs devenait celui de la machine à café. Et lorsque j'entendais des bruits de pas, c'étaient mes parents qui passaient devant la porte, même s'ils ne venaient jamais en réalité. Il y avait l'odeur aussi… Tu as déjà remarqué que les hôpitaux sentent toujours le détergent et, plus légèrement, les fleurs ? Je me disais que c'était parce que ma mère lavait les draps.

Le nœud dans ma gorge s'est relâché et je respire plus facilement à présent. J'apprécie que Julian n'ait pas souligné que l'attitude de ma mère était déplacée, qu'il ne se soit pas montré suspicieux et n'ait pas posé trop de questions.

— Les enterrements sentent pareil, dis-je. Ce mélange de détergent et de fleurs.

— Je n'aime pas cette odeur, rétorque doucement Julian.

S'il était moins conditionné, et moins prudent, il aurait utilisé le verbe « haïr ». Mais il ne peut pas : il s'agit d'un sentiment trop passionné, et la passion est trop proche de l'amour, l'*amor deliria nervosa*, le plus fatal des maux mortels. Le mal à l'origine des histoires qu'on se raconte, des *moi* qu'on se fabrique, des nœuds dans la gorge.

— Je jouais aussi à l'explorateur, reprend-il. Je m'imaginais ce que je découvrirais… ailleurs.

Je repense à notre rencontre précédente dans l'auditorium : assis seul dans le noir après la réunion de l'APASD, il contemplait ces images étourdissantes de montagnes et de forêts. Les battements de mon cœur se précipitent quand je demande :

— Où par exemple ?

Il hésite.

— Pas très loin, répond-il enfin. Dans d'autres villes des États-Unis.

Quelque chose me dit qu'il ment. Parlait-il réellement de la Nature ou d'autres endroits dans le monde – des endroits sans frontière, où l'amour existe toujours, où il est censé avoir décimé tout le monde à l'heure qu'il est ?

Percevant peut-être mes doutes, il s'empresse d'ajouter :

— Des trucs de gamin, tu sais. Le genre que j'imaginais la veille de mes examens médicaux ou de mes opérations. Histoire de chasser la peur.

Dans le silence qui suit, je sens le poids de la terre au-dessus de nos têtes, plusieurs épaisseurs, denses, sans oxygène. Je tente de combattre le sentiment qui m'envahit : nous sommes enterrés ici à tout jamais.

— Et maintenant, tu as peur ?

Il réfléchit à peine une fraction de seconde avant de répondre :

— Moins que si j'étais seul.

J'éprouve un nouvel élan de sympathie pour lui.

— Moi aussi. Julian ?

— Oui ?

— Tends la main vers moi.

Je ne sais pas très bien pourquoi je dis ça – peut-être parce que je ne peux pas le voir. Je me sens plus à l'aise dans le noir.

— Pourquoi ?

— Fais-le.

Je l'entends remuer ; il étend le bras dans l'espace entre nos deux lits. À tâtons, je cherche sa main, froide et sèche. Il frémit lorsque nos deux peaux entrent en contact.

— Tu crois qu'on court un danger ? demande-t-il.

Il a la voix cassée. J'ignore s'il veut parler du *deliria,* ou s'il m'interroge sur la situation présente. Il me laisse entrelacer nos doigts. Il n'a jamais tenu la main de personne, je le sens. Il esquisse quelques gestes maladroits avant de comprendre comment faire.

— Tout ira bien, dis-je.

J'ignore si j'en suis persuadée ou pas. À ma surprise, il me donne une brève pression – il y a sans doute certaines choses qui viennent naturellement, y compris la première fois. Nous ne nous lâchons pas la main ; au bout d'un moment, sa respiration se ralentit et s'approfondit. Je ferme les yeux et je vois des images de vagues déferlant sur le rivage. À mon tour, je sombre dans le sommeil et me retrouve sur un manège avec Grace ; en riant, je regarde les chevaux en bois se libérer lentement du plateau et s'élancer au galop dans le ciel.

Avant

Durant trois jours, le beau temps se maintient. Les bois résonnent d'une symphonie de craquements secs à mesure que les arbres et la rivière se débarrassent de leur écorce de glace. De grosses gouttes, couleur de joyaux, s'écrasent sur nos têtes lorsque nous traversons la forêt à la recherche de baies, de terriers et d'endroits où poser des pièges. Un sentiment général de libération et de joie nous envahit, comme si le printemps était arrivé pour de bon, même si nous savons qu'il ne s'agit que d'un répit momentané. Seule Raven ne semble pas plus heureuse.

Nous devons constamment être sur le qui-vive pour la nourriture, à présent. Le troisième matin, Raven m'emmène relever les pièges avec elle. Chaque fois que nous en trouvons un vide, elle jure dans sa barbe. La plupart des animaux se sont réfugiés sous terre.

Nous entendons la bête avant de voir le dernier piège ; Raven presse le pas. Un grattement frénétique sur le tapis de feuilles cassantes et un petit cri paniqué. Les dents métalliques se sont refermées sur la patte arrière d'un grand lièvre. Sa fourrure est maculée de taches de sang sombre. Dans son affolement, il tente de bondir en avant, puis retombe, essoufflé, sur le côté.

Raven s'accroupit et tire de son sac un long poignard. La lame, aiguisée, conserve des traces de rouille et, sans doute, de sang séché. Si nous laissons le lièvre là, il se débattra jusqu'à perdre tout son sang... à moins qu'il ne finisse plutôt par renoncer et mourir lentement de faim. Raven lui rendra service en le tuant d'un coup. Malgré tout, je ne peux pas regarder. C'est la première fois que je suis de corvée de pièges. Je n'ai pas la trempe nécessaire.

Après avoir hésité, elle me glisse le poignard dans la main.

— Tiens, dit-elle. Fais-le.

Je sais que ce n'est pas de la faiblesse de sa part ; elle chasse constamment. Elle cherche encore à me tester.

Le poids du couteau me surprend. Je baisse les yeux sur le lièvre qui continue à gigoter par terre.

— Je... je ne peux pas. Je n'ai jamais tué avant.

Le regard dur, elle riposte :

— Le moment est venu d'apprendre, alors.

Elle place deux mains sur la bête – une sur sa tête, l'autre sur son ventre – pour la calmer. S'imaginant sans doute qu'elle veut l'aider, le lièvre s'immobilise. J'aperçois toujours le mouvement saccadé et désespéré de sa respiration, cependant.

— Ne me force pas, dis-je, à la fois honteuse de l'implorer et furieuse d'avoir été mise dans cette situation.

Raven se relève.

— Tu ne comprends toujours pas, hein ? Ce n'est pas un jeu, Lena. Et ça ne s'arrête pas ici, ou dans le Sud, ou ailleurs. Ce qui est arrivé à la colonie...

Elle s'interrompt, secoue la tête.

— Il n'y a aucune place pour nous, nulle part. Pas tant que les choses ne changeront pas. Nous serons traqués. Nos abris seront bombardés et réduits en cendres. Les frontières se multiplieront, les villes s'étendront et il n'y aura plus de Nature, plus personne pour se battre, plus rien à défendre. Tu saisis ?

Je ne réponds rien. La chaleur remonte le long de ma nuque et me fait tourner la tête.

— Je ne serai pas toujours là pour t'aider, reprend-elle avant de poser un genou à terre.

Cette fois, elle écarte la fourrure du lièvre et expose une portion de chair rose sur son cou, sous laquelle palpite une veine.

— Ici, dit-elle. Vas-y.

Je prends brusquement conscience que cet animal est comme nous : piégé, loin de chez lui, il lutte pour le moindre souffle d'air, pour quelques centimètres d'espace supplémentaires. Je suis soudain aveuglée par la colère – j'en veux à Raven, à ses leçons de morale, à son entêtement, à ses méthodes d'enseignement : elle croit que la seule façon d'aider les gens consiste à les acculer, à distribuer des coups jusqu'à ce qu'ils les rendent.

— Je n'ai jamais pensé qu'il s'agissait d'un jeu !

Je ne réussis pas à dissimuler ma rage.

— Quoi ?

Les poings serrés – l'un contre ma cuisse, l'autre sur le manche du couteau –, je rétorque :

— Tu te figures que tu es la seule à savoir. Tu te figures que tu es la seule à connaître la perte ou la colère. Tu te figures que tu es la seule à savoir comment fuir !

Des souvenirs d'Alex surgissent, et je lui en veux de les avoir réveillés. Le chagrin et la fureur montent en moi, deux vagues noires.

— Je ne me figure pas être la seule. Nous avons tous perdu quelque chose. C'est la norme maintenant, non ? Même à Zombieland. Peut-être plus de leur côté, si ça se trouve.

Elle plonge ses yeux dans les miens ; je ne parviens pas à contrôler mes tremblements. Raven poursuit avec une intensité paisible :

— Voici une autre leçon que tu aurais tout intérêt à retenir dès à présent : si tu veux quelque chose, tu devras te l'approprier et ce sera toujours au détriment de quelqu'un d'autre. C'est une nouvelle norme, aussi. Et certains doivent mourir pour que d'autres puissent vivre.

Ma respiration se bloque. Une seconde, le monde interrompt sa révolution, il n'y a plus que le silence et les yeux de Raven.

— Mais tu sais déjà tout ça, non, Lena ?

Elle n'élève jamais la voix, cependant j'éprouve l'impact de ses mots dans mon corps – mon cerveau cogne, ma poitrine brûle d'une douleur lancinante. Une phrase tourne en boucle dans mon crâne : « Tais-toi, tais-toi, tais-toi… » Et je m'abîme dans ses prunelles, deux tunnels sombres, qui conduisent à ce terrible jour, à la frontière, lorsque le soleil se répandait sur la baie comme une tache qui s'étale.

— N'as-tu pas tenté de traverser avec quelqu'un d'autre ? Nous avons eu vent des rumeurs. Il y avait quelqu'un avec toi… Alex, je me trompe ?

Elle a beau prétendre qu'elle se rappelle seulement maintenant son prénom, je réalise alors qu'elle savait, évidemment qu'elle savait ! depuis le début. La haine et la furie enflent si rapidement que je vais me noyer.

J'ai quitté le sol avant même d'avoir pris la décision de sauter sur elle. Je vais enfoncer le poignard dans sa gorge, la saigner, l'éventrer et livrer sa dépouille aux bêtes.

Au moment où je m'apprête à atterrir sur elle, elle me déstabilise d'un coup dans les côtes. Simultanément, sa main gauche se referme sur mon poignet droit qu'elle abat, d'un mouvement ferme, sur le cou du lièvre, à l'endroit précis de l'artère exposée. Un petit cri m'échappe. Je n'ai pas lâché le couteau, et elle enveloppe ses doigts autour des miens pour s'assurer que je ne le ferai pas. Le lièvre tressaute une fois sous ma main puis s'immobilise. Un instant, il me semble sentir son cœur papillonner, écho de la vie qui le déserte. Son corps est chaud. Le sang suinte autour de la pointe de la lame.

Je suis si près de Raven que je sens son haleine et l'odeur de transpiration qui imprègne ses vêtements. Quand je tente de me dégager, elle resserre son emprise.

— Ne sois pas en colère contre moi. Je n'ai rien fait.

Pour achever sa démonstration, elle exerce une pression supplémentaire sur ma main. La lame s'enfonce d'un centimètre, faisant jaillir de nouveaux bouillons de sang.

— Va au diable !

Soudain, pour la première fois depuis mon arrivée dans la Nature, je pleure ; pour la première fois depuis la mort d'Alex. Ma gorge est si serrée que les mots ont du mal à se frayer un chemin. Ma rage s'émousse, remplacée par une tristesse démesurée pour ce lièvre idiot et crédule, qui courait trop vite sans regarder où il allait et qui, même après avoir été pris au piège, s'imaginait que la fuite était possible. Quel imbécile !

— Je suis désolée, Lena. La vie est ainsi.

Elle est sincère ; dans son regard radouci, je lis combien elle est lasse, à force de vivre cette vie, depuis des années et des années, à force de tout mettre en pièces et en lambeaux pour une bouffée d'oxygène.

Elle finit par me lâcher puis libérer, avec des gestes vifs et experts, le lièvre mort. Elle dégage le poignard d'un mouvement brusque, l'essuie par terre et le glisse dans sa ceinture. Elle passe ensuite les pattes arrière du lapin dans une boucle métallique de son sac, si bien qu'il pend dans son dos, tête en bas. Lorsqu'elle se lève, il oscille comme un pendule. Elle ne me quitte pas des yeux.

— Et voilà, on restera en vie un jour de plus, c'est déjà ça, dit-elle avant de tourner les talons et de s'éloigner.

J'ai lu un jour un article sur une sorte de champignon qui se développe dans les arbres. Il s'infiltre par le système d'alimentation en eau et en nutriments, s'attaquant aux racines puis remontant par les vaisseaux jusqu'aux branches. Bientôt, ce champignon devient la seule source d'eau, de vitamines et de tout ce dont l'arbre a besoin pour survivre. En même temps, il ronge lentement l'arbre de l'intérieur et provoque, minute après minute, son pourrissement.

La haine est ainsi. Elle vous nourrit tout en vous corrompant.

C'est un sentiment dur, profond et anguleux, qui fait le blocus sur le reste. Un sentiment total qui s'empare de votre être entier.

La haine est une tour vertigineuse. Dans la Nature, je bâtis progressivement la mienne et entame son ascension.

Maintenant

Je suis réveillée par un aboiement :

— Plateau !

En m'asseyant dans mon lit, je découvre que Julian s'est approché de la porte. Il s'est mis à quatre pattes, comme moi hier, pour tenter d'apercevoir notre geôlier. Celui-ci crache déjà un second ordre :

— Seau !

J'éprouve un mélange de soulagement et de gêne pour Julian lorsqu'il tire vers lui le seau en métal, responsable de l'odeur âcre qui empuantit la pièce. Hier, nous nous sommes soulagés à tour de rôle. Julian m'a fait promettre de lui tourner le dos, de me boucher les oreilles et, en prime, de fredonner. Pour ma part, je lui ai seulement demandé de ne pas regarder, mais il s'est quand même plaqué les mains sur les oreilles et a commencé à chanter. C'était affreux, complètement faux, pourtant, il y mettait beaucoup de coffre et d'enthousiasme, comme s'il ne s'en rendait pas compte ou s'en fichait. Je n'avais pas entendu la comptine qu'il chantait depuis une éternité.

Un nouveau plateau apparaît par la trappe, suivi d'un seau propre. Puis la trappe se referme, les bruits de pas s'éloignent et Julian se relève.

— Tu as vu quelque chose ? lui demandé-je sans me faire vraiment d'illusions.

J'ai la gorge sèche et je me sens toute bizarre. Je n'aurais jamais dû me confier aussi librement. Lui non plus. Il a d'ailleurs du mal à croiser mon regard, de nouveau.

— Rien, dit-il.

Sans un mot, nous partageons le repas – un petit bol rempli de noix et un gros morceau de pain. Sous l'éclairage cru de l'ampoule, rester assise par terre, si près de lui, me paraît bizarre, alors, je fais les cent pas en mangeant. Le silence entre nous a une nouvelle qualité. Je perçois une tension qui n'existait pas avant. En toute injustice, j'en impute la responsabilité à Julian. Il m'a forcée à parler hier soir, il n'aurait pas dû. En même temps, c'est moi qui lui ai pris la main. À présent, je n'arrive pas à croire que j'ai fait une chose pareille.

— Tu as l'intention de continuer toute la journée ? lance Julian d'une voix crispée.

La tension ne lui échappe pas non plus.

— Si ça te dérange, tu n'as qu'à pas regarder, rétorqué-je d'un ton aussi cinglant.

Plusieurs minutes de silence. Puis il reprend :

— Mon père va me sortir d'ici. Il paiera bientôt.

Le sentiment de haine s'épanouit dans mon sein. Il doit savoir que personne au monde ne viendra me libérer. Il doit savoir que nos geôliers, lorsqu'ils s'en rendront compte, me tueront ou me laisseront moisir ici.

Je ne dis rien pourtant. J'escalade les murs abrupts et lisses de la tour. Je m'enferme un peu derrière eux ; j'érige un rempart entre nous.

Les heures ici sont plates et rondes, disques gris empilés les uns sur les autres. Elles possèdent une odeur aigre et musquée, comme l'haleine de quelqu'un qui meurt de faim. Elles progressent lentement, laborieusement, jusqu'à ce qu'elles semblent ne plus avancer du tout. Elles se contentent de nous écraser, inexorablement.

Sans prévenir, l'ampoule s'éteint et nous plonge, à nouveau, dans le noir. Le soulagement qui m'envahit est si puissant qu'il confine à la joie : j'ai survécu à une autre journée. Avec l'obscurité, une partie de mon malaise commence à se dissiper. À la lumière, Julian et moi sommes des figures géométriques qui ne trouvent pas leur place dans un espace commun. Dans les ténèbres, je suis heureuse de percevoir ses mouvements et de savoir que seuls quelques centimètres nous séparent. Sa présence est une source de réconfort.

Même le silence a changé – il est plus confortable, plus clément. Au bout d'un moment, Julian lance :

— Tu dors ?

— Pas encore.

Je l'entends pivoter vers moi.

— Tu veux entendre une autre histoire ?

Je hoche la tête, alors qu'il ne peut pas me voir, et il prend mon silence pour un consentement.

— Il était une fois une tornade très violente...

Il s'interrompt avant d'ajouter :

— C'est une histoire inventée, au fait.

— J'avais compris.

Je ferme les paupières et imagine la Nature, la fumée irritante du feu de camp et la voix de Raven qui passe au travers.

— Il y a donc cette fille, Dorothy, qui s'endort chez elle un après-midi. La maison entière est emportée dans le ciel par la tornade. À son réveil, elle découvre qu'elle se trouve dans un pays étranger peuplé de gens très petits et que sa maison a atterri sur une méchante sorcière. Et l'a aplatie. Si bien que tous les habitants, les Munchkin, qui lui sont très reconnaissants, offrent à Dorothy une paire de pantoufles magiques.

— Et ? Il se passe quoi, après ?

— Aucune idée.

— Comment ça, aucune idée ?

Ses draps bruissent lorsqu'il change de position.

— Je ne suis pas allé plus loin, confie-t-il. Je n'ai pas lu la suite.

Je suis sur le qui-vive, soudain.

— Tu n'as pas inventé cette histoire, alors ?

Il hésite une seconde, puis :

— Non.

Je conserve la maîtrise de ma voix :

— Je ne l'ai jamais entendue avant. Je ne me souviens pas de l'avoir lue dans mes manuels. Je me la rappellerais, si elle faisait partie du programme.

Rares sont les histoires qui obtiennent l'agrément pour Usage et Diffusion ; deux ou trois par an tout au plus, parfois aucune. Si je ne la connais pas, il y a de fortes chances qu'elle n'ait pas été approuvée.

Julien se racle la gorge.

— Elle n'y était pas. Dans le programme, je veux dire.

Après une pause, il conclut :

— Elle a été interdite.

Ma peau se couvre de chair de poule.

— Où as-tu trouvé une histoire interdite ?

— Mon père fréquente les huiles de l'APASD. Des membres du gouvernement, des prêtres et des scientifiques. Ce qui lui donne accès à des choses... des documents confidentiels, des textes qui remontent à autrefois. À l'époque de l'épidémie.

Je conserve le silence. Je l'entends déglutir, puis il poursuit :

— Quand j'étais petit, mon père avait un bureau… il en avait deux, en réalité. Celui où il faisait l'essentiel de son travail pour l'APASD. Avec mon frère, il nous arrivait de l'aider à plier des tracts toute la nuit. C'est marrant… Aujourd'hui encore, j'associe toujours l'odeur du papier à des souvenirs nocturnes.

Je suis surprise par l'évocation de son frère ; il n'en a jamais parlé avant et je n'ai jamais vu sa photo sur les brochures de l'APASD ou dans *Le Mot,* le quotidien national. Mais je ne veux pas l'interrompre.

— Son second bureau était toujours fermé. Personne n'avait le droit d'y entrer et mon père cachait la clé. Sauf que…

Un nouveau bruissement.

— Sauf qu'un jour je l'ai vu la ranger. Il était tard, j'étais censé dormir. Je m'étais levé pour aller chercher un verre d'eau et je l'ai aperçu depuis le palier. Il s'est approché d'une bibliothèque dans le couloir. Sur l'étagère la plus haute se trouvait un petit coq en porcelaine. Il a soulevé la tête et glissé la clé dans le corps. Le lendemain, j'ai fait semblant d'être malade pour ne pas aller à l'école. Une fois mes parents partis pour le travail, et mon frère pour l'arrêt de bus, je me suis faufilé en bas, j'ai récupéré la clé et j'ai ouvert la porte du second bureau.

Il éclate de rire.

— Je ne crois pas avoir jamais eu aussi peur de toute ma vie. Mes mains tremblaient tellement que la clé m'a échappé trois fois avant que je parvienne à l'introduire dans la serrure. Je n'avais pas la moindre idée de ce que je dégoterais à l'intérieur. Je ne sais pas à quoi je m'attendais, des cadavres peut-être, ou des Invalides séquestrés.

Je me raidis, comme toujours, lorsque j'entends ce mot, puis je me détends et le laisse glisser sur moi. Il s'esclaffe une nouvelle fois.

— Quand j'ai enfin réussi à l'ouvrir et que j'ai découvert des monceaux de livres, ça m'a mis en pétard. Tu parles d'une déception ! Mais ensuite je me suis rendu compte qu'il ne s'agissait pas de n'importe quels bouquins. Ils n'avaient rien à voir avec ceux qu'on nous montrait à l'école ou qu'on lisait à l'église. J'ai alors réalisé qu'ils étaient sans doute interdits.

Malgré moi, un souvenir enterré depuis longtemps refait surface : je pénètre pour la première fois dans la caravane d'Alex et mon regard tombe sur les titres étranges de dizaines d'ouvrages, lettres rongées par le temps éclairées par la flamme de la bougie. J'apprends le mot « poésie ». Dans les endroits officiels, chaque histoire sert un but précis. Les livres interdits vont bien au-delà, eux. Certains sont des toiles : vous y pénétrez à tâtons, en vous guidant grâce à leurs fils jusqu'à des recoins sombres et inquiétants. D'autres sont des ballons qui s'élèvent dans le ciel sans l'aide de personne, inatteignables, mais magnifiques à regarder. D'autres enfin, les meilleurs, sont des portes.

— J'ai pris l'habitude de me rendre en douce dans le bureau dès que je me retrouvais seul à la maison. J'avais beau savoir que je faisais une bêtise, c'était plus fort que moi. Il y avait de la musique aussi, qui n'avait rien à voir avec celle recensée par la BMFA. Tu n'en aurais pas cru tes oreilles, Lena. Des chansons pleines de gros mots, de références au *deliria*... mais pas forcément négatives ou désespérées. On nous enseigne que tout le monde était malheureux avant, non ? Et malades. Certaines chansons pourtant...

Il s'interrompt pour entonner, lentement :

— *All you need is love*[1]...

Un frisson me parcourt en entendant ce mot prononcé tout haut. *Love*. Amour. Julian se tait quelques secondes avant de reprendre, encore plus doucement :

— Tu te rends compte ? *All you need...*

Sa voix diminue de volume comme si, réalisant soudain combien nous sommes près l'un de l'autre, il s'éloignait. Dans l'obscurité, je distingue à peine le contour de sa silhouette.

— Bref, mon père a fini par me coincer. Je venais juste de commencer l'histoire que je te racontais, ça s'appelait *Le Magicien d'Oz*. Je ne l'ai jamais vu se mettre dans une telle colère. D'habitude, il perd rarement son calme, tu sais, grâce au remède. Mais ce jour-là, il m'a traîné dans le salon et il m'a frappé si fort que je me suis évanoui.

Julian m'expose les faits froidement, avec une absence de ressentiment telle que la haine serre mon ventre, une haine à l'encontre de son père et de tous ses semblables. Ils prônent la solidarité et le respect, et dans leurs foyers, dans leurs seins, ils cognent, cognent, cognent.

— Il a dit qu'il allait m'apprendre les conséquences des livres interdits.

D'un ton presque pensif, il ajoute :

— Le lendemain, j'ai eu ma première crise.

— Je suis désolée, murmuré-je.

— Je ne le tiens pas pour responsable, tu sais, s'empresse-t-il de rétorquer. D'après les médecins, cette attaque m'a peut-être bien sauvé la vie, en réalité. Elle leur a permis de découvrir la tumeur. Et puis, il cherchait seulement à m'aider. À me préserver, tu vois.

1. Soit la chanson des Beatles – littéralement : « Tu n'as besoin que d'amour. »

À cet instant précis, un élan d'affection m'emporte vers lui et, plutôt que de m'abandonner à cette vague, je repense aux murs lisses de la haine et je m'imagine en train de gravir une volée de marches pour viser le père de Julian depuis le sommet de ma tour et le regarder mourir.

Au bout d'un moment, Julian lance :

— Tu crois que je suis quelqu'un de mauvais ?

— Non.

J'ai dû forcer ce mot à franchir le rocher dans ma gorge. Durant quelques minutes, nos respirations se règlent l'une sur l'autre. Julian le remarque-t-il ?

— Je n'ai jamais compris pourquoi ce livre avait été proscrit, lâche-t-il. Sans doute à cause d'un passage après l'histoire de la sorcière et des pantoufles. Cette question me taraude encore. C'est marrant comme on n'oublie pas certains trucs.

— Tu te souviens d'autres histoires ?

— Non. Pas non plus d'une seule chanson. Juste ces quelques mots...

Il entonne à nouveau : *All you need is love.*

Nous demeurons silencieux plusieurs secondes et je sens que j'oscille entre phases de sommeil et d'éveil. Je longe le ruban argenté d'une rivière qui serpente à travers une forêt, chaussée de souliers qui étincellent au soleil comme s'ils étaient faits de pièces de monnaie...

Je passe sous une branche et des feuilles s'emmêlent dans mes cheveux. Je veux les dégager et sens des doigts... Je me réveille en sursaut. La main de Julian se trouve à un centimètre de ma tête. Il se tient tout au bord de son lit ; je sens la chaleur qui émane de son corps.

— Qu'est-ce que tu fabriques ?

Mon cœur s'affole. Je sens sa main droite trembler juste à côté de mon oreille.

— Je suis désolé, murmure-t-il sans retirer sa main. Je...

Impossible de voir son visage. Il n'est qu'une longue silhouette incurvée et figée, morceau de bois poli.

— Tu as de beaux cheveux, finit-il par dire.

J'ai l'impression qu'un poids m'écrase la poitrine. L'atmosphère me paraît plus étouffante que jamais.

— Je peux ? chuchote-t-il si bas que je l'entends à peine.

Incapable de parler, je hoche la tête. Lentement, doucement, sa main accomplit le dernier centimètre qui la sépare de mes cheveux. Un instant, il la laisse là et un bref souffle lui échappe, comme s'il se sentait libéré de quelque chose ; je ne bouge pas, tandis qu'une explosion silencieuse rayonne dans mon corps entier. Il glisse ensuite les doigts dans mes cheveux et je me détends, les nœuds qui m'enserrent se défont, je respire à nouveau, je suis vivante, il n'y a aucun problème et tout ira bien. Julian continue, il entortille des mèches autour de ses doigts, les enroule autour de son poignet avant de les laisser retomber sur l'oreiller. Cette fois, lorsque je ferme les yeux et que je vois la rivière argentée, je pénètre dans ses eaux et m'abandonne au courant qui m'emporte.

Le lendemain matin, je me réveille dans le bleu : celui des yeux de Julian qui me fixe. Il se détourne vite, mais pas assez. Il m'a observée dans mon sommeil. Je me sens à la fois gênée, fâchée et flattée. Ai-je dit quelque chose ? Il m'arrive d'appeler Alex parfois, et je suis presque certaine qu'il était dans mes rêves la nuit dernière. Je ne me souviens d'aucun d'eux, cependant la sensation associée à Alex, ce creux percé au centre de ma poitrine, est bien présente.

— Tu es réveillé depuis longtemps ?

À la lumière, nos échanges me semblent, à nouveau, artificiels. Je pourrais presque me persuader que j'ai fantasmé les événements de la veille. Les doigts de Julian dans mes cheveux.

Il m'a touchée. Je l'ai laissé faire. Et ça m'a plu.

— Un moment, répond-il. Je n'arrivais pas à dormir.

— Des cauchemars ?

L'atmosphère est suffocante. Chaque mot me coûte.

— Non, rétorque-t-il.

Je m'attends à ce qu'il ajoute quelque chose, mais le silence s'étire entre nous. Je m'assieds. Il fait chaud, les odeurs m'agressent. J'ai la nausée. Je cherche quelque chose à dire, quelque chose pour saigner la pièce, la vider de sa tension. De but en blanc, Julian lance alors :

— Tu crois qu'ils vont nous tuer ?

La gêne se dissipe d'un seul coup, se dégonflant telle une baudruche ; nous sommes dans le même camp aujourd'hui.

— Non, dis-je avec plus d'assurance que je n'en éprouve.

Au fil des jours, le doute s'est installé. Si les Vengeurs ont l'intention d'échanger Julian contre une rançon, ils l'ont forcément déjà réclamée. Je me représente Thomas Fineman, ses boutons de manchettes en métal poli, son sourire dur et éclatant. Je me le représente en train de battre son fils de neuf ans jusqu'à lui faire perdre connaissance.

Il pourrait avoir décidé de ne pas payer. L'idée est là qui me tarabuste, et je m'efforce de l'ignorer. Le souvenir de Thomas Fineman en suscite un autre :

— Quel âge a ton frère maintenant ?

— Quoi ?

Julian s'assied, dos à moi. Je suis sûre qu'il m'a entendue, malgré tout je répète ma question. Sa colonne vertébrale se raidit ; une minuscule contraction, à peine visible.

— Il est mort, riposte-t-il sèchement.

— Comment… comment est-il mort ? demandé-je doucement.

Julian crache à nouveau sa réponse :

— Un accident.

Bien que consciente de sa gêne, je n'ai aucune envie d'en rester là.

— Quel genre d'accident ?

— C'était il y a longtemps, riposte-t-il avant de se retourner brusquement. Qu'est-ce que ça peut bien te faire, de toute façon ? Pourquoi es-tu aussi curieuse ? Je ne sais rien de toi et je ne fouine pas. Je ne t'embête pas avec ça.

Sa réaction me prend tellement au dépourvu que je dois me retenir de lui retourner son attaque. Je me suis déjà trahie bien trop souvent et je me réfugie derrière la rondeur et le calme de Lena Jones. Un calme de mort vivant. Un calme d'Invulnérable. D'un ton neutre, je dis :

— Simple curiosité. Tu n'es pas tenu de me répondre.

L'espace d'une seconde, il me semble discerner une expression de panique sur le visage de Julian. Puis elle disparaît, remplacée par une sévérité que j'ai déjà vue sur les traits de son père. Il hoche la tête une fois, d'un mouvement sec, et se lève pour arpenter la pièce. Son agitation me procure un plaisir pervers. Il était si calme au début, je me délecte de le voir perdre un peu les pédales : dans notre cellule, la protection et l'immunité garanties par l'APASD ne signifient plus rien.

Il suffit de ça pour que nous nous retrouvions dans des camps opposés. Le silence de plomb qui pèse sur la matinée a quelque chose de réconfortant. Les choses sont comme elles devraient être. Tout va bien.

Je n'aurais jamais dû le laisser me toucher. Je n'aurais jamais dû baisser ma garde. Dans ma tête, je répète les mêmes mots d'excuse : « Je suis désolée, je serai prudente, je ne commettrai plus d'erreurs. » J'ignore si je m'adresse à Raven, à Alex ou aux deux.

L'eau n'arrive pas ; la nourriture non plus. Soudain, au milieu de la matinée, je note un changement discret ; des échos différents du bruit de l'eau qui goutte et du souffle creux de l'air sous terre. Pour la première fois depuis des heures, Julian me regarde.

— Tu entends...

Je le fais aussitôt taire. Des voix résonnent dans le couloir, accompagnées du martèlement de chaussures épaisses ; plusieurs personnes approchent. Mon cœur s'emballe et, instinctivement, je cherche une arme autour de moi. À part le seau, il n'y a pas grand-chose. J'ai déjà essayé de dévisser les pieds métalliques des lits de camp, sans succès. Mon sac à dos est posé à l'autre bout de la pièce et, juste au moment où j'envisage de plonger pour le récupérer – il vaut mieux avoir une arme, même minable –, les verrous cliquettent et la porte s'ouvre, livrant passage à deux Vengeurs. Tous deux munis d'un fusil.

Le premier, la quarantaine, d'une pâleur inhabituelle, désigne Julian avec la crosse de son arme.

— Toi, suis-nous.

— Pour aller où ? demande Julian, qui doit pourtant savoir qu'il n'obtiendra pas de réponse.

Les bras plaqués contre son buste, il conserve un ton ferme.

— C'est nous qui posons les questions, répond l'homme pâle avec un sourire qui découvre des gencives tachées et des dents jaunes.

Malgré son pantalon et sa veste militaires, je n'ai pas le moindre doute sur son identité : il s'agit bien d'un Vengeur. Sur sa main gauche, on peut distinguer la trace délavée d'un tatouage bleu et, lorsqu'il s'avance dans la pièce pour tourner autour de Julian comme un chacal tenant en respect sa proie, mon sang se fige. Sa cicatrice protocolaire est très vilaine : trois entailles sur la nuque, aussi rouges que des blessures à vif. Il a tatoué un triangle noir entre elles. Il y a des dizaines d'années, l'opération représentait un danger bien plus grand qu'aujourd'hui et, depuis que je suis petite, j'entends des histoires de gens qui, au lieu d'avoir été guéris, sont devenus fous, privés de raison ou de conscience morale – incapables de ressentir quoi que ce soit pour autrui.

Je m'efforce de contenir l'affolement qui croît dans ma poitrine et précipite les battements de mon cœur avec une frénésie irrégulière. Le second Vengeur est une fille de l'âge de Raven. Adossée au chambranle de la porte, elle me bloque le passage. Elle est plus grande que moi, mais plus maigre aussi. Elle a plusieurs piercings sur le visage – je compte cinq anneaux dans chacun de ses sourcils et des pierres incrustées dans son menton et son front, ainsi que ce qui ressemble à une alliance dans son nez. Je préfère éviter de me demander où elle a pu se la procurer. Un pistolet est glissé dans la ceinture qui lui tombe bas sur les hanches. Je tente d'estimer la vitesse avec laquelle elle pourrait le dégainer et le pointer sur ma tête.

Ses yeux se fixent sur les miens. Mon expression me trahit sans doute et elle lâche :

— N'y pense même pas.

Elle s'exprime d'une façon étrangement traînante et, lorsqu'elle ouvre la bouche pour bâiller, je comprends pourquoi : sa langue est lardée de métal. Clous, anneaux, fils qui s'enfoncent dans la chair et s'enroulent autour. On dirait qu'elle a mastiqué du barbelé.

Julian hésite à peine une seconde de plus avant de se secouer pour retrouver son sang-froid. Encadré par la fille aux piercings et l'albinos, il franchit le seuil d'un pas léger, comme pour se rendre à un pique-nique.

Il ne me jette pas un coup d'œil, pas un. La porte se referme, les verrous cliquettent et je reste seule.

L'attente me met au supplice. J'ai l'impression que mon corps est en feu. J'ai beau avoir faim, soif, et manquer de forces, je ne peux pas m'empêcher de faire les cent pas. J'évite de penser au sort de Julian. Peut-être ont-ils obtenu une rançon et décidé de le libérer, finalement. Cependant, je n'ai pas aimé le sourire de l'homme lorsqu'il a dit : « C'est nous qui posons les questions. »

Dans la Nature, Raven m'a appris à observer : la position de la mousse sur les troncs d'arbres, la hauteur des taillis, la couleur de la terre. Elle m'a appris, également, à déchiffrer certains signes. Une zone de végétation anormalement dense peut indiquer la présence d'eau. Un silence subit signale souvent l'approche d'un prédateur féroce. Un plus grand nombre d'animaux qu'à l'accoutumée ? Une plus grande quantité de nourriture.

La venue des Vengeurs est un signe, et il ne me dit rien qui vaille.

Pour m'occuper, je défais et refais mon sac à dos. Et je le redéfais avant d'étaler son contenu par terre, comme si l'accumulation d'objets minables constituait en réalité un hiéroglyphe qui pourrait, subitement, révéler un nouveau sens. Deux emballages de barres de céréales. Un tube de mascara. Une bouteille d'eau vide. *Le Livre des Trois S.* Un parapluie. Je me lève, décris un cercle sur moi-même, puis me rassieds.

À travers les murs, il me semble percevoir un cri étouffé. Je me persuade que c'est un tour de mon imagination.

Je pose *Le Livre des Trois S* sur mes genoux et le feuillette. Même si les psaumes et les prières restent familiers, les mots, eux, me semblent étrangers et leur signification impénétrable : comme lorsqu'on retourne dans un endroit où l'on n'a pas mis les pieds depuis l'enfance et que l'on constate que tout est plus petit et décevant que dans son souvenir. Ça me rappelle la fois où Hana a extirpé du fond de sa penderie une robe qu'elle portait tous les jours en CP. Nous étions dans sa chambre et, pour tromper notre ennui, nous explorions le contenu de son armoire. Nous avons ri, ri, ri ; elle ne cessait de répéter : « Je n'en reviens pas d'avoir été aussi minuscule ! »

Ma poitrine se serre. Elle me semble si loin, cette époque où je pouvais m'asseoir en tailleur sur sa moquette, où je pouvais passer des journées à ne rien faire en sa compagnie. J'ignorais alors la chance que j'avais : avoir du temps à tuer, le passer avec sa meilleure amie.

Une page cornée au milieu du *Livre des Trois S* retient mon attention : je découvre que plusieurs mots d'un paragraphe ont été copieusement soulignés. Il s'agit d'un extrait du chapitre vingt-deux, « Histoire sociale ».

« Si l'on trouve que l'ignorance constitue un risque pour une société, que l'on songe également à celui que représente sa propension à l'aveuglement ; la bêtise devient la nécessité et les vices des vertus (le libre arbitre se transforme en liberté, l'amour en bonheur), si bien qu'il ne reste plus aucune issue. »

Trois mots en particulier ont été repérés : Trouve. Une. Issue.

Je feuillette les pages suivantes et tombe sur une nouvelle page cornée où des mots ont été entourés, apparemment au hasard. Je lis le passage entier : « Les armes d'une société saine sont l'obéissance, l'engagement et la constance. La responsabilité incombe à la fois au gouvernement et aux concitoyens. Ce devoir est là, pour chacun de nous. »

Quelqu'un – Tack ? Raven ? – a isolé les termes suivants : Les armes sont là.

Je me mets à vérifier chaque page. D'une façon ou d'une autre, ils savaient que ça arriverait. Ils savaient que je pourrais être, ou que je serais, enlevée. Pas étonnant que Tack ait insisté pour que j'emporte *Le Livre des Trois S* : il y a semé des indices à mon intention. La joie m'enivre. Ils ne m'ont pas oubliée, ils ne m'ont pas abandonnée. Jusqu'à présent, je n'avais pas encore réalisé l'étendue de ma terreur : sans Tack ni Raven, je n'ai personne. Au cours de l'année passée, ils sont devenus tout pour moi : amis, parents, frère et sœur, mentors.

Une seule autre page a été distinguée. Une immense étoile a été dessinée à côté du psaume 37.

Que le temps soit à l'orage, à la pluie ou au vent ;
Je trouverai la paix dans mon sein blanc ;
Une pierre lourde, sèche et fatale ;
La racine, une arme contre le mal.

J'ai beau relire le psaume plusieurs fois, la déception revient au galop. Je cherchais un message codé et ne déniche aucun sens caché. Tack voulait peut-être m'enjoindre au calme. À moins que cette étoile n'ait aucun rapport avec le reste. Ou alors, je me suis fait des idées, et les mots ont été soulignés au hasard. Mais non. Tack m'a donné ce livre parce qu'il savait que je pourrais en avoir besoin. Raven et lui sont méticuleux. Ils n'agissent pas sans raison. Lorsqu'on vit sur le fil du rasoir, on ne laisse rien au hasard.

Que le temps soit à l'orage, à la pluie ou au vent...

La pluie.

Le parapluie de Tack, celui qu'il m'a collé entre les mains, insistant pour que je le prenne alors qu'il n'y avait pas un seul nuage. Les mains tremblantes, je l'examine avec attention. Presque aussitôt, je remarque une minuscule fissure – imperceptible pour qui ne la cherche pas –, qui court le long du manche. J'y glisse un ongle et tente de l'écarter, en vain.

— Crotte ! dis-je tout haut, ce qui me libère d'une partie de ma tension. Crotte, crotte, crotte !

Chaque fois que je répète ce mot, j'essaie d'ouvrir le manche en bois, qui reste désespérément intact et lisse.

— Crotte !

Quelque chose en moi cède : la frustration, l'attente, le silence écrasant. De toutes mes forces, je jette le parapluie contre le mur. Il le heurte avec un bruit sec. Lorsqu'elles retombent par terre, les deux moitiés du manche se séparent nettement, libérant un poignard. En le sortant de son fourreau en cuir, je reconnais l'un de ceux de Tack, avec son manche en ivoire sculpté et son tranchant vicieux. Je l'ai un jour vu s'en servir pour éventrer un cerf, de la gorge à la queue. À présent, la lame est si propre que je peux me voir dedans.

Soudain, j'entends du bruit dans le couloir : des pas martelés, mais aussi un frottement, comme si on traînait quelque chose vers la cellule. Je me crispe et, tout en restant accroupie, agrippe le couteau. Je pourrais tenter ma chance au moment où la porte s'ouvrira ; je pourrais sauter à la gorge des Vengeurs et donner des coups au hasard, arracher un œil ou faire au moins une estafilade ; je pourrais en profiter. Seulement, avant que j'aie le temps de planifier la suite des événements ou d'arrêter ma décision, le battant va cogner contre le mur et Julian bascule dans la cellule, à demi inconscient, couvert de bleus et de sang, au point que je ne le reconnais que grâce à sa chemise. Aussitôt la porte se referme.

— Oh, mon Dieu !

On dirait qu'une bête sauvage s'est acharnée sur lui. Ses vêtements sont tachés et, l'espace d'une seconde effroyable, je suis projetée dans le passé, à la frontière, et je vois une fleur rouge éclore sur le tee-shirt d'Alex, une fleur fatale. Puis la vision se dissipe et Julian réapparaît, à quatre pattes ; il tousse et crache du sang par terre.

D'un mouvement leste, je glisse le poignard sous mon matelas et m'agenouille à côté de lui.

— Que s'est-il passé ? Que t'ont-ils fait ?

Un gargouillis s'élève du fond de sa gorge, suivi par une nouvelle quinte de toux. Il s'affale sur les coudes et la peur s'affole dans ma poitrine. Il va mourir. Cette certitude s'abat sur moi, portée par une vague de panique.

Non. La situation est différente. Je peux le sauver.

— Oublie mes questions, n'essaie pas de parler.

Il a glissé à terre et s'est pelotonné, presque en position fœtale. Sa paupière gauche papillote et j'ignore ce qu'il entend ou même comprend. Je soulève délicatement sa tête pour la poser sur mes genoux et l'aide à rouler sur le dos. Je dois me mordre la langue pour ne pas pousser un hurlement quand je découvre son visage, bouillie de chair ensanglantée. Son œil droit est si gonflé qu'il ne peut pas l'ouvrir et le sang coule à flots d'une plaie profonde au-dessus de son arcade sourcilière.

— La vache…

J'ai déjà été confrontée à des blessures aussi sévères, mais j'avais toujours sous la main de quoi les soigner, même si c'était rudimentaire. Ici, je n'ai rien. Et d'étranges convulsions secouent le corps de Julian. Je crains qu'il ne fasse une attaque.

— Reste avec moi, dis-je d'une voix le plus calme possible pour le cas où il serait encore conscient et m'entendrait. Il faut que je t'examine, d'accord ? Essaie de ne pas bouger du tout. Je vais te faire une compresse, ça aidera à stopper les saignements.

Je déboutonne sa chemise ; hormis quelques vilains bleus, le torse de Julian ne comporte aucune trace de plaie. Le sang doit provenir exclusivement de son visage. Si les Vengeurs l'ont copieusement tabassé, ils n'ont pas cherché à lui casser quoi que ce soit. Il pousse des gémissements lorsque je dégage ses bras des manches, pourtant je réussis à le déshabiller. Avec la chemise, je comprime sa plaie au front. Si seulement j'avais un tissu propre… Il gémit à nouveau.

— Chut…

Mon cœur bat la chamade. Son corps dégage une chaleur anormale.

— Tu vas t'en sortir. Il faut juste que tu respires, d'accord ? Tout ira bien.

Il reste un peu d'eau au fond de la tasse qu'ils nous ont apportée hier. Julian et moi avions décidé de la faire durer. J'humecte un pan de sa chemise et lui tamponne le visage avant de me souvenir des lingettes antibactériennes distribuées par l'APASD lors du rassemblement. Pour la première fois, je bénis leur obsession pour la propreté.

Le petit paquet se trouve toujours dans une des poches arrière de mon jean. Au moment où je déplie une lingette, l'odeur astringente de l'alcool me pique les narines et je sais que Julian va avoir mal. Mais si ses plaies s'infectent, on n'aura aucune chance de s'échapper d'ici.

— Ça va brûler un peu, dis-je en posant la lingette sur son visage.

Un cri de douleur lui échappe aussitôt. Il ouvre grands les yeux – autant qu'il le peut du moins – et se redresse. Je dois l'agripper par les épaules pour le plaquer au sol.

— Ça fait mal, grommelle-t-il.

Il est conscient, au moins. Mon cœur s'emballe et je réalise que je retenais mon souffle.

— Gros bébé, rétorqué-je en continuant à lui nettoyer le visage pendant qu'il contracte tous ses muscles et grince des dents.

À présent que j'ai retiré l'essentiel du sang séché, je mesure mieux l'étendue des dégâts. Sa coupure à la lèvre s'est rouverte ; ils ont dû le frapper sans relâche, probablement avec un poing ou un objet contondant. La plaie au front est plus inquiétante, qui continue à saigner. Mais, l'un dans l'autre, ça pourrait être bien pire. Il survivra.

— Tiens, dis-je en portant la tasse en fer-blanc à ses lèvres, tout en maintenant sa tête sur mes genoux. Bois.

Il reste un centimètre d'eau. Lorsqu'il l'a avalée, il referme les yeux. Sa respiration est régulière à présent, et il n'a plus de convulsions. Tandis que je déchire sa chemise en une longue bande de tissu, je m'efforce de repousser les souvenirs qui remontent à la surface. C'est Alex qui m'a appris ce geste. Un jour, dans une autre vie, il m'a soignée quand j'étais blessée. Il a désinfecté ma jambe et l'a bandée. Il m'a aidée à échapper aux Régulateurs.

Je replie soigneusement le souvenir et le range tout au fond de ma mémoire.

— Soulève la tête.

Julien s'exécute, sans un bruit cette fois, et j'enroule la bande autour de son crâne. Je la noue bien serrée au niveau de la plaie pour arrêter l'hémorragie. Puis je repose sa tête sur mes cuisses.

— Tu peux parler ?

Le voyant opiner, j'ajoute :

— Tu peux me raconter ce qui s'est passé, alors ?

Le coin droit de sa bouche est si enflé que sa voix est déformée, comme s'il parlait avec un oreiller sur le visage.

— Voulaient savoir des trucs, lâche-t-il avant de prendre une profonde inspiration et de poursuivre : M'ont posé des questions.

— Quel genre de questions ?

— La maison de mes parents. Sur Charles Street. Les codes de sécurité. Le nombre de gardes et leurs horaires.

Je dissimule ma réaction : je ne suis pas certaine que Julian réalise la gravité de la situation. Les Vengeurs sont aux abois. Ils envisagent de lancer une attaque contre son domicile et ils se servent de lui pour trouver une faille. Peut-être prévoient-ils d'assassiner Thomas Fineman ; peut-être en ont-ils seulement après les objets de valeur : bijoux, appareils électroniques pour les troquer au marché noir, argent et, bien entendu, armes. Ils collectent toujours le maximum d'armes.

Ça ne peut signifier qu'une chose : leur plan pour échanger Julian contre une rançon a échoué. M. Fineman n'a pas mordu à l'hameçon.

— Je n'ai pas cédé, halète Julian. Ils ont dit que… dans quelques jours… après d'autres séances… je parlerais.

Il n'y a plus de doute : nous devons sortir d'ici sans tarder. Dès que Julian craquera, ce qu'il finira forcément par faire, ni lui ni moi n'aurons plus aucune valeur aux yeux des Vengeurs.

— Très bien, écoute-moi. On va s'échapper, d'accord ?

Je m'efforce de contrôler mes intonations pour qu'il ne perçoive pas l'urgence de la situation. Il secoue la tête, minuscule geste de découragement.

— Comment ? demande-t-il d'une voix rauque.

— J'ai un plan.

En réalité, je n'en ai pas encore, mais je sais que j'en mettrai un au point. Il le faut. Raven et Tack comptent sur moi. Quand je repense au message qu'ils m'ont laissé, au poignard, une vague de chaleur m'envahit. Je ne suis pas seule.

— Armés...

Julian déglutit puis tente à nouveau :

— Ils sont armés.

— Nous aussi, dis-je.

Je me projette aussitôt dans la situation : des bruits de pas qui approchent et s'éloignent, les bruits de pas d'une seule personne. Il n'y a qu'un garde qui apporte les repas. C'est une bonne chose. Si nous réussissons à lui faire ouvrir la porte... Je suis si absorbée par l'organisation de notre évasion que je ne surveille plus les mots qui sortent de ma bouche.

— Écoute, j'ai déjà été dans des situations critiques, tu dois avoir confiance. Une fois, dans le Massachusetts...

Julian m'interrompt :

— Quand... tu... le Massachusetts ?

Je comprends alors que je me suis trahie. Lena Jones n'a jamais mis les pieds au Massachusetts, et Julian le sait. Un instant, j'envisage d'inventer un mensonge, et il profite de ce silence pour se redresser sur les coudes et pivoter afin de me regarder. Je l'ai vu grimacer tout le long de l'opération.

— Sois prudent, dis-je, ne tire pas sur la corde.

— Quand étais-tu dans le Massachusetts ? répète-t-il en détachant bien chaque mot, ce qui me met à l'agonie.

Peut-être est-ce parce que, avec son bandage de fortune taché de sang et ses yeux gonflés presque clos, Julian ressemble à un animal blessé. À moins que ce ne soit parce que je réalise, maintenant, que les Vengeurs vont se débarrasser de nous – sinon demain, après-demain ou le jour suivant. Ou peut-être est-ce, tout simplement, parce que je suis affamée, fatiguée et lasse de mentir. En un éclair, je décide de lui avouer la vérité.

— Écoute, je ne suis pas celle que tu crois.

Julian se fige. Il m'évoque encore un animal. Un jour, nous avons recueilli un bébé raton laveur, embourbé dans une flaque de boue qui s'était formée au moment du dégel. Bram s'est approché pour l'aider et le petit s'est aussitôt pétrifié. Une immobilité électrique. Il était plus débordant d'énergie et de vivacité que s'il s'était débattu.

— Tout ce que je t'ai raconté, sur mon enfance dans le Queens et le reste… Rien n'était vrai.

Il y a longtemps, j'étais de l'autre côté, à la place de Julian. Ballottée par des courants contraires dans la baie de Portland, je me raccrochais de toutes mes forces à un flotteur quand Alex a prononcé exactement les mêmes mots. *Je ne suis pas celui que tu crois.* Je me rappelle encore très bien le moment où j'ai regagné le rivage à la nage : je n'avais jamais été aussi épuisée de toute ma vie.

— Tu n'as pas besoin de savoir qui je suis, d'accord ? Tu n'as pas besoin de savoir d'où je viens vraiment. Sache juste que Lena Jones est un personnage de fiction. Même ça…

J'effleure la cicatrice sur ma nuque avant de conclure :

— … c'est faux.

Julian conserve toujours le silence ; il a reculé de quelques centimètres et s'est assis contre le mur. Il garde les genoux pliés, les mains et les pieds bien à plat sur le sol, comme pour signifier que, s'il le pouvait, il prendrait la fuite.

— Tu as beaucoup de raisons de te méfier de moi dans l'immédiat, poursuis-je, mais je te demande de me faire quand même confiance. Si nous restons ici, ils nous tueront. Je peux nous sortir d'ici. Simplement, je vais avoir besoin de ton aide.

Mes paroles contiennent une question en filigrane et je me tais, attendant la réponse de Julian. Une éternité plus tard, il finit par cracher :

— Toi !

Le venin qui imprègne sa voix me prend au dépourvu.

— Quoi ?

— Toi, répète-t-il. C'est toi qui es responsable de ce qui m'arrive.

Mon cœur cogne douloureusement contre ma poitrine. L'espace d'une seconde, je crois, j'espère presque qu'il est victime d'une attaque, ou d'une hallucination.

— Qu'est-ce que tu racontes ?

— Les gens de ton espèce, lance-t-il.

J'ai soudain un mauvais goût dans la bouche ; il est parfaitement lucide. Je sais précisément ce qu'il essaie de dire et ce qu'il pense.

— Ce sont les gens de ton espèce qui ont fait ça.

— Non… Non. Nous n'avons rien à voir avec…

— Tu es une Invalide. C'est bien ce que tu es en train de m'expliquer ? Tu es contaminée.

Les doigts de Julian, qui tremblent légèrement, tambourinent sur le sol dans un bruit de pluie. Il est furieux, et sans doute terrorisé aussi.

— Tu es malade, conclut-il en butant sur ce mot.

— Je n'ai rien à voir avec ces gens, rétorqué-je.

À présent, je dois contenir la colère qui menace de me submerger, force noire, courant déferlant à la lisière de mon esprit. Je reprends :

— Ces gens ne sont pas…

J'ai failli dire : « Ces gens ne sont pas humains », mais je me ressaisis.

— Ces gens ne sont pas Invalides.

— Menteuse, rugit-il.

Et voilà. Exactement comme le raton laveur, lorsque Bram a fini par le libérer de la boue et que l'animal lui a planté les dents dans la main droite. La bile me remonte dans la gorge. Je me lève, espérant que Julian ne verra pas que, moi aussi, je frémis.

— Tu ne sais pas de quoi tu parles. Tu ne sais rien de nous, et tu ne sais rien de moi.

— Dis-moi, riposte-t-il avec une rage glaciale. Quand l'as-tu attrapé ?

Chaque mot est dur, tranchant. J'éclate de rire, alors que ça n'a rien de drôle. Le monde est sens dessus dessous, tout est nul, ma vie a été coupée en deux, il y a deux Lena distinctes qui mènent des vies parallèles, l'ancienne et la nouvelle, et elles ne pourront jamais plus se rejoindre. Je sais que Julian refusera de m'aider désormais. J'ai été débile de penser le contraire. C'est un zombie, ainsi que Raven l'a toujours dit. Et les zombies font ce pour quoi ils ont été créés : ils avancent d'un pas traînant, obéissant aveuglément, jusqu'à se transformer en loques sous l'effet de la décomposition.

Très peu pour moi. J'extrais le poignard de sa cachette, sous le matelas, et m'assieds sur mon lit, puis je frotte la lame sur le pied métallique, pour l'aiguiser, prenant un plaisir infini à la voir réfléchir la lumière.

— Ça n'a aucune importance, dis-je à Julian. Plus rien n'a d'importance.

— Comment ? s'entête-t-il. Qui était-ce ?

Dans un soubresaut, la force noire en moi progresse d'un nouveau centimètre.

— Va au diable, réponds-je.

J'ai retrouvé mon calme. Et je ne quitte pas des yeux le couteau qui brille, tel un panneau lumineux indiquant l'issue pour sortir des ténèbres.

Avant

Nous restons quatre jours au premier campement. La veille de notre départ, Raven me prend à part.

— L'heure est venue, dit-elle.

Je ne lui ai toujours pas pardonné les paroles qu'elle a prononcées devant le piège, mais ma fureur a cédé le pas à une rancœur sourde. Depuis toujours, elle sait tout sur moi. J'ai l'impression qu'elle a pénétré par effraction au plus profond de mon âme et cassé quelque chose.

— Quelle heure ? demandé-je.

Dans mon dos, le feu de camp est en train de mourir. Blue, Sarah et d'autres se sont endormis autour, dans un amas de couvertures, de cheveux et de jambes. Ils ont pris l'habitude de passer la nuit ainsi, de créer ce patchwork humain pour se tenir chaud. Lu et Papy discutent à voix basse. Papy chique ses derniers brins de tabac, crachant de temps à autre dans le feu, ce qui provoque des flammes vertes. Les autres ont dû rentrer dans les tentes.

Raven m'adresse à peine l'esquisse d'un sourire.

— L'heure de ta guérison.

Les battements de mon cœur se précipitent. Le froid est si mordant qu'il me lacère les poumons quand je prends de grandes inspirations. Raven me conduit à l'écart du camp, à une trentaine de mètres en aval de la rivière, jusqu'à une partie de la rive large et plate. C'est là que nous venons, chaque matin, briser la glace pour tirer de l'eau.

Bram nous attend. Il a préparé un autre feu. Celui-ci brûle avec ardeur ; la cendre et la fumée m'irritent les yeux, alors que je suis encore à plus d'un mètre. Les branches sont arrangées en forme de tipi et, au sommet de celui-ci, des flammes bleu et blanc lèchent le ciel. La fumée agit comme une gomme, brouillant les étoiles au-dessus de nos têtes.

— Prêt ? demande Raven.

— Presque, répond Bram. Encore cinq minutes.

Il est accroupi à côté d'un seau en bois, niché entre plusieurs bûches, juste à côté du feu. Il a dû le tremper dans l'eau pour qu'il ne s'enflamme pas. La proximité des flammes finira par faire bouillir l'eau qu'il contient. Je le vois tirer un petit instrument d'un sac posé à ses pieds. On dirait un tournevis à l'extrémité affûtée. Bram le plonge dans le seau et regarde le manche fin et rond décrire de lents cercles dans l'eau frémissante.

Mon malaise s'approfondit. Je me tourne vers Raven, mais elle a les yeux rivés sur le feu et son expression demeure indéchiffrable.

— Tiens, lance Bram en s'approchant et en me remettant une bouteille de whisky. Je te conseille de boire un peu.

Je déteste le goût du whisky, pourtant, je dévisse le bouchon, ferme les yeux et avale une grande gorgée. L'alcool incendie ma gorge en descendant, et je dois ravaler un haut-le-cœur. Cinq secondes plus tard, la chaleur qui monte de mon estomac engourdit ma gorge et ma bouche, enrobe ma langue ; la deuxième, puis la troisième gorgée sont plus faciles.

Lorsque Bram lance : « Je suis prêt », j'ai descendu un quart de la bouteille et au-dessus de moi, à travers la fumée, les étoiles dansent une valse lente, scintillant comme autant d'aiguilles. J'ai l'impression que ma tête s'est désolidarisée de mon corps. Je tombe assise par terre.

— Doucement, souffle Bram, découvrant des dents blanches qui luisent dans le noir. Comment tu te sens, Lena ?

— Bien.

J'ai plus de mal à parler qu'en temps normal.

— Elle est prête, conclut-il avant d'ajouter : Raven, apporte la couverture, veux-tu ?

Elle l'étale derrière moi, et il me demande de m'allonger ; je m'exécute de bonne grâce et la sensation de vertige s'atténue.

— Prends son bras gauche, lance Raven en s'agenouillant à côté de moi. Je me charge du droit.

Ses boucles d'oreilles – une plume et un petit porte-bonheur en argent, tous deux passés dans son oreille droite – oscillent ensemble, comme un pendule.

Ils m'agrippent chacun d'un côté ; et je commence à avoir peur.

— Hé ! Vous me faites mal.

Je me débats pour me rasseoir.

— Il faut vraiment que tu restes immobile, Lena, riposte Raven. Ça va être un peu douloureux, mais ça ne durera pas longtemps, d'accord ? Fais-nous confiance.

L'inquiétude allume un nouvel incendie dans ma poitrine. Bram a récupéré l'instrument qu'il vient de stériliser et qui semble capter toute la lumière du feu de camp : il scintille d'un éclat blanc et inquiétant. Tétanisée par la terreur, je ne tente même pas de résister ; je sais, de toute façon, que ce serait vain. Raven et Bram sont trop forts.

— Mords ça, dit Bram en me glissant une bande de cuir dans la bouche.

Elle a l'odeur du tabac de Papy.

— Attendez...

Le mot ne franchit pas la barrière de cuir. Bram me pose une main sur le front puis, d'une poigne ferme, incline mon menton vers le ciel. Ensuite, il se penche sur moi, l'instrument dans la main, et je sens qu'il presse la lame juste derrière mon oreille gauche. Je voudrais crier, et je ne peux pas. Je voudrais courir, et je ne peux pas.

— Bienvenue dans la résistance, Lena, me susurre-t-il. Je vais tâcher de faire vite.

La première entaille est profonde, la brûlure irradie dans mon crâne. Alors je retrouve ma voix, et je hurle.

Maintenant

— Lena.

Je reprends progressivement connaissance avant de me redresser, le cœur dansant la gigue.

Julian a déplacé son lit de camp vers la porte, le plus loin possible de moi. La sueur perle au-dessus de ma lèvre supérieure. Il y a des jours que je n'ai pas pris de douche et la pièce est emplie d'une odeur animale.

— Est-ce qu'il s'agit de ton vrai nom ? ajoute-t-il après un silence.

Son ton demeure froid, même s'il a perdu une partie de son agressivité.

— C'est mon vrai nom, oui.

Je ferme les yeux de toutes mes forces jusqu'à ce que de petites explosions colorées apparaissent derrière mes paupières. Je faisais un cauchemar. J'étais dans la Nature. Raven et Alex étaient là, et il y avait un animal, également, une bête énorme que nous devions tuer.

— Tu appelais un certain Alex.

Mon estomac se soulève. Julian laisse flotter un silence puis ajoute :

— C'est lui, non ? C'est lui qui t'a contaminée.

— Quelle importance ? dis-je avant de me rallonger.

— Que lui est-il arrivé alors ?

— Il est mort, réponds-je sèchement, parce que je sais que c'est ce qu'il veut entendre.

Je m'imagine une grande tour, aux murs lisses, qui s'élance vers le ciel. À l'intérieur, un escalier en colimaçon qui monte tout en haut. Je gravis la première marche et pénètre dans l'ombre fraîche.

— Comment ? insiste Julian. À cause du *deliria* ?

Si je réponds oui, il éprouvera de la satisfaction. « Et voilà, pensera-t-il, nous avons raison. Nous avons toujours eu raison. Laissons les gens crever pour continuer à avoir raison. » Je rétorque donc :

— À cause de toi. Des gens de ton espèce.

Julian retient son souffle. Lorsqu'il reprend la parole, c'est d'une voix radoucie :

— Tu disais que tu n'avais jamais fait de cauchemars.

Je m'enferme à l'intérieur de la tour. Plus je grimpe, plus les gens en bas se réduisent à des fourmis, des taches, des points… faciles à ignorer.

— Je suis une Invalide. Les Invalides mentent.

Le lendemain matin, mon plan s'est consolidé et clarifié. Assis dans un coin, Julian m'observe comme le premier jour de notre captivité. Il a gardé le bandage autour de sa tête, pourtant il semble plus alerte. Son visage a dégonflé.

Je désosse le parapluie, séparant la toile de nylon des baleines en métal. Puis j'étale le tissu par terre et le découpe en quatre bandes que je noue ensemble. Je teste leur résistance : correcte. Ça ne tiendra pas longtemps, mais je n'ai besoin que de quelques minutes.

— Tu fabriques quoi ? me demande Julian.

Je vois bien qu'il s'efforce de dissimuler sa curiosité. Je ne lui réponds pas. Désormais, il peut bien faire ce qu'il veut :

ça m'est égal qu'il vienne avec moi ou qu'il reste moisir ici, tant qu'il ne me met pas de bâtons dans les roues.

Je démonte sans difficulté les gonds de la trappe avec la pointe du poignard : ils sont rouillés et il y a du jeu. Une fois que j'ai terminé, je pousse la trappe qui tombe, avec fracas, dans le couloir. Le bruit va attirer quelqu'un, rapidement. Mon cœur s'emballe. C'est l'heure d'entrer en scène, comme disait Tack chaque fois qu'il partait chasser. Je récupère *Le Livre des Trois S* et arrache une page.

— Tu ne passeras jamais par cette ouverture, remarque Julian, elle est trop petite.

— Tais-toi, s'il te plaît. Tu peux faire ça pour moi ? Je te demande juste de ne pas l'ouvrir.

Je dévisse le mascara qui a atterri dans mon sac par hasard, envoie en silence un message de remerciement à Raven – depuis qu'elle est de l'autre côté, à Zombieland, elle ne se lasse pas de ces petites babioles, de ces magasins généreusement éclairés et remplis d'une ribambelle de choses à acheter.

Julian m'observe, je le sens. Je gribouille des mots sur le côté vierge de la feuille.

La fille est violente. J'ai peur qu'elle me tue. Je parlerai si vous me faites sortir TOUT DE SUITE.

Je glisse le message à travers l'ouverture, dans le couloir, puis je remballe *Le Livre des Trois S* dans mon sac à dos, ainsi que la bouteille d'eau vide, les morceaux du parapluie démonté. Je me munis du couteau et je me poste près de la porte. Je m'efforce de respirer plus calmement, tout en faisant régulièrement passer l'arme d'une main à l'autre pour essuyer mes paumes moites sur mon pantalon. Un jour, Hunter et Bram m'ont emmenée chasser le cerf avec eux, en observatrice, et c'est d'attendre, sans bouger, qui m'a le plus pesé.

Heureusement, mon supplice est de courte durée. Quelqu'un a dû entendre la trappe tomber. Bientôt une porte s'ouvre – il s'agit d'une nouvelle information, et toute information est bonne à prendre ; il y a donc une autre pièce quelque part sous terre… Des bruits de pas se rapprochent. Je prie pour que ce soit la fille, celle avec l'alliance dans le nez.

Je prie surtout pour que ce ne soit pas l'albinos.

Il s'agit d'un pas lourd ; arrivé devant la porte, un homme grommelle :

— C'est quoi, ce bazar ?

J'ai l'impression d'être un automate remonté au maximum, un fil électrique enroulé sur lui-même et près de se détendre. Je n'aurai pas deux occasions comme celle-ci.

À présent que je me suis débarrassée de la trappe, j'ai une vue plongeante sur des rangers boueux et un pantalon baggy vert – le genre que portent les infirmiers et les balayeurs. Avec un grognement, l'homme repousse la trappe du bout du pied, ainsi qu'il ferait avec une souris pour voir si elle est, ou non, vivante. Ensuite il s'agenouille et récupère le mot. Je resserre mes doigts autour du manche du poignard. Mon cœur ne bat presque plus. J'ai suspendu ma respiration et une éternité s'écoule entre chaque palpitation.

« Ouvre la porte. N'appelle pas de renforts. Ouvre la porte tout de suite. Allez, allez, allez. »

Enfin j'entends un lourd soupir suivi d'un cliquetis de clés, ainsi qu'un petit son sec – il a dû retirer le cran de sûreté de son arme. Chacune de mes sensations est à la fois isolée et précise, comme si je l'observais dans la lunette d'un microscope. Il va ouvrir la porte.

Lorsque les verrous coulissent, Julian, paniqué, se hisse sur ses pieds en poussant un petit cri. Le geôlier hésite une seconde, puis le battant pivote, pivote, pivote vers moi, plaquée contre le mur, et me rend invisible.

Il suffit de ce mouvement pour que tout bascule : à présent, les secondes se précipitent et se percutent au point que je peine à les suivre. Les événements se bousculent pour se fondre : la porte s'ouvre complètement et le battant s'arrête à quelques centimètres de mon visage, le geôlier entre dans la cellule et lance : « Alors, je t'écoute. » J'en profite pour repousser le battant à deux mains et entends un bruit suivi d'un cri de surprise, un juron et enfin un grognement. Julien, lui, répète :

— Nom de Dieu… Nom de Dieu…

Je bondis de ma cachette – l'instinct a définitivement pris le pas sur la réflexion – et atterris sur le dos du Vengeur. Il titube, se tenant la tête (la porte a dû le heurter à cet endroit). Mon attaque lui fait perdre l'équilibre et il bascule en avant. Lui plantant un genou dans le dos, je presse la lame sur sa gorge.

— Ne bouge pas.

Je tremble ; j'espère qu'il ne s'en rend pas compte.

— Pas un bruit, ajouté-je. Ne t'avise pas de hurler. Reste où tu es, sans faire d'histoires, et tout ira bien pour toi.

Julian m'observe, les yeux écarquillés. Le Vengeur se tient à carreau. Sans relever mon genou ni déplacer la pointe du poignard, je saisis une extrémité de la corde en nylon entre mes dents ; je ramène la main gauche de mon prisonnier dans son dos, puis la droite, que j'immobilise avec mon genou.

Julian s'approche soudain.

— Qu'est-ce qui te prend ? lui lancé-je.

Mon ton est hargneux : je ne peux pas affronter Julian et le Vengeur en même temps. S'il s'interpose, c'est fini.

— Donne-moi la corde, rétorque-t-il avec calme.

Comme je ne bouge pas, il ajoute :

— Je vais t'aider.

Je lui remets la corde sans un mot et il s'agenouille derrière moi. Tandis que je continue à plaquer l'homme au sol, Julian lui entrave les mains et les pieds. Avec mon genou, je sens les espaces entre les côtes, la peau fine, les épaisseurs de muscles et de chair... enfin, en dessous, le cœur qui palpite. Il suffirait d'un petit mouvement sec...

— Passe-moi le couteau, me demande Julian.

Au lieu d'obtempérer, je resserre ma prise et lance :

— Pourquoi ?

— Parce que j'en ai besoin.

J'hésite avant de m'exécuter. Il tranche les bouts de corde qui dépassent ; comme il est maladroit, il met un peu de temps. Puis il me rend l'arme et les morceaux de nylon.

— Tu devrais le bâillonner, reprend-il d'un ton détaché. Pour qu'il ne puisse pas appeler à l'aide.

Il conserve un calme olympien. Je soulève la tête du Vengeur vers moi et fourre le bâillon de fortune dans sa bouche. Il décoche des coups de pied, frétillant tel un poisson qu'on vient de sortir de l'eau, mais je réussis à nouer le bout de tissu à l'arrière de son crâne. Les liens ne sont pas très solides, il parviendra à libérer ses mains d'ici dix, quinze minutes, pourtant ça devrait suffire.

Je me relève lestement et enfile mon sac à dos. Voir la porte de la cellule béante me remplit d'une joie si intense que je pourrais hurler. J'imagine Raven et Tack me couvant d'un regard approbateur.

« Je ne vous décevrai pas. »

Je jette un coup d'œil par-dessus mon épaule. Julian est debout.

— Tu viens, ou quoi ?

Il opine du chef. Il a toujours une tête à faire peur avec ses deux fentes à la place des yeux, mais sa bouche a un pli ferme.

— Allons-y, alors.

Je range le poignard dans son fourreau avant de le passer dans la ceinture de mon pantalon. Je ne prends pas le temps de m'interroger pour savoir si Julian risque de me ralentir. Il se révélera peut-être utile, même. Ne serait-ce que parce qu'il constitue une seconde cible ; si je suis poursuivie, ou assaillie, il pourra faire diversion.

Nous refermons soigneusement la porte de la cellule derrière nous, ce qui assourdit les cris étouffés du Vengeur et le frottement de ses chaussures par terre. Le couloir dans lequel nous avons débouché est long, étroit et bien éclairé ; quatre portes, toutes fermées et toutes blindées, s'alignent sur notre gauche, ainsi qu'une cinquième à l'extrémité. Je suis un peu désarçonnée. J'étais convaincue que notre cellule ouvrait sur un des tunnels de l'ancien métro et que nous trouverions des ténèbres humides en sortant. De toute évidence, nous sommes dans un endroit bien plus sophistiqué, un véritable bunker.

Les voix que j'ai entendues plus tôt s'élèvent derrière l'une des portes closes. Il me semble reconnaître le débit grave et monocorde de l'albinos. Je ne saisis que quelques bribes de conversation : « … attendu… mauvaise idée depuis le début. » Une réponse hachée suit, prononcée par un autre homme. Au moins, j'ai repéré l'albinos. En revanche, la fille aux piercings manque à l'appel. Conclusion : quatre Vengeurs, au moins, ont pris part à notre enlèvement. Et ils sont visiblement en train de s'organiser pour la suite des événements, ce qui constitue une très, très mauvaise chose.

À mesure que nous nous approchons, les voix se font plus fortes et plus distinctes. Nos geôliers se disputent.

« S'en tenir au plan de départ... »

« Je ne dois rien... à personne... »

Mon cœur, qui est remonté dans ma gorge, gêne ma respiration. Au moment où je vais dépasser la porte, un énorme bruit retentit derrière. Je me pétrifie, pensant aussitôt à un coup de feu. La poignée remue. En me liquéfiant, je songe que ma fin est venue. Alors, la personne que je n'ai pas identifiée s'écrie :

— Allons, ne t'énerve pas. On va discuter.

— J'en ai assez de discuter.

L'albinos. Ce n'était donc pas un coup de feu.

Julian s'est immobilisé, lui aussi. Par réflexe, nous nous sommes tous deux aplatis contre le mur – ce qui ne servira à rien si les hommes déboulent dans le couloir. Nos bras s'effleurent à peine et je sens le duvet de poils blonds sur ses avant-bras. On dirait qu'ils conduisent un léger courant électrique. Je m'écarte de quelques millimètres.

Un dernier soubresaut agite la poignée, puis l'albinos lâche :

— Très bien, je t'écoute.

Il s'éloigne de la porte et l'étau qui m'emprisonne la poitrine se relâche. Je fais un mouvement en direction de Julian. *Allons-y.* Il acquiesce. Il a serré les poings si fort que ses articulations sont devenues de petits croissants de lune blancs.

Toutes les autres pièces du couloir sont fermées ; nous n'entendons aucune autre voix, ne découvrons aucune trace d'autres Vengeurs. Je me demande ce qu'il y a derrière ces portes : peut-être des prisonniers, allongés sur des lits de camp jumeaux, attendant qu'on les libère contre une rançon ou qu'on les tue. Cette idée me révolte, mais je ne peux pas m'attarder dessus. C'est aussi ce qu'on apprend dans la Nature, s'occuper d'abord de soi. Il y a un revers de la médaille : la liberté absolue s'accompagne d'une solitude infinie.

Nous avons atteint la porte à l'extrémité du couloir. Je tire sur la poignée. Rien. J'aperçois alors le petit clavier au-dessus de celle-ci, le même genre que sur la porte d'entrée de Hana. Il faut un code. Julian, qui a dû parvenir à la même conclusion que moi, grommelle :

— Mince…

— OK, concentrons-nous, murmuré-je à mon tour le plus calmement possible.

Mon cerveau s'est transformé en boule de neige, cependant : la même idée s'abat sur lui, tel un blizzard, et me glace le sang. Je suis foutue. Je suis coincée ici et, quand les gardes me retrouveront, ils me feront payer pour leur collègue ficelé et couvert de bleus. Ils redoubleront de prudence : plus de porte avec trappe.

— On fait quoi ? demande Julian.

Je lui jette un coup d'œil par-dessus mon épaule. Il a le crâne ceint de sang séché et je détourne rapidement le regard pour ne pas m'apitoyer sur son sort.

— On ? Parce qu'on forme une équipe maintenant ?

— On n'a pas le choix. On doit s'entraider si on veut réussir à s'enfuir.

D'une main douce mais ferme, il m'écarte. Son geste me désarçonne : il a vraiment l'intention de laisser nos différends de côté. S'il en est capable, moi aussi.

— Tu ne réussiras pas à crocheter la serrure, dis-je. Il nous faut le code.

Julian effleure le clavier avant de reculer d'un pas et de passer les mains sur le cadre, les yeux plissés, comme pour éprouver sa solidité.

— On a le même système à la maison, dit-il tout en continuant de laisser courir ses doigts le long du chambranle et des fissures dans le plâtre. Je ne réussis jamais à me rappeler le code. Mon père le change très souvent à cause du va-et-vient des ouvriers. Du coup, on a mis au point un système d'indices. Des petits signes disséminés à proximité de la porte pour que, chaque fois que le code change, je sois au courant.

Soudain, les pièces du puzzle se mettent en place : je comprends où il veut en venir.

— L'heure, dis-je en désignant l'horloge accrochée au-dessus de la porte.

Les aiguilles sont figées, la petite sur le 9, la grande sur le 3.

— 9 et 3, ajouté-je sans grande conviction pourtant. Ça ne fait que deux chiffres. La plupart des codes en ont quatre, non ?

Julian presse les touches 9393, puis essaie d'ouvrir la porte. Rien. 3939 ne marche pas davantage.

— Mince, lance-t-il avant d'abattre son poing sur le clavier, de frustration.

— Pas de panique. Réfléchissons calmement.

Je prends une profonde inspiration ; je n'ai jamais été douée pour les énigmes, les maths ont toujours été une des matières où je suis la plus faible. À cet instant précis, les voix enflent à l'autre bout du couloir. La porte est entrebâillée.

— Je ne partage toujours pas votre avis, explique l'albinos. Pour moi, s'ils ne paient pas, on arrête de jouer...

— Julian !

Prise d'une terreur subite, je l'attrape par le coude. Notre geôlier va sortir dans le couloir et nous découvrir d'une seconde à l'autre.

— Mince, souffle à nouveau Julian.

Il sautille sur place, d'avant en arrière, comme s'il avait froid, alors qu'il doit être aussi terrorisé que moi. Puis, soudain, il se pétrifie.

— Neuf heures quinze, lâche-t-il alors que la porte s'ouvre de deux centimètres supplémentaires et que les voix se déversent dans le couloir.

— Quoi ?

Je serre le couteau de toutes mes forces, tandis que ma tête joue les girouettes entre Julian et la porte qui s'ouvre, s'ouvre, s'ouvre.

— Les chiffres ! Ce n'est pas neuf et trois, mais neuf et quinze. 0, 9, 1, 5.

Il enfonce déjà les touches du clavier. Un bourdonnement sourd suivi d'un déclic. Julian s'arc-boute contre le battant qui pivote, alors que les éclats de voix derrière nous sont de plus en plus distincts et retentissants ; nous nous glissons dans l'ouverture au moment où les Vengeurs sortent.

La pièce derrière la porte est immense, haute de plafond et bien éclairée. Les étagères qui tapissent les murs sont si chargées d'objets hétéroclites que, par endroits, les planches commencent à s'incurver sous leur poids : réserves de nourriture, immenses pichets d'eau, couvertures ; mais aussi couteaux, argenterie et entrelacs de bijoux emmêlés, chaussures et vestes en cuir, pistolets, matraques en bois et bombes de spray au poivre. Sans parler des objets totalement inutiles : pièces détachées de radio qui jonchent le sol, vieille armoire, tabourets avec assise en cuir, ainsi qu'un coffre rempli de jouets en plastique cassés. Face à nous, une seconde porte blindée, peinte en rouge cerise.

— Viens, dit Julian, qui m'agrippe par le bras.

— Non, rétorqué-je en me dégageant.

Nous ignorons où nous sommes ; nous ignorons combien de temps il nous faudra pour nous échapper pour de bon.

— Il y a à manger, ajouté-je. On doit faire des réserves.

Julian s'apprête à protester lorsque nous parviennent le staccato de hurlements et des bruits de pas précipités. Le gardien a dû donner l'alarme.

— On doit se cacher, m'enjoint Julian tout en me poussant vers l'armoire, qui sent les crottes de souris et le moisi.

Je referme la porte sur nous ; l'espace est si exigu que nous devons presque nous asseoir l'un sur l'autre. Je place mon sac à dos sur mes genoux et sens, contre mon dos, le torse de Julian, qui se soulève et s'abaisse. En dépit de tout, je me réjouis de sa présence à mes côtés. Je ne suis pas certaine que je serais arrivée aussi loin toute seule.

La porte de la réserve émet un nouveau bourdonnement avant de s'ouvrir en venant cogner contre le mur. Malgré moi, je sursaute, et les mains de Julian trouvent mes épaules. Il les presse une fois, brièvement, pour me rassurer.

— Nom de Dieu !

L'albinos. Je reconnaîtrais entre mille son ton râpeux et ses intonations colériques.

— Comment c'est possible, bon sang ! s'emporte-t-il. Comment ont-ils...

— Ils n'ont pas pu aller très loin. Ils n'ont pas le code.

— Eh bien, où sont-ils dans ce cas ? Je n'en reviens pas ! Ce sont des gosses !

— Ils doivent se planquer dans une des pièces, répond le second (celui que je ne reconnais pas).

Une troisième voix, féminine – sans doute la fille aux piercings –, se mêle à la conversation.

— Briggs est en train de vérifier. La gamine a attaqué Matt et l'a ficelé. Elle a un couteau.

— Nom de Dieu !

— Ils ont certainement rejoint les tunnels à l'heure qu'il est, reprend la fille. C'est forcé. Matt leur a sans doute filé le code.

— C'est ce qu'il a dit ?

— À sa place, tu avouerais un truc pareil ?

— Non, tu as raison, concède l'albinos, qui dirige visiblement les opérations. Écoutez-moi. Ring, tu vas fouiller les cellules avec Briggs, et nous, on se charge des tunnels. Nick, tu vas vers l'est, j'irai à l'ouest avec Don. Ring, dis à Forest de prendre le nord, je trouverai quelqu'un pour le sud.

J'enregistre les noms, les chiffres : nous avons affaire à au moins sept Vengeurs. Soit plus que ce que je pensais.

— Je veux ces petits merdeux ici dans moins d'une heure, compris ? ajoute l'albinos. Il est hors de question que je renonce à ma paye à cause d'un faux pas !

Sa paye ? Une idée germe dans mon esprit, seulement, quand je tente de la saisir, elle se dérobe. S'ils ne peuvent pas compter sur une rançon, comment espèrent-ils obtenir de l'argent ? Peut-être sont-ils persuadés que Julian finira par céder et livrer les informations dont ils ont besoin pour pénétrer chez lui. Mais ça me paraît bien compliqué, et dangereux, pour un simple cambriolage. D'autant que ça ne ressemble pas aux actions habituelles des Vengeurs. Ils ne planifient rien. Ils détruisent, terrorisent et se servent.

Et je ne comprends toujours pas quel rôle je joue dans leur projet.

À présent, ils s'affairent ; en les entendant charger des armes et enrouler des lanières, l'affolement revient au galop. Un panneau de bois de quelques centimètres d'épaisseur me sépare de trois Vengeurs pourvus d'un arsenal digne d'une armée. L'espace d'une seconde, je manque de m'évanouir. Il fait si chaud à l'intérieur de cette minuscule armoire. Mon tee-shirt est trempé de sueur. Nous ne sortirons jamais d'ici vivants. Nous n'y arriverons pas. C'est impossible.

Je ferme les yeux et pense à Alex, je me revois serrée contre lui sur la moto, en proie aux mêmes terreurs.

— Rendez-vous ici dans une heure, dit l'albinos. Maintenant, allez débusquer ces petits merdeux et embrochez-les pour moi.

Les pas se dirigent vers le coin opposé – la porte rouge doit donner sur les tunnels. Puis le silence retombe. Avec Julian, nous restons parfaitement immobiles. Lorsque je finis par esquisser un mouvement, il me retient.

— Attends, souffle-t-il. On doit être sûrs.

À présent qu'il n'y a plus ni voix ni distractions d'aucune sorte, j'ai une conscience aiguë de la chaleur qui émane de sa peau et de la caresse de son souffle sur ma nuque. Mon malaise croît et, lorsque je ne tiens plus, je lance :

— C'est bon, allons-y.

Nous sortons prudemment de l'armoire, pour le cas où un Vengeur se serait attardé dans le coin.

— Et maintenant ? me demande Julian en veillant à ne pas parler trop fort. Ils nous cherchent dans les tunnels.

— On doit prendre ce risque. C'est le seul moyen de sortir d'ici.

Il baisse les yeux, signe qu'il capitule.

— Équipons-nous, ajouté-je.

Julian s'approche d'une étagère et explore le contenu d'une pile de vêtements. Il me jette un tee-shirt.

— Tiens, ça a l'air d'être la bonne taille.

Je dégote aussi un jean propre, un soutien-gorge de sport et des chaussettes blanches ; je me glisse derrière l'armoire pour les enfiler. Malgré la crasse et la transpiration, j'éprouve une incroyable sensation de bien-être en enfilant des vêtements propres. Julian met la main sur un tee-shirt et un jean. Celui-ci est un peu trop grand et il se sert d'un fil électrique en guise de ceinture. Après avoir bourré mon sac à dos de barres de céréales et d'eau, nous ajoutons deux lampes torches, des noix et du bœuf séché. Je complète nos réserves avec une petite pharmacie : crème antiseptique, bandes, lingettes antibactériennes. Julian m'observe en silence. Lorsque nos regards se croisent, je ne parviens pas à déchiffrer le sien.

Au ras du sol se trouve une étagère vide, à l'exception d'une boîte en bois. Poussée par la curiosité, je m'accroupis et en soulève le couvercle. J'en ai le souffle coupé. La boîte contient des centaines et des centaines de cartes d'identité, maintenues en paquets par des élastiques. Il y a aussi une pile de badges de l'APASD qui luisent dans la pénombre.

— Viens voir, Julian.

Sans un mot, il observe les rectangles de plastique que je fais défiler sous ses yeux, tandis que visages, noms, dates se confondent.

— Allez, lâche-t-il au bout d'une minute, on doit se dépêcher.

Je sélectionne à la hâte une demi-douzaine de cartes d'identité de filles qui semblent avoir plus ou moins mon âge, les fixe avec un élastique avant de les ranger.

J'empoche aussi un badge de l'APASD. Ça peut toujours servir.

Enfin vient le temps de rassembler des armes. Il y en a des caisses : vieux fusils entassés qui ressemblent à un buisson de ronces prenant la poussière ; pistolets bien huilés ; massues et boîtes de munitions. Je tends un pistolet à Julian après avoir vérifié qu'il est chargé. Je range une boîte de balles dans mon sac à dos.

— Je n'ai jamais tiré, dit Julian en maniant l'arme avec circonspection, comme s'il craignait qu'un coup parte tout seul. Toi, oui ?

— Ça m'est arrivé.

Il aspire sa lèvre inférieure, puis lance :

— Prends-le.

Je glisse le pistolet dans mon sac, bien que l'idée de l'alourdir ne me réjouisse pas. Les couteaux, en revanche, peuvent se révéler utiles, et pas seulement contre d'éventuels assaillants. Je repère un couteau à cran d'arrêt et le coince dans l'élastique du soutien-gorge de sport. Julian en empoche un autre.

— Prête ? me demande-t-il une fois que j'ai enfilé les bretelles de mon sac à dos.

J'ai soudain une illumination : l'inquiétude confuse qui me taraudait, sans que je puisse l'identifier, s'abat sur moi. Quelque chose cloche. Sacrément même. Ils sont trop bien organisés. Il y a trop de pièces, trop d'armes, trop d'ordre.

— Ils ont dû recevoir de l'aide, dis-je, frappée par une illumination. Les Vengeurs n'auraient jamais pu réussir tout seuls.

— Qui ça ? s'impatiente Julian en jetant des coups d'œil nerveux vers la porte.

Je sais que nous devons lever le camp, mais je suis clouée sur place ; un fourmillement remonte dans mes jambes depuis mes orteils. Une nouvelle idée prend forme, une impression fugace, un souvenir.

— Les Vengeurs.

— Les Invalides, tu veux dire, riposte Julian. Comme toi.

— Non. Ni comme moi ni comme les autres Invalides. Ils sont différents.

Je ferme les yeux et le souvenir se précise : j'appuie la pointe de mon couteau sous la mâchoire du gardien, juste au-dessous d'une marque bleu délavée qui me rappelait vaguement quelque chose...

— Oh, mon Dieu !

J'ouvre les paupières. J'ai l'impression qu'un poids me comprime la poitrine.

— Lena, on doit partir...

Julian tente de m'attraper le bras, pourtant je me dérobe.

— L'APASD...

Les mots sortent avec difficulté de ma bouche.

— Le type... le garde, celui qu'on a attaché... il avait un tatouage représentant un aigle et une seringue. L'emblème de l'APASD.

Julian se raidit. On croirait qu'un courant électrique vient de le parcourir des pieds à la tête.

— Je suis sûr qu'il s'agit d'une coïncidence.

Je secoue la tête. Les mots, les idées se bousculent dans mon crâne. Tout s'explique : la paye, l'équipement, le tatouage, la boîte contenant les badges. Le bunker, la sécurité... tout ça coûte de l'argent.

— Ils doivent travailler ensemble, dis-je. J'ignore pourquoi, pour quelle raison...

— Non. Tu te trompes.

Le ton de Julian est tranchant.

— Écoute-moi…

Il m'interrompt à nouveau :

— Tu te trompes, d'accord ? C'est impossible.

Je me force à ne pas détourner les yeux, malgré les remous qui troublent son regard et me font tourner la tête ; j'ai l'impression de me tenir au bord d'un précipice et de courir le risque à tout instant de perdre l'équilibre.

C'est dans cette position précise que nous nous trouvons, figés comme sur un tableau, lorsque la porte s'ouvre à la volée, livrant passage à deux Vengeurs.

L'espace d'une seconde, personne ne bouge, et j'ai tout juste le temps d'enregistrer les informations essentielles : un type, la quarantaine, une fille, aux cheveux d'un noir tirant sur le bleu, plus grande que moi. Nous ne les connaissons ni l'un ni l'autre. C'est peut-être une conséquence de la peur, mais je m'attache aux détails les plus étranges : la paupière gauche de l'homme qui s'affaisse, comme sous l'effet de la gravité, et la langue rose vif de la fille, qui reste plantée là, bouche bée. Elle a dû manger une sucette ou un bonbon. À cette pensée, le souvenir de Grace surgit aussitôt de ma mémoire.

Puis la scène se remet en mouvement, la fille dégaine son pistolet et je n'ai plus le temps de réfléchir.

Je me jette sur elle et la désarme avant qu'elle ait eu le temps de me viser. Dans mon dos, Julian crie quelque chose. Un coup de feu retentit. Je ne peux pas regarder pour savoir qui a tiré. La fille me balance son poing dans la mâchoire. Je n'ai jamais reçu de coup et c'est la surprise, plus que la douleur, qui m'étourdit. Cette fraction de seconde suffit pour qu'elle sorte son couteau et, le temps que je reprenne mes esprits, la lame fond sur moi en sifflant. Je plonge pour l'éviter et enfonce mon épaule dans le ventre de mon assaillante.

Elle étouffe un grognement. Le choc nous déséquilibre toutes deux et nous basculons sur une boîte contenant de vieilles chaussures. Le carton cède sous notre poids. Nous sommes si près l'une de l'autre que je sens ses cheveux et sa peau dans ma bouche. D'abord, je l'enfourche, les muscles bandés, puis elle prend le dessus et me plaque sur le dos, si violemment que ma tête heurte le béton. Elle presse ses genoux contre mes côtes et ses cuisses contre mes flancs ; je n'arrive plus à remplir mes poumons d'oxygène. Elle se débat pour sortir un autre couteau de sa ceinture. Je tâte le sol alentour à la recherche d'une arme, n'importe laquelle, mais elle m'entrave et mes doigts ne se referment que sur le vide ou le béton.

Julian et l'homme sont engagés dans un corps à corps serré, luttant chacun pour prendre l'avantage, tête baissée. Ils basculent soudain et heurtent une étagère basse contenant des casseroles et des poêles. Elle oscille un moment avant de tomber : la vaisselle s'éparpille partout dans une cacophonie de métal qui tinte. La fille jette un coup d'œil dans leur direction et ce minuscule mouvement me fournit l'occasion dont j'avais besoin pour me libérer. Je balance mon poing de toutes mes forces ; il rencontre sa joue. Si je ne réussis pas à lui faire très mal, je la déstabilise assez pour reprendre l'avantage et me retrouver à califourchon sur elle, lui arrachant le couteau de la main. La haine et la peur m'électrisent, courant brûlant, et, sans réfléchir à ce que je fais, j'arme mon bras et enfonce la lame dans sa poitrine. Dans un soubresaut, un cri lui échappe, puis elle s'immobilise. Mon esprit répète en boucle le même refrain : « ta faute ta faute ta faute ». Des sanglots hachés s'élèvent, et il me faut un long moment pour réaliser que c'est moi qui pleure.

Soudain le noir total. La douleur surgit un quart de seconde après : la matraque du second Vengeur est entrée en contact avec ma tête. Un craquement assourdissant ; je bascule et le monde devient une succession d'images floues et juxtaposées : Julian étalé face contre terre à côté de l'étagère renversée ; une horloge de parquet dans le coin que je n'avais pas remarquée avant ; des fissures dans le sol en béton qui se prolongent telle une toile pour venir m'envelopper. Viennent ensuite quelques secondes de vide absolu. Nouveau tableau : je suis allongée sur le dos, le plafond tourne au-dessus de moi. Je meurs. Bizarrement, je pense à Julian. Il s'est bien défendu.

Assis sur moi, l'homme me souffle son haleine cuisante au visage. Une odeur de décomposition. Une longue estafilade descend sous son œil – bien joué, Julian ! –, et une partie de son sang goutte sur mon visage. Je sens la morsure d'une lame aiguisée sous mon menton, et je me pétrifie de la tête aux pieds.

Le type me dévisage avec une telle hostilité que j'éprouve tout à coup un calme infini. Je vais mourir. Il va me tuer. Cette certitude me détend. Je m'enfonce dans un monticule de neige. Les yeux fermés, je tente de me représenter Alex comme je le faisais dans mes rêves, planté à l'extrémité d'un tunnel. J'attends qu'il apparaisse, qu'il tende les mains vers moi.

Je navigue entre conscience et inconscience. Je flotte au-dessus du sol, avant d'être à nouveau allongée par terre. J'ai un goût de marécage dans la bouche.

— Tu ne me laisses pas le choix, halète le Vengeur.

Je rouvre aussitôt les yeux. Son intonation comporte une note de regret, ou d'excuse peut-être, qui me désarçonne. Avec elle, l'espoir revient au galop, tout comme la terreur : « S'il vous plaît, s'il vous plaît, s'il vous plaît, ne me tuez pas. » Malheureusement, à ce moment précis, il prend une inspiration et contracte tous ses muscles ; la pointe du couteau pénètre ma peau et il est trop tard...

Il tressaille tout à coup. L'arme lui échappe des mains. Ses yeux roulent dans leurs orbites, tels ceux d'une poupée. Il tombe lentement en avant, sur moi, me coupant la respiration. Julian se tient au-dessus de lui, le souffle court, les mains tremblantes. La poignée d'un poignard dépasse du dos du Vengeur.

Je suis coincée sous un cadavre. L'hystérie enfle dans ma poitrine puis déborde et, soudain, je bafouille :

— Pousse-le, pousse-le !

Julian secoue la tête, incrédule.

— Je... je ne voulais pas.

— Bon sang, Julian, aide-moi à le dégager ! On doit y aller.

Il sursaute, cligne des yeux et fixe son regard sur moi. Le Vengeur m'écrabouille de tout son poids.

— S'il te plaît, Julian.

Il finit par se mettre en branle. Par se pencher et soulever le corps. Je me relève en titubant. Mon cœur bat la chamade et ma peau se couvre de chair de poule ; j'ai besoin de me laver, de chasser toute cette mort. Les cadavres des deux Vengeurs gisent si près l'un de l'autre qu'ils se touchent presque. Le sang qui se répand entre eux dessine un papillon sur le sol. Je sens monter la nausée.

— Je n'en avais pas l'intention, Lena. Simplement, je... je l'ai vu sur toi, j'ai attrapé un couteau et j'ai simplement... C'était un accident.

Je pose les mains sur ses épaules.

— Écoute, Julian. Tu m'as sauvé la vie.

Il ferme les paupières une seconde, avant de les rouvrir.

— Tu m'as sauvé la vie, répété-je. Merci.

Au lieu de répondre, comme il semble en avoir l'intention, il se contente d'opiner et de soulever le sac à dos. Sans réfléchir, je lui prends la main. Il ne se dérobe pas, je suis contente. J'ai besoin qu'il m'aide à garder l'équilibre. À rester debout.

— Maintenant, on doit courir, dis-je.

Ensemble, nous quittons la pièce et pénétrons, enfin, dans la fraîcheur humide des vieux tunnels, dans les échos, les ombres et l'obscurité.

Avant

Sur la route du deuxième campement, les températures chutent brusquement. Même sous la tente, les nuits sont glaciales. Lorsque vient mon tour de dormir à la belle étoile, je me réveille souvent avec des aiguilles de glace dans les cheveux. Sarah reste stoïque, silencieuse et pâle.

Blue tombe malade. Le premier jour, elle est atteinte de léthargie. Elle a du mal à suivre le rythme et, à l'arrivée de l'étape, elle s'endort avant même que le feu ait été allumé, recroquevillée sur le sol comme un petit animal. Raven la porte jusque dans la tente. Cette nuit-là, je suis tirée du sommeil par un cri étouffé. Je m'assieds, aux aguets. Le ciel nocturne est clair, les étoiles brillent d'un éclat tranchant. Il y a une odeur de neige dans l'air. Je remarque de l'agitation du côté de la tente de Raven, des gémissements. Des paroles de réconfort murmurées. Blue cauchemarde.

Le lendemain, Blue est en proie à la fièvre, pourtant il n'y a pas le choix : elle doit suivre. La neige arrive et nous sommes encore à cinquante kilomètres du deuxième campement, et à plusieurs centaines de kilomètres de notre destination finale.

Elle pleure en marchant, trébuche de plus en plus souvent. Nous nous relayons pour la porter – Raven, Bram, Lu, Papy et moi. Elle est brûlante. Ses bras autour de mon cou sont des fils électriques vibrants de chaleur.

Le jour suivant, nous atteignons le deuxième campement : des blocs de schistes délimitent un espace autour d'un vieux mur en brique qui tient à peine debout et nous protégera, en partie, du vent. Nous nous mettons au travail pour déterrer la nourriture, installer les pièges et explorer les environs à la recherche de boîtes de conserve et autres objets utiles. Nous resterons ici deux, trois jours, selon ce que nous aurons trouvé. Au-delà du hululement des chouettes et du bruissement des créatures de la nuit nous parviennent les grondements lointains de camions. Nous sommes à moins de vingt kilomètres d'une autoroute.

Ça me fait drôle de penser que, tout ce temps, nous avons été si près des territoires officiels, de villes regorgeant de nourriture, de vêtements et de médicaments... Et que, pourtant, nous aurions aussi bien pu évoluer dans une autre dimension. Le monde est coupé en deux, comme les deux pentes abruptes d'une tente : les Vulnérables et les Invulnérables vivent chacun d'un côté, dans des univers différents.

Les terreurs nocturnes de Blue empirent. Ses cris perçants sont entrecoupés de délires, où se mêlent charabia et mots inventés. Lorsque nous prenons la route du troisième camp – les nuages se sont amoncelés dans le ciel, où ils forment une couverture dense, et la lumière morne est de ce gris foncé qui annonce l'arrivée imminente de la neige –, elle ne réagit presque plus. Raven la porte tout le long du trajet ; elle refuse l'aide de tous, bien qu'étant, elle aussi, faible, et se retrouve souvent à la traîne.

Nous cheminons en silence. La peur nous ralentit, qui empêtre nos mouvements et nous donne l'impression de marcher déjà dans la neige ; nous savons tous que Blue est condamnée. Raven aussi. C'est forcé.

Cette nuit-là, elle installe Blue à côté du feu. Même si celle-ci a la peau brûlante, elle tremble au point de claquer des dents. Nous nous déplaçons le plus discrètement possible – des ombres dans la fumée. Je m'endors dehors, à côté de Raven, veillant pour entretenir le feu et s'assurer que Blue ne se refroidira pas.

Au milieu de la nuit, je suis tirée du sommeil par des sanglots étouffés. Raven, à genoux, est penchée sur Blue. Un gouffre s'ouvre dans mon ventre et la terreur m'envahit ; je n'ai jamais vu Raven pleurer avant. Je n'ose pas parler, respirer, bouger. Je sais qu'elle croit tout le monde endormi. Elle ne s'autoriserait pas cette effusion sinon. Je ne peux toutefois pas rester le témoin muet de cette scène. Je me retourne bruyamment dans mon sac de couchage et, aussitôt, les larmes de Raven se tarissent. Alors je m'assieds.

— Est-elle... ? murmuré-je, incapable d'aller jusqu'au bout de ma question.

Raven secoue la tête.

— Elle ne respire pas bien.

— Au moins elle respire.

Un lourd silence s'étire entre nous. Je donnerais n'importe quoi pour sauver Blue. Je sens, confusément, qu'en la perdant nous perdrons un bout de Raven. Et nous avons besoin d'elle, surtout maintenant que Tack a disparu.

— Elle va aller mieux, dis-je pour la rassurer. Je suis sûre qu'elle s'en tirera.

Raven tourne vers moi des pupilles que le feu anime d'un éclat animal.

— Non, rétorque-t-elle simplement. Non, elle ne s'en tirera pas.

Sa voix trahit une certitude si inébranlable que je ne peux pas la contredire. Pendant un instant, elle n'ajoute rien. Puis :

— Tu sais pourquoi je l'ai appelée Blue ?

Prise au dépourvu, je réponds :

— Je croyais que c'était pour ses yeux.

Perdant à nouveau son regard dans les flammes, Raven enlace ses genoux.

— Je vivais à Yarmouth, près d'une frontière. Un coin pauvre. Personne ne voulait habiter aussi près de la Nature. Ça portait la poisse, tu vois.

Un frisson me parcourt, et tous mes sens sont soudain en alerte. Raven n'a jamais évoqué sa vie d'avant. Elle a toujours répété que ça n'existait pas. Qu'il n'y avait pas d'avant.

— J'étais comme tout le monde. Je gobais ce qu'on me disait sans y réfléchir plus que ça. Seuls les Invulnérables montaient au ciel. Les patrouilles étaient là pour me protéger. Les Invalides étaient sales, ils retournaient à l'état bestial. La maladie vous faisait pourrir de l'intérieur. La stabilité était la meilleure des vertus et menait au bonheur.

Elle hausse les épaules, sans doute pour chasser le souvenir de celle qu'elle était.

— Sauf que je n'étais pas heureuse. Je ne comprenais pas pourquoi. Je ne comprenais pas pourquoi je ne pouvais pas ressembler à tout le monde.

Je me rappelle Hana, qui tournoyait dans sa chambre, les bras étendus, en disant : « Tu t'imagines vraiment que tout est là, hein ? Que ça se résume à ça ? »

— L'été de mes quatorze ans, ils ont construit de nouveaux lotissements près de la frontière, destinés aux familles les plus pauvres de Yarmouth. Celles des couples mal assortis ou dont la réputation avait été ruinée parce qu'ils entretenaient des liens avec un dissident. Ou plutôt parce que la rumeur le prétendait, tu sais comment ça marche. La journée, je jouais près du chantier. On était une bande de gamins. Bien sûr, on veillait bien à ne pas se mélanger, garçons et filles. Une ligne nous séparait : à l'est notre territoire, à l'ouest le leur.

Elle part d'un rire doux avant d'ajouter :

— J'ai l'impression qu'il s'agit d'un rêve aujourd'hui. À l'époque, pourtant, rien ne me semblait plus naturel.

— Tu n'avais pas d'autre référence.

Raven me jette un bref coup d'œil et hoche la tête d'un mouvement sec.

— Puis il y a eu une semaine de pluie. Les travaux ont été suspendus et plus personne ne voulait se rendre sur le chantier. Moi, je m'en fichais, du mauvais temps. Je n'aimais pas rester chez moi. Mon père était…

Sa voix s'est coincée dans sa gorge.

— Il n'était pas tout à fait normal depuis son opération. Elle n'avait pas bien marché. Le lobe temporal, qui est responsable de la régulation de l'humeur, avait été touché. C'est ce qu'ils avaient dit. La plupart du temps, ça allait, mais il se mettait parfois dans des colères…

Elle se perd un moment dans la contemplation du feu.

— Ma mère nous aidait à couvrir les bleus avec du maquillage. Il ne fallait en parler à personne. On ne voulait pas que quelqu'un découvre qu'il n'était pas parfaitement guéri. Les gens cèdent facilement à l'hystérie ; il aurait pu être renvoyé de son travail. Ma mère nous disait qu'on nous rendrait la vie difficile. Alors on recourait à la dissimulation. On portait des manches longues en été. On était souvent malades. Beaucoup de mensonges, aussi… Je tombais, me cognais la tête contre le cadre de la porte.

Je n'ai jamais imaginé Raven plus jeune. À présent, pourtant, je me représente très bien l'adolescente filiforme avec la même moue fière, appliquant du fond de teint sur les bleus qui ornent ses bras, ses épaules et son visage.

— Je suis désolée, dis-je.

Les mots me paraissent minables, ridicules. Raven se racle la gorge et carre les épaules.

— Aucune importance, lâche-t-elle.

Elle brise une longue brindille fine en petits morceaux qu'elle jette dans le feu, un par un. Alors que je me demande si elle a oublié le point de départ de cette discussion – le prénom de Blue –, elle reprend :

— Cette semaine-là, la semaine de pluie, mon père était dans une de ses mauvaises passes. Du coup, j'allais souvent sur le chantier. Un jour, je traînais près des fondations d'une maison, zigzaguant entre les parpaings et les trous. Le bâtiment était vraiment loin d'être fini. Soudain, j'ai aperçu cette petite boîte à chaussures.

Elle aspire une goulée d'air et, dans l'obscurité, je la vois qui se crispe. La suite de son récit se presse sur ses lèvres.

— Quelqu'un avait dû l'abandonner là, coincée entre deux blocs de béton. Seulement, la pluie tombait si dru qu'elle avait provoqué un minuscule glissement de terrain. La boîte s'était échappée de son logement. Je ne sais pas ce qui m'a pris, j'ai regardé à l'intérieur. Elle était dans un état répugnant. Je pensais y trouver une paire de chaussures, ou peut-être des bijoux.

Je comprends, à présent, où va son histoire. Je m'approche de la boîte maculée avec elle ; je soulève le couvercle détrempé. L'effroi et le dégoût sont une vague de boue qui enfle, noire et étouffante, en moi. La voix de Raven n'est plus qu'un murmure.

— Elle était emmitouflée dans une couverture. Une couverture bleue avec des agneaux jaunes dessus. Elle ne respirait plus. Je… j'ai cru qu'elle était morte. Elle était… elle était bleue. Sa peau, ses ongles, ses lèvres, ses doigts. Des doigts si petits…

La boue est remontée dans ma gorge. Je ne peux plus reprendre mon souffle.

— Je ne sais pas ce qui m'a poussée à tenter de la ramener à la vie. Sans doute que j'ai un peu perdu les pédales. Je travaillais comme apprentie maître nageur, cet été-là, et j'avais appris les mouvements de réanimation cardio-respiratoire. Même si je n'avais pas encore eu l'occasion de les mettre en pratique. Elle était si petite, elle ne devait pas avoir plus d'une semaine ou deux, maximum. Ça a fonctionné. Je n'oublierai jamais ce que j'ai éprouvé quand elle a pris sa première inspiration et que sa peau s'est colorée à nouveau. Comme si le monde s'était ouvert en deux. Comme si tout ce qui me manquait, les sensations, les couleurs, me parvenait avec ce souffle. Je l'ai appelée Blue pour me souvenir, toujours, de cet instant. Et pour m'interdire les regrets.

Brusquement, Raven se tait. Elle rajuste le sac de couchage de la fillette. Dans la faible lueur rougeoyante du feu, je vois qu'elle est pâle. La sueur perle sur son front et elle respire avec difficulté. La colère m'aveugle, me submerge. Raven n'en a pas terminé.

— Je ne suis même pas rentrée chez moi. Je l'ai prise dans mes bras et je me suis enfuie. Je savais que je ne pourrais pas la garder à Yarmouth. Ce genre de secret s'évente toujours rapidement. Dissimuler les bleus me donnait déjà beaucoup de fil à retordre. Et j'étais convaincue qu'elle était le fruit d'une relation illégale. Un bébé du *deliria*. Et tu sais ce qu'ils disent. Les bébés du *deliria* sont contaminés à la naissance. En grandissant, ils deviennent tordus, déformés, fous. Les autorités l'auraient sans doute emmenée et tuée. Elles ne l'auraient même pas enterrée. Non, afin d'éviter tout risque de contagion, elles l'auraient brûlée et jetée avec les ordures ménagères.

Raven lance une autre brindille dans les flammes. Elle s'enflamme aussitôt, devient une langue de feu.

— D'après certaines rumeurs, une partie de la clôture n'était pas électrifiée. Des histoires circulaient, on racontait que les Invalides profitaient de cette brèche pour aller et venir, se nourrissant de cervelles humaines. Le genre de bêtises qu'on colporte quand on est gosses. Est-ce que j'y croyais encore ? Je ne m'en souviens plus. En tout cas, j'ai tenté ma chance. Il m'a fallu des heures pour trouver le moyen de passer le grillage avec Blue. J'ai fini par me servir de la couverture comme d'un porte-bébé. Et la pluie a été mon alliée. Les gardiens et les Régulateurs restaient à l'abri. J'ai escaladé la clôture sans difficulté. Je ne sais pas où je comptais aller, ce que je comptais faire de l'autre côté. Je n'avais dit au revoir ni à mon père, ni à ma mère. J'ai couru sans m'arrêter.

Elle me coule un regard de biais avant d'ajouter :

— Ça a suffi, je suppose. Et tu es bien placée pour le savoir.

— Oui, soufflé-je.

Une douleur me laboure la gorge. Je risque de fondre en larmes d'une seconde à l'autre ; je plante mes ongles, de toutes mes forces, dans mes cuisses, essayant d'atteindre la peau à travers le tissu épais du jean.

Blue marmonne des paroles incompréhensibles et s'agite dans son sommeil. Le râle s'est aggravé. Chaque respiration s'accompagne d'un grincement insupportable, doublé d'un écho liquide. Raven se penche en avant et écarte des mèches sur son front mouillé de transpiration.

— Elle est brûlante.

— Je vais chercher de l'eau.

Je suis prête à tout pour ne pas rester impuissante, pour aider.

— Ça ne servira à rien, rétorque doucement Raven.

Comme je ne tiens plus en place, j'y vais malgré tout. Dans l'obscurité givrée, je tâtonne jusqu'au cours d'eau, couvert d'une fine couche de glace fendillée. La lune, haute et pleine, se reflète sur la surface argentée, révélant le courant sombre qui coule dessous. Je brise la glace avec le fond d'un seau en fer-blanc et un cri manque de m'échapper quand l'eau inonde mes doigts et s'écoule dans le seau.

Raven et moi ne fermons pas l'œil cette nuit-là. À tour de rôle, nous pressons une serviette fraîche sur le front de Blue, afin de ralentir sa respiration et faire disparaître les râles. Elle finit par cesser de se débattre et s'abandonner, docile, aux soins que nous lui prodiguons. Nous nous relayons jusqu'à ce qu'une aube rose pâle se déverse dans le ciel ; pourtant, depuis plusieurs heures déjà, Blue n'a pas pris une seule inspiration.

Maintenant

Nous progressons, Julian et moi, dans une obscurité oppressante. Lentement, péniblement, alors que nous mourons d'envie de courir. Mais nous ne pouvons pas prendre le risque de faire du bruit ou de croiser le faisceau d'une lampe de poche. Alors que nous devons nous trouver au cœur d'un vaste réseau de tunnels, je me sens comme un rat prisonnier d'un labyrinthe. Je ne suis pas très assurée sur mes jambes. Les ténèbres grouillent de formes mouvantes et tourbillonnantes, et je suis contrainte de prendre appui, avec la main gauche, sur une paroi gluante, envahie par les moisissures et les insectes.

Sans parler des rats. Les rats qui poussent des cris aigus dans les coins, les rats qui détalent sous nos semelles, les rats aux griffes qui font *clic clic clic* sur le béton.

J'ignore combien de temps nous marchons. Impossible à dire sans variations de son ou de texture, impossible de savoir si nous nous dirigeons vers l'est, l'ouest, ou si nous tournons en rond. Parfois, nous longeons de vieux rails, sur lesquels devaient rouler les métros. J'ai beau être épuisée et avoir les nerfs à vif, c'est plus fort que moi, je m'émerveille à l'idée que ce dédale de boyaux a résonné du fracas des rames, à l'idée que les gens pouvaient, à une époque, filer librement dans le noir.

D'autres tunnels sont infestés par l'humidité – parfois un simple filet d'eau qui goutte, parfois quelques centimètres d'un liquide nauséabond parsemé d'ordures, sans doute déversées là par les égouts. Ce qui veut dire qu'on n'est sans doute pas très loin d'une ville.

Je trébuche de plus en plus souvent. Il y a plusieurs jours que je n'ai rien mangé de substantiel et la plaie qu'a laissée la lame du Vengeur sur mon cou m'élance. Julian me soutient de plus en plus fréquemment, et finit par poser une main sur mon dos pour me pousser en avant. Ce contact me réconforte ; il rend plus supportables la marche pénible, le silence et nos efforts pour repérer les Vengeurs malgré l'écho et les bruits d'eau.

Nous avançons pendant des heures, sans nous arrêter. Enfin, l'obscurité devient laiteuse, puis j'aperçois de la lumière, un long rai argenté filtrant au-dessus de nos têtes. Le plafond du tunnel est percé de grilles. Cinq. Pour la première fois depuis des jours, je vois le ciel : un ciel nocturne voilé, des nuages et des étoiles. Malgré moi, je laisse échapper un cri. C'est le plus beau spectacle que j'aie jamais vu.

— On pourrait… commencé-je.

Julian avance de quelques pas et, pour la première fois, ose sortir la lampe de poche. Après avoir orienté le rayon lumineux dans la direction des grilles, il secoue la tête.

— Les boulons sont à l'extérieur. Et ils sont bien serrés, ajoute-t-il en se hissant sur la pointe des pieds et en éprouvant leur résistance. Impossible de les soulever.

La déception me dévore. La liberté est à portée de main. Je la sens, je sens le vent, l'espace et autre chose aussi. La pluie. Elle a dû tomber récemment. Cette odeur me fait monter les larmes aux yeux. Nous avons atterri sur un quai. En contrebas, les rails disparaissent sous les flaques d'eau et les feuilles mortes. Sur notre gauche, une niche creusée dans la pierre est encombrée de caisses en bois ; l'affichette sur le mur voisin, étonnamment bien conservée, annonce : ATTENTION, CHANTIER. PORT DU CASQUE OBLIGATOIRE.

C'est au-delà de mes forces. Je me dégage de l'emprise de Julian et me laisse lourdement tomber sur le béton.

— Hé ! lance-t-il en s'agenouillant à côté de moi. Ça va ?

— Juste fatiguée...

Je me recroqueville par terre, la tête en appui sur le bras. J'ai de plus en plus de mal à garder les yeux ouverts. Lorsque j'y parviens, je vois les étoiles se fondre en un immense point lumineux avant de se séparer à nouveau.

— Dors, me souffle Julian, qui pose mon sac à dos et s'assied.

— Et si les Vengeurs viennent ?

— Je vais faire le guet.

Au bout d'une minute, il s'allonge sur le dos. Le vent s'engouffre à travers les grilles et je frissonne malgré tout.

— Tu as froid ? me demande-t-il.

— Un peu.

Les mots ont du mal à sortir. Ma gorge est engourdie elle aussi. Un silence. Puis Julian roule sur le flanc et se colle contre moi, les bras passés autour de ma taille. Son cœur cogne contre mon dos, un rythme étrange, bégayant.

— Tu n'as pas peur du *deliria* ?

— Si, répond-il aussi sec. Mais j'ai besoin de me réchauffer.

Au bout d'un moment, les battements de son cœur se font plus réguliers et les miens ralentissent afin de se caler dessus. Le froid qui transit mes membres fond rapidement.

— Lena ? murmure-t-il.

J'avais fermé les yeux ; la lune se trouve pile à l'aplomb de nos têtes maintenant, croissant blanc et lumineux.

— Oui ?

Le cœur de Julian s'emballe à nouveau.

— Tu veux savoir comment mon frère est mort ?

— D'accord, dis-je, même si sa voix a quelque chose d'inquiétant.

— Ils ne se sont jamais bien entendus, mon père et lui. Mon frère était têtu. Buté. Il avait mauvais caractère aussi. Tout le monde pensait que ça irait mieux après le Protocole.

Une pause.

— Plus il grandissait, plus ça empirait. Mes parents envisageaient d'avancer la date de son opération. C'était embêtant, tu vois, à cause de l'APASD et tout. Il se montrait incontrôlable, il n'écoutait jamais mon père et je ne suis même pas sûr qu'il croyait au remède. Il avait six ans de plus que moi. J'avais… j'avais peur pour lui. Tu comprends ce que je veux dire ?

Incapable de parler, je me contente de hocher la tête. Les souvenirs se précipitent, jaillissant des recoins les plus sombres de ma mémoire, où je les avais emmurés : l'angoisse constante et vibrante que j'éprouvais, petite, en regardant ma mère rire, danser, chanter sur l'étrange musique que déversaient nos haut-parleurs, joie mêlée de terreur. Mais aussi la peur pour Hana, pour Alex, pour nous tous.

— Il y a sept ans, on a organisé un autre grand rassemblement à New York. L'APASD devenait une organisation nationale. C'était le premier meeting auquel j'assistais. J'avais onze ans. Mon frère s'était excusé, je ne me rappelle plus sous quel prétexte.

Julian change de position et, l'espace d'une seconde, il resserre son étreinte, comme si, malgré lui, il se raccrochait à moi. Puis ses bras se détendent à nouveau. Je comprends, confusément, qu'il n'a jamais raconté cette histoire à personne.

— Ça a été une catastrophe. Au beau milieu de la rencontre, des contestataires ont déboulé dans la mairie, masqués pour la moitié. La confrontation a viré à la bagarre, la police a dû intervenir pour y mettre un terme et soudain ça s'est transformé en rixe. Je m'étais caché derrière l'estrade, comme un gosse. J'ai eu tellement honte après... Un des contestataires s'est approché trop près de la scène. Trop près de mon père. Il hurlait quelque chose, je ne comprenais pas quoi. Il s'époumonait et il portait un masque de ski. Un des gardes l'a frappé avec sa matraque. Bizarrement, je me souviens d'un bruit très précis dans le brouhaha, le bois qui craque contre son genou, son corps qui s'écrase au sol. Mon père a dû la voir à ce moment-là, la tache de naissance en forme de demi-lune. Celle que mon frère avait sur le dessus de la main gauche. Mon père a bondi dans le public, arraché le masque de ski et... c'était bien lui. Mon frère. Qui se tordait de douleur, le genou brisé en mille morceaux. Je n'oublierai jamais son regard. Calme et résigné comme... comme s'il savait ce qui l'attendait.

» On a fini par s'en sortir. La police nous a escortés jusqu'à la maison. Étendu à l'arrière de la camionnette, mon frère gémissait. Je voulais lui demander s'il allait bien, mais je savais que mon père m'aurait tué. Il a conduit sans décrocher le moindre mot, sans quitter la route des yeux une seule seconde. Je ne pourrais pas dire ce que ressentait ma mère. Sans doute pas grand-chose. Je crois qu'elle était inquiète quand même. *Le Livre des Trois S* dit bien que nos devoirs envers nos enfants sont sacrés, non ? "Et la bonne mère ne sera libérée de ses responsabilités maternelles qu'au paradis..."

» Elle a proposé d'appeler un médecin, seulement mon père ne voulait rien entendre. Le genou de mon frère était dans un sale état, il avait quasiment atteint la taille d'une balle de base-ball. Il dégoulinait de transpiration tant il souffrait. Je crevais de ne pas pouvoir l'aider, de ne pas pouvoir…

Un frisson parcourt Julian de la tête aux pieds.

— Arrivés chez nous, mon père a jeté mon frère au sous-sol et l'a enfermé à double tour. Il avait l'intention de le laisser croupir une journée, dans le noir. Histoire que mon frère retienne bien la leçon.

Je me représente Thomas Fineman avec ses vêtements tout droit sortis du teinturier et ses boutons de manchettes dorés, qui doivent lui donner un tel sentiment de satisfaction ; avec sa montre en métal poli et sa coupe de cheveux impeccable. Pur, propre, parfait, le genre d'homme qui peut toujours compter sur une bonne nuit de sommeil. « Je te hais », pensé-je à la place de Julian, qui ne connaît pas encore ces mots, le soulagement qu'ils apportent.

— On entendait mon frère pleurer à travers la porte. On l'entendait depuis la salle à manger où on prenait notre dîner. Mon père nous a forcés à rester assis jusqu'à la fin du repas. Je ne le lui pardonnerai jamais.

Il prononce ces dernières paroles dans un souffle. Je trouve sa main, entrelace nos doigts et serre le poing. Il me répond d'une rapide pression. Nous restons allongés un long moment en silence. Soudain, au-dessus de nous, un martèlement précipité : des milliers de gouttes de pluie heurtant le bitume. L'eau, qui tambourine sur les grilles, passe entre les barreaux et rebondit sur les rails métalliques des anciennes voies.

— Et puis les pleurs ont cessé, dit simplement Julian.

Je repense alors à ce jour, dans la Nature, où nous nous sommes relayées, Raven et moi, pour éponger le front de Blue, tandis que le soleil déferlait par-dessus les arbres, et que, depuis longtemps déjà, le froid avait envahi le corps de la fillette.

Julian s'éclaircit la voix.

— Par la suite, on nous a expliqué que c'était un accident inhabituel, un caillot de sang causé par la blessure qui était remonté jusqu'au cerveau. Le genre qui ne touche qu'une personne sur un million. Mon père ne pouvait pas savoir. Malgré tout, je…

Il s'interrompt quelques secondes avant de reprendre :

— À partir de ce moment-là, j'ai toujours fait preuve d'une extrême prudence. J'étais décidé à ne pas faire de vagues. À incarner le fils parfait, un modèle pour l'APASD. Même après avoir découvert que le remède me tuerait sans doute. C'était plus que de la peur, ajoute Julian dont le débit s'accélère tout à coup. Je pensais qu'en suivant les règles, tout irait bien. Le Protocole sert à ça, non ? Il ne s'agit pas d'enrayer le *deliria* en fait, mais de garantir l'ordre. Un chemin pour chacun. Si on se contente de le suivre, tout ira bien. L'APASD sert à ça. C'est ce que je croyais, ce que je devais croire. Parce que, autrement, il n'y aurait que… le chaos.

— Il te manque ?

Julian ne répond pas aussitôt et je comprends que personne ne lui a jamais posé cette question.

— J'ai l'impression, finit-il par répondre tout bas. Il m'a manqué pendant longtemps. Ma mère… ma mère me répétait que ça serait moins douloureux après l'opération. Je ne penserais plus à lui de la même manière, selon elle.

— C'est encore pire, dis-je avec douceur. À ce moment-là, il sera vraiment parti.

Je compte trois longues secondes de silence et, à chacune d'entre elles, le cœur de Julian cogne contre mon dos. Je n'ai plus froid. J'ai même presque trop chaud. Nos corps sont si proches, peau contre peau, doigts entremêlés. Son souffle me caresse la nuque.

— Je ne comprends plus ce qui se passe, murmure-t-il. Je ne comprends plus rien. Je n'ai aucune idée de ce qui va arriver maintenant.

— Tu n'es pas censé savoir.

Je pèse chacun de mes mots : les tunnels ont beau être longs, tortueux et sombres, il n'y a pas d'autre solution que les franchir.

Un nouveau silence. Enfin Julian lâche :

— J'ai peur.

Il le murmure à peine, mais je sens ses lèvres bouger contre ma nuque, épeler les mots sur ma peau.

— Je sais. Moi aussi.

Je ne peux plus rester éveillée. Je suis ballottée de tous côtés, à travers le temps et les souvenirs. Cette ondée me ramène à toutes celles qui l'ont précédée, comme si je montais et descendais un escalier en spirale. Julian m'enlace, puis c'est Alex, Raven pose ma tête sur ses genoux, puis c'est ma mère qui me chante une berceuse.

— J'ai moins peur avec toi, dit Julian.

À moins que ce ne soit Alex qui parle ou que ces paroles ne soient le pur fruit de mon imagination. J'ouvre la bouche pour répondre, mais aucun son ne sort. J'avale de l'eau et je flotte ; bientôt, il n'y a plus rien que le sommeil, liquide et profond.

Avant

Nous enterrons Blue près de la rivière. Il nous faut des heures pour creuser, dans la terre gelée, un trou assez profond. Nous lui retirons sa veste avant de l'y installer ; nous n'avons pas les moyens de nous en passer. Elle est si légère quand nous la faisons descendre, à peine plus lourde qu'un oisillon, aux os creux et fragiles.

Au dernier instant, alors que nous nous apprêtons à la recouvrir de terre, Raven se jette en avant, en proie à une hystérie subite.

— Elle aura froid ! Elle va geler dans cette tenue !

Personne ne veut la retenir. Elle ôte son pull, se glisse dans la tombe de fortune et enveloppe Blue dedans. Elle pleure. Pour la plupart, nous nous détournons, gênés. Seule Lu s'avance.

— Blue ira bien, Raven, dit-elle doucement. La neige lui tiendra chaud.

Celle-ci relève la tête, le visage en bataille, sillonné de larmes. Elle arrête son regard sur chacun de nous, comme pour se souvenir de qui nous sommes. Puis elle saute, brusquement, sur ses pieds et enjambe le rebord de la fosse. Bram s'approche pour jeter des pelletées de terre sur le cadavre de Blue, mais Raven l'arrête.

— Laisse-la, dit-elle d'une voix forcée. Lu a raison. La neige va arriver d'une minute à l'autre.

Les premiers flocons tombent pendant que nous plions le camp. Ils nous accompagnent toute la journée, tandis que notre colonne irrégulière s'enfonce, en silence, dans les bois. Le froid est une douleur constante à présent, qui me ronge la poitrine, les doigts et les orteils, et la neige glacée est aussi brûlante que des braises. Je m'imagine pourtant qu'elle dégringole plus délicatement sur Blue, formant une couverture qui la protégera jusqu'au printemps.

Maintenant

Il pleut toujours au matin.

Je m'assieds lentement. Un vilain mal de crâne me martèle les tempes et j'ai des vertiges. Julian n'est plus à côté de moi. La pluie tombe à verse à travers les grilles, longs rubans gris enroulés sur eux-mêmes, et il se tient dessous, au milieu des rails.

Il me tourne le dos ; il ne porte plus qu'un short en coton délavé qu'il a dû trouver dans la réserve. Cette vision me stupéfie. Je sais que je devrais détourner les yeux, mais j'en suis incapable. Je suis hypnotisée par le spectacle de la pluie coulant sur son dos – large et musculeux, comme celui d'Alex –, par le paysage vallonné de ses bras et de ses épaules, par ses cheveux que l'eau assombrit, par sa façon d'incliner la tête en arrière pour permettre à la pluie de couler dans sa bouche.

Dans la Nature, j'ai fini par m'habituer à voir des hommes nus, du moins en partie. J'ai fini par me faire à l'étrangeté de leur corps, aux poils ondulés sur leur torse, ainsi que parfois sur leur dos et leurs épaules, au rectangle plat de leur ventre encadré de leurs hanches, telles deux ailes repliées. C'est différent, pourtant. Il possède une perfection immobile ; dans la lueur gris pâle, il semble produire un léger éclat, à l'image d'une statue taillée dans une roche blanche.

Il est beau.

Il secoue la tête et une ribambelle de gouttelettes jaillissent autour de lui, couronne scintillante. Puis il se met à fredonner tout bas un air joyeux. Je me sens mortifiée soudain : je suis en train de lui voler un moment d'intimité. Je me racle la gorge bruyamment. Il fait volte-face. Lorsqu'il découvre que je suis réveillée, il s'écarte d'un bond du jet d'eau de pluie et ramasse ses vêtements pour se cacher.

— Je croyais que tu dormais, lance-t-il en se débattant pour enfiler son tee-shirt alors qu'il dégouline.

Il se coince la tête dans une des manches et doit recommencer. S'il n'avait pas l'air aussi misérable, j'éclaterais de rire.

Maintenant qu'il a lavé tout le sang, je vois son visage plus distinctement. Ses yeux ont dégonflé mais sont toujours cernés de bleus violacés. Une croûte s'est formée sur ses plaies à la lèvre et au front. C'est bon signe.

— Je viens de me réveiller, dis-je lorsqu'il a réussi à mettre son tee-shirt. Tu as dormi ?

À présent, il se démène avec son jean. L'eau qui ruisselle de ses cheveux dessine des motifs sur son col.

— Un peu, reconnaît-il d'un air coupable. Je n'en avais pas l'intention. J'ai dû m'assoupir vers cinq heures, le jour commençait à se lever.

Une fois qu'il est habillé, il se hisse sur le quai, avec une grâce surprenante.

— Prête à repartir ? demande-t-il.

— Dans un instant. J'aimerais bien… j'aimerais bien me laver, moi aussi. Sous les grilles.

— D'accord, acquiesce-t-il sans bouger.

Je me sens rougir. Il y a longtemps que je ne me suis pas sentie aussi exposée ; je perds le fil de la nouvelle Lena, la guerrière en armure qui s'est façonnée dans la Nature. Je semble incapable de me glisser à nouveau dans sa peau. Comme Julian n'a toujours pas saisi le message, je bredouille :

— Je vais devoir me déshabiller.

— Ah… Ah, oui, bien sûr, bafouille-t-il en reculant. Je vais… je vais en profiter pour faire des repérages.

Je patiente jusqu'à ce que le bruit des pas de Julian ne soit plus qu'un écho lointain, puis je me dévêts. L'espace d'une minute, je parviens à oublier que les Vengeurs sont quelque part, nous cherchant dans les ténèbres. L'espace d'une minute, je parviens à oublier ce que j'ai fait, ce que j'ai été forcée de faire pour m'échapper, à oublier la mare de sang s'élargissant sur le sol de la réserve, le regard de la fille, incrédule et accusateur. Je me tiens, nue, sur le rebord du quai et tends les bras vers le ciel, pendant que les lanières d'eau continuent de s'enrouler autour des grilles : elles sont d'un gris liquide, comme si le ciel se mettait à fondre. Au contact de l'air frais, ma peau se couvre de chair de poule. Je m'accroupis avant de sauter sur les voies, de sentir la morsure du métal et du bois sous mes pieds. En pataugeant dans les flaques d'eau, j'avance, puis je rejette la tête en arrière pour que la pluie me frappe en plein visage, dégouline dans mes cheveux, sur mes épaules et ma poitrine endolories, le long de mon dos.

C'est l'expérience la plus incroyable de ma vie. Je voudrais crier de joie, chanter. L'eau, glaciale, sent le frais, comme si elle avait entraîné, dans son voyage vers la terre, le parfum des branches et des minuscules bourgeons de mars.

Lorsque j'ai laissé la pluie couler sur mes yeux et dans ma bouche, je me penche en avant pour qu'elle tambourine sur mon dos, me martèle de ses milliers de pieds miniatures. Je n'avais pas réalisé, encore, combien mon corps était meurtri : j'ai mal partout, les jambes et les bras marbrés de bleus sombres.

Je sais que je suis plus propre que je ne le serai jamais dans ces conditions, mais je ne me résous pas à quitter cette douche naturelle, même si le froid me fait frissonner. C'est un bon froid, un froid purifiant.

Je finis par regagner le quai. Je dois m'y reprendre à deux fois pour réussir à me hisser dessus – tellement je suis affaiblie –, et je laisse une flaque de la taille d'un être humain sur le béton. D'une main, j'entortille mes cheveux et les essore ; ce simple geste me procure de la joie, il me ramène à la normalité.

J'enfile le jean que j'ai piqué aux Vengeurs et enroule plusieurs fois la taille sur elle-même pour ne pas perdre le pantalon qui me tombe malgré tout sur les hanches. Soudain, je perçois des bruits de pas dans mon dos. Je pivote sur les talons, en me cachant la poitrine. Julian surgit de l'obscurité. Un bras toujours pressé sur les seins, je me penche pour ramasser mon tee-shirt.

— Attends !

Quelque chose dans son intonation – une note de commandement, mais aussi de fébrilité – me stoppe dans mon élan.

— Attends, répète-t-il plus doucement.

Cinq ou six mètres nous séparent, pourtant, son regard me donne l'impression que nous ne sommes qu'à quelques millimètres l'un de l'autre. Un regard caressant qui me fait frissonner. Je sais que je devrais m'habiller, seulement je suis incapable de bouger. Je réussis à peine à respirer.

— Je n'ai jamais pu regarder, ajoute-t-il simplement en avançant d'un pas dans ma direction.

Son visage apparaît sous un éclairage différent et, à présent, je perçois une douceur dans ses yeux, un flou qui transforme le feu dévorant dans mon corps en une chaleur constante et agréable, en un sentiment merveilleux. Au même instant, une minuscule voix, tout au fond de moi, s'élève : « Attention, danger ! », accompagnée d'un écho encore plus faible : « Alex, Alex, Alex... »

Alex me regardait ainsi.

— Ta taille est si fine...

C'est tout ce que Julian dit, si bas que je l'entends à peine. Je me force à me détourner. Les mains tremblantes, je me débats avec le soutien-gorge de sport, puis avec le tee-shirt. D'une certaine façon, j'ai peur de me retrouver face à lui. Il s'est encore approché. Il sent la pluie.

Il m'a vue à moitié nue, exposée. Il m'a contemplée comme si j'étais belle.

— Tu te sens mieux ?

— Oui, réponds-je en piquant du nez.

Je touche prudemment la plaie sur mon cou. Une croûte de sang séché recouvre la coupure de près de deux centimètres.

— Laisse-moi voir, lance-t-il avant d'hésiter, la main à quelques millimètres de mon visage.

Je relève les yeux vers lui. Il semble demander la permission. Je hoche la tête et il redresse délicatement mon menton pour observer la blessure.

— Il faut qu'on te fasse un pansement.

On. Nous sommes du même côté maintenant. Julian a résolu de fermer les yeux sur mes mensonges, sur le fait que je sois une Invalide. Pour combien de temps ? Après avoir farfouillé dans le sac à dos, il revient avec un grand pansement, un flacon d'eau oxygénée, une pommade antiseptique et plusieurs morceaux de coton.

— Je peux le faire toute seule.

Secouant la tête, Julian rétorque :

— Laisse-moi t'aider.

Il imprègne le coton d'eau oxygénée et tamponne la plaie délicatement. Ça pique et je recule en retenant un cri. Il hausse les sourcils.

— Allez, dit-il sans contenir un sourire. Ça n'est pas si terrible.

— Si.

— Hier tu as affronté à mains nues deux fous dangereux et aujourd'hui tu ne supportes pas une petite brûlure de rien du tout ?

Je le fusille du regard : il se moque de moi, je le vois bien, et ça me déplaît souverainement.

— Ça n'est pas comparable. C'était une question de vie ou de mort.

Julian hausse à nouveau les sourcils mais ne riposte pas. Il presse une dernière fois le tampon de coton sur la coupure, et je supporte la douleur, les dents serrées. Puis il étale une faible couche de crème sur le pansement avant de le coller sur mon cou. Je repense à la nuit où Alex m'a soignée. Je me demande si les gens se rapprochent toujours ainsi, en se guérissant de leurs blessures mutuelles, en pansant leurs plaies.

— Et voilà ! C'est comme si ça avait disparu !

Ses yeux ont pris la teinte grise du ciel au-dessus des grilles.

— Tu es prête à repartir ?

J'acquiesce, en dépit de ma faiblesse et de mes vertiges. Julian pose une main sur mon épaule et la serre. À quoi pense-t-il quand il me touche ? Sent-il le courant électrique qui parcourt mon corps ? Il n'a pas l'habitude des contacts avec le sexe opposé, et pourtant, il ne paraît pas gêné. Il a franchi la ligne blanche. Je ne peux pas m'empêcher de me demander ce qu'il fera quand nous sortirons enfin d'ici. Il retournera très vraisemblablement à son ancienne vie, au côté de son père, au sein de l'APASD.

Peut-être me fera-t-il arrêter.

Assaillie par une vague de nausées, je ferme les paupières, tandis que mes jambes menacent de se dérober.

— Tu es sûre que tu es capable de marcher ?

Le ton de Julian est si doux qu'il provoque l'envol de mille papillons dans ma poitrine. Ça ne faisait pas partie du plan. Ça n'était pas supposé se produire. Je me souviens de ce que je lui ai dit la nuit dernière : « Tu n'es pas censé savoir. » La vérité brute, insupportable et magnifique.

— Julian...

Je rouvre les yeux et, d'une voix que j'aimerais moins tremblante, conclus :

— Nous ne sommes pas pareils. Nous appartenons à des camps différents. Tu le sais, non ?

Son regard se durcit légèrement, s'intensifie ; un bleu électrique, même dans la pénombre. Lorsqu'il prend la parole, cependant, il conserve son calme et sa douceur :

— Je ne sais plus à quel camp j'appartiens.

— Julian...

Je parviens à peine à prononcer son prénom.

C'est à cet instant précis que nous l'entendons, un cri étouffé en provenance d'un des tunnels, suivi d'une cavalcade. Julian se raidit ; les mots sont devenus inutiles, un regard suffit : les Vengeurs nous ont rattrapés.

La terreur est une poussée d'adrénaline. Les voix retentissent dans le tunnel par lequel nous sommes arrivés la veille. Julian récupère le sac à dos pendant que j'enfile à la hâte mes baskets, sans chaussettes. Je ramasse le couteau par terre, puis Julian m'entraîne au-delà des caisses en bois, à l'autre bout du quai.

À quinze mètres, à peine, des grilles, on ne voit déjà presque plus rien. L'obscurité épaisse nous engloutit à nouveau. J'ai l'impression de pénétrer à l'intérieur d'une bouche et je tente de faire taire la terreur qui hurle en moi. Je sais que je devrais me réjouir des innombrables cachettes que nous fournit le noir, mais je ne peux m'empêcher d'imaginer tout ce qu'il peut également dissimuler : silhouettes se faufilant sans bruit dans les tunnels, cadavres pendus aux conduites...

À l'extrémité du quai se trouve un tunnel, si étroit que nous devons nous baisser pour y entrer. Au bout de quelques mètres, nous atteignons une échelle métallique qui nous permet de descendre dans un autre plus large, le long duquel courent des rails et où, heureusement, l'eau ne s'infiltre pas. Tous les trois ou quatre pas, Julian s'arrête, à l'affût des Vengeurs.

Une voix rocailleuse retentit alors, plus distinctement :

— Par ici.

Ces deux mots me coupent la respiration avec la force d'un coup de poing. L'albinos. En mon for intérieur, je me maudis d'avoir rangé le pistolet dans le sac à dos – c'était vraiment débile et il n'y a aucun moyen de le récupérer, maintenant, dans le noir, tout en avançant. J'agrippe le manche du couteau, et le grain lisse du bois ainsi que son poids me procurent une forme de réconfort. Malgré tout, affaiblie par la fuite et la faim, je me sais incapable de me battre. Je récite une prière silencieuse : si seulement nous pouvions les semer dans les ténèbres...

— En bas !

Les voix sont de plus en plus fortes, de plus en plus proches. Les semelles qui tintent sur les barreaux métalliques me font vibrer de frayeur. Aussitôt un faisceau lumineux se met à zigzaguer sur les parois, déployant ses tentacules jaunes. Ils ont des lampes torches, bien sûr. Pas étonnant qu'ils progressent aussi vite. Ils n'ont pas à se soucier d'être vus ou entendus. Ils sont les prédateurs. Et nous les proies.

Se cacher. C'est notre seul espoir. Nous devons nous cacher.

Sur notre droite, une arcade ouvre sur une obscurité encore plus profonde. Je serre la main de Julian et l'attire vers celle-ci. Au pied d'une marche, un nouveau tunnel, parcouru, lui, de flaques d'une eau stagnante et fétide. Nous progressons à tâtons. De part et d'autre, des parois lisses – ni renfoncement ni caisses en bois entassées, rien pour nous servir d'abri – et la panique s'accentue. Julian éprouve sans doute la même chose et trébuche soudain, atterrissant bruyamment dans une des petites nappes d'eau.

Nous nous pétrifions aussitôt. Les Vengeurs aussi. Leurs pas se suspendent, ainsi que leurs voix.

La lumière se faufile alors par l'arcade, animal qui rampe et renifle, explorant avec voracité le sol à la recherche d'une piste. Julian et moi ne bougeons pas. Il me donne une pression avant de lâcher ma main. Je l'entends faire glisser le sac à dos sur son bras ; il doit être en quête d'une arme. Courir ne sert plus à rien. Se battre aussi, en réalité, mais nous pouvons au moins espérer entraîner un ou deux Vengeurs dans notre chute.

Mon champ de vision se brouille tout à coup ; les larmes qui me brûlent les yeux me surprennent. Je les essuie avec le talon de ma main. Une seule pensée tourne en boucle dans ma tête : « Pas ici, pas comme ça, pas sous terre, pas avec les rats. »

La lumière s'élargit et s'intensifie ; un second faisceau se joint au premier. Les Vengeurs se déplacent en silence à présent, je sens qu'ils prennent leur temps et qu'ils profitent de chaque seconde, tel le chasseur qui libère la corde de son arc juste avant de tirer une flèche. Qui jouit des derniers instants de paix précédant la mise à mort. L'albinos est là. Et je n'ai pas besoin de le voir pour savoir qu'il sourit. J'ai les paumes moites, le manche du couteau glisse. La respiration de Julian est de plus en plus lourde.

« Pas comme ça, pas comme ça ! » Ma tête bourdonne d'échos à présent, fragments d'impressions distordues : l'odeur entêtante du chèvrefeuille en été ; le vrombissement des grosses abeilles ; les arbres ployant sous le poids accablant de la neige ; Hana courant devant moi, hilare, ses cheveux blonds lui balayant le dos.

De ce maelström émerge une étrange prise de conscience : à cette seconde précise, de même que j'ai la certitude absolue que mon heure est venue, je réalise que tous les baisers que j'ai reçus et donnés sont derrière moi. Le *deliria*, la souffrance et le malheur qui en ont découlé, tout ce pour quoi nous nous sommes battus : c'en est fini pour moi, emportée au loin par la marée de l'existence.

Pour cette raison, alors que les faisceaux grossissent jusqu'à atteindre la taille de deux phares énormes et éblouissants qui nous écrasent, alors que les ombres cachées derrière se déploient pour devenir des personnes, une rage désespérée m'emplit. Je suis aveugle, les lumières m'ont éblouie, l'obscurité s'est dissoute en une explosion de couleurs, de taches vives qui flottent. Lorsque je me jette en avant, décochant des coups de couteau dans tous les sens, j'entends, vaguement, des hurlements et un grondement, suivis d'un cri qui résonne dans ma poitrine et dans mes dents.

Le chaos est total : corps brûlants et pantelants. Un coude s'enfonce dans mon ventre, des bras musculeux m'encerclent et m'étouffent. J'arrache une touffe de cheveux gras, une douleur me lamine le flanc ; une haleine fétide en plein visage et des cris gutturaux. Je suis incapable d'identifier le nombre de Vengeurs – trois ? quatre ? – et ignore où est passé Julian. Je me débats à l'aveuglette, luttant pour reprendre mon souffle et ne rencontrant que des corps, contre lesquels je me heurte, qui m'emprisonnent… Impossible de m'élancer, impossible de me libérer. Alors, je continue de frapper avec mon couteau, je rencontre de la chair avant d'être désarmée par quelqu'un qui me tord le poignet jusqu'à ce que je hurle.

De gigantesques mains trouvent mon cou et le serrent ; l'air s'échappe du tunnel et se raréfie pour se réduire à la taille d'une pointe de stylo. Je veux ouvrir la bouche pour aspirer une goulée mais je ne peux pas. Dans l'obscurité, j'aperçois une minuscule bulle de lumière qui flotte, très haut, au-dessus de ma tête – je me démène pour l'attraper, me débats dans une brume épaisse –, pourtant il n'y a plus que de la boue dans mes poumons et je me noie.

Je me noie. Je meurs.

Un vague tambourinement me parvient, un *plic ploc* constant ; la pluie a dû recommencer. Puis des explosions de toutes parts, lumières dansantes, mobiles, vivantes. Le feu.

Brusquement, l'étau autour de mon cou se relâche. L'air qui s'infiltre en moi tel un courant d'eau froide provoque une quinte de toux. Je m'effondre à quatre pattes et, l'espace d'une seconde, j'ai l'impression qu'il s'agit d'un rêve, je tombe dans une rivière de fourrure, agitée de minuscules corps.

Puis mes idées s'éclaircissent, le monde surgit du brouillard et je comprends que le tunnel est envahi de rats. Par centaines. Ils grimpent les uns sur les autres, se tortillent, percutent mes poignets et mes genoux. Deux coups de feu retentissent, réverbérés par les parois du tunnel ; quelqu'un hurle de douleur. Au-dessus de moi, des formes – des gens – sont aux prises avec les Vengeurs. Munis de gigantesques torches embrasées, qui empestent l'huile rance, ils décrivent de grands moulinets, tels des fermiers fauchant les blés. Plusieurs images figées, brièvement éclairées, émergent : Julian plié en deux, une main sur la paroi du tunnel ; un Vengeur, les traits déformés, hurle, les cheveux enflammés comme l'une des torches.

Un nouveau genre de terreur. Incapable de me relever, je sens les rats déferler autour moi, piaillant, me martelant de leurs petites pattes et me fouettant de leurs queues. La peur me paralyse, m'écœure.

C'est un cauchemar. Forcément.

Un rat grimpe sur mes cuisses. Avec un cri, je le balaie de la main, sentant la nausée monter dans ma gorge. Il heurte le mur avec un bruit sordide puis se redresse pour rejoindre le courant et me dépasser. Pétrifiée par le dégoût, je laisse échapper un faible gémissement. Peut-être suis-je morte, peut-être ai-je atterri en enfer, peut-être est-ce ma punition pour le *deliria* et tous mes actes répréhensibles : vivre dans un état de misère et de confusion, ainsi que *Le Livre des Trois S* le promet à ceux qui désobéissent.

— Debout.

Je lève la tête. Deux monstres me dominent, avec leurs torches. Voilà à quoi ils ressemblent, des bêtes souterraines, à demi humaines seulement. Le premier est énorme, presque un géant. Un de ses yeux, d'un blanc laiteux, est aveugle, l'autre, noir et luisant, évoque celui d'un animal. Le second, bossu, est si difforme qu'il rappelle la coque retournée d'un bateau. Impossible de dire s'il s'agit d'un homme ou d'une femme. De longs cheveux gras masquent son visage. Lui, ou elle, attache les mains de Julian dans son dos. Les Vengeurs ont disparu.

Je me hisse sur mes pieds. Le pansement sur mon cou s'est détaché et ma peau est humide.

— Avance.

L'homme aux rats, Ratman, incline sa torche en direction de l'obscurité derrière moi. Il est légèrement penché en avant et se presse le côté droit. Je me rappelle les coups de feu suivis d'un cri. Je me demande s'il a été blessé.

— Écoutez…

Ma voix tremble. Je brandis les deux mains, un geste de paix, puis ajoute :

— Je ne sais pas qui vous êtes ni ce que vous voulez. Nous cherchons juste à sortir d'ici. Nous n'avons pas grand-chose, mais prenez tout. Laissez-nous juste… laissez-nous juste partir. S'il vous plaît ? S'il vous plaît, laissez-nous partir.

— Avance, répète Ratman en approchant sa torche si près que cette fois je sens la chaleur de la flamme.

Je cherche Julian des yeux. Il hoche discrètement la tête. L'expression de son regard est limpide : « A-t-on le choix ? » Je me mets en route. Ratman me talonne avec sa torche et, devant nous, des centaines de rats détalent dans les ténèbres.

Avant

Personne ne sait à quoi s'attendre au troisième camp, ou s'il y en aura même un. Comme Tack et Hunter n'ont jamais retrouvé le chemin de la maison, nous ignorons s'ils ont réussi à enterrer des vivres à la sortie de Hartford, dans le Connecticut, à trois cents kilomètres environ au sud de Rochester, ou s'il leur est arrivé quelque chose en route. Le froid a planté ses griffes dans le paysage à présent : il ne fait preuve d'aucune merci et ne cédera pas avant le printemps. Nous sommes éreintés, affamés et vaincus. Même Raven ne parvient plus à renvoyer une image de force. Elle marche lentement, l'échine courbée, en silence.

J'ignore ce que nous ferons s'il n'y a pas de nourriture au prochain cantonnement. Raven partage mon inquiétude, je le sais, même si elle n'en dit rien. Aucun de nous n'en parle. Nous nous contentons d'avancer aveuglément, obstinément.

La peur ne nous lâche pas pour autant. À l'approche de Hartford – nous traversons les ruines d'anciennes villes, dépassons des carcasses de maisons détruites par les bombes, telles les carapaces d'insectes desséchés –, l'humeur n'est pas à la joie. L'angoisse occupe toute la place : un bourdonnement constant, en chacun de nous. Les bois en deviennent menaçants, le crépuscule dangereux, les ombres sont de longs doigts accusateurs, une forêt de mains sombres. Demain, nous atteindrons le troisième campement, s'il existe. Sinon, certains d'entre nous mourront de faim avant la fin de notre voyage vers le sud.

Et si ce campement n'existe pas, nous pourrons cesser de nous faire du souci pour Tack et Hunter : cela signifiera qu'ils sont, selon toute probabilité, morts.

Le jour se lève avec difficulté, plein d'une électricité étrange, comme celle qui précède généralement un orage. À l'exception du crissement de nos semelles dans la neige, nous cheminons sans un bruit.

Enfin, nous gagnons l'endroit où le bivouac devrait être. Aucun signe ne trahit le passage de Tack et de Hunter : aucune marque sur le tronc des arbres, aucun morceau de tissu enroulé autour de leurs branches, aucun des signaux auxquels nous sommes habitués et aucune indication de la présence de réserves enterrées. Nous le redoutions tous, et pourtant, la déception est viscérale.

Raven laisse échapper un cri de douleur, comme si on venait de la gifler. Sarah s'effondre dans la neige en répétant : « Non, non, non, non, non ! » jusqu'à ce que Lu lui ordonne de se taire. J'ai l'impression qu'un gouffre s'est ouvert dans ma poitrine.

— Il y a forcément une erreur, dis-je d'une voix qui paraît trop forte dans la clairière. On a dû se tromper d'endroit.

— Aucune erreur, rétorque Bram tout bas. C'est bien ici.

— Non, insisté-je, on a dû prendre la mauvaise direction à un carrefour. Ou Tack a déniché une meilleure cachette pour les provisions.

— Tais-toi, Lena, me dit Raven qui se frictionne les tempes (ses ongles sont cernés de violet). J'ai besoin de me concentrer.

— On doit trouver Tack.

Je sais que je n'arrange rien, je sais que je frise l'hystérie, mais le froid et la faim ont engourdi mon cerveau, et seule cette pensée se détache dans ma confusion mentale.

— Tack a de quoi manger, poursuis-je. On doit le trouver. On doit...

Je m'interromps en entendant Bram souffler :

— Chut !

Sarah se relève. Subitement, nous sommes aux aguets, en alerte. Nous avons tous entendu le bruit – le craquement d'une brindille dans les bois, aussi sec qu'une détonation. En promenant le regard autour de moi, sur nos visages concentrés, tendus et inquiets, je revois le cerf que nous avons croisé dans la forêt deux jours plus tôt. Il s'était figé, tous les muscles bandés, juste avant de s'élancer en bondissant.

Un silence assourdissant plane sur les arbres sans feuilles, tels des traits de peinture noire sur l'étendue blanche. Tout à coup, sous mes yeux, une des souches pourries – simple masse gris et brun à distance – frémit. Je comprends alors que quelque chose cloche sérieusement. À la seconde précise où j'ouvre la bouche pour prévenir les autres, l'explosion se produit : les Vengeurs jaillissent de partout, se débarrassant de leurs manteaux et fourrures, les arbres deviennent des personnes qui deviennent elles-mêmes des bras armés de couteaux ou de lances, et nous nous éparpillons, à toute allure, dans toutes les directions.

C'est exactement ce qu'ils attendent, bien sûr.

Paniqués, affaiblis et séparés, nous constituons des proies plus faciles.

Maintenant

Le tunnel que nous suivons descend en pente douce. Un instant, je m'imagine que nous allons vers le centre de la Terre.

Loin devant, j'aperçois de la lumière et du mouvement : un rougeoiement accompagné de bruits sourds et de bribes de conversation. J'ai la nuque trempée de sueur et suis plus étourdie que jamais. Mes jambes me portent à peine. Je trébuche et me rattrape de justesse. Ratman s'approche et m'agrippe par le bras. Je tente de me dégager, mais il maintient fermement mon coude, marchant désormais à côté de moi. Il empeste.

La lumière s'intensifie et s'étend pour devenir un feu au centre d'une cave. Le plafond au-dessus de nos têtes est voûté et nous émergeons de l'obscurité dans un espace flanqué, de part et d'autre, par de hauts quais ; dessus, d'autres monstres en guenilles, crasseux, exsangues et pâles, qui louchent et clopinent. Ils sont agglutinés autour de cylindres métalliques remplis de braises. L'atmosphère est chargée de fumée et d'une odeur de vieille huile. Sur les parois carrelées, des publicités et des graffitis décolorés.

À mesure que nous progressons le long des rails, les gens se retournent et nous détaillent. Ils sont tous marqués ou frappés d'infirmité. Quand ils n'ont pas perdu un membre, ils souffrent d'un autre handicap : mains atrophiées, étranges excroissances sur le visage, scoliose ou genoux cagneux.

— Monte, lance Ratman en pointant le menton vers le quai.

Je n'arriverai jamais à l'atteindre. Julian a toujours les mains entravées. Deux des hommes les plus costauds se penchent pour le soulever par les aisselles. Le bossu se déplace avec une grâce surprenante. J'entraperçois des bras puissants et des poignets fins. Il s'agit donc d'une femme.

— Je... je ne peux pas, dis-je. C'est trop haut.

Tous ont suspendu leurs activités pour nous observer.

— Monte, répète Ratman.

Je me demande si son vocabulaire se limite à ces termes – debout, avance, monte, descends. Le quai se trouve à la hauteur de mes yeux. Je place mes mains bien à plat sur le béton et tente de me hisser, mais je suis bien trop faible. Je bascule en arrière.

— Elle est blessée ! s'écrie Julian. Vous le voyez bien, non ? Bon sang... On doit sortir d'ici !

Ce sont les premiers mots qu'il prononce depuis que les Vengeurs nous ont rattrapés ; sa voix est empreinte de souffrance et de terreur. Ratman me pousse à nouveau vers le quai, mais cette fois, d'un accord tacite, quelques curieux s'approchent de nous. Ils s'accroupissent près du rebord et tendent les bras. J'essaie de leur échapper, seulement Ratman, toujours dans mon dos, m'agrippe par la taille.

— Arrêtez !

À présent, Julian tente de se libérer ; les deux hommes qui l'ont hissé sur le quai le maintiennent sans faiblir.

— Lâchez-la ! insiste-t-il.

Des mains surgissent de partout. Je ne peux pas contrôler l'affolement qui m'envahit. Des masques monstrueux flottent au-dessus de moi, me menaçant dans la lumière vacillante. Julian crie :

— Vous m'entendez ? Enlevez vos sales pattes ! Laissez-la partir !

Une femme fend la foule pour me rejoindre. Il lui manque une partie du visage, sa bouche est tordue en un rictus horrible.

Non ! Je voudrais hurler. Des mains se referment sur moi, me soulèvent. Je donne des coups de pied et sens soudain qu'on me lâche. J'atterris brutalement sur le quai et roule sur le dos. La femme au demi-visage se penche au-dessus de moi. Elle tend les deux bras vers moi. Elle va m'étrangler.

— Laissez-moi tranquille ! hurlé-je en me démenant, essayant de la repousser.

Ma tête heurte à nouveau le quai et, pendant une seconde, une explosion de couleurs remplit mon champ de vision.

— Calme-toi, dit-elle d'une voix apaisante, une voix de berceuse, incroyablement mélodieuse.

La douleur disparaît, les cris s'évanouissent et je m'enfonce dans la brume.

Avant

Nous nous dispersons comme des animaux traqués, aveuglés par la panique. Nous n'avons pas eu le temps de charger nos armes, et nous n'avons pas la force de nous battre. Mon couteau, rangé dans mon sac, ne me sert à rien. Je n'ai pas le temps de m'arrêter pour le sortir. Les Vengeurs sont rapides et puissants : plus grands, il me semble, que des adultes normaux, plus grands qu'ils ne devraient l'être pour des habitants de la Nature.

— Par ici ! Par ici !

Raven court devant moi, traînant Sarah par la main. Celle-ci, trop terrorisée pour pleurer, peine à suivre le rythme ; elle bute dans la neige.

L'effroi est un battement de cœur qui tambourine dans ma poitrine. Trois Vengeurs nous ont pris en chasse. L'un d'eux porte une hache, sa lame siffle dans l'air. Ma gorge brûle, à chaque pas je m'enfonce d'une quinzaine de centimètres et dois libérer mes jambes pour continuer à avancer. Mes cuisses frémissent sous l'effort.

Arrivées au sommet d'une colline, nous découvrons subitement, devant nous, un champ d'immenses rochers, épaule contre épaule, comme pour se tenir chaud. Glissants de glace, ils forment une série de cavités reliées entre elles, gueules béantes où la neige n'a pas pu pénétrer. Aucun moyen de les contourner ou de les escalader. Nous sommes prises au piège, acculées, telles des bêtes dans un enclos.

La peur s'empare du corps entier de Raven, médusée. Un Vengeur se jette sur elle et je hurle. Elle sort de sa torpeur, attirant à nouveau Sarah dans son sillage, et fonce droit vers les rochers : il n'y a pas d'autre issue. Elle tâte sa ceinture à la recherche de son long poignard. Ses doigts, paralysés par le froid, sont maladroits. Elle ne réussit pas à le sortir de son fourreau ; je comprends alors, le cœur serré, qu'elle a l'intention de faire face à nos agresseurs. C'est son seul plan, et nous allons mourir ici. Notre sang teintera la neige.

Ma gorge m'élance, des branches dénudées me fouettent le visage, me remplissent les yeux de larmes brûlantes. Un des Vengeurs s'est rapproché, si près que je l'entends haleter, si près que je vois son ombre courir en tandem avec la mienne – formes jumelles étirées sur la neige, sur notre gauche. À cet instant, juste avant qu'il ne me rattrape, je pense à Hana. Deux silhouettes sombres dans les rues de Portland ; le soleil haut et cuisant ; les jambes battant le pavé en rythme.

Soudain, il n'y a plus d'endroit où courir.

— Avance ! hurle Raven, qui pousse Sarah dans un des creux formés par les rochers.

Sarah est assez petite pour y tenir. Avec un peu de chance, les Vengeurs ne l'auront pas.

Une main s'abat sur mon dos et je mords la glace ; la douleur irradie dans mes dents et mes genoux. Je bascule sur le dos, à une dizaine de centimètres de l'étendue de pierres. Il se dresse au-dessus de moi : un géant, un ogre cruel. Il brandit sa hache, le soleil joue avec la lame. Je suis trop pétrifiée pour bouger, respirer, crier. Il bande ses muscles, prêt à abattre le couperet.

Je ferme les yeux.

Une détonation déchire le silence, puis deux autres. Je rouvre les paupières : le Vengeur s'écroule sur le flanc, comme une marionnette dont les fils ont été subitement tranchés. Sa hache tombe lame la première dans la neige. Les deux autres Vengeurs se sont affalés eux aussi ; il a suffi d'une balle pour chacun. Leur sang se répand sur la blancheur.

Enfin, je les aperçois : Tack et Hunter, qui nous rejoignent à petites foulées, un fusil à la main, hâves et hagards. Vivants.

Maintenant

Je reprends connaissance allongée sur un drap crasseux. Agenouillé à côté de moi, Julian n'a plus les mains attachées.

— Comment te sens-tu ?

Tout à coup, je me rappelle : les rats, les monstres, la femme au demi-visage. Je tente de m'asseoir ; de petits feux d'artifice de douleur éclatent dans mon crâne.

— Doucement, doucement…

Julian place un bras sous mon épaule pour m'aider à me redresser.

— Tu t'es méchamment ouvert la tête, dit-il.

— Que s'est-il passé ?

Nous nous trouvons dans une zone en partie délimitée par des cartons pliés. Tout le long du quai, des draps à fleurs sont tendus entre des poteaux de fortune pour garantir un semblant d'intimité aux squatters ; des matelas ont été placés sur d'énormes sommiers en carton qui s'affaissent ; les murs et les séparations sont constitués de chaises cassées et de tables à trois pieds enchevêtrées. L'atmosphère, toujours étouffante, empeste la cendre et l'huile. Je regarde la fumée former une colonne le long du plafond avant d'être aspirée par une minuscule bouche d'aération.

— Ils ont nettoyé tes plaies, répond Julian, l'air incrédule. J'ai d'abord cru qu'ils allaient…

Il secoue la tête puis poursuit :

— Mais une femme est arrivée avec des pansements et tout le tralala. Elle t'a bandé le cou. Ça saignait de nouveau.

Mes doigts rencontrent une épaisse compresse à l'endroit de la plaie. Ils se sont occupés de Julian aussi. La coupure sur sa lèvre est propre et ses yeux ont encore dégonflé.

— Qui sont ces gens ? demandé-je. Où est-on ?

Julian secoue encore la tête.

— Des Invalides.

Me voyant tressaillir, il ajoute :

— Je ne connais pas d'autre terme pour eux. Pour toi.

— On est différents, dis-je en observant les silhouettes voûtées et tordues qui s'agitent derrière le feu et la fumée.

Une odeur de chair grillée me chatouille les narines. Je ne tiens pas à imaginer de quoi ils se nourrissent ici, quel genre de bêtes ils réussissent à attraper. Au souvenir des rats, mon cœur se soulève. J'insiste :

— Tu n'as toujours pas pigé ? Nous sommes tous différents. Nous voulons des choses différentes, nos vies sont différentes. C'est tout l'intérêt, justement.

Alors que Julian ouvre la bouche pour répliquer, il est interrompu par l'apparition de la femme-monstre, celle à laquelle j'ai tenté d'échapper sur le quai. Elle écarte la barricade de cartons et je comprends seulement qu'ils ont dû l'ériger pour nous abriter, Julian et moi, des regards.

— Tu es réveillée, me dit-elle.

À présent que la terreur a reflué, je constate qu'il ne lui manque pas une partie de son visage, ainsi que je me l'étais figuré, mais que le côté droit est plus petit que le gauche, comme enfoncé. On croirait deux masques distincts, mal joints. Une malformation de naissance, en conclus-je, même si je n'ai vu que peu de cas dans ma vie, et toujours dans des livres. À l'école, on nous apprenait que les enfants des Vulnérables finiraient de la sorte, difformes et estropiés. Les prêtres affirmaient que le *deliria* s'exprimait ainsi, dans leurs corps.

Les enfants nés d'êtres sains et dispos sont sains et dispos ; ceux nés de la maladie porteront le mal dans leurs os et leur sang.

Tous ces infirmes ont trouvé refuge sous terre. Je me demande ce qui leur serait arrivé, bébés ou enfants, s'ils étaient restés à la surface. Je me souviens alors des circonstances dans lesquelles Raven a découvert Blue. « Tu sais ce qu'ils disent sur les bébés du *deliria*... Les autorités l'auraient sans doute emmenée et tuée. Elles ne l'auraient même pas enterrée... Elles l'auraient brûlée et jetée avec les ordures ménagères. »

La femme n'attend pas ma réponse pour s'agenouiller à côté de moi. Julian et moi conservons le silence. Je voudrais dire quelque chose, la remercier, mais les mots me manquent. Je voudrais détacher mon regard de son visage, mais je ne peux pas.

— Merci, réussis-je enfin à articuler.

Ses yeux se fixent sur les miens. Ils sont bruns et cernés d'une toile de petites rides. Elle les plisse en permanence, sans doute à force de vivre dans ce monde étrange et crépusculaire.

— Combien étaient-ils ? demande-t-elle.

Je continue à m'attendre à une voix rocailleuse – à l'image de ses traits –, mais celle-ci reste claire et distincte. Plaisante. Comme je ne réponds pas immédiatement, elle ajoute :

— Les Intrus. Combien ?

Je comprends aussitôt qu'elle parle des Vengeurs, même si elle les appelle autrement. C'est sa façon de prononcer le nom, un mélange de colère, de peur et de répulsion, qui me permet de comprendre

— Je n'ai aucune certitude, dis-je. Au moins sept. Peut-être davantage.

— Ils sont arrivés il y a trois saisons, explique-t-elle. Ou quatre.

Saisons ? Ma surprise doit transparaître, car elle ajoute :

— Pas facile de garder la notion du temps dans les tunnels. Les jours, les semaines… à moins de remonter à la surface, impossible de savoir.

— Depuis quand vivez-vous sous terre ?

J'appréhende sa réponse. Elle me scrute de ses petits yeux couleur de vase ; je déploie des efforts surhumains pour ne pas regarder sa bouche et son menton, là où son infirmité est la pire, comme si son visage se repliait sur lui-même, fleur fanée.

— Depuis toujours, dit-elle, ou presque.

— Comment…

La fin de la question se coince dans ma gorge. Elle me sourit – ça y ressemble en tout cas. Un coin de sa bouche se soulève en tire-bouchonnant.

— Il n'y a rien pour nous là-haut, rétorque-t-elle. Rien à part la mort.

C'est donc bien ce que je pensais.

— D'aussi loin que je m'en souvienne, les tunnels nous ont appartenu, dit-elle.

Ayant toujours autant de mal à associer sa voix musicale et ses traits tordus, je me concentre sur ses yeux : malgré la pénombre et la fumée, je perçois la chaleur qui en émane.

— Les gens nous confient leurs bébés. Ils sont en sûreté ici.

Elle reporte son attention sur Julian et je remarque qu'elle examine son cou lisse avant de se retourner vers moi.

— Tu as été guérie ! me lance-t-elle. On dit bien comme ça en haut, non ?

Je hoche la tête. Je m'apprête à lui expliquer que je suis de leur côté quand, à ma surprise, Julian me devance :

— Nous ne sommes pas avec les Intrus. Nous ne sommes avec personne. Nous… nous sommes seuls.

« Nous ne sommes avec personne. » J'ai beau savoir qu'il cherche seulement à la rassurer, ces mots m'ôtent un poids et desserrent le nœud de peur qui m'étreint la poitrine depuis que nous sommes sous terre. Puis je pense à Alex et la nausée revient au galop. Si seulement on n'avait jamais quitté la Nature. Si seulement je n'avais pas accepté de rejoindre la résistance.

— Comment êtes-vous arrivés ici ? nous demande-t-elle.

Elle soulève un pichet posé à côté de ma paillasse et remplit une tasse en plastique qu'elle me tend : de la vaisselle pour enfant, avec un motif estompé de cerf dansant autour de son bord. Sans doute un rebut de la surface, comme tout ici, jeté et emporté dans les entrailles de la terre telle la neige au moment de la fonte.

— Nous avons été enlevés, explique Julian d'une voix de plus en plus assurée. Kidnappés par les Intrus.

Il hésite : il pense aux badges de l'APASD que nous avons trouvés, au tatouage que j'ai vu. Il n'a toujours pas d'explication, et moi non plus, mais j'ai la conviction que les Vengeurs n'ont pas agi seuls. Ils ont touché un salaire, ou ils auraient dû en tout cas, pour leur peine.

— Nous ne savons pas pourquoi, conclut-il.

— Nous cherchons une issue, ajouté-je avant de me rappeler, avec une bouffée d'espoir, ce qu'elle a dit. Attendez… vous nous avez bien expliqué que vous perdiez toute notion du temps, sauf quand vous remontiez à la surface, non ? Alors… il y a un passage ? Pour sortir des tunnels ?

— Je ne vais jamais en haut.

Elle prononce ces mots, *en haut*, comme s'ils étaient sales.

— Mais quelqu'un doit bien le faire, insisté-je, quelqu'un sort, c'est obligé.

Ils ont forcément récupéré quelque part les draps, les tasses, l'essence et tous les vieux meubles cassés empilés sur le quai.

— Oui, répond-elle d'une voix égale. Bien sûr.

— Et vous accepteriez de nous emmener ?

J'ai la gorge sèche. Rien que d'imaginer le soleil, l'espace, la terre, j'ai envie de pleurer. J'ignore ce qui arrivera une fois que nous aurons quitté cet enfer souterrain, et je chasse cette pensée.

— Tu es encore très faible, riposte-t-elle. Tu dois manger et te reposer.

— Je vais bien. Je peux marcher.

Pour démontrer mes propos, je tente de me relever et des taches noires se mettent à flotter devant mes yeux. Je m'affale sur la paillasse.

— Lena, intervient Julian en posant une main sur mon bras.

Une lueur s'allume dans son regard : « Fais-moi confiance, c'est bon, quelques instants de plus ne nous tueront pas. » Je ne peux pas expliquer ce qui se passe, ni comment nous avons commencé à communiquer en silence, ni pourquoi j'aime autant ça. Il se tourne vers la femme.

— Nous allons nous reposer un peu. Ensuite, pensez-vous que quelqu'un pourra nous conduire à la surface ?

Une nouvelle fois, le regard de celle-ci navigue de Julian à moi, puis de moi à lui. Elle opine.

— Votre place n'est pas ici, lâche-t-elle avant de se relever.

J'éprouve soudain une humilité infinie. Ces gens vivent de déchets et d'objets cassés, dans une pénombre éternelle, respirant constamment de la fumée. Et ils nous ont aidés, pourtant. Ils nous ont aidés sans nous connaître, simplement parce qu'ils le pouvaient. Aurais-je eu la même réaction dans leur situation ? Je n'en suis pas certaine. Alex, oui. Julian aussi.

— Attendez ! l'apostrophe-t-il. Nous… nous ne connaissons même pas votre nom.

Une expression d'étonnement traverse son visage, puis un sourire tire-bouchonné étire à nouveau ses lèvres.

— J'ai été baptisée ici, dit-elle. On m'appelle Quarter.

Le front de Julian se plisse de perplexité, mais je pige tout de suite. Un nom d'Invalide, descriptif, facile à retenir, drôle et grinçant. Quarter comme la pièce de monnaie. À deux faces.

Quarter avait raison : le temps est difficile à évaluer dans les tunnels, encore plus que dans la cellule. Au moins avions-nous un repère, l'ampoule électrique – allumée le jour, éteinte la nuit. Chaque minute ici-bas devient une heure.

Julian et moi mangeons trois barres de céréales chacun, ainsi que du bœuf séché. Un véritable festin en comparaison des repas des derniers jours et, avant même que j'aie terminé, des crampes me vrillent l'estomac. Toutefois, après avoir avalé le repas et vidé le broc d'eau, je me sens mieux, beaucoup mieux que depuis des jours. Nous nous assoupissons côte à côte, si près que le souffle de Julian soulève mes cheveux, les jambes presque collées, et nous nous réveillons en même temps.

Quarter se dresse au-dessus de nous. Elle a rempli la carafe d'eau. Julian s'assied aussitôt, embarrassé. En se passant les mains dans les cheveux, il les ébouriffe ; je ressens soudain une envie irrésistible d'y glisser les doigts à mon tour, pour les discipliner.

— Tu peux marcher ? me demande Quarter.

J'acquiesce et elle poursuit :

— Quelqu'un va vous conduire à la surface, alors.

De nouveau, elle prononce le terme « surface » comme si c'était un gros mot, ou une insulte.

— Merci.

Ça me paraît bien maigre, si insuffisant que je complète :

— Vous n'étiez pas obligés... Enfin... Nous vous sommes très reconnaissants. À l'heure qu'il est, nous serions sans doute morts, sans vous et... vos amis.

Au dernier instant, je me suis retenue de dire : « les vôtres ». Je me rappelle ma colère en entendant ces mots dans la bouche de Julian. Elle me fixe sans sourire et je me demande si je l'ai, d'une façon ou d'une autre, offensée.

— Comme je l'ai dit, votre place n'est pas ici.

Puis sa voix enfle soudain, montant dans les aigus :

— Il y a une place pour chacun, vous savez. C'est l'erreur qu'ils commettent, là-haut. Ils croient que seuls certains ont leur place. Qu'il ne faut garder qu'une catégorie de personnes et jeter le reste. Mais les ordures vont bien quelque part. Sinon elles s'amoncellent et s'agglutinent, elles pourrissent et contaminent tout.

Un léger frisson la secoue ; sa main droite tire convulsivement sur les plis de sa robe en guenilles.

— Je vais vous trouver un guide, conclut-elle brusquement, comme si elle avait honte de son débordement, avant de se détourner.

C'est Ratman qui vient nous chercher. Son apparition réveille les vertiges et les nausées, bien qu'il soit seul cette fois. Les rats sont retournés se terrer dans leurs trous.

— Quarter dit que vous voulez remonter.

J'ignorais qu'il était capable d'une phrase aussi longue. Julian et moi sommes déjà debout. Il a enfilé le sac à dos et, j'ai beau protester, il insiste pour me soutenir par le bras. « Au cas où. » Il est si différent du type que j'ai découvert sur la scène du Javits Center, de cette image désincarnée projetée sur un écran… Au point que j'ai du mal à croire qu'ils ne font qu'un. Je me demande lequel est le vrai Julian, et s'il y a, tout simplement, une réponse. Soudain, l'évidence me frappe : je ne sais même plus qui est la vraie Lena.

— Nous sommes prêts, lance Julian.

Nous nous mettons en route, à travers le bric-à-brac accumulé et les paravents de fortune qui encombrent le quai. Partout où nous allons, nous attirons les regards. Des silhouettes tapies dans les ombres. Elles n'ont pas d'autre choix qu'être ici, de même que nous n'avons pas eu d'autre choix que rejoindre la Nature : voilà la conséquence de cette société d'ordre et d'uniformité.

Pour qu'une société soit saine, aucun de ses membres ne peut être malade. La philosophie de l'APASD est plus profondément ancrée, beaucoup plus profondément que je ne le pensais. Les Vulnérables ne sont pas les seuls à représenter un danger ; il faut aussi éradiquer les originaux, les infirmes, les anormaux. Je m'interroge : Julian vient-il, comme moi, d'en prendre conscience ou le savait-il depuis le début ?

Les irrégularités doivent être régularisées, la saleté nettoyée. Les lois de la physique nous enseignent que tout système tend naturellement au chaos et que celui-ci doit constamment être repoussé. Les règles de la purge apparaissent d'ailleurs noir sur blanc dans *Le Livre des Trois S*.

À l'extrémité du quai, Ratman saute sur les rails. Il n'a plus aucune difficulté à marcher. S'il a été blessé pendant la bagarre avec les Vengeurs, il s'est remis depuis. Julian le suit avant de m'aider à descendre. J'ai toujours un peu de mal à me déplacer et mes mouvements sont pataudş. J'ai été privée trop longtemps de nourriture et d'eau, ma tête continue à m'élancer. Ma cheville gauche se dérobe lorsque je touche le sol et mon menton va heurter la poitrine de Julian, qui referme les bras autour de moi.

— Ça va ?

J'ai une conscience suraiguë de la proximité de nos corps, de la chaleur qui émane de son étreinte. Je recule aussitôt, le cœur au bord des lèvres.

— Oui, oui.

À nouveau, nous nous enfonçons dans les ténèbres. Me voyant un peu à la traîne, Ratman s'imagine que j'ai peur. Il se retourne et lance :

— Les Intrus ne s'aventurent pas aussi loin. Ne vous inquiétez pas.

Il n'a ni lampe de poche, ni torche. Je me demande si le feu servait simplement à intimider les Vengeurs. La gueule du tunnel est d'un noir d'encre, pourtant il semble s'y mouvoir comme en plein jour.

— Viens, m'encourage Julian en allumant notre lampe.

Avec lui, j'emboîte le pas à Ratman, dans l'obscurité à peine dissipée par le faible rayon lumineux. Nous progressons dans un silence que rompt régulièrement notre guide, lorsqu'il s'arrête et fait claquer sa langue, ainsi qu'il appellerait un chien. Il s'accroupit une fois et sort des bouts de biscuits écrasés des poches de son manteau, qu'il répand entre les lattes en bois des rails. Des recoins les plus sombres émergent alors des rats, venant lui renifler les doigts et se disputant les miettes, bondissant dans ses mains en coupe et remontant jusqu'à ses épaules. Je n'arrive pas à détacher les yeux de ce spectacle effrayant.

— Depuis combien de temps êtes-vous là ? lui lance Julian lorsque Ratman s'est relevé.

À présent, le cliquetis des minuscules griffes et dents résonne tout autour de nous et des ombres fuyantes traversent le faisceau de la lampe torche. Une terreur subite m'étreint : les rats sont peut-être partout, même au-dessus de nos têtes.

— Aucune idée, répond-il. J'ai perdu le fil.

À la différence de ceux qui ont élu domicile sur le quai, il ne présente pas de malformation évidente.

— Pourquoi ?

La question m'a échappé. Il se retourne brusquement vers moi. Pendant une minute, il ne dit rien et nous restons tous les trois immobiles dans l'obscurité étouffante. Ma respiration se précipite, se fait haletante.

— Je ne voulais pas être guéri, finit-il par lâcher.

Des mots si compréhensibles, des mots qui me rappellent un débat si familier… Le soulagement éclate dans ma poitrine. Il n'est pas fou, en réalité.

— Pourquoi ça ? s'étonne Julian.

Un nouveau silence.

— J'étais déjà malade, répond Ratman.

Son visage se dérobe à ma vue, mais je devine qu'il sourit, juste un peu. Je me demande si Julian partage ma surprise. Je songe alors que les gens eux-mêmes sont parcourus de tunnels, d'espaces sombres et sinueux, de replis. Impossible de connaître tous les lieux qu'ils contiennent. Impossible même de les imaginer.

— Qu'est-il arrivé ? insiste Julian.

— Elle a été opérée, rétorque-t-il brièvement avant de nous tourner le dos et de se remettre en route. Et j'ai choisi… ça. Ici.

— Attendez !

Julian m'entraîne, nous devons presser le pas pour rattraper notre guide.

— Je ne comprends pas, poursuit-il. Vous avez été contaminés ensemble, et elle, elle a été guérie ?

— Oui.

— Et vous avez préféré cette vie ?

Julian secoue la tête, puis conclut :

— Vous avez dû revoir… Enfin, la douleur avait sans doute disparu.

Ses paroles contiennent une question en filigrane, et je comprends qu'il se débat avec ses anciennes croyances, qu'il ne réussit pas complètement à se défaire des idées qui le réconfortent depuis toujours.

— Non, riposte-t-il en accélérant.

Il a sans doute mémorisé les méandres et obstacles du tunnel. Avec Julian, nous peinons à suivre.

— Je ne l'ai pas revue après, ajoute Ratman.

— Je ne saisis toujours pas, repartit Julian.

Mon cœur se serre aussitôt : alors que nous avons le même âge, il y a encore tant de choses qu'il ignore. L'homme s'immobilise et hausse les épaules dans un soupir silencieux.

— On me l'avait déjà volée une fois, murmure-t-il. Je ne voulais pas la perdre à nouveau.

Je suis tentée de lui serrer le bras en disant : « Je comprends. » Mais ces mots sont vains. On ne comprend jamais. On peut seulement essayer, se frayer un chemin à travers le réseau de tunnels, en quête de lumière.

— C'est là, lance-t-il soudain tout en s'écartant.

Le rayon de la lampe torche tombe sur une échelle rouillée. Avant que je ne trouve quelque chose à dire, il saute sur le premier échelon et entame l'ascension jusqu'à la surface.

Bientôt, Ratman tripatouille un loquet métallique au-dessus de sa tête. Il fait coulisser un panneau mobile et la lumière qui pénètre est si éblouissante et surprenante que je pousse un cri. Je me détourne pour cligner des paupières le temps de chasser les taches qui dansent devant mes yeux.

Notre guide se hisse à l'extérieur, puis tend la main pour m'aider. Julian sort en dernier.

Nous débouchons sur un immense quai en plein air. En contrebas, les rails tordus forment un fourré d'acier emmêlé et de bois. Ils doivent, un peu plus loin, poursuivre leur course dans les tunnels souterrains. Le quai, maculé de fientes, regorge de pigeons qui roucoulent un peu partout, sur les bancs à la peinture écaillée, dans les vieilles poubelles, sur les voies. Un panneau décoloré par le soleil et battu par les vents devait, autrefois, indiquer le nom de la station ; seules quelques lettres subsistent aujourd'hui : H, O, B, K. D'anciens graffitis défigurent les murs : « Ma vie, mon choix », dit l'un d'eux. Un autre clame : « Sauvez l'Amérique. » De vieux slogans, souvenirs de la lutte entre fidèles et infidèles.

— Où est-on ? demandé-je à Ratman, accroupi près de la bouche noire par laquelle nous sommes sortis.

Il a rabattu la capuche de son sweat-shirt sur son front pour se protéger du soleil et semble impatient de rejoindre l'obscurité. C'est la première fois que je peux vraiment l'examiner : il est plus jeune que ce que je croyais. Hormis quelques petites rides au coin des yeux, son visage est lisse. Sa peau a la pâleur bleutée du lait et ses iris bruns papillotent, peu habitués à autant de lumière.

— La décharge, répond-il en indiquant une direction.

À une centaine de mètres se dresse une haute clôture derrière laquelle scintillent un amas d'ordures et de déchets métalliques.

— Manhattan est de l'autre côté du fleuve, ajoute-t-il.

Je répète lentement :

— La décharge...

Bien sûr ! Il faut que les habitants des tunnels se fournissent quelque part, et la décharge constitue l'endroit idéal : on y trouve quantité de nourriture, de meubles et d'objets en tout genre. Soudain, un déclic se produit. Je me relève sur des jambes qui flageolent.

— Je sais où nous sommes, dis-je. Il y a un abri pas loin.

— Un quoi ? s'étonne Julian.

Il me considère avec suspicion, mais je suis trop excitée pour m'en soucier. Je descends le quai au petit trot, mon souffle forme des nuages dans l'air froid. Je lève les bras vers le soleil. La décharge, gigantesque, s'étend sur plusieurs kilomètres carrés – Tack m'a expliqué qu'elle servait à Manhattan et à tous les autres arrondissements de New York. Nous devons être à son extrémité nord. Au niveau du portail, un chemin de gravier part, serpentant entre les ruines d'anciens immeubles. Une ville occupait l'emplacement de la décharge, autrefois. Et à un bon kilomètre de là il y a un abri. Raven, Tack et moi y avons vécu un mois, quand nous attendions que la résistance nous remette nos papiers et nos instructions pour notre mission d'infiltration. Là-bas, il y aura de la nourriture, de l'eau et des vêtements. Il y aura le moyen de contacter Raven et Tack, aussi. Nous nous servions de fréquences radio, à l'époque, et lorsque ça devenait trop dangereux, nous hissions des vêtements de couleurs différentes au sommet du mât posté devant les restes carbonisés de l'ancienne école primaire.

— Nos chemins se séparent ici, annonce Ratman.

Il s'est déjà engagé, jusqu'à la taille, dans le trou. Pressé d'échapper au soleil et de regagner la sécurité de son monde souterrain.

— Merci, dis-je.

Ce mot paraît ridicule en comparaison de ce qu'il a fait pour nous, mais je ne connais pas d'autre moyen de lui témoigner ma reconnaissance. Il me gratifie d'un mouvement de tête et s'apprête à disparaître entièrement lorsque Julian le retient :

— Vous ne nous avez même pas dit votre nom.

Un sourire étire les lèvres de notre guide.

— Je n'en ai pas, rétorque-t-il.

Désarçonné, Julian riposte :

— Tout le monde en a un.

— Plus maintenant, insiste-t-il sans se départir de son petit sourire. Les noms ne signifient plus rien. Le passé est mort.

« Le passé est mort. » La rengaine de Raven. Ma gorge se dessèche aussitôt. Je ne suis pas si différente des gens qui vivent dans ces tunnels, après tout.

— Soyez prudents, ajoute Ratman avant de perdre son regard dans le vide. Ils gardent toujours un œil ouvert.

Puis il s'enfonce dans le noir ; une seconde plus tard, le panneau métallique coulisse et bloque l'ouverture. Un instant, Julian et moi restons plantés là, à nous observer.

— On a réussi, finit-il par lâcher en souriant.

Il se tient à quelques mètres de moi ; le soleil lui fait des mèches blond platine et dorées. Un oiseau file à toute allure dans le ciel derrière lui, ombre fugace dans le bleu. De petites fleurs blanches poussent dans les fissures du quai.

Tout à coup, je me rends compte que mes joues sont mouillées de larmes. Des larmes de reconnaissance et de soulagement. Nous sommes sortis, le soleil brille encore, le monde n'a pas cessé d'exister.

— Hé, Lena...

Julian s'approche. Il hésite une seconde avant de poser une main sur mon dos et de décrire de lents cercles.

— Hé, tout va bien. Tout va bien, Lena.

Je secoue la tête. Je voudrais lui répondre que je le sais et que c'est pour cette raison que je pleure, mais je suis muette. Il m'attire vers lui et je sanglote contre son tee-shirt, en plein jour, bien que ce soit illégal. Le silence nous enveloppe, troublé seulement par les pépiements occasionnels des oiseaux et le bruissement des pigeons dans la station déserte.

Enfin, je m'écarte. Pendant un instant, il me semble apercevoir un mouvement derrière lui, dans l'ombre d'un ancien escalier, toutefois je me convaincs rapidement que j'ai rêvé. La lumière nous écrase de son éclat implacable. Je n'ose imaginer la tête que je dois avoir. Même si les habitants des tunnels ont nettoyé et soigné les plaies de Julian, les bleus sur son visage forment un patchwork multicolore. Je suis sûre d'être dans un état aussi pitoyable, sinon pire.

Sous terre, nous étions des alliés. Des amis. Sur terre, je ne sais plus bien ce que nous sommes, et mon malaise ne cesse de croître. Heureusement, il brise la tension.

— Alors, tu sais où on est ?

J'acquiesce.

— Et je sais où trouver de l'aide. De gens comme moi.

À son crédit, il ne bronche pas et lance :

— Allons-y, dans ce cas.

Il me suit sur les rails. Nous surprenons les pigeons qui ont niché là et s'égaillent dans un tourbillon de plumes. Nous enjambons la voie pour rejoindre les hautes herbes qui poussent au-delà, décolorées par le soleil et le givre. Le sol, dur, reste gelé par endroits, même si le printemps trahit sa présence ici aussi : petits boutons verts racornis, fleurs précoces éparpillées dans la boue. Le soleil nous chauffe la nuque, mais le vent est glacial. Mon sweat-shirt ne suffit pas à l'arrêter ; le froid s'infiltre à travers le coton, s'agrippe à mes flancs et cherche à se frayer un chemin à l'intérieur.

Le paysage finit par devenir familier. Le soleil dessine des ombres désolées sur le sol – formes imposantes et décharnées d'anciens bâtiments détruits. Nous dépassons un vieux panneau indicateur plié en deux qui renseignait autrefois sur la direction de Columbia Avenue. Cette artère ne consiste plus qu'en blocs de béton éclatés, herbes gelées et tapis de minuscules éclats de verre, disséminés dans une poussière réfléchissant la lumière.

— Et voilà, c'est juste là.

Je me mets aussitôt à courir. L'entrée de l'abri se trouve à moins de vingt mètres, au détour du prochain virage.

Une alarme intérieure se déclenche confusément dans mon esprit. Heureuse coïncidence. Ce sont les mots qui tournent en boucle dans ma tête. Heureuse coïncidence que nous ayons émergé aussi près d'un abri ; heureuse coïncidence que les tunnels nous aient conduits là. Coïncidence trop heureuse pour en être une.

Je chasse cette idée.

À la sortie du tournant, il apparaît. Aussitôt, toutes mes inquiétudes sont balayées par un élan de joie. Julian s'arrête, mais, moi, je fonds sur la porte, électrisée, emplie d'une énergie nouvelle. La plupart des colonies, du moins celles que je connais, ont été établies dans des endroits cachés, protégés – caves, abris antibombardements et coffres-forts qui n'ont pas été détruits pendant le blitz. Nous nous y sommes entassés tels des insectes cherchant à reconquérir leur terre.

Cette colonie-là est apparue bien après la fin de la guerre éclair. Raven m'a raconté que c'étaient les quartiers généraux d'un des premiers groupes de résistance sauvage, qui avait érigé, à partir de matériaux de récupération, une maison, étrange bâtisse composite faite de bois, de béton, de pierre et de métal. Le résultat, complètement déglingué, rappelle la créature de Frankenstein. Au point qu'on se demande comment les murs tiennent debout. Et pourtant, c'est le cas.

— Alors ? demandé-je en me tournant vers Julian. Tu viens ou pas ?

— Je n'aurais jamais... c'est impossible.

Il secoue la tête pour se tirer de ce rêve éveillé.

— Je n'imaginais pas ça comme ça, ajoute-t-il.

— On peut construire n'importe quoi à partir de rien, ou presque.

En prononçant ces mots, je me souviens soudain que Raven m'a tenu à peu près le même discours lorsqu'ils m'ont recueillie, après mon évasion, lorsque j'étais faible et malade, que j'hésitais entre la vie et la mort. C'était il y a six mois. Une éternité. Une vague de tristesse me submerge subitement au souvenir des horizons dont nous nous détournons, des gens que nous abandonnons, des parts de soi que nous empilons telles des poupées russes pour finir par les enterrer complètement.

Les yeux de Julian brillent d'un éclat vif à présent, deux miroirs reflétant le ciel.

— Il y a encore deux ans, dit-il en se tournant vers moi, je croyais qu'il s'agissait d'un conte de fées. La Nature, les Invalides.

Il fait deux pas dans ma direction et nous nous retrouvons à quelques centimètres l'un de l'autre.

— Toi, ajoute-t-il. Je… je n'y aurais jamais cru.

Il ne bouge pas, pourtant, j'ai l'impression que nous nous touchons à présent. Le courant qui passe entre nous abolit la distance de nos corps.

— Je suis bien réelle, dis-je.

Le courant qui court sur ma peau me démange. Je me sens mise à nu. La lumière est trop vive, le silence, trop profond.

— Je ne crois pas… reprend Julian. Je ne suis pas certain de pouvoir revenir en arrière.

Ses yeux sont des lacs insondables. Je voudrais me détourner, mais je ne peux pas. J'ai l'impression de me noyer dans son regard.

— Je ne comprends pas ce que tu veux dire, me forcé-je à articuler.

— Eh bien, je…

Un bruit retentissant éclate sur notre droite, comme si quelqu'un avait renversé un objet. Julian se tend de la tête aux pieds. Instinctivement, je le pousse entre la porte et moi avant de sortir le pistolet du sac à dos. Je scrute les environs : entre les éclats d'obus et les pierres, les monticules et les fossés, les cachettes ne manquent pas. Les poils se dressent sur ma nuque, mon corps entier est en alerte. « Ils gardent toujours un œil ouvert. »

Le silence qui s'étire nous met au supplice. Le vent soulève un sac en plastique sur la poussière légère. Il décrit trois tours sur lui-même avant d'élire domicile au pied d'un lampadaire qui ne fonctionne plus depuis longtemps.

Soudain, je remarque un mouvement sur ma gauche. Je pivote en hurlant et en serrant le pistolet tandis qu'un chat court se réfugier derrière un tas de ciment figé. Julian libère sa respiration et je relâche la pression de mes doigts sur la crosse, permettant à la tension dans mes membres de se dissiper. Le matou décharné, aux grands yeux, se pétrifie, tourne la tête vers nous, puis miaule piteusement. Julian m'effleure les épaules des deux mains et je m'écarte aussitôt, d'instinct, avant de lancer :

— Viens.

— J'allais dire quelque chose...

Je vois bien que je l'ai blessé. Il cherche mon regard, mais je concentre toute mon attention sur la poignée rouillée de la porte.

— On parlera plus tard, rétorqué-je en m'arc-boutant contre le battant.

Celui-ci finit par céder et libérer une odeur de renfermé au moment de pivoter. Julian n'a pas d'autre choix que me suivre à l'intérieur.

J'ai peur de ce qu'il veut me dire, du choix qu'il va faire, de l'endroit où il dirigera ses pas. Cependant j'ai encore plus peur de ce que j'espère, moi. Pour lui et, pire, de lui.

Parce que j'espère quelque chose. J'ignore quoi exactement, mais l'espoir est là, comme la haine et la colère avant lui. Et l'espoir n'est pas une tour. Il est un puits sans fond, qui s'ouvre dans mon ventre.

Avant

Tack et Hunter n'ont pas pu sauver beaucoup de provisions au campement de Rochester. Les bombes et les incendies consécutifs avaient bien travaillé. Cependant, ils ont tout de même mis la main sur quelques trésors, miraculeusement préservés dans les décombres fumants : haricots en boîte, armes, pièges et, le plus étrange, une barre chocolatée entière, qui ne semble pas avoir souffert de la chaleur. Insistant pour que personne n'y touche, Tack la fixe sur son sac à dos en guise de porte-bonheur. Sarah ne la quitte jamais des yeux, même en marchant.

Et la barre chocolatée nous porte chance, selon toute apparence. À moins que ce soient les retrouvailles avec Tack et Hunter, et leur influence sur l'humeur de Raven. La météo se maintient. Le froid persiste, mais la présence du soleil nous réconforte. La caresse de ses rayons nous donne l'énergie d'avancer et, au bout d'une demi-journée de route seulement, nous tombons sur une maison intacte, au milieu des bois. Elle évoque un champignon sorti de terre : ses murs sont couverts de lierre brun, aussi épais qu'une fourrure, et son toit bas et arrondi masque une partie de sa façade, comme un chapeau rabattu. Sans doute un repaire d'ermite, avant le blitz, à l'écart de toute civilisation. Pas étonnant qu'elle ait échappé aux bombardements. Quant aux feux, ils n'ont pas dû s'étendre aussi loin.

Quatre Invalides ont investi les lieux. Ils nous invitent à camper sur leurs terres. Deux hommes, deux femmes et cinq enfants – aucun ne semble appartenir à un couple en particulier. Ils forment tous une grande famille, nous expliquent-ils à la table du dîner, et vivent ici depuis une dizaine d'années. Généreux, ils partagent avec nous ce qu'ils ont : aubergines et courgettes marinées dans du vinaigre et de l'ail ; morceaux de gibier séché, attrapé au début de l'automne, et autres viandes fumées : lièvre, faisan, écureuil.

Hunter et Tack consacrent leur soirée à revenir sur nos pas et placer des repères dans les arbres afin que lors de notre prochaine migration – s'il y en a une –, nous puissions retrouver la maison champignon.

Le lendemain matin, un des enfants sort en courant au moment où nous reprenons la route. Il est pieds nus, malgré la neige.

— Tenez, dit-il en me remettant un torchon.

Celui-ci contient des miches de pain plates et dures, faites de glands et non de farine – j'ai entendu une des femmes l'expliquer –, ainsi que de la viande séchée. Je veux le remercier, mais il caracole déjà vers la maison, riant à gorge déployée. J'éprouve une pointe de jalousie : il a grandi ici dans la joie, sans connaître la peur. Peut-être n'entendra-t-il jamais parler du monde de l'autre côté de la clôture, le vrai monde. Pour lui, il n'y aura jamais rien de tel.

Toutefois, en cas de maladie, il n'aura pas de médicaments, il mangera rarement à sa faim et il traversera des hivers si rudes que les matins glaciaux seront comme un coup de poing en plein ventre. Et un jour, à moins que la résistance ne réussisse à reprendre le pays, les avions le débusqueront. Un jour, l'œil regardera dans sa direction, tel un rayon laser, brûlant tout sur son passage. Un jour, la Nature sera entièrement rasée, il ne restera plus qu'un paysage de béton, une terre de jolies maisons, de pelouses bien entretenues, de parcs et de forêts domestiquées. Le monde tournera alors avec la régularité d'une horloge parfaitement remontée : un monde de rouages métalliques, d'aiguilles humaines tictaquant jusqu'à leur mort.

Nous rationnons nos vivres et, enfin, après une nouvelle étape de trois jours, nous atteignons le pont qui indique les cinquante derniers kilomètres. Long et étroit, il est constitué d'énormes cordes d'acier, enrobées de glace et noircies par le mauvais temps. Il me fait penser à un gigantesque insecte, les pattes plongées dans l'eau. Barré depuis des années, il ne sert plus à personne, sauf aux Invalides, si bien que les planches fixées à la hâte à chacune de ses extrémités sont pourries.

Un immense panneau vert, qui ne tient plus qu'à un seul de ses poteaux métalliques – de sorte qu'il faut le lire de bas en haut – indique : TAPPAN ZEE BRIDGE. Il se balance dans le vent, un vent violent qui nous transperce et nous pique les yeux, un vent qui remplit l'atmosphère de gémissements fantomatiques.

En contrebas, des vaguelettes coiffent le fleuve, couleur de béton. Le dénivelé est étourdissant. J'ai lu quelque part que, à cette hauteur, la surface de l'eau aurait la dureté de la pierre pour un plongeur. Je me rappelle un reportage, aux informations, sur une Invalide qui s'était donné la mort en sautant du toit du laboratoire, le jour de son Protocole. Ce souvenir s'accompagne d'un sentiment de culpabilité.

C'est ce qu'Alex aurait souhaité pour moi, cependant : la cicatrice sur mon cou, aussi nette que celle laissée par l'intervention officielle, des muscles puissants, un objectif. Il croyait à la résistance et j'y croirai aussi, pour lui.

Et peut-être un jour le reverrai-je. Peut-être y a-t-il vraiment un paradis après la mort. Peut-être est-il ouvert à tous, pas aux seuls Invulnérables.

Mais pour l'heure, le futur comme le passé ne signifient plus rien. Pour l'heure, il n'y a qu'un abri fait de bric et de broc, à la lisière d'une ville en ruine, derrière une décharge imposante. Où nous arrivons, affamés et transis de froid, où nous trouvons de la nourriture, de l'eau et des murs nous protégeant des vents brutaux.

Pour nous, c'est ça, le paradis.

Maintenant

Au paradis, il y a de l'eau chaude. Et du savon.

Salut – c'est le nom que nous avons toujours donné à cet abri – consiste en quatre pièces. Une cuisine, une vaste réserve pratiquement aussi grande que le reste de la maison et une minuscule chambre, presque entièrement occupée par des lits superposés branlants.

La quatrième pièce est dédiée à la toilette. Une ribambelle de cuvettes métalliques ont été reconverties en baignoires de différentes tailles. Elles sont placées sur une estrade percée d'une grande grille ; dessous, des pierres plates ainsi que des morceaux de bois carbonisé, souvenirs du feu qui brûlait en permanence, pour réchauffer l'eau et l'atmosphère.

Après avoir farfouillé dans le noir et dégoté une lampe à piles, j'allume un feu grâce au bois empilé dans un des coins de la réserve, tandis que Julian explore le reste des lieux, muni d'une lanterne. Je vais ensuite tirer de l'eau au puits. Je suis si faible que mes bras se mettent à trembler alors que je n'ai rempli que la moitié d'une baignoire. Mais ça suffira.

Je déniche un pain de savon et même une vraie serviette de toilette. Ma peau, recouverte d'un film de crasse, me démange. Je sens la poussière partout, jusque sous mes paupières. Avant de me déshabiller, j'appelle Julian.

— Oui ?

Sa voix, étouffée, me laisse deviner qu'il est dans la chambre.

— Reste où tu es, d'accord ? dis-je.

La salle de bains n'a pas de porte – on se passe de tout ce qui n'est pas indispensable dans la Nature. Après un bref silence, il répond :

— Entendu.

Je me demande à quoi il pense. Il me paraît crispé, mais les parois en contreplaqué déforment peut-être ses intonations.

Je pose le pistolet avant de retirer mes vêtements, me délectant du bruit sourd que produit mon jean en glissant au sol. L'espace d'un instant, mon corps me semble étranger. À une époque, à l'exception de mes jambes, sculptées par la course à pied, il possédait quelques rondeurs. Mon ventre était rebondi, ma poitrine pleine et lourde. À présent, on dirait que je ne suis plus constituée que de creux et de membres filiformes. Mes seins sont deux petits pics durs, ma peau est striée de bleus. Serais-je encore belle aux yeux d'Alex ? Julian me trouve-t-il laide ?

Je relègue ces deux pensées dans un coin de ma mémoire. Elles sont vaines.

Je frictionne le moindre repli de mon corps : sous mes ongles, derrière mes oreilles et à l'intérieur, entre mes orteils et mes jambes. Je me frotte les cheveux puis laisse la mousse me couler dans les yeux, les brûler. Lorsque je finis par me lever, toujours luisante d'eau savonneuse, tel un poisson, une couche de crasse s'est déposée sur les bords du bac. Une nouvelle fois, je me félicite qu'il n'y ait pas de miroir dans la pièce. J'aperçois mon reflet sombre et trouble à la surface du bain, ombre de moi-même. Je n'ai aucune envie de me voir plus distinctement.

Je me sèche et enfile des vêtements propres : jogging, épaisses chaussettes, sweat-shirt. Comme régénérée par la toilette, je me sens la force d'aller tirer de l'eau et de remplir un second bac pour Julian. Je le trouve dans la réserve, accroupi devant une étagère basse. Quelqu'un a laissé une dizaine d'ouvrages, tous interdits depuis longtemps. Il les feuillette.

— À ton tour, dis-je.

Il sursaute et referme brusquement le livre qu'il tient entre les mains. Il se relève, l'air coupable, puis son expression change et je ne parviens pas à déchiffrer son regard.

— C'est bon, Julian, tu peux lire ce que tu veux ici.

— Je...

Il s'interrompt aussitôt et secoue la tête. Il continue à me scruter de ses yeux impénétrables. Ma peau me brûle, mon bain devait être trop chaud.

— Je me souviens de ce livre, finit-il par lancer.

J'ai l'impression que ce n'est pas ce qu'il avait commencé à dire.

— Il était dans le bureau de mon père, poursuit-il. Son second bureau. Celui dont je t'ai parlé.

Je hoche la tête et il brandit un exemplaire du roman de Charles Dickens, *Les Grandes Espérances.*

— Je ne l'ai pas encore lu, avoué-je. Tack répétait sans arrêt que c'était l'un de ses préférés...

Je retiens mon souffle. Je n'aurais jamais dû prononcer le prénom de Tack. J'ai beau faire confiance à Julian, lui avoir ouvert la porte, il reste Julian Fineman et la résistance doit rester secrète. Heureusement, il ne relève pas.

— Mon frère...

Il s'éclaircit la voix avant de reprendre :

— J'ai découvert ce livre dans ses affaires. À sa mort. Je ne sais pas pourquoi. Je ne sais pas ce que je cherchais.

« Un lien. » Je garde ma réponse pour moi.

— Je l'ai conservé, poursuit Julian avec un sourire en coin. J'ai pratiqué une ouverture dans mon matelas, je le glissais là, pour que mon père ne mette pas la main dessus. J'ai entamé la lecture le jour même.

— C'est bien ?

— Ça fourmille de trucs interdits.

Il a bien détaché les syllabes de ce dernier mot, comme s'il en soupesait la signification. Ses yeux se dérobent aux miens et un lourd silence s'abat sur nous. Puis il croise à nouveau mon regard et, cette fois, lorsqu'il sourit, son sourire est plein de lumière.

— Oui, c'est bien. Très bien même, à mon avis.

Pour une raison qui m'échappe, j'explose de rire ; ces deux phrases, sa façon de les prononcer font voler la tension en éclats. Tout paraît simple et réalisable. Nous avons été enlevés, frappés et poursuivis, nous ignorons comment rentrer chez nous, nous venons de deux mondes différents, ennemis, mais tout ira bien.

— Je t'ai préparé un bain, dis-je. L'eau doit être chaude à présent. Tu peux prendre des vêtements propres.

Tout en parlant, je désigne d'un geste les étagères bien rangées et étiquetées : « chemises d'hommes », « pantalons de femmes », « chaussures d'enfants ». L'œuvre de Raven, bien sûr.

— Merci, rétorque-t-il en se servant.

Après une légère hésitation, il range *Les Grandes Espérances*. Puis il se relève, les habits pressés contre son torse, et conclut :

— Ce n'est pas si mal ici, tu sais ?

En haussant les épaules, je rétorque :

— On fait ce qu'on peut.

En réalité, je suis ravie. Au moment de me contourner pour gagner la salle de bains, il s'arrête brusquement. Son corps se tend, parcouru d'une secousse, et je suis prise d'une panique subite : il est victime d'une attaque. Il lâche alors, tout simplement :

— Tes cheveux…

— Quoi ?

Julian ne me regarde pas, mais je le sens en alerte, avide, ce qui me donne encore plus l'impression qu'il me déshabille.

— Tes cheveux sentent la rose, dit-il avant de disparaître dans le couloir et de me planter là, le cœur battant la chamade.

Pendant qu'il se lave, je nous prépare à dîner. Trop exténuée pour allumer l'ancien poêle à bois, je sors des crackers, puis ouvre deux boîtes de haricots, ainsi qu'une de champignons et une autre de tomates. Tout ce qui ne nécessite pas de cuisson. Il y a du bœuf séché aussi. Je n'en prends qu'une petite boîte même si j'ai tellement faim que je pourrais sans doute dévorer une vache entière à moi seule. Nous devons en laisser aux autres, c'est la règle.

Salut ne possède aucune fenêtre et il y fait sombre. J'éteins la lampe pour ne pas gaspiller les piles et installe par terre quelques grosses bougies, qui ont déjà beaucoup servi. Il n'y a pas de table à Salut. Lorsque je vivais ici en compagnie de Raven et de Tack, après le départ de Hunter et des autres pour le Sud, dans le Delaware, nous mangions ainsi tous les soirs, réunis autour d'un plat commun ; nos genoux se cognaient et nos ombres vacillaient sur les murs. Je crois que je n'avais pas été aussi heureuse depuis que j'avais quitté Portland.

De la salle de bains me parviennent des *plouf* et un fredonnement. Julian aussi trouve son bonheur dans de petites choses. Je vais entrouvrir la porte d'entrée : le soleil se couche déjà. Le ciel, bleu pâle, est parsemé de nuages rose et or. Les déchets métalliques cernant Salut rougeoient. Il me semble apercevoir un mouvement sur ma gauche. Sans doute le chat, qui se fraye un chemin dans ce dépotoir.

— Qu'est-ce que tu regardes ?

Au moment de me retourner, je claque la porte sans le vouloir. Je n'ai pas entendu Julian arriver dans mon dos. Il se tient très près. Si près que l'odeur de sa peau me chatouille les narines ; il sent le savon, mais aussi le garçon. Des boucles humides tombent en cascade autour de son visage.

— Rien.

Comme il ne bouge pas, et qu'il me dévisage, j'ajoute :

— Tu as presque l'air humain.

— Je me sens presque humain, réplique-t-il en se passant une main dans les cheveux.

Il a enfilé un tee-shirt blanc et un jean, tous deux à sa taille. Je suis ravie que Julian ne pose pas trop de questions sur l'abri, ses occupants saisonniers, la date de sa construction. Ça doit le démanger, pourtant. J'allume les bougies et nous nous installons en tailleur. Nous sommes d'abord si occupés à manger que nous ne parlons quasiment pas. Mais, une fois la faim apaisée, une fois comblé ce vide douloureux dans nos estomacs, nous discutons : Julian me raconte son enfance à New York et m'interroge sur Portland. Il m'explique qu'il compte étudier les mathématiques à la fac et je lui parle de mes courses de cross.

Nous n'évoquons ni le Protocole, ni la résistance, ni l'APASD, ni ce qui se passera demain et, l'espace de cette heure, j'ai le sentiment d'être assise en face d'un véritable ami. Il rit souvent, comme Hana. Il parle avec aisance et sait encore mieux écouter. Je me sens étonnamment bien en sa présence... plus à l'aise, même, qu'avec Alex. Je n'avais aucune intention de les comparer, et pourtant, je l'ai fait malgré moi. Je me relève brusquement, alors que Julian est au milieu d'une histoire, et dépose les assiettes dans l'évier. Il interrompt son récit tandis que j'entrechoque la vaisselle.

— Ça va ? s'inquiète-t-il.

— Très bien, réponds-je trop sèchement.

Je me déteste à cet instant et, sans raison, je le déteste aussi.

— Je suis juste fatiguée.

Au moins je ne mens pas. Je ne me suis jamais sentie aussi exténuée de toute ma vie. Je pourrais dormir pour l'éternité, je pourrais laisser le sommeil m'ensevelir comme la neige.

— Je vais nous chercher des couvertures, propose-t-il en se levant.

Je remarque qu'il hésite dans mon dos et je fais mine d'être accaparée par la vaisselle. Je suis incapable de soutenir son regard.

— Hé ! lance-t-il, je n'ai pas encore eu l'occasion de te remercier. Tu m'as sauvé la vie, en bas... dans les tunnels.

Je hausse les épaules sans me retourner. J'agrippe les rebords de l'évier si violemment que mes articulations blanchissent.

— Toi aussi, tu m'as sauvé la vie. Ce type m'aurait égorgée.

J'entends le sourire dans sa voix quand il reprend :

— Alors, on peut dire qu'on s'est sauvés mutuellement.

À ce moment-là, je pivote, mais Julian a déjà disparu dans le couloir et je reste seule avec les ombres.

Julian a choisi deux couchettes du bas et les a installées de son mieux, avec des draps à la mauvaise taille et de fines couvertures en laine. Il a posé mon sac à dos au pied de mon lit. La chambre contient une douzaine de couchages, pourtant, il nous en a préparé deux voisins. Je m'efforce de ne pas y voir un signe. Assis sur son matelas, la tête courbée, il se débat avec ses chaussettes. Lorsque j'entre dans la pièce, il lève vers moi un visage empreint d'une joie si criante que je manque de lâcher la bougie que je tiens et qui s'éteint. Nous sommes dans le noir maintenant.

— Tu vas trouver ton lit ? me demande-t-il.

— Oui.

Je me dirige vers sa voix en prenant appui sur les autres lits.

— Voilà...

Sa main m'effleure le dos lorsque je le dépasse pour m'engouffrer dans ma couchette. Je me glisse sous le drap et la couverture, qui dégagent tous deux un parfum de moisi et un autre, plus discret, de crottes de souris – mais l'essentiel est d'avoir chaud. Le feu dans la salle de bains n'a pas transpercé les murs. Lorsque j'expire, je vois la vapeur que mon souffle fait dans le noir. Le sommeil ne viendra pas aisément. L'épuisement qui m'est tombé dessus juste après le dîner s'est envolé presque aussi vite. Je suis sur le qui-vive, comme excitée par le froid. J'ai une conscience suraiguë de la respiration de Julian, de son corps que je peux quasiment toucher. Je sens qu'il est éveillé, lui aussi.

Il finit par rompre le silence, tout bas, d'une voix légèrement cassée :

— Lena ?

— Oui ?

Mon cœur tambourine dans ma poitrine et ma gorge. J'entends qu'il roule sur le côté pour me faire face. Nous sommes à quelques centimètres l'un de l'autre, tant les lits sont proches.

— Ça t'arrive de penser à lui ? Au garçon qui t'a contaminée ?

Des images jaillissent dans la nuit : une couronne de cheveux auburn, de feuilles mortes enflammées ; les contours flous d'un corps courant à côté de moi ; une silhouette immatérielle.

— J'essaie d'éviter.

— Pourquoi ?

— Parce que ça fait mal.

Le rythme de la respiration de Julian est rassurant. Je lui demande :

— Ça t'arrive de penser à ton frère ?

Un silence.

— Tout le temps, rétorque-t-il. On m'a dit que ça s'arrangerait quand je serais guéri.

Il se tait quelques instants avant de lancer :

— Je peux te confier un autre secret ?

— Oui, réponds-je en tirant la couverture sur mes cheveux humides.

— Je savais que ça ne marcherait pas. Le Protocole. Je savais que l'opération me tuerait. Je... c'est ce que je voulais.

Son débit se précipite :

— Je ne l'ai jamais avoué à personne.

Je pourrais pleurer tout à coup. J'aimerais lui prendre la main et lui dire que ça ira, sentir la douceur de son oreille en forme de coquillage contre ma bouche. J'aimerais me pelotonner contre lui, comme je l'aurais fait avec Alex, et m'enivrer des effluves de sa peau tiède.

« Il n'est pas Alex. Tu ne veux pas Julian. Tu veux Alex. Et Alex est mort. »

Ce n'est pas entièrement vrai, pourtant. Je veux Julian, aussi. Le désir emplit mon corps. Je veux sentir ses lèvres sur les miennes, pleines et douces, sentir ses mains dans mon dos et mes cheveux. Je veux me perdre en lui, me dissoudre dans son corps, je veux que nos peaux s'abolissent l'une l'autre.

Je ferme les yeux de toutes mes forces pour refouler cette pensée. Mais, sous mes paupières, Julian et Alex ne font plus qu'un. Leurs visages se confondent avant de se distinguer puis de se réunir à nouveau, comme des images reflétées dans un cours d'eau et qui se superposent, au point que je ne sais plus lequel je cherche à atteindre – dans le noir, dans ma tête…

— Lena ? répète Julian, encore plus bas, cette fois.

Sur sa langue, mon prénom prend des accents mélodieux. Il s'est encore rapproché. Je sens les longues lignes de son corps qui bousculent l'obscurité. Sans l'avoir décidé, je me suis placée tout au bord de mon lit, moi aussi, le plus près possible de lui. Je reste cependant allongée sur le dos, refusant de lui faire face et m'efforçant à l'immobilité. Je pétrifie mes bras, mes jambes et, même si c'est plus difficile, mon cœur aussi.

— Oui, Julian ?

— C'est comment ?

Je sais très bien de quoi il parle, pourtant je rétorque :

— Quoi ?

— Le *deliria* ?

Je l'entends alors s'extirper lentement de ses draps et venir s'agenouiller dans l'espace exigu entre nos deux couchettes. Je ne peux plus bouger ni respirer. Si je tourne la tête, nos lèvres ne seront plus séparées que par une dizaine de centimètres. Peut-être moins même.

— C'est comment d'être contaminé ? reprend-il.

— Je… je suis incapable de le décrire.

Les mots ont du mal à sortir, je dois les expulser. Je suffoque, je suffoque, je suffoque. Sa peau embaume le feu de bois, le savon, le paradis. Je m'imagine en train de la goûter. Je m'imagine en train de lui mordiller les lèvres.

— Je veux savoir, souffle-t-il dans un murmure à peine audible. Je veux que tu me montres.

Il effleure alors, du bout des doigts, mon front – ses caresses sont un murmure elles aussi ; je demeure médusée, paralysée. Puis il descend le long de l'arête de mon nez, glisse sur mes lèvres – il s'attarde à peine, juste assez pour que je puisse sentir le goût salé de sa peau et les sillons de son pouce –, enfin sur mon menton, avant de suivre le contour de ma mâchoire et de remonter dans mes cheveux. Un feu vibrant me consume, qui m'enracine au matelas, m'empêchant de bouger.

— Je t'ai raconté…

Julian déglutit, sa voix est rauque à présent.

— Je t'ai raconté que j'avais vu deux personnes s'embrasser un jour. Tu veux bien… ?

Il ne termine pas sa question. Il n'a pas à le faire. D'un coup, mon corps entier reprend vie ; la chaleur qui s'épanouit dans ma poitrine délie mes lèvres et il me suffit de tourner la tête, à peine, pour rencontrer les siennes.

Nous nous embrassons ; lentement d'abord, parce qu'il ne sait pas comment faire et parce que mon dernier baiser remonte à si longtemps que ça me semble une éternité. Sa bouche a un goût de sel, de sucre et de savon. Lorsque je passe ma langue sur sa lèvre inférieure, il se crispe une seconde. Ses lèvres sont merveilleuses. Il suit le contour des miennes avec sa langue et soudain nous nous abandonnons tous deux. Nos respirations ne font plus qu'une, il tient mon visage à deux mains et je chevauche une vague de bonheur pur : je suis si heureuse que je dois retenir des larmes de bonheur. Son torse solide est pressé contre le mien ; sans le vouloir, je l'ai attiré dans mon lit et je voudrais que ce moment ne s'achève jamais. Je pourrais, pour l'éternité, l'embrasser, sentir ses doigts emmêlés dans mes cheveux, l'écouter répéter mon nom.

Pour la première fois depuis la mort d'Alex, j'ai retrouvé la liberté, un espace sans murs, déserté par la peur. Je vole.

Soudain, Julian brise notre étreinte et s'écarte.

— Lena, halète-t-il comme s'il venait de courir longtemps.

— Tais-toi.

Je suis toujours au bord des larmes. Il y a tant de fragilité dans un baiser, tant de fragilité en l'autre. Tout n'est que verre.

— Ne gâche pas tout, ajouté-je.

Mais il poursuit malgré tout :

— Que se passera-t-il demain ?

— Je n'en ai aucune idée.

J'attire sa tête sur l'oreiller, à côté de la mienne. L'espace d'une seconde, il me semble sentir une présence dans le noir, une silhouette mouvante, et j'incline la tête sur la gauche. Rien. J'imagine des fantômes dans la nuit. J'imagine celui d'Alex.

— Ne pense pas à ça pour le moment, dis-je, autant pour moi-même que pour lui.

Je roule sur le côté pour m'éloigner de Julian, cependant le lit est très étroit. Lorsqu'il me passe un bras autour des épaules, je me détends et me laisse aller contre lui. Nos corps s'emboîtent parfaitement, comme s'ils étaient faits l'un pour l'autre. Je voudrais prendre mes jambes à mon cou et hurler. Je voudrais supplier Alex – où qu'il soit – de me pardonner. Et je voudrais embrasser encore Julian.

Je ne fais pourtant aucune de ces choses et demeure parfaitement immobile. Le cœur de Julian cogne contre mon dos avec une régularité qui finit par apaiser le mien. Je m'abandonne entre ses bras et, juste avant de glisser dans le sommeil, je récite une brève prière pour que le matin n'arrive jamais.

Mais le matin arrive. Il réussit à se faufiler à travers les fissures du contreplaqué, les interstices dans le toit : une grisaille opaque qui peine à dissoudre l'obscurité. Mes premiers instants de retour à la conscience sont confus. Je suis avec Alex. Non. Julian. Son bras autour de moi, son souffle chaud sur ma nuque. J'ai repoussé les draps au pied du lit pendant la nuit. J'aperçois un mouvement fugace dans le couloir : le chat est parvenu à pénétrer dans la maison.

Puis, soudain, alors qu'une certitude inébranlable m'envahit – impossible, j'ai bien fermé la porte hier soir, je l'ai même verrouillée –, la terreur me broie la poitrine. Je m'assieds et lance :

— Julian...

Alors tout explose : ils se déversent par la porte, ils font voler en éclats les cloisons, vocifèrent... Des policiers, des Régulateurs avec masque à gaz et uniforme gris. L'un d'eux s'empare de moi, tandis qu'un autre sort Julian du lit – réveillé à présent, il m'appelle, mais sa voix est noyée dans le tumulte, dans les cris qui doivent provenir de ma bouche. J'agrippe le sac à dos, toujours posé au pied de mon lit, et le lance contre le Régulateur, seulement trois autres surgissent qui m'acculent dans l'espace réduit entre les lits. La lutte est perdue d'avance. Je pense au pistolet qui ne me servira à rien : je l'ai oublié dans la salle de bains. Quelqu'un me soulève par le col de mon tee-shirt et je suffoque. Un second Régulateur me tord les bras dans le dos pour me passer des menottes, puis me pousse en avant. À moitié traînée, à moitié bousculée, je quitte Salut et émerge en plein jour, sous un soleil ruisselant. D'autres policiers attendent, ainsi que des membres de l'unité d'intervention spéciale armés de fusils. La scène est figée, silencieuse.

Piégés. Voilà le mot qui me vrille le cerveau, qui surnage dans la panique. Nous avons été piégés, forcément.

— On les tient, annonce quelqu'un dans un talkie-walkie.

Subitement, le tableau s'anime, l'air se met à vibrer de bruit : les gens s'interpellent en gesticulant. Deux policiers font démarrer leurs motos et les gaz d'échappement empuantissent l'atmosphère. Les talkies-walkies crépitent tout autour de nous, bourdonnement permanent, cacophonie.

— 10-4,10-4, on les tient.

— À une trentaine de kilomètres de la frontière… Dans un genre de planque.

— Unité 508 au QG…

Julian est derrière moi, entouré de quatre Régulateurs ; il a été menotté aussi. Il m'appelle :

— Lena ! Lena !

Lorsque je tente de me retourner, l'officier me rudoie.

— On ne s'arrête pas !

Je suis surprise d'entendre une voix féminine, déformée par le masque à gaz. Plusieurs véhicules sont garés en file indienne. Devant eux, encore des policiers et des membres de l'unité d'intervention. Certains en tenue de combat, d'autres adossés avec nonchalance aux capots des voitures, en vêtements de tous les jours, discutant et soufflant sur leur café dans un gobelet en polystyrène. Ils me jettent à peine un regard. Je suis aveuglée par une rage qui me donne envie de cracher. Ces arrestations sont leur quotidien. À la fin de la journée, ils rentreront chez eux, dans leur maison bien rangée, pour mener une vie bien rangée, et ils n'accorderont pas une seule pensée à la fille qui se débattait et qui allait, sans doute, à sa mort.

J'aperçois une limousine noire ; le long visage pâle de Thomas Fineman me regarde passer sans ciller. Si je réussissais à libérer un de mes poings, je le balancerais à travers la vitre. Le verre lui exploserait à la figure, on verrait alors s'il conserverait son calme.

— Hé ! Par ici !

Un agent agite son talkie-walkie en direction d'une fourgonnette de la police. Les mots noirs qui se détachent sur la peinture blanche me sautent aux yeux : VILLE DE NEW YORK, SERVICE DE CORRECTION, RÉFORME ET PURIFICATION. À Portland, nous n'avions qu'une prison, les Cryptes. Elle accueillait tous les criminels et résistants, ainsi que les dingos – victimes, pour l'essentiel, d'un Protocole saboté ou anticipé. New York et les cités voisines disposent d'un réseau d'établissements pénitentiaires presque aussi sordide que celui de Portland.

— Par ici !

À présent, un second agent nous indique une autre fourgonnette, semant la confusion dans l'esprit de mes gardes. Je n'ai jamais vu une telle pagaille régner au cours d'un raid. Il y a trop de monde. Trop de voitures qui rendent l'air irrespirable, trop de radios qui grésillent, trop de gens qui crient pour couvrir les voix des autres. Un Régulateur et un membre de l'unité d'intervention spéciale se disputent pour savoir qui doit m'emmener.

J'ai mal au crâne, le soleil me brûle les yeux. Je ne vois que des taches de lumière éblouissantes ; un fleuve de métal, où coulent voitures et motos. Les pots d'échappement troublent l'air avec leur fumée épaisse. Soudain l'affolement me déborde. J'ignore ce qu'il est advenu de Julian. Il ne me suit plus, je ne l'aperçois plus dans la foule.

— Julian !

Mon appel reste sans réponse, même si un policier se retourne avant de secouer la tête et de cracher un gros mollard à mes pieds. Je tente à nouveau d'échapper à la femme qui m'entrave, mais ses mains emprisonnent mes poignets dans leur étau, et plus je me démène, plus elles se resserrent.

— Julian ! Julian !

Toujours pas de réponse. L'angoisse s'est solidifiée et se coince dans ma gorge. Non, non, non, non ! Pas ça, pas encore.

— Allez, continue à avancer.

La femme à la voix déformée se fait pressante. Elle me pousse au-delà des voitures garées. Le Régulateur qui ouvrait la marche débite, à toute allure, des explications dans son talkie-walkie – apparemment, il se prend le bec avec sa hiérarchie pour savoir où je dois aller.

Le caillou dans ma gorge ne s'est pas davantage dissous que la panique. Je dois trouver Julian. Je dois le sauver. Au-delà de cette certitude, des mots plus anciens, plus pressants, continuent à marteler mon esprit : « Pas ça, pas encore, pas ça. »

— Julian !

Je lance mon pied en arrière, qui s'écrase contre le mollet de la femme. Je l'entends jurer et, l'espace d'une seconde, son emprise se desserre. Mais elle se ressaisit vite et me tord les poignets si brutalement que je me cambre, retenant un cri. Au moment où je recule pour soulager la pression sur mes bras et reprendre mon souffle, elle s'incline légèrement pour coller son masque à gaz contre mon oreille.

— Lena, dit-elle tout bas, s'il te plaît. Je n'ai aucune envie de te blesser. Je suis une combattante pour la liberté.

Ces mots me paralysent : il s'agit du code secret des Sympathisants et des Invalides pour se faire connaître. Je cesse aussitôt de résister et l'étau se relâche. Elle me force cependant à continuer. Elle marche vite, avec une détermination telle que personne ne songe à l'arrêter ou à s'interposer.

Devant nous est garée une camionnette blanche, à cheval sur le caniveau qui court le long du chemin de terre. Il comporte aussi le logo du Service de Correction, Réforme et Purification, même si celui-ci a quelque chose de bizarre... Les lettres sont un peu trop petites – il faut vraiment l'observer attentivement pour s'en rendre compte. Nous venons de franchir un tournant ; à présent, un énorme tas de métal tordu et de blocs de béton nous dissimule à la vue du reste des forces de l'ordre.

La femme me lâche subitement les bras. Tout en sortant un trousseau de clés de sa poche, elle se précipite vers la camionnette. Elle ouvre en grand les portes arrière : l'intérieur, sombre et vide, dégage une légère odeur aigre.

— Grimpe.

— Où m'emmenez-vous ?

Je ne supporte plus cette impuissance. Depuis des jours, je progresse dans la confusion la plus totale, évoluant dans les eaux troubles d'alliances secrètes et d'intrigues inextricables.

— Dans un endroit sûr, répond-elle.

Je n'ai d'autre choix que de la croire. Elle m'aide à monter puis m'ordonne de me retourner pour qu'elle puisse détacher mes menottes. Elle jette ensuite mon sac à dos sur le plancher et claque les portières. Mon cœur s'emballe lorsque j'entends un verrou coulisser. Je suis prise au piège maintenant. Ça ne peut pas être pire que ce qui m'attendait à l'extérieur, toutefois. Mon ventre se serre quand je pense à Julian. Je me demande ce qui lui arrivera. Peut-être se montreront-ils indulgents à cause de sa filiation – une étincelle d'espoir s'allume à cette pensée –, peut-être décideront-ils qu'il s'agissait simplement d'une erreur.

Et c'était bien une erreur, notre baiser, nos caresses, non ?

Le démarrage en trombe me fait basculer sur un coude ; le plancher de la camionnette tremble tandis que nous avançons sur la chaussée irrégulière. Je tente de suivre le trajet : nous devons approcher de la décharge maintenant, dépasser l'ancienne station de métro et filer vers le tunnel menant à New York. Au bout de dix minutes, nous nous arrêtons. Je rampe vers l'avant et colle mon oreille au panneau vitré, qu'une couche de peinture a rendu entièrement opaque et qui me sépare du conducteur. La voix de la femme me parvient. J'en distingue une seconde, masculine. Elle doit discuter avec le garde-frontière.

L'attente me met au supplice. Ils vérifient sans doute sa carte d'identité. Seulement les secondes s'étirent, deviennent des minutes. La femme ne prononce pas un mot. Peut-être que le système de validation sécurisé n'est pas disponible. En dépit du froid glacial, mes aisselles sont mouillées de sueur. Parfois, ces contrôles prennent du temps.

Soudain un homme aboie un ordre. Elle coupe le moteur, un silence profond et subit s'abat sur nous. La portière côté conducteur s'ouvre puis se referme en claquant – la camionnette tangue légèrement.

Pourquoi descend-elle ? Mon esprit tourne à toute allure : si elle appartient à la résistance, elle a peut-être été repérée ou identifiée. Auquel cas, je serai également arrêtée. À moins qu'ils ne me trouvent pas – j'ignore quel sort serait le pire – et que je ne reste enfermée ici. Je mourrai affamée ou asphyxiée. Tout à coup, j'ai du mal à respirer. L'air, poisseux, m'oppresse. La sueur perle sur mon crâne et coule le long de ma nuque.

La portière du conducteur s'ouvre alors à nouveau, le moteur rugit et la camionnette s'élance. Je libère ma respiration, presque dans un sanglot. Je pourrais dire le moment exact où nous sommes avalés par Holland Tunnel, ce long boyau sombre, cette chambre d'écho sous le fleuve moucheté de gris. Cette vision me ramène aux yeux de Julian, aussi changeants que la surface de l'eau, au gré des variations de lumière.

Nous franchissons un nid-de-poule, mon estomac se soulève. Après une petite côte, la rumeur saccadée de la circulation me parvient à travers la carrosserie : hurlement distant d'une sirène, celui plus proche d'un klaxon. Nous devons être à Manhattan. Dorénavant, la camionnette peut s'arrêter d'une minute à l'autre – à chaque halte, je m'attends à voir les portes s'ouvrir et la femme masquée me jeter en prison, même si elle a prétendu être de mon côté. Vingt minutes supplémentaires s'écoulent. J'ai cessé de chercher à deviner où nous nous trouvions et me suis roulée en boule sur le plancher sale qui vibre sous ma joue. J'ai encore mal au cœur ; ça pue la transpiration et la nourriture.

Le véhicule finit par ralentir avant de s'immobiliser. Je m'assieds, le cœur battant à tout rompre. Un bref échange me parvient – aux paroles de la femme, que je ne distingue pas, quelqu'un répond : « La voie est libre. » Suit un grincement terrible, de ceux que produisent les vieilles portes en bois en manque d'huile. La camionnette avance de cinq ou six mètres supplémentaires, puis le moteur se tait. J'entends la conductrice descendre ; j'agrippe mon sac à dos et me prépare à me battre. Ou à courir.

Les portes s'ouvrent en grand et, au moment où je me glisse prudemment à l'extérieur, la déception referme ses doigts sur mon cou. Moi qui espérais des indices, ou une réponse à mes questions – pourquoi ai-je été emmenée ? par qui ? –, j'atterris dans une grande salle en béton, vide. Un des murs est percé d'une énorme porte à double battant, qui a permis le passage de la camionnette ; sur un autre, une seconde porte, celle-là blindée et peinte du même gris terne que le reste. Seule la présence d'électricité me permet de déduire que nous sommes dans une ville officielle ou à proximité, du moins.

La conductrice a retiré son masque à gaz, mais une cagoule en nylon moulante, trouée à l'endroit de la bouche, du nez et des yeux, dissimule ses traits.

— On est où ? demandé-je en me redressant et en enfilant une bretelle de mon sac à dos. Qui êtes-vous ?

Elle ne me répond pas. Elle me dévisage de ses yeux d'un gris orageux. Soudain, elle tend la main comme pour toucher mon visage. J'ai un mouvement de recul et percute la camionnette. Elle fait un pas en arrière, le poing serré.

— Attends ici, dit-elle.

Je la retiens aussitôt par le poignet.

— Je veux savoir ce qui se passe.

Je suis lassée des murs nus, des cellules, des masques et des jeux. J'ai besoin de réponses.

— Je veux savoir comment vous m'avez trouvée et qui vous a envoyée.

— Je ne peux pas te fournir ces réponses, rétorque-t-elle en essayant de se dégager.

— Retirez votre cagoule.

Une lueur de peur traverse son regard, mais s'évanouit presque aussitôt.

— Lâche-moi, rétorque-t-elle d'un ton ferme et calme.

— Très bien. Alors, c'est moi qui vais l'enlever.

Je tends la main ; elle se dérobe, mais pas assez vite, et je réussis à soulever un coin de tissu, découvrant sa nuque. Un chiffre tatoué court de l'oreille vers l'épaule : 5996. Avant que je ne puisse remonter davantage la cagoule, elle m'agrippe par le poignet et me repousse.

— S'il te plaît, Lena.

À nouveau, sa voix est insistante.

— Arrêtez de répéter mon prénom.

« Vous n'avez aucun droit de le faire. » En proie à la colère, je projette mon sac à dos dans sa direction. Elle esquive, toutefois. Je n'ai pas le temps de réitérer l'attaque, car la porte dans mon dos s'ouvre : je fais volte-face au moment où Raven pénètre dans la pièce.

— Raven ! m'écrié-je en courant à sa rencontre.

Sans réfléchir, je jette mes bras autour de son cou. Nous ne nous sommes jamais étreintes, pourtant elle me laisse la serrer plusieurs secondes avant de se libérer, un sourire aux lèvres.

— Salut, la môme.

Elle passe un doigt léger sur ma plaie au cou, puis scrute mon visage à la recherche d'autres blessures.

— Tu as une mine atroce, ajoute-t-elle.

Tack est derrière elle, adossé au chambranle. Il sourit aussi, et je dois me retenir de lui sauter dessus au lieu de serrer la main qu'il me tend.

— Bienvenue parmi nous, Lena, lance-t-il.

Son regard est chaleureux. Le bonheur me submerge, le soulagement fait des vagues dans ma poitrine.

— Je ne comprends pas. Comment m'avez-vous retrouvée ? Comment saviez-vous où je serais ? Elle n'a rien voulu me dire, je...

Je me retourne pour indiquer la femme cagoulée, mais elle a disparu.

— Du calme, du calme, s'esclaffe Raven en glissant un bras autour de mes épaules. Et si on s'occupait d'abord de te faire manger, non ? Je parie que tu es fatiguée aussi.

Nous devons être dans une sorte de hangar reconverti. Elle me conduit dans une autre pièce. Des bribes de conversation et des éclats de rire me parviennent à travers les parois aussi épaisses que du papier à cigarette.

— J'ai été enlevée, commencé-je.

À présent, les mots se bousculent sur mes lèvres. Je dois tout raconter à Tack et Raven : ils comprendront, eux pourront m'expliquer l'enchaînement des événements.

— Après l'attaque, j'ai suivi Julian dans l'ancien métro. Il y avait des Vengeurs, et ils m'ont agressée... sauf que je pense qu'ils étaient de mèche avec l'APASD, parce que...

Raven et Tack échangent un regard, puis il prend la parole d'une voix qu'il veut apaisante :

— Écoute, Lena. Tu as été très secouée, nous le savons. Pour l'heure, repose-toi, d'accord ? Tu es en sûreté maintenant. Mange et dors.

Ils m'ont emmenée dans une salle occupée par une immense table métallique pliante. Dessus, des produits que je n'ai pas approchés depuis une éternité : fruits et légumes frais, pain, fromage. Je n'ai jamais rien vu d'aussi beau. La pièce embaume le café corsé.

Pourtant, je suis incapable de m'asseoir et de me régaler. J'ai besoin de comprendre, d'abord. Et j'ai besoin qu'ils comprennent, eux aussi. Les Vengeurs, les gens qui vivent sous terre, le raid ce matin, et Julian bien sûr. Ils peuvent m'aider à le sauver. Cette pensée arrive comme une libération.

— Mais...

Raven interrompt aussitôt mes protestations :

— Tack a raison, Lena, tu dois reprendre des forces. Et nous aurons tout le temps de discuter en route.

— En route ? répété-je en les interrogeant du regard à tour de rôle.

Leur sourire inamovible éveille une sensation nerveuse dans ma poitrine. Complaisant, il me rappelle celui que les docteurs adressent aux enfants au moment de leur administrer une injection douloureuse. « Écoute-moi bien, je te promets que ça va à peine piquer... »

— On prend la direction du nord, répond Raven d'un ton enjoué qui manque de naturel. Vers l'abri. Enfin, pas celui que tu connais. On passera l'été près de Waterbury. Hunter nous a donné des nouvelles. Il a entendu parler d'une immense colonie près du périmètre nord-est de la ville, où se trouvent beaucoup de Sympathisants et...

Le vide s'est fait dans mon esprit.

— On part ? Mais on ne peut pas partir maintenant.

Ils échangent un nouveau regard.

— On n'a pas le choix, réplique-t-elle.

Je sens la colère monter en moi. Elle a des accents qui chantonnent, comme si elle s'adressait à un bébé. Je secoue la tête et serre les poings contre mes cuisses.

— Non. Non ! Vous ne pigez pas ? Je crois que les Vengeurs collaborent avec l'APASD. Ils nous ont enlevés, Julian Fineman et moi. Enfermés sous terre pendant des jours.

— On est au courant, riposte Tack.

Mais la machine est lancée, alimentée par la rage que je ne cherche plus à contenir.

— On a dû se battre pour s'échapper. Ils ont failli... ils ont failli me tuer. Julian m'a sauvé la vie.

Le poids dans mon ventre migre dans ma gorge.

— Et maintenant, il est entre leurs mains, ajouté-je, et qui sait ce qu'ils lui feront. Ils vont peut-être le traîner directement au laboratoire, ou le jeter en prison, et...

— Lena, souffle Raven en posant les mains sur mes épaules. Calme-toi.

Je ne peux pas. La panique me rend fébrile. Il faut que Tack et Raven se rendent compte de la gravité de la situation, il le faut.

— On doit faire quelque chose, on doit l'aider, on doit...

— Lena, répète Raven d'une voix plus dure en me secouant. On est au courant pour les Vengeurs, d'accord ? On sait qu'ils travaillaient avec l'APASD. Tout comme on sait pour Julian et ce qui s'est passé sous terre. On a surveillé les sorties de tous les tunnels. On espérait te voir réapparaître il y a plusieurs jours déjà.

Elle a trouvé, enfin, le moyen de me faire taire. Avec Tack, ils se sont départis de leur sourire et m'observent à présent avec apitoiement.

— Comment ça ?

Je me dégage et manque de perdre l'équilibre ; lorsque Tack tire une chaise, je m'affale dessus. Aucun d'eux ne paraissant disposé à me répondre, j'ajoute :

— Je ne comprends pas.

Tack s'assied en face de moi. Il examine ses mains avant d'expliquer, lentement :

— La résistance sait depuis un moment que l'APASD achète les Vengeurs. L'attaque-surprise était un coup monté.

— Ça n'a aucun sens.

J'ai l'impression qu'une pâte épaisse recouvre mon cerveau ; mes pensées, engluées, ne parviennent pas à prendre forme. Je me rappelle les cris, les coups de feu, les lames luisantes des Vengeurs.

— Au contraire, intervient Raven, ça a beaucoup de sens.

Restée debout, les bras croisés sur la poitrine, elle poursuit :

— Personne à Zombieland ne fait la différence entre les Vengeurs et nous, les autres Invalides. Ils nous mettent tous dans le même sac. Du coup, comme les Vengeurs se comportent comme des brutes épaisses, l'APASD peut montrer à l'ensemble de la nation le danger terrible que représentent ceux qui refusent de se soigner. Et démontrer l'importance d'appliquer à tous le traitement contre le *deliria* sans tarder. Autrement, le monde ira à sa perte. Les Vengeurs en sont l'illustration vivante.

— Mais...

Je revois les Vengeurs se jeter dans la foule, le visage crispé en un rictus monstrueux.

— Mais il y a eu des morts, insisté-je.

— Deux cents, confirme Tack tout en continuant à éviter mon regard. Une vingtaine de policiers, pour le reste des citoyens. Ils n'ont pas pris la peine de recenser les victimes dans le camp des Vengeurs.

Il hausse les épaules dans un mouvement qui ressemble davantage à une convulsion et conclut :

— Le sacrifice de quelques individus peut bénéficier au bien commun.

Une citation tout droit tirée d'une brochure de l'APASD. De mes mains tremblantes, j'agrippe les côtés de mon siège. J'ai toujours du mal à y voir clair.

— D'accord. Alors, qu'est-ce qu'on fait, maintenant ?

Les yeux de Raven se posent aussitôt sur Tack, qui garde toutefois la tête baissée.

— On a déjà fait quelque chose, Lena, dit-elle de son air maternant.

Ma poitrine fourmille à nouveau d'appréhension. Ils me cachent quelque chose, quelque chose de grave.

— Je ne pige pas, lancé-je sans reconnaître ma propre voix.

Après quelques secondes d'un silence écrasant, Tack soupire et lance, par-dessus son épaule, à l'intention de Raven :

— Je te l'avais dit, nous aurions dû la mettre dans la confidence dès le début. Je t'avais dit qu'on pouvait lui faire confiance.

Elle ne décroche pas un mot. Un muscle de sa mâchoire frémit. Tout à coup, je me souviens de la dispute que j'ai surprise, quelques jours avant le meeting.

« Simplement, je ne comprends pas pourquoi nous ne pouvons pas être honnêtes les uns envers les autres. Nous sommes censés être du même côté.

— Tu sais bien que ça n'est pas possible, Tack. Ça vaut mieux comme ça. Tu dois me faire confiance.

— C'est toi qui ne fais pas... »

Ils se chamaillaient à mon sujet.

— Quelle confidence ?

Le fourmillement s'est transformé en martèlement sourd, douloureux.

— Je t'en prie, Tack, riposte Raven. Puisque tu tiens tellement à lui dire, ne te gêne pas pour moi.

Derrière son agressivité, je perçois de la peur. Elle craint ma réaction.

— Me dire quoi ?

Je ne supporte plus les regards mystérieux, les échanges énigmatiques à mots couverts. Il se passe une main sur le front avant de débiter, à toute vitesse, comme s'il était impatient de mettre un terme à cette conversation :

— Très bien, écoute, Lena, ce n'est pas un hasard si vous avez été enlevés par les Vengeurs, Julian et toi. Ni une erreur. C'était prévu.

Ma nuque chauffe, je m'humecte les lèvres.

— Prévu par qui ?

La réponse m'apparaît soudain comme une évidence – c'est un coup de l'APASD – et, au moment où je la formule à voix haute, Tack rétorque avec une grimace :

— Par nous.

Les secondes de silence se succèdent. Tic tac tic tac. J'en compte quatre, prends une profonde inspiration, ferme les yeux puis les rouvre.

— Quoi ?

Tack pique littéralement un fard.

— Nous avons tout organisé.

Un nouveau silence. La poussière tapisse ma gorge et ma bouche.

— Je... je ne sais pas.

Tack évite à nouveau mon regard. Il promène ses doigts sur le rebord de la table, d'avant en arrière, d'arrière en avant.

— Nous… enfin, la résistance a payé les Vengeurs pour qu'ils enlèvent Julian. Un de ses membres les plus importants s'est fait passer pour un agent de l'APASD… enfin, peu importe. Les Vengeurs sont prêts à n'importe quoi contre rémunération. Et ce n'est pas parce que l'APASD les a dans la poche depuis un moment que leur loyauté n'est pas à vendre.

Un engourdissement s'empare de mon corps.

— Julian… Et moi ?

Tack hésite à peine une fraction de seconde.

— Ils ont reçu de l'argent pour t'enlever, aussi. Ils savaient que Julian était suivi par une fille. Ils devaient vous garder ensemble.

— Et ils pensaient obtenir une rançon en échange.

Tack acquiesce. Ma voix est lointaine, comme si elle venait de l'autre bout du monde. J'ai du mal à respirer. Je réussis pourtant à articuler :

— Pourquoi ?

Raven, jusqu'à présent immobile, explose soudain :

— Tu n'as jamais couru de vrais dangers. Les Vengeurs savaient qu'ils n'auraient pas un centime s'ils te touchaient.

Je repense à la prise de bec entre l'albinos et son complice qui le suppliait de s'en tenir au plan d'origine. Je repense à l'interrogatoire qu'ils ont fait subir à Julian pour obtenir les codes de sa maison. De toute évidence, les Vengeurs s'impatientaient ; ils voulaient une avance sur salaire. Raven aussi dérobe le regard.

— Je n'ai jamais couru de vrais dangers ? Je… j'ai failli mourir.

La colère déploie des tentacules de feu dans ma poitrine.

— Ils nous ont affamés. Ils ont tabassé Julian, le laissant à moitié mort. On a dû se battre…

— Et tu as réussi.

Raven finit par relever la tête et je découvre avec horreur que ses prunelles brillent : elle a l'air contente.

— Tu t'es enfuie, poursuit-elle, et tu as sauvé Julian aussi.

Pendant quelques secondes, ma langue reste liée. Je me consume, tandis que la signification de ses dernières paroles me frappe de plein fouet.

— C'est… c'était juste un test ?

— Non, rétorque Tack avec force. Non, Lena. Tu dois comprendre. Ça en faisait partie, mais…

J'écarte ma chaise de la table pour me détourner de sa voix. Je voudrais me rouler en boule. Je voudrais hurler, cogner.

— Ce que tu as accompli dépasse largement ça. Ce que tu nous as aidés à accomplir. Et nous nous étions assurés que tu serais en sécurité. Nous avons des alliés dans les souterrains, ils devaient veiller sur toi.

Ratman et Quarter. Pas étonnant qu'ils nous aient prêté main-forte. Ils étaient payés pour ça. Je ne peux plus parler. J'ai du mal à déglutir. Rien que pour rester debout, je dois mobiliser toute mon énergie. L'enfermement, la peur, les gardes du corps tués dans le métro… tout est la faute de la résistance. Tout est notre faute. Un test.

Raven reprend la parole, d'un ton qui se veut convaincant, un ton de représentant de commerce cherchant à vous persuader d'acheter, acheter, acheter.

— Tu nous as permis de faire un grand pas, Lena. Tu as aidé la résistance bien plus que tu ne le soupçonnes.

— Je n'y suis pour rien, craché-je.

— Au contraire. Julian a une importance cruciale aux yeux de l'APASD. Il incarne toutes les luttes qu'elle mène. Et il est à la tête de la division jeunesse. Soit six cents jeunes qui ne sont toujours pas guéris. Toujours pas convaincus.

Mon sang se fige aussitôt. Je me retourne lentement. Tack et Raven m'observent tous deux avec espoir, comme si cette nouvelle pouvait me réjouir.

— Qu'est-ce que Julian a à voir là-dedans ?

Ils se consultent à nouveau et, cette fois, je déchiffre sans difficulté leur regard : ils me trouvent franchement obtuse. Je devrais piger toute seule.

— Julian a tout à voir là-dedans, Lena, rétorque Raven.

Elle s'assied à côté de Tack. Le couple de parents patients face à l'ado pénible. Nous pourrions être en train de discuter d'une mauvaise note.

— Si Julian n'appartient plus à l'APASD, s'il en est chassé...

— Mieux, intervient Tack, s'il décide de la quitter de lui-même.

Raven écarte les mains, l'air de dire : « Évidemment, ce serait l'idéal. » Elle poursuit :

— Qu'il soit exclu ou qu'il parte de son plein gré, sa défection enverra un message d'encouragement à tous les Vulnérables qui ont suivi ses traces et voient en lui un leader. Ils pourraient reconsidérer leur engagement... Certains d'entre eux, du moins. Nous tenons une occasion de les convaincre de passer de notre côté. Penses-y, Lena. Ça peut suffire à faire pencher la balance en notre faveur.

Les rouages de mon cerveau se remettent lentement en marche, comme s'ils se libéraient enfin de la glace qui les emprisonnait. Le raid de ce matin... J'étais convaincue qu'il s'agissait d'un coup monté, et j'avais raison. La résistance tirait les ficelles : elle a dû renseigner la police et les Régulateurs. Sacrifier une de ses cachettes pour piéger Julian.

Et j'ai contribué à cette mascarade. Je revois le visage de son père derrière la vitre de sa limousine noire : sévère et déterminé. Je repense à l'histoire de son grand frère enfermé dans la cave et trouvant la mort seul, dans le noir. Simplement pour avoir pris part à une manifestation. Julian a été découvert dans mon lit. Qui sait quelle punition l'attend pour ça.

Le noir m'engloutit. Je ferme les yeux et les visages d'Alex et de Julian se confondent avant de se dissocier, comme dans mon rêve. L'histoire se répète. L'histoire se répète et, une fois de plus, c'est ma faute.

— Lena ?

J'entends le raclement des pieds d'une chaise et soudain Raven se retrouve à côté de moi, un bras autour de mes épaules.

— Lena ? Ça va ?

— Tu veux quelque chose ? demande Tack.

— Lâche-moi… dis-je en me dérobant.

— Lena, chantonne Raven, viens t'asseoir.

Elle tente à nouveau de m'attraper.

— Je t'ai dit de me lâcher !

Je trébuche en me dégageant et heurte une chaise.

— Je vais chercher de l'eau, propose Tack, avant de disparaître dans le couloir qui doit conduire au reste de l'entrepôt.

Les voix au loin enflent soudain, joyeuses, puis se taisent. Mes mains tremblent si fort que je n'arrive même plus à serrer les poings. Autrement, j'en enverrais un dans le visage de Raven.

— Je comprends ta colère, soupire-t-elle avec lassitude. Tack avait peut-être raison. On aurait sans doute dû t'exposer le plan dès le départ.

— Vous… vous êtes servis de moi !

— Tu disais que tu voulais aider, se contente-t-elle de répondre.

— Non. Pas comme ça.

— Ce n'est pas à toi de choisir.

Après s'être rassise et avoir posé les mains à plat sur la table, elle ajoute :

— Ça ne marche pas ainsi.

Je sais bien ce qu'elle attend de moi : que je capitule, que je comprenne. Mais je ne peux pas. Je ne céderai pas.

— Et Julian ?

Je me force à soutenir son regard et constate qu'elle flanche légèrement.

— Tu n'as plus à t'en préoccuper, rétorque-t-elle avec un peu plus de dureté.

Je me souviens des doigts de Julian dans mes cheveux, du havre chaleureux de ses bras, de ce qu'il murmurait : « Je veux savoir. Je veux que tu me montres. »

— Et si j'ai envie de m'en préoccuper, justement ?

Nous nous affrontons du regard. La patience de Raven s'épuise. Sa bouche n'est plus qu'un pli de colère rentrée.

— Tu ne peux rien pour lui. Tu ne piges donc pas ? Lena Morgan Jones n'existe plus. *Pouf !* Envolée. Et elle n'a aucun moyen de réapparaître. Tu ne peux plus y retourner. Ta mission est terminée.

— Alors on laisse Julian se faire tuer ? Ou jeter en prison ?

À nouveau, Raven pousse un lourd soupir, comme face à un enfant gâté piquant sa crise.

— Julian est à la tête de la division jeunesse de l'APASD…

— Je sais tout ça ! Tu m'as forcée à l'apprendre par cœur, tu as oublié ? Alors quoi ? On le sacrifie à la cause ?

Raven me considère en silence : un assentiment muet.

— Vous ne valez pas mieux qu'eux !

Les mots se frayent difficilement un chemin dans ma gorge, étranglée par la fureur, écrasée par le poids du dégoût. C'est aussi le credo de l'APASD : la mort de certains permet d'assurer le bien-être général. Nous sommes à leur image.

En se dirigeant vers le couloir, Raven me lance :

— Tu ne dois pas te sentir coupable, Lena. On est en guerre, tu sais ?

— Tu ne comprends pas ? Tu n'as pas à me dicter mes sentiments !

Je lui renvoie en pleine face ses propres propos, ceux qu'elle m'a tenus il y a bien longtemps, à la mort de Miyako. Raven secoue la tête, une expression de pitié se peint sur ses traits.

— Tu… tu l'aimais vraiment bien, hein ? Julian ?

Je ne peux pas répondre ; je peux seulement opiner. Elle se frotte le front avec lassitude et expire bruyamment. Un instant, je m'imagine qu'elle va déposer les armes. Accepter de m'aider. Je sens un sursaut d'espoir. Pourtant, lorsqu'elle lève à nouveau son visage vers moi, il est dépourvu de toute émotion.

— On prend demain la route du Nord.

Avec ces quelques mots, elle clôt la conversation. Julian ira au gibet pour nous, et nous continuerons à rêver en souriant de la victoire qui finira par arriver, telle une aube couleur de sang.

Le reste de la journée se perd dans le brouillard. J'erre de pièce en pièce. Les gens me considèrent avec curiosité et sympathie, avant de se détourner devant mon indifférence. D'autres membres de la résistance, je suppose. J'en reconnais un seul, un type de l'âge de Tack, qui est venu une fois à Salut nous apporter nos nouvelles cartes d'identité. Je cherche la femme qui m'a conduite ici, mais ne vois personne lui ressemblant et n'identifie pas sa voix.

Je traîne sans but, l'oreille tendue. Au passage, je grappille quelques informations. Nous sommes à une trentaine de kilomètres de New York, à la sortie sud d'une ville du nom de White Plains. J'en déduis que nous sommes branchés sur leur courant, ce qui nous permet d'avoir de la lumière, une radio, une cafetière électrique. L'une des pièces est encombrée de tentes et de sacs de couchage. Tack et Raven se sont préparés au départ. Je n'ai pas la moindre idée du nombre de résistants qui se joindront à nous ; certains resteront sans doute ici. Hormis la table pliante et les chaises, et les lits de camp qui remplissent un dortoir, il n'y a pas de meubles. La radio et la cafetière reposent directement sur le sol en béton, nichées dans un écheveau de fils électriques. La radio reste allumée presque sans discontinuer, filtrant à travers les murs : où que j'aille, impossible de lui échapper.

« Julian Fineman... à la tête de la division jeunesse de l'Association pour une Amérique sans *delirium* et fils du président de cette organisation... Lui-même contaminé... » Toutes les stations se valent ; elles relatent en boucle le même récit. « ... découvert aujourd'hui... pour l'heure confiné chez lui... Julian... a démissionné de ses fonctions et refusé le Protocole... »

Il y a encore un an, l'histoire ne serait jamais passée sur les ondes. Elle aurait été enfouie, tout comme l'existence même du grand frère de Julian a probablement été, systématiquement, effacée de tous les documents officiels après sa mort. Mais les choses ont changé depuis les Incidents. Raven a raison sur un sujet : c'est la guerre désormais, et les armées ont besoin de symboles.

« ... réunion d'urgence du Comité de Régulation de New York... jugement rapide... l'exécution par injection létale est programmée à dix heures demain matin... »

« ... certains considèrent ces mesures injustement cruelles... tollé général dans l'opinion publique qui s'élève contre l'APASD et le CRNY... »

Je sombre dans un état d'engourdissement, de suspension : je ne ressens plus rien. La colère s'est émoussée, tout comme la culpabilité. Je suis anesthésiée. Julian mourra demain. Je l'ai conduit à sa mort. C'était le but depuis le début. Songer que le Protocole aurait, selon toute probabilité, abouti à la même issue ne m'apporte aucun réconfort. Mon corps est congelé. Quelqu'un a dû me tendre un sweat-shirt – je ne me rappelle pas l'avoir enfilé –, pourtant, je ne parviens pas à me réchauffer.

« ... déclaration officielle de Thomas Fineman... »

« L'APASD soutient la décision du Comité de Régulation... Les États-Unis se trouvent à un carrefour critique, et nous ne pouvons plus tolérer ceux qui nous veulent du mal... nous devons créer un précédent... »

L'APASD et les États-Unis d'Amérique ne peuvent plus se permettre de faire preuve de clémence. La résistance est trop puissante. Elle se développe – sous terre, dans les tunnels et les terriers, dans les recoins sombres et humides auxquels ils n'ont pas accès. En échange, ils nous donneront une leçon sanglante en plein jour, en public.

Au dîner, je réussis à avaler quelque chose et, même si je suis toujours incapable d'affronter le regard de Tack et de Raven, je sais qu'ils y voient un signe de fléchissement. Leur entrain forcé est trop bruyant, ils enchaînent blagues et anecdotes à l'intention des quatre ou cinq autres résistants réunis autour de la table. Malgré leurs efforts, la voix radiophonique continue à s'insinuer partout, à filtrer à travers les murs, comme les sifflements d'un serpent.

« ... aucune autre déclaration de Julian ou de Thomas Fineman... »

Après le repas, je me dirige vers l'appentis, minuscule resserre située à une quinzaine de mètres du bâtiment principal, de l'autre côté d'une chaussée fissurée. C'est la première fois de la journée que je pose le pied dehors et que j'ai l'occasion de découvrir les environs. Nous sommes dans une sorte d'ancien entrepôt sis au bout d'une longue allée sinueuse entourée de bois. Au nord, j'aperçois les lumières scintillantes de la ville : White Plains, je suppose. Au sud, sur le crépuscule rose poudré, je distingue un halo vaporeux qui couronne l'éclat artificiel de New York City. Il doit être dix-neuf heures environ, trop tôt pour le couvre-feu ou l'extinction obligatoire des feux. Julian se trouve quelque part au cœur de cette lueur, de cette masse indistincte de gens et d'immeubles. Je me demande s'il a peur. Je me demande s'il pense à moi.

Le vent froid apporte avec lui l'odeur du dégel et des pousses : le parfum du printemps. Je me transporte dans notre appartement de Brooklyn – vide à l'heure qu'il est, ou saccagé par les Régulateurs et la police. Lena Morgan Jones est morte, Raven a raison ; bientôt, il y aura une nouvelle Lena, de même qu'à chaque printemps les arbres se couvrent de bourgeons et se défont de ce qui est mort et pourri. Qui sera cette nouvelle Lena ?

Un accès soudain de tristesse me transperce. J'ai déjà dû abandonner tant de *moi* et tant de vies. Je me suis reconstruite si souvent sur les décombres de mes anciennes existences, des choses et des êtres auxquels je tenais. Ma mère. Grace. Hana. Alex. Et aujourd'hui Julian.

Ce n'est pas ce dont je rêvais.

Le hululement strident d'une chouette déchire la tombée de la nuit, telle une alarme lointaine. À cet instant précis, je suis frappée d'une certitude, comme un mur de béton érigé en moi. Ce n'est pas ce dont je rêvais. Ce n'est pas pour cette raison que je suis venue dans la Nature ; Alex ne m'a pas emmenée ici pour tourner le dos aux personnes chères à mon cœur, les enterrer et me construire une carapace d'indifférence sur leurs cadavres, à l'instar de Raven. Ce sont les zombies qui font ça. Pas moi. J'ai livré trop de choses à la décomposition. J'ai suffisamment renoncé.

La chouette hulule à nouveau et, cette fois, son cri retentit avec davantage de clarté, de force. Tout se précise : le craquement des arbres secs, les odeurs complexes, le bourdonnement distant qui enfle avant de se dissiper à nouveau.

Des bruits de moteurs. J'ai écouté sans prêter attention, mais à présent l'idée prend forme : nous ne devons pas être loin d'une autoroute. Nous avons quitté New York en camionnette, ce qui signifie qu'il existe un moyen d'y retourner.

Je n'ai besoin ni de Raven ni de Tack. Et même si Raven avait raison au sujet de Lena Morgan Jones, de sa disparition, heureusement pour moi, je n'ai pas besoin d'elle non plus.

De retour dans le hangar principal, je trouve Raven assise à la table pliante, où elle prépare des ballots de nourriture. Nous les accrocherons à nos sacs à dos et les suspendrons aux branches des arbres, la nuit, pour que les animaux ne puissent pas les atteindre. Du moins, c'est ce qu'elle, elle fera.

— Lena ! Tu as assez mangé ?

Elle m'adresse un sourire trop large, comme depuis le début de la soirée.

— Plus que ces derniers temps, en tout cas.

Ma pique la fait légèrement tressaillir. C'est plus fort que moi. Je m'appuie contre la table où de petits couteaux aiguisés sèchent sur un torchon. Raven ramène un genou contre sa poitrine.

— Écoute, Lena. Je regrette de ne pas t'avoir mise dans la confidence avant. Je pensais que… je pensais que ce serait mieux. Je suis désolée.

— Le test a plus de valeur, ainsi.

Elle relève aussitôt la tête. Je me penche et pose ma paume sur le manche d'un couteau ; je le sens s'enfoncer dans ma peau. Avec un soupir, Raven détourne à nouveau le regard.

— Je sais que tu nous hais à l'heure qu'il est, mais…

— Je ne vous hais pas.

Je me redresse et empoche discrètement le couteau.

— Vraiment ?

Elle paraît soudain beaucoup plus jeune.

— Vraiment, dis-je.

Elle m'adresse un nouveau sourire, plus serré et crispé, un sourire de soulagement. Un sourire honnête. J'ajoute alors :

— Seulement, je ne veux pas être comme vous.

Son sourire s'évanouit. Lorsque je réalise que je la vois peut-être pour la dernière fois, une vive douleur me vrille le cœur. Si je ne suis pas certaine d'avoir jamais éprouvé de l'amour pour Raven, c'est elle qui m'a donné naissance ici, dans la Nature. Elle a été une mère et une sœur pour moi. Je vais encore devoir enterrer quelqu'un.

— Un jour tu comprendras, rétorque-t-elle.

Elle en est persuadée, je le sais. Elle me fixe, les yeux écarquillés, dans l'espoir de finir par me faire entendre raison : les grandes causes exigent le sacrifice de certains, la beauté peut s'ériger sur le dos des morts.

Mais ce n'est pas sa faute. Pas entièrement. Raven a beaucoup perdu, souvent, et elle s'est ensevelie elle-même. Ses morceaux sont éparpillés un peu partout. Son cœur niche près d'un petit tas d'os enfouis à côté d'une rivière gelée, qui émergera à la fonte des neiges, vaisseau fantôme jaillissant des eaux.

— J'espère que non, dis-je, avec les accents le plus doux possible.

Avec ces mots, je lui fais mes adieux.

Au moment de fourrer le couteau dans mon sac à dos, je vérifie que la petite liasse de cartes d'identité dérobées aux Vengeurs n'a pas bougé. Elles pourraient se révéler très utiles. Je récupère un coupe-vent sur l'un des lits et pique, dans un des sacs prêts pour le grand départ de demain, des barres de céréales ainsi qu'une douzaine de petites bouteilles d'eau. Mon barda pèse une tonne, même après avoir retiré mon exemplaire du *Livre des Trois S* – je n'en aurai plus jamais besoin –, cependant je n'ose rien laisser d'autre. Si je réussis à sauver Julian, nous devrons fuir vite, loin, et j'ignore combien de temps s'écoulera avant que nous ne rejoignions un abri.

Sans bruit, je traverse le hangar pour rejoindre la petite porte menant au parking et à la remise. Je ne croise qu'une personne – un grand échalas à la chevelure de feu qui laisse son regard glisser sur moi. C'est un talent que j'ai acquis à

Portland : se replier sur soi-même pour devenir invisible. Je dépasse rapidement la salle où se tiennent la plupart des résistants, parmi lesquels Tack ; prêtant une oreille distraite à la radio, ils rient et discutent. Quelqu'un fume une cigarette roulée. Un autre bat un paquet de cartes. En apercevant l'arrière du crâne de Tack, je lui adresse un au revoir muet.

Puis je sors dans la nuit, libre.

New York projette toujours son halo dans le ciel au sud – il reste sans doute une bonne heure avant le couvre-feu et l'extinction des lumières. Seuls les plus riches, membres officiels du gouvernement, scientifiques et huiles comme Thomas Fineman jouissent d'un accès illimité à l'éclairage.

Je pars au petit trot dans cette direction, espérant tomber sur l'autoroute. De temps à autre, je m'arrête pour tendre l'oreille, à l'affût des camions. Le silence nocturne est seulement troublé par les chouettes qui hululent et les petites bêtes qui détalent dans le noir. La circulation se fait rare. Je me dirige, sans aucun doute, vers une route utilisée exclusivement pour l'approvisionnement de la ville.

Tout à coup elle surgit devant moi, longue rivière de bitume aux eaux épaisses, que la lune montante baigne de sa lueur argentée. Je m'oriente vers le sud et ralentis, observant les jets de vapeur que forme ma respiration devant moi tandis que je marche. L'air frais, léger et froid m'entaille les poumons à chaque inspiration. C'est une sensation plaisante, cependant.

Je longe l'autoroute sur la droite, tout en veillant à ne pas m'aventurer trop près. Elle est sans doute jalonnée de postes de contrôle, et croiser une patrouille est bien la dernière chose que je souhaite.

Je me trouve à une trentaine de kilomètres de la frontière nord de Manhattan. Difficile de mesurer avec précision le temps, mais il me semble que je chemine depuis au moins six heures avant d'apercevoir, au loin, la haute muraille. Je n'ai pas été rapide. Je manquais d'une lampe de poche et la lune se perdait souvent derrière le treillis dense des branches au-dessus de ma tête. Par moments, j'ai dû me diriger à tâtons. Heureusement, les lumières ponctuelles des phares sur l'autoroute m'ont aidée à me repérer. Sans elles, je me serais sans doute égarée.

L'enceinte de Portland consistait en une pauvre clôture, censément électrifiée. À New York, la frontière est un mur de béton, surmonté de fil barbelé et ponctué de miradors qui éclaboussent la nuit avec leurs projecteurs pointés sur les silhouettes des arbres, dans la Nature. Je suis encore à une centaine de mètres – j'aperçois à peine les lumières qui clignotent entre les arbres –, pourtant je m'accroupis et progresse lentement, guettant le moindre mouvement. Je doute qu'il y ait des rondes de ce côté-ci de la frontière, mais, encore une fois, les choses changent. On n'est donc jamais trop prudent.

À cinq mètres du ruban d'asphalte, je tombe sur une rigole, qui court le long de celui-ci. Son fond, tapissé d'une mince couche de feuilles en décomposition, est parsemé de flaques de pluie et de neige fondue. Je m'allonge à plat ventre dans la petite tranchée ; ainsi, je serai invisible depuis la route, même pour une patrouille. L'humidité pénètre à travers mon pantalon de jogging : je devrai dégoter des vêtements de rechange, une fois dans la place. Si j'arpente Manhattan dans cette tenue, je risque d'éveiller les soupçons. J'ai d'autres problèmes plus urgents à régler, d'abord.

Il s'écoule pas mal de temps avant que le grondement d'un moteur trouble la paix. Deux phares fleurissent alors à l'horizon, soulevant des tourbillons de brume dans leur rayon. Le camion me double avec fracas – énorme engin blanc, frappé du logo d'une chaîne de magasins d'alimentation –, puis ralentit à l'approche de la frontière. Je me redresse sur les coudes. La muraille est percée d'une ouverture, à travers laquelle l'autoroute s'étire comme une langue argentée. Un lourd portail barre cette ouverture. Quand le camion s'arrête, deux silhouettes vêtues de noir émergent du poste-frontière. Dans la lumière des phares, je ne vois que deux ombres chinoises et le contour de fusils. Je suis trop loin pour entendre ce qu'ils disent, mais je suppose qu'ils contrôlent les papiers du conducteur. L'un des gardes contourne le camion afin de l'examiner ; il n'ouvre pas la remorque toutefois pour vérifier le chargement. Son inspection manque de rigueur. Bonne nouvelle pour moi.

Au cours des heures suivantes, j'observe le passage de cinq autres poids lourds. Chaque fois, le même rituel se répète, même si l'un d'eux, de la marque EXXON, est fouillé de fond en comble. J'ai profité de mon attente pour échafauder mon plan d'action. Je me rapproche de la frontière, n'avançant, courbée, que lorsque l'autoroute est déserte et que la lune se cache derrière une masse de nuages opaques. À une dizaine de mètres de la frontière, je m'allonge à nouveau pour observer. Je suis assez près maintenant pour distinguer les traits des gardes, deux hommes, lorsqu'ils sortent de leur guérite pour contrôler les camions. Des bribes de conversation me parviennent également : ils réclament les cartes d'identité, vérifient les permis de conduire et les papiers du véhicule. Une routine qui ne prend pas plus de trois ou quatre minutes. Je devrai agir vite. Si je regrette de ne pas avoir pris un vêtement plus chaud que le coupe-vent, je dois reconnaître que le froid me tient éveillée.

Lorsque l'occasion que j'attendais se présente enfin, le soleil se lève déjà derrière une fine strate de nuages sombres et ouateux. Les phares sont toujours allumés, mais l'aube trouble réduit leur puissance et les rend beaucoup moins aveuglants.

Un camion poubelles, pourvu sur l'un des flancs d'une échelle menant à son toit, s'immobilise avec fracas devant le portail. Je m'accroupis et récupère la pierre que j'ai choisie, plus tôt, dans la rigole. J'ouvre et ferme les doigts plusieurs fois pour que le sang circule. Mes membres, raides et engourdis, sont douloureux.

Un des gardes fait le tour du véhicule, son fusil pressé contre la poitrine. L'autre, resté au niveau de la vitre du conducteur, souffle dans ses mains pour les réchauffer tout en posant les questions habituelles : « D'où venez-vous ? Où allez-vous ? »

Je me redresse, la pierre au creux de la main droite, et me faufile rapidement entre les arbres, veillant bien à poser les pieds sur les feuilles si détrempées qu'elles forment un paillis qui étouffera le bruit de mes pas. Mon cœur tambourine dans ma gorge et gêne ma respiration. Les gardes sont à cinq ou six mètres sur ma gauche, peut-être moins. Je n'aurai pas deux occasions comme celle-ci.

Quand je suis assez près de la muraille pour être sûre de bien viser, j'arme mon bras et lance la pierre vers l'un des projecteurs. Lorsqu'elle atteint son but, une explosion discrète retentit, suivie du son de verre brisé. Aussitôt, je reviens sur mes pas, tandis que les deux gardes font volte-face.

— Qu'est-ce qui se passe ? s'écrie l'un d'eux, avant de s'élancer vers la source du bruit, épaulant son fusil.

Je prie pour que son collègue le suive. Il hésite, faisant passer son arme de sa main gauche à sa main droite. Il crache.

« Vas-y, vas-y, vas-y ! »

— Attendez ici, finit-il par dire au chauffeur.

Il s'éloigne alors à son tour du camion poubelles. Je tiens ma chance : pendant que les gardes examinent le projecteur brisé, je me rapprocherai du véhicule côté passager en veillant bien à rester dans l'angle mort du conducteur. Je me fais le plus petite possible ; je ne peux pas courir le risque que celui-ci m'aperçoive dans son rétroviseur. Pendant une poignée de secondes terrifiantes, je me retrouve sur la route, entièrement exposée, loin du couvert des arbres et des buissons noueux. À cet instant-là, un souvenir jaillit dans ma mémoire : celui de la première fois où Alex m'a emmenée dans la Nature, ma frayeur lorsque j'ai escaladé le grillage, mon sentiment de vulnérabilité, comme écorchée à vif, ouverte en deux.

Trois mètres, deux, un. Je me jette sur l'échelle, les barreaux me mordent les doigts. Lorsque j'atteins le toit, je m'aplatis, le ventre pressé sur une couche de fientes et de rouille. Même le métal a l'odeur douceâtre et nauséabonde des ordures qui ont macéré trop longtemps ; elle a dû imprégner la carrosserie au fil des ans. J'enfouis mon visage dans la manche de mon coupe-vent pour ravaler un haut-le-cœur. Le toit, légèrement concave, est bordé d'un rail d'environ cinq centimètres, qui m'empêchera de glisser lorsque le camion redémarrera. En tout cas, je l'espère.

Soudain, le conducteur apostrophe les gardes :

— Hé ! Vous me laissez passer ou pas ? L'heure tourne.

Il n'obtient pas de réponse immédiate. J'ai l'impression d'attendre une éternité avant d'entendre des bruits de pas dans notre direction.

— Très bien, allez-y !

Le portail s'ouvre avec un déclic et le camion s'ébranle. Je coulisse en arrière lorsqu'il prend de la vitesse, mais réussis à coincer mes mains et mes pieds dans le rail métallique ; d'en haut, je dois ressembler à une gigantesque étoile de mer, collée au toit. Le vent me fouette le visage et me brûle les yeux, un froid mordant qui apporte avec lui les odeurs de la Hudson River, sans doute voisine. Sur notre gauche, à un jet de pierre de l'autoroute, la ville : panneaux d'affichage, lampadaires démontés et immeubles défigurés aux façades d'un gris violacé, au teint maladif, tournées vers l'horizon.

Le camion file sur la route dans un vacarme métallique et je me concentre pour ne pas être projetée sur le bitume. Le froid est pareil à un supplice, mille aiguilles qui s'enfoncent dans mon visage et mes mains ; je suis contrainte de fermer les paupières de toutes mes forces pour les empêcher de pleurer. Un jour sombre se lève lentement. Le rougeoiement à l'horizon est de faible durée, rapidement englouti par les cumulus laineux. Un crachin se met à tomber. Chaque goutte de pluie, minuscule écharde de verre sur ma peau, rend le toit plus glissant.

Bientôt, heureusement, nous ralentissons et nous engageons sur une bretelle de sortie. Il est encore très tôt et le silence règne dans les rues. Nous naviguons à travers les étroits canyons entre les hautes parois de béton et d'acier. Au-dessus de moi, les immeubles m'apparaissent menaçants, énormes doigts pointés vers le ciel. À présent, des parfums citadins me parviennent à travers les fenêtres ouvertes : essence et fumée de cheminée, effluves de millions d'humains vivant entassés.

C'est ici que je descends.

À l'occasion du premier feu rouge, j'emprunte l'échelle – après avoir vérifié qu'il n'y avait aucun témoin dans la rue – et atterris en silence sur la chaussée. Le mastodonte reprend son voyage tandis que je piétine le sol pour ranimer mes orteils et me réchauffe les doigts en soufflant. 72e Rue. Julian habite sur Charles Street, à l'autre bout de la ville. À en juger d'après la luminosité, je dirais qu'il doit être tout juste sept heures, mais difficile de l'affirmer avec l'épaisse couverture nuageuse. Je ne peux pas prendre le risque de monter dans un bus comme ça – trempée et couverte de boue.

Je fais demi-tour pour gagner la voie piétonne qui longe Manhattan du nord au sud et traverse le parc parfaitement entretenu, parallèle au fleuve Hudson. J'y croiserai moins de monde : personne ne se baladera aussi tôt, un jour de pluie. Mes yeux tirent à cause de l'épuisement et j'ai l'impression d'avoir des semelles de plomb. Chaque pas me coûte plus que le précédent. Pourtant chaque pas me rapproche aussi de Julian et de la fille que je me suis promis de devenir.

J'ai vu des images de la demeure des Fineman aux informations et, une fois que j'ai atteint l'enchevêtrement de rues étroites du Village, si différent du quadrillage régulier du reste de Manhattan – je suis d'ailleurs surprise que Thomas Fineman ait choisi ce quartier –, je la repère rapidement. La pluie n'a pas cessé et mes baskets font *floc floc*. Leur habitation ne brille pas par sa discrétion : c'est la plus grande du pâté de maisons et la seule à être ceinte d'un haut mur de pierre. Un portail, où s'accrochent des nids de lierre, offre une vue partielle sur l'allée et une minuscule cour boueuse. Je le dépasse une première fois à l'affût de signes d'activité, mais toutes les fenêtres sont plongées dans l'obscurité et, si des gardes ont été assignés à la surveillance de Julian, ils sont à l'intérieur. Je ne peux retenir un sourire en découvrant le graffiti ornant le mur des Fineman : MEURTRIER. Raven avait raison, la résistance croît de jour en jour.

Je refais le tour du bloc et, cette fois, j'examine la rue dans son ensemble, guettant les témoins, les voisins fouineurs, les obstacles, les issues. Bien que trempée, je bénis la pluie. Elle va me faciliter la tâche. Ou, du moins, vider les rues.

Tout en m'efforçant de faire taire l'angoisse qui monte en moi, je m'approche du portail des Fineman et repère le digicode mentionné par Julian : un minuscule écran à cristaux liquides m'invite à entrer un code. L'espace d'un instant, malgré la pluie et le grattement désespéré de mon cœur dans ma poitrine, je ne peux m'empêcher de m'émerveiller devant tant de beauté, un monde d'élégance, animé par un bourdonnement électrique et actionné par des commandes à distance, tandis que la moitié du pays se débat dans le noir et l'exiguïté, le chaud et le froid, se contentant de restes, comme des chiens rongeant le cartilage d'un os.

Pour la première fois, je réalise que ça explique les murs et les frontières, le Protocole et les mensonges : un poing qui se resserre constamment. Ce monde est magnifique pour ceux qui jouent le rôle du poing. Je laisse la haine me nouer le ventre. Ça aussi, ça va me faciliter la tâche.

Julian m'a expliqué que sa famille cachait des indices à proximité de la grille – une aide pour se souvenir du code. Il ne me faut pas longtemps pour deviner les premiers chiffres. Au sommet de la grille, quelqu'un a fixé une petite plaque sur laquelle est gravée une citation du *Livre des Trois S* : « Heureux ceux qui ont trouvé leur place ; sages ceux qui suivent la route ; bénis ceux qui obéissent. »

C'est un proverbe célèbre – il provient du Livre de Marie Madeleine, un passage que je connais tout particulièrement. Ma mère m'a appelée Magdalena en souvenir de cette femme et, petite, je feuilletais constamment les pages de cette section à la recherche d'explications, d'un message maternel.

Livre 9, proverbe 17. Je tape 917 sur le clavier : si j'ai vu juste, il ne me manque plus qu'un chiffre. Je suis sur le point de les essayer tous quand un mouvement attire mon attention, dans la cour. Quatre lanternes en papier blanc, frappées du logo de l'APASD et suspendues au-dessus du perron, battent au vent. L'une d'elles, qui pend bizarrement, comme une tête détachée d'un corps, bat en rythme contre la porte d'entrée. À l'exception du logo, ces lanternes ressemblent aux décorations que l'on installe à l'occasion d'une fête d'anniversaire. Elles détonnent dans ce décor de pierre massive, dans cette cour sinistre.

Un signe. Forcément.

9174. Le verrou s'ouvre avec un cliquetis et je pousse le portail. Après l'avoir refermé, je me glisse dans la cour tout en enregistrant le maximum d'informations. La demeure compte cinq niveaux, y compris un sous-sol ; tous les rideaux sont tirés, tout est sombre. Je ne m'attarde pas à la porte d'entrée. Elle sera fermée et, s'il y a des gardes, ils seront postés dans le vestibule. Je choisis plutôt de contourner la maison et tombe sur une volée de marches en béton menant à une porte déformée : l'entrée du sous-sol. Une petite fenêtre percée dans le mur de brique me permettrait de voir à l'intérieur si un store ne la masquait pas. Je n'ai d'autre choix qu'avancer à l'aveuglette en priant pour que personne ne monte la garde derrière cette entrée-là.

Cette porte est également verrouillée, mais la poignée, ancienne, n'a pas l'air très solide ; je devrais la crocheter sans difficulté. Je m'agenouille et sors mon couteau. Tack m'a appris à opérer avec un rasoir, ignorant que j'avais déjà perfectionné ma technique avec Hana, plusieurs années auparavant. Ses parents enfermaient les gâteaux et les confiseries dans le cellier. Je glisse la pointe de la lame dans l'interstice entre le battant et le cadre, puis la fais jouer à peine quelques secondes avant de sentir le verrou céder. Je range le couteau dans la poche de mon coupe-vent – j'ai besoin de le garder à portée de main dorénavant –, prends une inspiration et pénètre dans la maison.

Il fait très sombre. C'est mon odorat qui réagit le premier : une odeur de lessive, de serviettes parfumées au citron et d'assouplissant. Ensuite, je remarque le calme. Adossée au chambranle, je laisse le temps à mes yeux de s'habituer à la pénombre. Des formes se détachent progressivement dans le noir ; lave-linge et sèche-linge dans un coin, réseau de cordes à linge au plafond.

Je me demande si le frère de Julian a été détenu ici. Si c'est ici qu'il a trouvé la mort, seul, recroquevillé sur le ciment, sous des draps gouttant, les narines obstruées par l'humidité. Je chasse aussitôt l'image de mon esprit. La colère n'est utile que jusqu'à un certain point. Au-delà, elle se transforme en rage, et la rage rend imprudent. Je souffle un peu. Il n'y a personne à ce niveau… je sens qu'il est désert.

Je débouche ensuite dans un petit cagibi encombré de produits ménagers, puis arrive sur une échelle de meunier, étroite, qui mène au rez-de-chaussée. Je m'engage sur la première marche avec beaucoup de précautions ; elle n'est pas droite et semble prête à grincer.

Au sommet se trouve une porte. Je marque un arrêt, tends l'oreille. La maison est paisible. Une anxiété rampante me hérisse les poils. Quelque chose cloche. C'est trop facile. Il devrait y avoir des gardes. Des Régulateurs. Il devrait y avoir des bruits de pas, de conversations étouffées – autre chose que ce silence de mort, semblable à une épaisse couverture.

Au moment d'entrouvrir la porte et d'entrer dans le couloir, la réalité me heurte avec la violence d'un coup de poing : ils sont tous partis, déjà. J'arrive trop tard. Ils ont dû emmener Julian de bon matin, ce qui explique que les lieux soient déserts.

Malgré tout, je ressens le besoin de vérifier chaque pièce. L'affolement monte en moi – j'arrive trop tard, il est parti, tout est fini – et je n'ai imaginé qu'un moyen de le contenir : continuer à avancer, continuer à glisser sans bruit sur la moquette et fouiller le moindre recoin, comme si Julian pouvait se terrer dans un placard.

Je jette un œil dans le salon, qui embaume la cire pour meubles. Les lourds rideaux, tirés, cachent la rue. Je découvre ensuite une cuisine immaculée et une salle à manger qui ne doit jamais servir ; une salle de bains qui dégage une odeur entêtante de lavande ; une petite salle télé dominée par le plus grand écran plat que j'aie vu de ma vie. Également un bureau, où s'entassent des brochures de l'APASD et autres plaquettes participant à la propagande proremède. Un peu plus loin dans le couloir, je me heurte à une porte close. Je me rappelle que Julian m'a parlé du second bureau de son père. Il s'agit sans doute de la pièce recelant les livres interdits.

À l'étage, il y a trois chambres. La première, vide et sinistre, empeste le moisi. Mon instinct me dicte qu'il s'agissait de la chambre du frère de Julian et que personne ne l'a occupée depuis sa mort. Je retiens mon souffle en atteignant celle de Julian. Je l'identifie aussitôt. À l'odeur. Alors qu'il a été retenu contre son gré, je n'aperçois aucun signe de lutte. Même son lit est fait : le couvre-lit bleu et moelleux a été rabattu à la hâte sur des draps rayés vert et blanc. L'espace d'une seconde, je manque de céder à la tentation, de grimper sur ce lit et de pleurer, de me blottir entre ses draps comme je me blottissais entre ses bras à Salut. À travers la porte entrouverte de sa penderie, j'aperçois des étagères chargées de jeans délavés et des chemises sur leurs cintres. La banalité de ce spectacle manque de me tuer. Même dans un monde sens dessus dessous, un monde de guerre et de folie, les gens prennent la peine de pendre leurs affaires. De plier leurs pantalons. De faire leur lit. Il n'y a pas d'autre solution.

La dernière chambre, beaucoup plus vaste, contient des lits jumeaux séparés par plusieurs mètres : c'est celle des parents. Je croise mon reflet dans l'immense miroir suspendu au-dessus des lits et ai un mouvement de recul. Ça fait des jours que je ne me suis pas vue. J'ai le visage pâle, les pommettes saillantes. Le menton maculé de boue, ainsi que mes vêtements. Mes cheveux frisent à cause de la pluie. J'ai l'air d'une vraie folle.

En farfouillant dans les affaires de Mme Fineman, je trouve un pull en cachemire et un jean noir. Il est un peu grand à la taille mais, une fois que j'ai mis une ceinture, ça ne se voit presque plus. Je sors mon couteau du sac à dos et enveloppe sa lame dans un tee-shirt pour pouvoir le transporter sans danger dans la poche de mon coupe-vent. Je roule en boule le reste de mes vêtements sales que je fourre tout au fond de la penderie, derrière les étagères à chaussures. Je consulte le réveil sur la table de nuit : huit heures trente.

En regagnant le rez-de-chaussée, je repère une étagère encastrée dans une alcôve et un petit coq en porcelaine perché sur la plus haute planche. J'ignore ce qui me prend ; tout à coup j'éprouve le besoin irrépressible de savoir si Thomas Fineman s'est entêté à ranger la clé de son deuxième bureau là. Il est le genre d'homme à faire cela, à conserver la même cachette bien que son fils l'ait découverte. À avoir la conviction que la raclée administrée suffirait à dissuader celui-ci de recommencer. À y voir une occasion de le mettre à l'épreuve et de le narguer : chaque fois que Julian apercevrait cette figurine débile, il se souviendrait et éprouverait des remords.

L'étagère n'est pas particulièrement grande et la dernière planche pas particulièrement haute – je suis sûre que Julian l'atteindrait sans difficulté aujourd'hui –, pourtant je dois monter sur un tabouret. Dès que j'attire l'animal de porcelaine, je sens un objet bouger à l'intérieur de son ventre. Sa tête se dévisse et je fais glisser une clé dans ma paume.

À ce moment-là, des bruits étouffés de pas me parviennent, suivis d'une voix : « Oui, oui, exactement. » Mon cœur s'arrête : c'est Thomas Fineman. À l'extrémité du couloir, je vois la poignée de la porte principale bouger et j'entends qu'on enfonce une clé dans la serrure. Mue par mon instinct, je saute du tabouret et me précipite vers le second bureau. Je ne parviens pas à l'ouvrir immédiatement alors que les deux verrous de la porte d'entrée coulissent déjà. Au moment où celle-ci s'entrebâille, je me fige dans le couloir, terrifiée.

— Mince ! lâche Thomas Fineman avant de marquer un silence. Non, Mitch, pas toi. J'ai fait tomber quelque chose.

Il doit être au téléphone. Profitant des quelques instants qu'il lui faut pour ramasser ce qu'il a perdu, je réussis à insérer la clé dans la serrure et à me faufiler dans la pièce interdite ; j'ai à peine refermé la porte que celle de l'entrée s'ouvre.

Les bruits de pas se rapprochent dans le couloir. Je m'éloigne du battant, comme si Thomas Fineman risquait de sentir ma présence rien qu'à l'odeur. La pièce est très sombre – les rideaux en velours laissent néanmoins filtrer un mince rai de lumière grise. Des piles instables de livres et d'œuvres d'art s'élèvent vers le plafond, tels des totems torsadés. Je me cogne dans une table et pivote aussitôt sur les talons pour rattraper un épais volume relié en cuir avant qu'il n'atterrisse bruyamment par terre.

Lorsque le père de Julian s'arrête devant la porte du bureau, je suis à deux doigts de m'évanouir. Mes mains tremblent. Je ne me souviens plus si j'ai revissé la tête du coq.

« S'il vous plaît, continuez à avancer, s'il vous plaît. »

— Mmm-mmm, dit-il dans son téléphone.

Son ton est sec, intransigeant : rien à voir avec les intonations entraînantes et joyeuses dont il use lors des entretiens à la radio et des réunions de l'APASD.

— Oui, exactement, poursuit-il. Dix heures. La décision a été prise.

Un nouveau silence, puis il reprend :

— Enfin, nous n'avons pas vraiment le choix, si ? De quoi aurais-je l'air si je tentais de faire appel ?

Ses pas s'éloignent en direction de l'escalier et je libère ma respiration, bien que trop paniquée pour bouger. Je crains de renverser à nouveau quelque chose ou de percuter une pile de livres. J'attends donc, pétrifiée, jusqu'à ce que je t'entende Thomas Fineman redescendre.

— Je l'ai, lance-t-il dans le combiné, d'une voix de plus en plus distante (il s'apprête à quitter la maison). Angle de la 18e et de la 6e. La clinique du Nord-Est.

Je distingue ensuite vaguement le bruit de la porte d'entrée qui s'ouvre et se referme ; enfin, je suis à nouveau seule dans une mer de silence.

Je patiente quelques minutes supplémentaires avant de bouger, histoire d'être absolument certaine qu'il n'y a personne d'autre, que Thomas Fineman ne reviendra pas. Mes paumes sont si moites que je dois m'y reprendre à plusieurs fois pour ranger le livre à sa place. Un volume gigantesque, frappé de lettres dorées, qui rejoint une douzaine d'ouvrages identiques. Persuadée qu'il s'agit d'un genre d'encyclopédie, je suis détrompée lorsque mes yeux tombent sur les mots qui s'étalent sur le dos de la couverture : CÔTE EST, NEW YORK – TERRORISTES, ANARCHISTES, DISSIDENTS.

Je reçois un coup de poing en plein ventre et m'accroupis aussitôt pour examiner de plus près les dos. Ce ne sont pas des livres, mais des registres : une liste exhaustive de tous les criminels les plus dangereux incarcérés aux États-Unis, par zones et systèmes pénitentiaires.

Je ferais mieux de partir. L'heure tourne et je dois me mettre en quête de Julian, même si j'arrive trop tard pour l'aider. Et pourtant, le besoin de la retrouver, de voir son nom est tout aussi impérieux. Le besoin de savoir si elle figure sur cette liste, même si je n'ai pas beaucoup de doutes à ce sujet. Ma mère a passé douze ans dans l'unité 6, là où étaient placés en isolement les résistants et les militants politiques les plus dangereux. J'ignore pourquoi ça m'importe autant. Ma mère s'est enfuie. Elle a gratté les murs durant plus de dix ans, elle a creusé son tunnel de sortie, tel un animal. À présent, elle jouit de sa liberté quelque part. Je l'ai aperçue dans mes rêves, caracolant dans une nature toujours ensoleillée et verte, où la nourriture abonde.

Malgré tout, j'ai besoin de voir son nom.

Il ne me faut pas longtemps pour repérer la section « Côte Est, Maine-Connecticut ». La liste des prisonniers politiques retenus dans les Cryptes ces vingt dernières années s'étend sur cinquante pages. Les noms ne sont pas classés par ordre alphabétique mais par date. Les entrées sont rédigées en pattes de mouche plus ou moins lisibles ; selon toute évidence, le registre a souvent changé de mains. M'approchant de la fenêtre, et du faible rai de lumière, je dois prendre appui sur le coin d'un bureau, tant je tremble. Celui-ci croule aussi sous le poids des volumes, des titres interdits remontant à l'époque précédant le Protocole. Je suis trop obnubilée par la liste des prisonniers – à chaque nom correspond une personne, une vie emmurée – pour m'y intéresser de plus près. Savoir que certains des détenus ont sans doute réussi à s'enfuir après le bombardement des Cryptes me réconforte à peine.

Je repère facilement l'année de l'incarcération de ma mère – celle de mes six ans, celle de sa supposée mort. Cette section comporte cinq ou six pages et environ deux cents noms.

En suivant avec mon index, je parcours la première page, prise d'un vertige que je ne m'explique pas. Je sais que je vais la trouver. Et je sais aussi qu'à présent elle est saine et sauve. J'ai besoin de voir de mes propres yeux, pourtant : une part d'elle subsiste dans ces lettres à l'encre délavée qui forment son nom. Sa vie lui a été arrachée par ces traits de stylo ; la mienne aussi.

Soudain, il apparaît sous mes yeux et j'en ai le souffle coupé. Son nom tracé en belles anglaises, bien lisibles, comme si la personne qui tenait le registre à cette époque-là avait pris un malin plaisir à dessiner les boucles des *l* et des *a* : « Annabel Gilles Haloway. Les Cryptes. Unité 6, isolement. Agitatrice de niveau 8. » Suit son numéro d'admission dans la prison, noté avec beaucoup de soin : 5996.

Ma vision périphérique se réduit, le nombre semble soudain éclairé par un énorme projecteur. Le reste n'est plus qu'obscurité, brouillard.

5996. Le tatouage vert délavé que j'ai aperçu sur la nuque de la femme qui m'a ramenée de Salut, la femme masquée. Ma mère.

À présent, des impressions diffuses me reviennent en force, déconnectées les unes des autres, telles les pièces d'un puzzle qui s'imbriqueraient mal : sa voix, douce, désespérée et empreinte d'autre chose. D'une prière peut-être ? de tristesse ? Son geste dans ma direction, comme pour me toucher le visage avant que je ne la repousse. Sa façon de répéter mon prénom. Sa taille : je me souvenais d'une grande femme, alors qu'elle mesure sans doute à peine plus d'un mètre soixante – nous avons le même gabarit.

La culpabilité et l'incrédulité me mettent en pièces. Je ne l'ai pas reconnue. Moi qui étais persuadée que ce serait le cas. Moi qui m'imaginais retrouver la mère de mes souvenirs et de mes rêves – au visage flou, encadré de cheveux roux, souriante. Elle aurait senti le savon et le citron, elle aurait eu les mains douces. Avec le recul, bien sûr, je mesure combien mes attentes étaient idiotes. Elle a passé plus de dix ans dans les Cryptes, confinée dans une cellule. Elle a changé, elle s'est endurcie.

Je referme le registre d'un grand coup sec, comme si cela pouvait m'aider… comme si son nom était un insecte que j'emprisonnais entre les pages, que je renvoyais dans le passé. Ma mère. Impossible. Après tous mes espoirs, après toutes mes recherches, nous étions si près. Nous nous touchions. Et elle a choisi de ne pas révéler son identité. De tourner les talons.

Je vais être malade. D'un pas mal assuré, je gagne la porte d'entrée et sors sous la bruine. Je suis incapable de penser, je réussis à peine à respirer. Ce n'est que lorsque j'ai rejoint la Sixième Avenue, à plusieurs blocs de là, que le froid commence à dissiper les brumes de mon cerveau. Je réalise alors que je tiens toujours, serrée dans la main, la clé du bureau interdit. J'ai oublié de le verrouiller en sortant. Je ne suis même pas certaine d'avoir refermé la porte d'entrée derrière moi – je pourrais très bien l'avoir laissée grande ouverte.

Quelle importance à présent ? Plus rien n'a d'importance. J'arrive trop tard pour aider Julian. J'arrive trop tard pour faire autre chose que le regarder mourir.

Mes pas me conduisent vers la 18e Rue, où Thomas Fineman assistera à l'exécution de son fils. Tout en marchant, tête baissée, j'empoigne le couteau fourré dans la poche de mon coupe-vent. Il n'est peut-être pas trop tard pour se venger.

Le centre médical en question est l'un des plus élégants que j'aie vus, avec sa façade de pierre et les volutes de ses balcons. Seule une discrète plaque au-dessus de l'imposante porte en bois indique qu'il s'agit d'une clinique. Le bâtiment devait accueillir une banque ou une poste à l'époque où les dépenses n'étaient pas régulées, à l'époque où les habitants des différentes villes communiquaient en toute liberté. Il a cette majesté qui impose le respect. Mais c'est bien naturel après tout : Julian Fineman ne peut pas être exécuté comme le commun des mortels, dans l'un des laboratoires de la ville ou dans l'infirmerie du Service de Correction, Réforme et Purification. Les Fineman ont droit au meilleur, jusqu'au bout.

La pluie fine a fini par se calmer ; profitant de l'abri offert par l'entrée d'un immeuble voisin, je parcours à la hâte la liasse de cartes d'identité dérobées aux Vengeurs. J'arrête mon choix sur celle de Sarah Beth Miller, la fille dont je suis la plus proche, tant en termes d'âge que d'apparence. Avec mon couteau, je fais une profonde entaille à l'endroit où figure sa taille – un mètre soixante. Je gratte ensuite le numéro d'identification sous la photo. Je ne doute pas une seconde qu'il a été invalidé. Selon toute probabilité, Sarah Beth Miller est morte. Enfin, je lisse mes cheveux et, en priant pour avoir l'air à peu près présentable, je pousse la porte d'entrée de la clinique.

Derrière se trouve une salle d'attente décorée avec goût, de la moquette verte aux meubles en acajou. Au mur, une énorme horloge qui, si elle n'est pas d'époque, fait tout pour en donner l'illusion, égrène silencieusement les minutes, tandis que son balancier oscille en rythme. Une infirmière trône derrière un vaste comptoir. Dans son dos, un petit bureau : plusieurs classeurs métalliques, une seconde table et une cafetière électrique, à moitié pleine. L'horloge, les meubles raffinés et l'odeur de café fraîchement passé ne parviennent cependant pas à couvrir l'odeur de désinfectant chimique. Sur la droite de la pièce, une porte à double battant avec des poignées rondes en cuivre ; elle mène sans doute aux salles d'opération.

— Puis-je vous aider ? m'interpelle l'infirmière.

Je fonds droit sur elle, pose les deux mains à plat sur le comptoir, tout en m'efforçant de paraître confiante, calme.

— Je dois parler avec quelqu'un, dis-je. C'est très urgent.

— S'agit-il d'une question médicale ? demande-t-elle.

Elle a des ongles longs, limés à la perfection, et un visage qui me rappelle celui d'un bouledogue avec ses lourdes bajoues tombantes.

— Oui. Enfin, non. En quelque sorte.

J'improvise au fur et à mesure ; comme elle se renfrogne, je tente autre chose :

— Ça ne me concerne pas directement. Je dois faire un rapport.

J'abaisse ma voix à un murmure avant de poursuivre :

— Sur des activités illégales. Je crois... je crois que mes voisins ont été infectés.

Elle tambourine brièvement sur le comptoir.

— Le mieux, c'est de faire une déposition officielle au commissariat de votre quartier. Vous pouvez également vous rendre dans n'importe quel département de Régulation municipal...

— Non, l'interromps-je.

Des feuilles d'admission, agrafées ensemble, sont empilées à côté de moi ; je les réunis en un tas bien régulier, faisant mine d'être nerveuse quand en réalité je survole la liste de médecins, de patients et de pathologies. Je choisis un nom au hasard.

— J'insiste pour parler au docteur Branshaw.

— Êtes-vous une de ses patientes ?

Elle martèle à nouveau le comptoir de ses ongles : elle s'ennuie.

— Le docteur Branshaw saura quoi faire. Je suis extrêmement contrariée. Vous devez comprendre : je vis en dessous de ces gens. Et ma sœur… est encore vulnérable. Je pense à elle avant tout, voyez-vous ? N'y a-t-il pas une sorte de… je ne sais pas, moi, une sorte de vaccin qu'on pourrait lui administrer ?

Avec un soupir, elle reporte son attention sur l'écran de son ordinateur puis presse quelques touches de son clavier.

— Le docteur Branshaw n'a pas un seul créneau de libre aujourd'hui. Tous nos spécialistes sont d'ailleurs occupés. Un événement inattendu nécessite…

— Oui, je suis au courant. Julian Fineman. Je sais tout.

Je balaie l'air de la main pour appuyer mes propos. Elle se renfrogne et m'observe avec circonspection.

— Comment êtes-vous…

Je ne lui laisse pas le temps de finir sa question :

— Les médias ne parlent que de ça.

J'entre de plus en plus dans la peau de mon personnage : la gamine, pourrie gâtée, d'un politicien, pourquoi pas d'un ponte de l'APASD. La fille habituée à obtenir ce qu'elle veut.

— Naturellement, poursuis-je, je suppose que vous auriez préféré que ça reste discret. Et que la presse ne s'en mêle pas. Ne vous inquiétez pas, ils n'ont pas précisé où ça aurait lieu. Mais je connais des amis d'amis qui… bref, vous savez comment ça marche.

Je me penche vers elle, comme si elle était ma meilleure copine et que je m'apprêtais à lui confier un secret.

— De vous à moi, je trouve ça un peu idiot, non ? Si le docteur Branshaw l'avait guéri plus tôt, à l'occasion d'une de ses visites précédentes, on aurait évité tout ce tintouin. Il suffit d'une minuscule entaille de rien du tout.

Je me redresse et ajoute :

— C'est d'ailleurs ce que je lui dirai lorsque je le verrai.

Je récite une prière muette pour que le docteur Branshaw soit bien un homme. Les probabilités sont de mon côté, cependant : les études de médecine sont longues, difficiles, et beaucoup de femmes intelligentes doivent d'abord se consacrer à remplir leurs devoirs de procréatrices et d'éducatrices.

— Ce n'est pas le patient du docteur Branshaw, s'empresse-t-elle de rétorquer. On ne peut rien lui reprocher.

Je lève les yeux au ciel ainsi que Hana le faisait lorsque Andrea Grengol sortait une bêtise grosse comme lui en cours.

— Bien sûr que si. Tout le monde sait que le docteur Branshaw est le médecin référent de Julian.

— Détrompez-vous, c'est le docteur Hillebrand, rectifie-t-elle.

L'excitation monte en moi, mais je la dissimule d'un nouveau geste d'exaspération.

— Si vous le dites. Vous allez appeler le docteur Branshaw ou pas ?

Je croise les bras avant de conclure :

— Je ne partirai pas tant que je ne l'aurai pas vu.

Elle me jette un regard outré et chargé de reproches, comme si je venais de lui pincer le nez. Je trouble sa matinée, le calme routinier de ses heures de travail.

— Votre carte d'identité, s'il vous plaît.

J'extrais celle de Sara Beth Miller de ma poche et la lui tends. Le tic-tac de l'horloge semble s'être amplifié, faisant vibrer l'atmosphère de la salle d'attente. Je ne peux pas détacher mes yeux de l'aiguille des secondes, qui défilent, rapprochant Julian de la mort. Je me concentre pour ne pas gesticuler pendant qu'elle examine les informations, l'air renfrogné.

— Je n'arrive pas à lire ce numéro, dit-elle.

J'évacue le problème d'un haussement d'épaules.

— Ma carte est passée dans le sèche-linge l'an dernier. Écoutez, je vous serais très reconnaissante si vous pouviez simplement parler au docteur Branshaw de ma part... lui dire que je suis là.

— Je dois d'abord vérifier votre identité au SVS.

La contrariété creuse encore plus ses traits. Elle jette un regard dépité par-dessus son épaule, en direction de la cafetière, et je remarque un magazine, à moitié dissimulé sous une pile de dossiers. Elle songe, sans aucun doute, que sa matinée tranquille est en train de se volatiliser. Elle se hisse avec difficulté sur ses pieds – son poids la gêne. Les boutons de sa blouse tiennent par l'opération du Saint-Esprit, tant le tissu est tiré sur sa poitrine et son ventre.

— Asseyez-vous, lance-t-elle. J'en ai pour quelques minutes.

J'incline la tête et la regarde disparaître, d'une démarche chaloupée, entre les classeurs métalliques. Une porte s'ouvre, suivie d'une sonnerie de téléphone et d'éclats de voix. Puis elle se referme, et seul le bruit de l'horloge trouble encore le silence.

Sans attendre, je pousse la porte à double battant. Au-delà de cette limite, l'illusion de luxe n'a plus cours : je retrouve le même linoléum triste, les mêmes murs beiges défraîchis que dans tous les autres laboratoires. Sur ma gauche, une autre porte à double battant, coiffée du panneau : SORTIE DE SECOURS. À travers la petite lucarne, j'aperçois un escalier étroit.

Je presse le pas, mes baskets couinent sur le revêtement en plastique ; j'observe les portes de part et d'autre du couloir – la plupart sont closes, certaines ouvertes sur des pièces vides et plongées dans le noir.

Une femme, un stéthoscope autour du cou et le nez plongé dans un dossier, arrive en sens inverse. La curiosité lui fait relever la tête au moment où nous nous croisons. Je garde les yeux rivés sur mes pieds. Heureusement, elle ne m'arrête pas. J'essuie mes paumes humides sur l'arrière de mon jean.

Le bâtiment, petit, est organisé très simplement : une galerie unique le traverse dans sa longueur et se termine par un bloc d'ascenseurs permettant d'accéder aux six étages. Mon plan se résume à trouver Julian, à le voir. Je ne sais pas très bien ce que j'espère pouvoir faire, mais le poids du couteau, pressé contre mon flanc, me rassure.

Je prends l'ascenseur jusqu'au premier étage. L'activité y est plus importante : bips sonores et conversations murmurées, médecins qui entrent et sortent des salles d'examen. Je m'engouffre dans la première pièce sur ma droite, des toilettes. J'inspire profondément pour tenter de me concentrer et de me calmer. Un plateau repose sur la lunette des toilettes, ainsi qu'une pile de gobelets en plastique destinés à recueillir des échantillons d'urine. J'en prends un que je remplis à moitié d'eau avant de ressortir.

Deux infirmières discutent devant une salle d'examen. Elles se taisent à mon approche et, bien que j'évite délibérément de croiser leur regard, je sens qu'elles me fixent.

— Je peux vous aider ? me demande l'une d'elles, au moment où je les dépasse.

Elles se ressemblent tellement que je m'imagine, un instant, qu'elles sont jumelles, tout simplement parce qu'elles ont toutes les deux les cheveux tirés en arrière, la même blouse immaculée et la même expression détachée. Je brandis le gobelet en plastique et lance :

— Je dois simplement apporter mon échantillon d'urine au docteur Hillebrand.

Mon interlocutrice recule d'un ou deux pas.

— L'assistante du docteur Hillebrand est au cinquième, vous pouvez le lui remettre directement.

— Merci.

Je sens la brûlure de leur regard dans mon dos tandis que je poursuis mon chemin. L'air est sec, surchauffé, et ma gorge me pique chaque fois que je déglutis. Après avoir longé une porte vitrée, derrière laquelle plusieurs patients vêtus de blouses en papier blanc, installés dans des fauteuils, regardent la télé, j'atteins le bout du couloir.

Je m'engage aussitôt dans la cage d'escalier. Selon toute vraisemblance, le docteur Hillebrand dirigera l'exécution de Julian et, si son assistante se trouve au cinquième, il y a toutes les chances pour qu'il effectue l'essentiel de son travail à cet étage-là. Mes jambes flageolent lorsque je pose le pied sur le palier et je ne saurais dire s'il faut l'imputer aux nerfs, au manque de sommeil ou à un mélange des deux. Je me débarrasse du gobelet avant de prendre le temps de respirer plus calmement. La transpiration dégouline dans mon dos.

Je récite une prière muette, destinée à personne en particulier. J'ignore ce que je réclame, exactement. Une chance de le sauver. Une chance, tout simplement, de le voir. Je veux qu'il sache que je suis venue. Je veux qu'il sache que, sans le décider, quelque part dans ces tunnels, je suis tombée amoureuse de lui.

« Je vous en prie… »

Dès que je quitte la cage d'escalier, je comprends que j'ai vu juste : à une quinzaine de mètres se tient Thomas Fineman, posté devant une chambre et cerné de gardes du corps. Il discute tout bas avec un médecin et trois infirmières.

Deux, trois secondes. Je ne dispose pas de plus avant qu'ils ne se retournent, avant qu'ils ne me repèrent et ne m'interrogent sur la raison de ma présence. À cette distance, impossible de distinguer la teneur de leur échange – ils murmurent presque. L'espace d'un instant, mon cœur se serre : il est trop tard, ça a déjà eu lieu. Julian est mort.

Soudain, le médecin – est-ce le docteur Hillebrand ? – regarde sa montre. Les mots qu'il prononce retentissent avec fracas dans le silence, comme s'il les hurlait :

— C'est l'heure, dit-il.

Le groupe se disloque alors ; mes trois secondes sont écoulées. Je fonds sur la première porte, une petite salle d'examen, fort heureusement vide.

Je ne sais plus quoi faire. La panique ne cesse de croître dans ma poitrine. Julian est ici, à portée de main et pourtant hors d'atteinte. Trois gardes du corps, au moins, accompagnaient Thomas Fineman, et je ne doute pas qu'il y en ait davantage à l'intérieur. Je ne pourrai jamais franchir cet obstacle.

Adossée à la porte, je me force à me concentrer, à réfléchir. J'observe la pièce plus attentivement : je me trouve dans l'antichambre d'une salle d'opération, où les Protocoles ont sans doute lieu.

Une table d'examen recouverte de papier occupe l'essentiel de l'espace exigu : dessus sont entassées plusieurs blouses pliées ainsi qu'un plateau d'instruments chirurgicaux. Une odeur de détergent flotte dans l'air. Tout me rappelle la pièce dans laquelle, le jour de mon Évaluation, il y a presque un an, je me suis déshabillée. Ce jour où tout a commencé, ce jour qui m'a propulsée dans un avenir incertain avant de me faire atterrir ici, dans ce nouveau corps, ce nouveau futur. Prise d'un vertige subit, je dois fermer les yeux. Lorsque je les rouvre, j'ai l'impression de regarder dans deux miroirs placés face à face, d'être prise en sandwich entre le passé et le présent, de rebondir de l'un à l'autre. Les souvenirs germent, éclosent – le trajet jusqu'aux laboratoires dans la moiteur de Portland, les mouettes affairées, ma rencontre avec Alex, la grotte sombre que faisait sa bouche lorsqu'il riait à gorge déployée dans l'observatoire…

L'observatoire ! Alex m'observait depuis l'espace qui occupait toute la largeur de la salle d'opération, en hauteur. Si cette clinique répond à la même organisation que celle de Portland, je pourrai accéder à la salle d'opération de Julian par le sixième étage.

Je ressors prudemment dans le couloir. Thomas Fineman a filé, n'abandonnant qu'un seul garde du corps derrière lui. J'hésite à tenter ma chance avec lui – le couteau me démange –, mais tous mes doutes s'envolent dès qu'il tourne les yeux dans ma direction. Des yeux, incolores et durs, qui évoquent deux pierres ; d'instinct, je recule.

Sans lui laisser le temps de réagir, ou d'enregistrer mon visage, je disparais dans la cage d'escalier.

Le sixième est plus sombre et décrépit que les autres étages. Il y règne un silence assourdissant : ni bourdonnement de conversations filtrant à travers les portes closes, ni bips réguliers émis par les appareils, ni couinement des baskets blanches des infirmiers traînant les pieds sur le lino. Tout est d'un calme infini, comme si la tranquillité était rarement troublée ici. Une série de portes jalonne le couloir sur ma droite. Mon cœur bondit quand je découvre sur la première : OBSERVATOIRE A.

Je m'avance sur la pointe des pieds. Il n'y a vraisemblablement personne ici, néanmoins le silence me rend nerveuse. Cette enfilade de pièces closes et cet air lourd qui pèse sur moi à la façon d'un couvercle ont quelque chose d'impressionnant. Il me semble que quelqu'un m'observe, que toutes ces portes sont des gueules prêtes à s'ouvrir pour hurler et révéler ma présence. La dernière indique : OBSERVATOIRE D. Mes paumes sont si moites que la poignée se dérobe. Quand elle finit par céder, je sors le couteau de mon coupe-vent, juste au cas où. Puis je m'accroupis avant de pénétrer dans la pièce, les doigts si crispés sur le manche de l'arme que mes articulations m'élancent.

Le vaste observatoire en forme de L, plongé dans le noir, occupe deux murs entiers de la salle d'opération en contrebas. Entièrement vitré, il contient quatre rangées de chaises disposées en gradins, toutes orientées dans la même direction. Ça sent le cinéma, un mélange de tissu moisi et de chewing-gum.

Je descends l'escalier à quatre pattes, me félicitant que les lumières ne soient pas allumées et que le muret en plâtre, qui court sous les lourds panneaux de verre, puisse me dissimuler, au moins en partie, à la vue de quiconque en dessous.

Et maintenant ?

Les plafonniers de la salle d'opération sont éblouissants. Deux infirmières s'agitent autour de la table métallique au centre, réglant le matériel, déplaçant les objets encombrants. Thomas Fineman et ses acolytes – ceux que j'ai aperçus dans le couloir – ont été conduits dans une pièce adjacente, elle-même vitrée. Malgré les chaises installées pour eux, ils restent tous debout. À quoi peut bien penser le père de Julian ? J'ai une pensée fugace pour sa mère (où se trouve-t-elle ?). Julian n'est pas visible.

Un éclair de lumière. Je sens la panique me serrer le ventre, avant de remarquer, dans un coin, un homme muni d'un appareil photo, une carte de presse épinglée sur la cravate. Tandis qu'il photographie l'installation, l'éclat cru du flash rebondit sur les surfaces brillantes et zigzague sur les murs.

Bien sûr. J'aurais dû me douter que la presse serait conviée à couvrir l'événement. À l'immortaliser, le diffuser, pour qu'il ait un sens. La haine monte en moi et, avec elle, une vague rugissante de colère. Qu'ils brûlent tous en enfer !

Un mouvement dans la partie cachée sous l'observatoire attire l'attention de Thomas Fineman et des autres, qui se tournent dans cette direction. Derrière la paroi vitrée, le père de Julian s'éponge le front avec un mouchoir, premier signe de malaise de la matinée. Le photographe pivote aussi, le flash crépite à deux reprises. Deux lumières blanches aveuglantes.

Julian pénètre alors dans la pièce. Bien que flanqué de deux Régulateurs, il avance de son plein gré. Un homme portant le haut col blanc des prêtres ferme la marche ; il tient un exemplaire, à reliure dorée, du *Livre des Trois S* pressé contre sa poitrine, comme un talisman pour le protéger de tout ce que le monde contient de saleté et d'horreurs.

La haine est une corde qui coulisse autour de ma gorge.

Julian a les mains menottées devant lui ; il porte une veste bleu marine et un jean bien repassé. Je me demande s'il a choisi ces vêtements lui-même ou si ses parents l'ont habillé pour sa propre exécution. Comme il me tourne le dos, je l'implore, en silence, de faire volte-face et de lever la tête. Je veux qu'il sache que je suis là. Je veux qu'il sache qu'il n'est pas seul. Sans réfléchir, je tends la main vers la vitre et laisse courir mes doigts dessus. Je voudrais la faire voler en éclats, sauter dans la salle d'opération et enlever Julian. Mais le verre est épais et, sans doute, incassable. De toute façon, ça ne marcherait pas. Je n'irais pas très loin, et le tout se solderait par une double exécution. Peut-être que ça n'a plus d'importance. Je n'ai plus rien à perdre, plus rien à retrouver.

Les Régulateurs se sont arrêtés près de la table. Les bruits d'une conversation montent jusqu'à moi – j'entends Julian dire : « Je préfère ne pas m'allonger. » Ses intonations sont déformées par le vitrage et la distance, pourtant les entendre me donne envie de hurler. Mon corps entier n'est plus qu'un battement de cœur, vibrant du besoin d'agir, mais je suis tétanisée.

L'un des Régulateurs s'avance pour libérer les mains de Julian. Celui-ci se retourne et j'aperçois son visage. Il fait des petits moulinets avec ses poignets en tressaillant. Presque aussitôt, cependant, le Régulateur lui emprisonne à nouveau le poignet droit et l'accroche à l'un des pieds de la table, avant d'exercer une pression sur son épaule droite pour le contraindre à s'asseoir. Julian n'a pas jeté un seul regard à son père.

Dans un coin de la pièce, le médecin se lave les mains. Le tambourinement de l'eau sur le grand lavabo métallique se réverbère en écho dans la pièce, troublant le silence assourdissant. Les exécutions ne peuvent tout de même pas avoir lieu ici, comme ça, sous cette lumière aveuglante, dans ce calme. Le médecin se sèche les mains, enfile une paire de gants chirurgicaux en latex.

Le prêtre s'approche de Julian et entame la lecture. Sa voix est un bourdonnement monotone, assourdi par le verre.

— Et ainsi grandit Isaac, faisant la fierté de son vieux père. Pendant un temps, il réfléchit à la perfection la volonté d'Abraham…

Un passage tiré du Livre d'Abraham. Bien sûr. Dans celui-ci, Dieu ordonne à Abraham de tuer son fils unique, Isaac, qui a été infecté par le *deliria*. Et celui-là s'exécute. Il emmène son fils sur une montagne et le poignarde en plein cœur. Est-ce Thomas Fineman qui a réclamé la lecture de ce passage ? L'obéissance à Dieu, à la sécurité et à l'ordre naturel, voilà ce que le Livre d'Abraham nous enseigne.

— Mais lorsque Abraham découvrit que l'âme d'Isaac était souillée, il chercha en lui-même une réponse…

Je ravale le prénom de Julian : « Regarde-moi ! »

Le médecin, accompagné de deux infirmiers, fait un pas dans sa direction. Il a une seringue à la main. Pendant qu'il la tapote de son index, une infirmière remonte la manche de Julian jusqu'au coude.

À cet instant précis, quelque chose vient perturber le cours ordonné des événements. Julian redresse brusquement la tête ; le médecin s'écarte avant de replacer la seringue sur le plateau. Les sourcils froncés, Thomas Fineman se penche et murmure quelque chose à l'oreille d'un de ses gardes du corps, tandis qu'une infirmière pénètre en trombe dans la pièce. Je ne distingue pas ce qu'elle dit, mais je sais, malgré son masque en papier et sa blouse trop grande, qu'il s'agit d'une femme, à cause de la tresse qui oscille dans son dos. Elle gesticule en tous sens. Ça n'est pas normal.

Je me rapproche de la vitre et tends l'oreille pour entendre ce qu'elle dit. Quelque chose me turlupine vaguement. Cette infirmière me rappelle quelqu'un, à sa façon d'agiter les mains tout en poussant le médecin vers le couloir. Il finit par secouer la tête, retirer ses gants et les fourrer, en boule, dans sa poche. Il aboie un ordre avant de quitter la salle d'opération. L'un des infirmiers se précipite à sa suite.

Thomas Fineman s'est planté devant la porte de la petite pièce vitrée. Julian est pâle, couvert de sueur – même à cette distance, je le vois.

— Que se passe-t-il ? s'enquiert son père d'une voix suraiguë et tendue. Quelqu'un peut-il m'expliquer ?

L'infirmière avec la tresse traverse la salle d'opération pour lui ouvrir. Elle plonge la main dans sa poche au moment où il la double, furibard.

Tandis que mon intuition se précise soudain – la tresse, les mains, Raven ! –, une détonation déchire l'air, et la mâchoire de Thomas Fineman se décroche. Il vacille en arrière puis s'écroule, pendant que des pétales de sang fleurissent sur le devant de sa chemise.

L'espace d'un instant, la scène semble se figer : Thomas Fineman, gisant par terre comme une poupée de chiffon ; Julian, livide, sur la table d'opération ; le journaliste, qui n'a toujours pas abaissé son appareil photo ; le prêtre dans un coin ; les Régulateurs à côté de Julian, qui n'ont pas eu le temps de dégainer leurs armes ; Raven, pistolet au poing.

Clic.

L'infirmier, le vrai, hurle.

Et le chaos se déchaîne.

Une rafale de coups de feu. Les Régulateurs s'époumonent :

— À terre ! À terre !

Boum. Une balle se loge dans la vitre épaisse, juste au-dessus de ma tête, et celle-ci se fissure progressivement. Il ne m'en faut pas davantage. J'empoigne une chaise et la projette, de toutes mes forces, en priant pour que Julian garde la tête baissée.

Le vacarme est si effroyable que, pendant une fraction de seconde, on n'entend plus que le son de cette cascade, de cette pluie tranchante. Je bondis par-dessus le muret de béton et atterris dans la salle d'opération. Le verre crisse sous mes semelles lorsque je tente de retrouver mon équilibre ; je finis par poser une main pour me stabiliser ; elle est maculée de sang quand je me relève.

Raven bouge si vite qu'elle en devient floue. Elle esquive l'attaque d'un Régulateur, recule et abat la crosse de son arme sur le genou de son agresseur. Il se plie en deux et elle lui plante le pied dans le dos : un craquement sinistre résonne lorsque la tête de celui-ci percute l'évier en métal. Raven a déjà pivoté vers la pièce vitrée, où sont postés les gardes du corps de Thomas Fineman ; elle enfonce un petit scalpel dans la serrure pour la bloquer. Par mesure de sécurité, elle condamne également la porte avec une table roulante. Les instruments s'éparpillent bruyamment à chaque coup de boutoir qu'ils donnent. Ça tiendra un moment, pas longtemps.

Je suis à trois mètres de Julian. Des cris, des coups de feu, et soudain une sirène qui hurle. Plus qu'un mètre. Je l'agrippe par les bras, les épaules, simplement pour le toucher, pour m'assurer qu'il est bien réel.

Trop occupé à se débattre avec la menotte qui l'entrave, il ne m'a pas vue approcher. Il lève vers moi des yeux brillants, bleus comme le ciel.

— Lena ! Qu'est-ce que tu...

— On n'a pas le temps. Baisse-toi !

Je me précipite vers le Régulateur qui s'est écroulé près de l'évier. Des bribes de la scène qui se déroule autour de moi me parviennent confusément : hurlements, Raven tournoyant et esquivant les attaques – de loin, on pourrait croire qu'elle danse –, explosions assourdies... Le journaliste a disparu, il a dû prendre la poudre d'escampette.

Le Régulateur est à peine conscient. Je m'agenouille près de lui et tranche sa ceinture pour récupérer les clés des menottes. Le sang a beau dégouliner de ma paume droite, je sens à peine la douleur. Je dois m'y prendre à deux reprises avant de réussir à insérer la clé dans la serrure ; Julian libère aussitôt son poignet et m'attire vers lui.

— Tu es venue, dit-il.

— Bien sûr.

Raven nous rejoint alors.

— C'est l'heure de dégager.

En une minute, peut-être moins, Thomas Fineman a trouvé la mort, la salle d'opération est sens dessus dessous et nous sommes libres.

Nous nous engouffrons dans la pièce attenante au moment où un vacarme métallique éclate, suivi de cris allant crescendo : les gardes du corps ont dû venir à bout de la barricade. Nous filons alors dans le couloir, sous les hurlements stridents des sirènes, tandis qu'un bruit de cavalcade résonne déjà dans la cage d'escalier.

Raven incline la tête vers la droite, désignant une porte qui indique : ACCÈS AU TOIT, ISSUE DE SECOURS. Nous rejoignons rapidement et silencieusement la sortie, puis dévalons l'escalier de secours en file indienne. Raven se débat avec sa blouse beaucoup trop grande et son masque en papier ; elle les coince sous son bras. Je me demande où elle se les est procurés, avant d'avoir une vision de la grosse femme à l'accueil, de sa poitrine qui menaçait de faire craquer le tissu.

— Par ici, lance Raven, dès que nous sommes dans la rue.

Au moment où elle tourne la tête, je me rends compte que ses joues et son cou sont couverts de petites coupures ; les éclats de verre ont dû l'atteindre.

Nous avons atterri dans un jardinet lugubre, où quelques meubles de jardin rouillent sur un carré d'herbe brune et éparse. Il est fermé par un petit grillage que Raven escalade facilement. J'ai plus de difficultés qu'elle et Julian, qui ferme la marche, place une main sur mon dos pour m'aider. Ma paume m'élance et le treillis de métal est glissant. La pluie tombe plus dru maintenant.

De l'autre côté de la clôture s'ouvre un autre jardin minuscule, presque identique au premier, dominé par un immeuble sordide. Raven pénètre aussitôt à l'intérieur, par la porte qu'un bloc de ciment maintient entrouverte. Nous longeons un couloir obscur jalonné de portes pourvues de plaques dorées. Je suis prise de la panique subite que nous soyons retournés dans la clinique. Mais nous débouchons dans un vaste hall, également sombre, où s'amoncellent plusieurs fausses plantes vertes ainsi que des panneaux indiquant : MAÎTRE EDWARD WU et METROPOLITAN VISION ASSOCIATES. À travers une enfilade de portes à tambour vitrées, nous apercevons la rue : un flot de passants, sous des parapluies.

Sans hésiter, Raven fonce vers les portes, ralentissant juste le temps de récupérer le sac à dos caché derrière l'un des pots – elle a dû le déposer là plus tôt. Elle nous jette à chacun un parapluie, puis enfile un ciré jaune dont elle rabat la capuche sur ses yeux, de sorte à dissimuler les plaies qui ornent ses joues.

Nous nous mêlons ensuite à la marée humaine – une foule sans visage, mouvante. Je n'ai jamais éprouvé une telle reconnaissance pour l'immensité de Manhattan, pour sa voracité ; la ville nous avale, nous devenons tout le monde et n'importe qui : une femme en jaune ; une fille, pas très grande, en coupe-vent rouge ; un garçon dissimulé derrière un immense parapluie.

Nous tournons à droite sur la Huitième Avenue, puis à gauche sur la 24e. Nous nous sommes extirpés de la cohue et évoluons à présent dans des rues désertes, entre des immeubles aveugles, aux rideaux tirés et aux stores baissés – comme pour se protéger de la pluie. La lumière filtre à travers les tissus les plus fins ; les pièces paraissent tournées vers l'intérieur, dos à la chaussée. Nous avançons incognito, sans témoins, dans un monde gris et mouillé. Les gouttières débordent, encombrées d'ordures, de bouts de papier et de mégots de cigarettes. J'ai lâché la main de Julian, mais il règle son pas sur le mien, si bien que nous nous touchons presque.

Nous rejoignons un parking, vide à l'exception d'une camionnette blanche que je reconnais : celle qui a été maquillée afin de passer pour un véhicule du système pénitentiaire. Je repense à ma mère, seulement le moment est mal choisi pour interroger Raven à son sujet. Celle-ci ouvre les portes arrière avant de retirer sa capuche.

— Montez, lance-t-elle.

Julian hésite une seconde. Je vois ses yeux s'attarder sur le logo.

— C'est bon, dis-je en m'asseyant en tailleur sur le sol crasseux.

Il me suit ; Raven m'adresse un signe de tête et referme derrière nous. Elle s'installe à l'avant, côté passager. Un silence de mort plane soudain, troublé seulement par le tambourinement de la pluie sur la carrosserie. Mon corps, glacé, vibre en rythme.

— Comment…

Je fais aussitôt taire Julian. Nous ne sommes pas tirés d'affaire, pas encore, et je ne pourrai pas me détendre avant que nous ayons quitté la ville sains et saufs. Avec le coupe-vent, j'éponge le sang sur ma paume, puis referme la main dessus et presse de toutes mes forces. Des bruits de pas se rapprochent, la portière côté conducteur s'ouvre et la voix de Tack retentit. Un grognement.

— Tu les as ?

— À ton avis, je serais là sinon ? rétorque Raven.

— Tu saignes.

— C'est juste une égratignure.

— Allons-y, alors.

Le moteur démarre en ronronnant ; soudain, je pourrais hurler de joie. Raven et Tack sont de retour, ils se prennent le bec comme ils l'ont toujours fait et le feront toujours. Ils sont venus me chercher et nous allons rouler vers le nord : nous sommes à nouveau dans le même camp. Nous retrouverons la Nature, je reverrai Hunter, Sarah et Lu.

Nous nous recroquevillerons les uns sur les autres, telle une fougère se protégeant du gel, nous laisserons à la résistance ses armes et ses plans ; aux Vengeurs leurs tunnels ; à l'APASD son remède ; et au reste du monde sa maladie, son aveuglement. Nous le laisserons tomber en ruine. Nous serons en sûreté, à l'abri des arbres, nichant tels des oiseaux.

Julian sera là. Je l'ai trouvé, et il m'a suivie. Sans un mot, je cherche sa main dans la pénombre. Je sens aussitôt une chaleur et une énergie me pénétrer ; nos doigts entrelacés entament une discussion muette. « Merci », dit-il, et je réponds : « Je suis heureuse, si heureuse. J'avais tant besoin de te sauver. »

J'espère qu'il comprend.

Je n'ai pas dormi depuis vingt-quatre heures et, malgré les secousses de la camionnette et le crépitement de la pluie, je finis par m'assoupir. C'est Julian qui me tire du sommeil en m'appelant tout bas. J'ai posé la tête sur ses genoux ; l'odeur de son jean me chatouille les narines. Je me redresse vivement, embarrassée, et me frotte les yeux.

— On s'est arrêtés, dit-il comme si je ne pouvais pas m'en rendre compte toute seule.

La pluie n'est plus qu'un doux bourdonnement. Les portières de la camionnette claquent ; Raven et Tack poussent des cris de victoire tonitruants. Nous avons dû franchir la frontière sans encombre. Les portes arrière s'ouvrent en grand sur une Raven aux anges. Derrière elle, Tack, les bras croisés, semble content de lui. Je reconnais l'ancien entrepôt au bitume fissuré du parking et au toit pentu du hangar, dans le fond. Raven me tend la main pour m'aider à descendre. Sa poigne est ferme.

— Qu'est-ce qu'on dit ? demande-t-elle dès que mes pieds touchent le sol.

Un large sourire barre son visage détendu et amène. Je ne la remercie pas, c'est inutile, et riposte :

— Comment m'avez-vous trouvée ?

Elle me serre la main avant de la lâcher, et je sais qu'elle sait que ma reconnaissance est infinie.

— Tu ne pouvais être qu'à un endroit, répond-elle en posant brièvement les yeux sur Julian.

Je comprends que c'est sa façon de faire la paix avec moi, de reconnaître ses torts. Julian promène un regard ébahi autour de lui, la bouche grande ouverte. Ses cheveux, encore mouillés, bouclent légèrement aux extrémités.

— Tu n'as rien à craindre, dis-je en lui prenant la main.

Une joie immense m'envahit à nouveau. Ici, on peut se tenir la main, se blottir pour se réchauffer, s'endormir l'un contre l'autre.

— Venez ! nous apostrophe Tack, qui se dirige à reculons vers le hangar. Il faut finir les bagages et lever le camp. On a déjà perdu un jour. Hunter et les autres vont nous attendre dans le Connecticut.

En remontant les bretelles de son sac à dos, Raven m'adresse un clin d'œil :

— Tu connais le caractère de cochon de Hunter quand il est contrarié. On n'a pas intérêt à traîner.

Je perçois le désarroi de Julian : notre échange émaillé de noms étranges, la proximité des arbres touffus, qui n'ont pas été taillés depuis des lustres, tout cela doit le submerger. Mais je lui apprendrai, et il aimera. Il apprendra à aimer, il aimera apprendre. Ces mots m'envahissent d'un sentiment de paix merveilleux. Nous avons toute la vie devant nous, à présent.

— Attends ! lancé-je en rattrapant Raven, qui a emboîté le pas à Tack.

Je baisse la voix pour que Julian, qui s'est attardé près de la camionnette, ne m'entende pas.

— Tu... tu savais ? demandé-je, la gorge nouée.

Je suis essoufflée, alors que j'ai à peine parcouru cinq ou six mètres.

— Pour ma mère, tu savais ?

Raven me dévisage, intriguée :

— Ta mère ?

— Chut !

Pour une raison qui m'échappe, je ne veux pas que cela parvienne aux oreilles de Julian : c'est trop important, il est trop tôt. Raven secoue la tête.

— La femme qui m'a récupérée à Salut, insisté-je. Elle a un tatouage sur la nuque, un nombre : 5996. Son numéro de prisonnière dans les Cryptes.

Je déglutis avant d'ajouter :

— C'est ma mère.

Raven tend la main vers mon épaule puis se ravise.

— Je suis désolée, Lena, je n'en avais pas la moindre idée.

Son ton est anormalement caressant. Je poursuis :

— Je dois lui parler avant notre départ. Il y a... des choses que je dois lui dire.

En réalité, il y en a surtout une et, rien que d'y penser, mon cœur s'emballe : « Pourquoi, pourquoi, pourquoi ? Pourquoi les as-tu laissés t'emmener ? Pourquoi m'as-tu laissée penser que tu étais morte ? Pourquoi n'es-tu pas venue me chercher ? Pourquoi ne m'as-tu pas aimée davantage ? »

Une fois qu'on permet à l'amour de pénétrer dans son cœur, de s'enraciner, il s'étend, comme une moisissure, et gagne le moindre recoin sombre. Avec lui viennent les questions, les frissons, les peurs qui terrassent. De quoi ne plus jamais trouver le sommeil. L'APASD a raison sur ce point, il faut bien le reconnaître.

Raven fronce les sourcils avant de rétorquer :

— Elle est partie, Lena.

Ma bouche se dessèche aussitôt.

— Comment ça ?

Raven hausse les épaules.

— Elle nous a quittés ce matin, avec d'autres. Ils sont plus gradés que moi. Je ne connais pas leur destination. Je ne suis pas censée poser de questions.

— Elle… elle appartient à la résistance, alors ?

La réponse tombe sous le sens, bien sûr. Raven acquiesce et répond :

— Tout en haut, dit-elle d'un air impressionné (comme si ça rachetait le reste). Je n'en sais pas plus.

Je détourne le regard, me mordille la lèvre. Au sud, les nuages commencent à se disperser, comme de la laine qu'on détricoterait, révélant des morceaux de ciel bleu pur.

— Pendant presque toute ma vie, je l'ai cru morte.

J'ignore pourquoi je me confie à elle, j'ignore quelle différence cela fera. Elle m'effleure le coude, cette fois.

— Quelqu'un est arrivé de Portland, la nuit dernière, un fugitif. Il s'est enfui des Cryptes après les bombardements. Il n'a presque pas parlé, ne nous a même pas donné son nom. Je ne sais pas très bien ce qu'ils lui ont fait subir là-bas, mais… Bref, il a peut-être des informations sur ta mère. Du temps de son emprisonnement, bien sûr.

— D'accord.

La déception m'alourdit et m'engourdit. Inutile d'expliquer à Raven que ma mère était placée en isolement tout le temps de son incarcération, inutile surtout de lui dire que je n'ai pas besoin de savoir comment elle était à cette époque. Je voudrais la connaître aujourd'hui.

— Je suis désolée, répète Raven, dont la sincérité ne fait aucun doute. Au moins, tu as la certitude qu'elle est libre, non ? Libre et en sûreté.

Avec un sourire, elle ajoute :

— Comme toi.

— Oui.

Elle a raison bien sûr. La désillusion se fendille légèrement. Libre et en sûreté. Julian, Raven, Tack, ma mère, moi. Tout ira bien pour nous.

— Je vais demander à Tack s'il a besoin d'aide, lance Raven, son sérieux retrouvé. On part ce soir.

Je hoche la tête. En dépit de tout ce que nous avons traversé, je suis contente de parler avec elle, de la voir s'épanouir dans l'action. Il devrait toujours en être ainsi.

Je reste plantée là un instant, les paupières closes, aspirant l'air froid : les odeurs de terre et d'écorce mouillées, effluves humides de renouveau. Tout ira bien. Et, un jour, je retrouverai ma mère.

— Lena ?

Julian m'appelle avec prudence. Je me retourne : il est toujours à côté de la camionnette, les bras ballants, comme s'il craignait de se mouvoir dans ce nouveau monde.

— Tu vas bien ? ajoute-t-il.

La joie monte à nouveau en moi : il est là, ici. Sans réfléchir, je me jette dans ses bras et manque de le faire basculer en arrière.

— Oui, Julian, je vais bien. Nous allons bien.

J'éclate de rire avant de conclure :

— Tout ira bien maintenant.

— Tu m'as sauvé, murmure-t-il.

Je sens ses lèvres bouger sur mon front. Leur contact me réchauffe de l'intérieur.

— Je n'en revenais pas... ajoute-t-il. Je n'aurais jamais pensé que tu viendrais.

— Je n'avais pas le choix.

Je m'écarte pour pouvoir lever les yeux vers lui, sans le lâcher. Il pose les mains sur mon dos. Même si j'ai passé du temps dans la Nature, je continue à m'émerveiller qu'on puisse étreindre ainsi quelqu'un. Personne ne peut nous l'interdire. Personne ne peut nous séparer. Nous nous sommes choisis, et le reste du monde peut aller en enfer.

Julian chasse une mèche de cheveux de mes yeux.

— Et maintenant, que va-t-il se passer ? demande-t-il.

— C'est à nous de décider.

Le bonheur est une poussée d'adrénaline : je pourrais chevaucher cette vague, qui me conduirait au firmament.

— Vraiment ?

Le sourire qui étire les lèvres de Julian gagne ses yeux.

— Vraiment, dis-je.

Nos lèvres se trouvent aussitôt. Au départ, nous sommes un peu maladroits : son nez cogne ma bouche, puis mon menton heurte le sien. Mais nous prenons notre temps, nous cherchons notre rythme. Je caresse ses lèvres des miennes, explore doucement sa langue. Il enroule ses doigts dans mes cheveux. J'aspire l'odeur de sa peau, fraîche et boisée, comme un mélange de savon et de sapin. Nous nous embrassons lentement, tendrement, parce que nous avons l'éternité ; nous n'avons rien d'autre à faire qu'apprendre à nous connaître librement et échanger autant de baisers que nous le désirons. Ma vie recommence.

Julian recule pour me couver du regard. Il suit le contour de mon visage du bout du doigt.

— Je crois… je crois que tu me l'as transmis, halète-t-il. Le *deliria*.

— L'amour, rectifié-je en lui serrant la taille. Dis le mot.

Il hésite à peine une seconde.

— L'amour…

Il le répète prudemment, comme pour le goûter. Avec un sourire, il complète :

— Je crois qu'il me plaît.

— Tu finiras par l'adorer, fais-moi confiance.

Je me dresse sur la pointe des pieds et Julian m'embrasse sur le bout du nez, avant d'effleurer de ses lèvres mes pommettes, mon oreille, puis de planter des petits baisers sur le dessus de mon crâne.

— Promets-moi qu'on restera ensemble, souffle-t-il.

Ses yeux sont à nouveau du bleu limpide d'une eau à la transparence parfaite. Des yeux dans lesquels on voudrait se baigner et rester, à tout jamais.

— Toi et moi, ajoute-t-il.

— Je te le promets.

Derrière nous, la porte s'ouvre ; au moment où je me retourne, m'attendant à découvrir Raven, une voix tranchante s'élève :

— Ne la crois pas.

Le monde entier se referme sur moi, telle une paupière ; pendant une seconde, je suis plongée dans le noir.

Je tombe. Mes oreilles bourdonnent. Ma tête est sur le point d'exploser. J'ai été avalée par un tunnel, un tourbillon qui me retient prisonnière.

Il a changé. Il est amaigri et une cicatrice s'étire de son sourcil à sa mâchoire. Sur son cou, juste derrière son oreille gauche, un petit nombre tatoué s'enroule autour de la cicatrice triangulaire qui m'a laissée penser, pendant si longtemps, qu'il était guéri. Ses yeux, autrefois de l'ambre chaud et onctueux du sirop, se sont endurcis. Ils sont désormais glacés et impénétrables. Seuls ses cheveux restent les mêmes : cette couronne dorée de feuilles d'automne.

Impossible. Je ferme les yeux et les rouvre : le garçon de mes rêves, de ma vie passée. Un garçon ramené du royaume des morts.

Alex.

Composition JOUVE – 45770 Saran
N° 806399N

Cet ouvrage a été imprimé en France
par CPI Bussière
à Saint-Amand-Montrond (Cher)
en octobre 2012

« Pour l'éditeur, le principe est d'utiliser des papiers composés de fibres naturelles, renouvelables, recyclables et fabriquées à partir de bois issu de forêts qui adoptent un système d'aménagement durable. En outre, l'éditeur attend de ses fournisseurs de papier qu'ils s'inscrivent dans une démarche de certification environnementale reconnue. »

20.19.2804.1/02 – ISBN 978-2-01-202804-3
Dépôt légal : février 2012.
N° d'impression : 123627/4.